张友虎先生

赵明环女士

林少洁女士

吕敬奎先生

赖维斌先生

白志福先生

黄显德先生

张俊华先生

薛年勤先生

陈志原先生

吴洪滨先生

梁春云女士

张家慧女士

裴希林先生

周瑜先生

岳永刚先生

姜宝龙先生

张泉先生

葛酉生先生

马瑛先生

吴虚谷先生

陈艳民女士

韩艳利女士

王利田先生

王有鸿先生

吴焕宰先生

秦玉智先生

吴文达先生

王文松先生

孙艳梅女士

吕国翠女士

王丹女士

刘剑先生

『华语杯』

国际华人文学大赛
获奖作品精选

孙淑香◎主编

世间有一种情，天涯望断不见君

世间有一种愁，抽刀断水水更流

团结出版社

图书在版编目（CIP）数据

"华语杯"国际华人文学大赛获奖作品精选 / 孙淑香主编 . --
北京：团结出版社，2020.7

ISBN 978-7-5126-8047-0

Ⅰ . ①华… Ⅱ . ①孙… Ⅲ . ①华人文学－作品综合集－
世界－现代 Ⅳ . ① I11

中国版本图书馆 CIP 数据核字（2020）第 129884 号

出　　版：团结出版社
　　　　　　（北京市东城区东皇城根南街 84 号　邮编：100006）
电　　话：（010）65228880　65244790
网　　址：http://www.tjpress.com
E－m a i l：65244790@163.com
经　　销：全国新华书店
印　　刷：廊坊市海涛印刷有限公司
开　　本：145×210 毫米　1/32
印　　张：24.75
字　　数：577 千字
版　　次：2020 年 7 月　第 1 版
印　　次：2020 年 7 月　第 1 次印刷

书　　号：ISBN 978-7-5126-8047-0
定　　价：100.00 元

序　言

淡墨凝香，心池花开

刘　清

　　文字，是心的安放，是情的流淌，是生活的提炼，是诗意的追求，是梦想的成真；文字，是心的修行，是娉婷在心池的一朵花，婉约着唐诗宋词的风雅，散发着醉人的心香，心有多纯，文字有多净。淡，是一种极致的美，是一种至高的境界，生命的书写无须着墨太多，用最本真的色在岁月含香中晕染无悔的篇章。让我们循着淡淡墨香、缕缕幽香，走进水墨的天地，去领略生命的精彩，去聆听心的诉说、情的飞扬。

　　生命是一场岁月的禅修，于季节深处端坐，与时光轻轻对话，在蛰伏隐忍中积蓄力量，在苦寒中磨砺坚守，信念的萌芽在心底蠢蠢欲动。铺展生命的素锦，在凛冽中刺绣出一剪梅花飘逸，一抹新绿吐翠。风信子还未送来春的气息，外面的喧嚣也与你无关，一颗晶莹的诗心擦亮锈迹斑斑的诗行，生命在孤寂等待中孕育着一个盛大的春天。让我们循着暗香浮动的文字，走进陕西诗人张荣彬的《岁末，与时光的对话》，去感受一颗凌驾于季节之上的不羁灵魂，生命在诗意中葳蕤出青葱的远方，在顽强中开出一树明媚的花。

"弯道处，你领航了冬季 / 不在乎 / 震落雀儿坚硬的啼声 / 堆一地尖锐的峥嵘 / 熬到岁末的生灵 / 心中都有信念的萌芽 / 撕一片北风 / 绣一朵梅花，纨一枝寒绿 / 春风的呢喃尚远 / 盛宴与你无关 / 磨亮的词句不再斑驳锈蚀 / 冰心蜗居玉杯 / 结晶银汉千年的苦寒 /"

真正意义的活着，不是表面的枝繁叶茂，而是灵魂的苏醒、风骨的挺立。生命的供养，不是季节，而是骨子里永远流淌的血性和永不放弃的信仰和执着。表面的光鲜也无法阻止内在风景的凋零，人活着总需要点血性来抵御尘世的麻木和风寒，让生命鲜活地活着。生命最真的颜色是素心如雪的留白，是琉璃世界的那抹梅红，生命的精彩在这个冬季盈盈绽放。让我们循着素色生香的文字，走进浙江诗人吴虚谷的《雪白与梅红》，在纯白的世界里聆听血色梅红的生命誓言："我的枝繁叶茂的生命 / 突然间丧失了激情 / 喷涌而出的血液已凝固 / 坚硬的脊梁也钙化成齑粉 / 寒冷的北风吹过 / 我的粉末剥落 / 一层又一层 / 可是我分明还有灵魂 / 在漆黑的夜里不屈地呻吟 / 我用春夏秋全部的精彩 / 向上天换一抹血红 / 在一片茫茫的白色中 / 只有这血色的梅红 / 宣誓生命 /"

缭绕的云雾，没有遮挡住熟悉的身影，愈加清晰，叠加着山的高度；您用羸弱的身体耕耘着土地，播种着希望，一双在岁月的侵蚀中变得逐渐粗糙的手，为儿女在炊烟袅袅中撑起爱的那片天；每天殷殷期盼的目光，铺满了回归的山路，您用爱温暖了孩子整个生命的冬季。谁言寸草心，报得三春晖。让我们循着感人至深的文字，走进甘肃诗人刘剑的《村口眺望的母亲》，去感受那份浓浓的母爱：不论有多大，不论走多远，孩子，永远走不出母亲牵挂的视线。

"云山雾绕。村头一剪身影 / 映衬着山的高度 / 耕作泥土。

身子单薄/操持的双手粗糙/唯有炊烟袅袅，暖暖目光/铺满一条故乡的山路/冬天退去。初春的草木/为之俯首匍身/"

世间有一种怅，夕阳无限好，只是近黄昏；世间有一种情，天涯望断不见君；世间有一种愁，抽刀断水水更流；世间有一种伤，念去去千里烟波，孤雁声啼别梦寒；世间有一种轻，不是平步青云，不是风光无限，是心的彻底放下，是临风把酒问余生的洒脱。循着秋意向晚，初愁终悟的诗篇，走进山东诗人马林的《喝火令·临水秋晚》，去感受一颗红尘之心的起伏和释怀，看淡，看轻，放手，就是自在和得到。让我们共同欣赏精彩《喝火令·临水秋晚》：

白鼗催秋动，寒波接梦行。别群霜雁两三声。
愁水漫淹穷暮，蛙鼓不知更。

断客千重影，回眸几许情。
向谁能借一身轻。莫是云天，莫是月长萦。
莫是景光无限，载酒问余生。

为了红色信仰不懈追寻，恪守忠信仁义是其光辉的一生；拥有气壮山河的高尚情怀，义薄云天的浩然正气在天地间屹立；投身革命光明寻，功成名就淡泊隐；岁月未改忠贞志，千秋万代英名留。有一种精神，如火炬点燃民族，照亮征程，让我们循着人格的光芒，走进四川诗人黄显德的《七律·听〈朱德精神〉讲座有感》，去见证一代伟人朱德日月同辉的一生。一起欣赏经典诗词《七律·听〈朱德精神〉讲座有感》：

万里追寻为党征，誓将忠信守一生。

高怀落落山川举，浩气纷纷岁月凝。

投笔从戎归大道，抛官弃禄沐清风。

年逐迟暮犹贞志，夕照千秋身后名。

人生改变命运的路众多，但对寒门的孩子来说最捷径的方式就是靠知识改变命运。高考对每一位学子来说，就是一个命运的闯关，更是鲤鱼跳龙门的人生转折点。有一种爱在殷殷目光的守望中，只要你有出息，吃多少苦都值得；有一种爱在无言的鞭策中，让你拼尽全力去奋斗，只为不辜负望子成龙的期盼。有一种记忆，无论时间过去了多久，都会成为心底永不磨灭的印记。让我们沿着青春的足迹、爱的气息，走进内蒙古作家王利田的《父亲陪我去高考》，去认识一位挑着爱和希冀陪儿子参加高考的父亲，在细致入微的饮食起居中感受爱的厚重，在只言片语中感受那份支持和力量，您的陪伴是我勇往直前的动力，相信儿子不会让您老人家失望，在一场场的过关斩将中给自己和您交上一份满意的答卷。没有什么华丽的语言，作者通过细腻的动作、对话和心理描写，于无声处将平凡父亲的伟岸形象，一点点勾勒树立起来，不愧是佳作，值得大家借鉴学习。

"吃罢早饭，父亲陪我一同向考场'进军'，走到卓资中学大门口，方止步，我回头深情地望着父亲，他冲着我说：'沉着冷静'，并送给我一个微笑，殷切的目光透露出对儿子的支持与鼓励；那和善得不能再和善的面相又一次给我带来无限的温馨，令我觉得心软软的；他那带着棱角，代表着正直、坚定的国字脸所体现的精神，如脊梁，支撑着我顽强的毅力，使我浑身充满了正能量。"

"高考对我一生成长的影响具有十分重要的意义：是磨砺，是洗礼，是励志，是转折，如赞歌；而在父亲陪伴下的高考又被赋予了更深一层的含义：是责任，是鞭策，是教育，是守望，如戏剧！"

世上千里马常有，而伯乐少有。一块璞玉，只有遇到真正有眼光的人，其价值才会被发现挖掘出来，经过后天的磨砺打造，焕发出应有的光彩。人亦如玉，拥有好的质地为其成功奠定了良好的基础，在名师的雕琢和自身的不懈追求中，内在的潜能会无限地展示出来，成为一颗耀眼的星星。梦想是腾飞的翅膀，舞台是精彩的绽放，让我们循着百灵鸟的歌声走进浙江作家薛年勤的《琢玉成华——写著名青年歌唱家魏小燕》，在音乐的天地去领略青年歌唱家魏小燕的风采，她如一块璞玉，在名师的点拨锻造和自我超越中，散发出熠熠生辉的光芒。她天生是属于舞台的，是生命的歌者，她用歌声演绎着绚烂、诠释着完美，祝福魏小燕在艺术的天空越飞越高、越飞越远。

"声乐是一种听觉的艺术，她的艺术感染力是以演唱来体现的。而要将歌唱达到炉火纯青，绕梁三日，余音不绝的效果，首要的是有坚定的声腔功底和熟练的演唱技巧。更重要的是小燕以自己的声乐修养，音乐素质、心理素质、文化修养奠定了她在全国声乐大赛获奖的基础，她像一股温暖的风，每时每刻都给大家带来快乐和美好。人生是一首悦耳的歌，生命是一幅美丽的画，事业是一条奔腾的河流，愿生命如美丽的花朵，在阳光下艳丽绽放！"

素，是生命的底色，无须浓墨重彩，用最纯净的色，装帧着人生的扉页；生命最动人的景，不是姹紫嫣红，而是纯真天地的那抹留白，如皎皎的玉兰花，在无争的天地保守着那份初心不染。香是精神玉是魂，月为韵味雪为痕，让我们循着清香淡雅的文字，走进浙江作家吴焕宰的《院子里的那棵白玉兰》，在无瑕的世界里，赏花之美，赞品之高，嗅魂之馨。美在崇高，艳在气节，生命在一袭洁白中接受洗礼。

"纯白色明艳的白玉兰花，满枝头尽情绽放，花朵朵朵顽强地坚持着向上舒展，花朵朵朵洁身自好，花朵朵朵洁白无瑕。有的敞开自己纯洁坦荡的胸怀，仿佛在向蓝天白云宣告着什么，又好像在迎接春天里的新生，包括生命中的雨露风霜，夕阳和朝霞。有的还在羞怯怯地含苞待放，带些椭圆的花蕾，如一个肥嘟嘟的小女孩蜻蜓般倒立在那枝树梢的尖尖上，在微风中摇曳摆动，开心玩耍。它们不需要绿叶陪衬，更不需要精心呵护、扶持、护卫，那份危颤颤的俏皮，那种毫不掩饰的惊艳和坦坦荡荡的坚强自信，令人深深地感动与莫名地喜悦。"

文字是在孤寂中禅意的一朵莲，在一池墨香中盈盈绽放，书写着上善，彰显着高贵，考验着人性，洗涤着生命，叩问着灵魂。于清雅中起笔，于淡泊中落墨，香远益清醉红尘。你若盛开，清风自来。

是为序。

目　录

第一部分　现代诗歌

浙江诗人吴虚谷

【作者简介】

吴虚谷,男,1960 年生于浙江衢州。中国诗歌学会会员,中华诗词学会会员,中国楹联学会会员,衢州市作家协会会员,1981 年浙江师范大学毕业。40 岁开始经商。爱好文学,发表诗歌、小说、散文、通讯、电视专题片等数百篇。荣获"精英杯"全国文学大赛一等奖、"草原情"全国文学大赛一等奖、浙江省科普作家协会"十佳诗人"等各类奖项。有《虚谷诗集》《一念集》《金鸡山上》(与鲁承禹合著)等出版发行。

现代诗十九首

1. 写给春天的一封信

在清晨的梦中
听到布谷鸟在歌唱
高亢激昂的声音
带给我们春天的希望

就在不远的前方
春天急着要登台亮相
蛰居的日子就要结束
打开吧

那些紧闭的门窗

但，请不要着急
我们现在还很紧张
我们要众志成城
让病毒无处躲藏

把给春天的这封信
绑在布谷鸟的翅膀
准备好了吗
我们期待
万紫千红的明媚春光

2. 等你

我倾尽所有
终于穷困潦倒
只有赤裸裸的灵魂
在乌黑的长夜咆哮
你躲藏在哪里
为何让我苦苦寻找

这颗高贵的灵魂哟
为你受尽苦难和煎熬
可是你从来都不懂
即使黑夜里相逢
你也会践踏我

面无表情地逃之夭夭

寒风，吹着冰箫
尽情释放热讽冷嘲
她希望我早一天屈服
躲进她空虚的怀抱
把灵魂编成音符
让悲伤轻轻地舞蹈

不要笑我太骄傲
灵魂深处埋着崇高
因为相信你的迷失
只是受了恶魔的误导
等你
下一个轮回相遇
阳光会还你少女的微笑

3. 祖先的荣光

同一颗种子
长出两片芽
共同的根
生长在同样的土壤
炎黄离我们并不远
泰伯仲雍给我们
凝聚的力量
祖先给我们的基因
无论走到哪里

我们的心
都朝着同一个方向

我们深深爱着
脚下的土地
每一个家族
都有绵延千年的根
我们是伟大的存在
千百个家族
组成枝繁叶茂的家
我们又是渺小的个体
再显赫的声名
都是大树的一片叶子
终究会飘然落下

今天，就在这里
你来了
我来了
我们都来了
手牵着手
沐浴着阳光
每个人的微笑
都像花儿一样
因为有了我们
家族更加繁荣兴旺
历史将会铭刻
这一个时代的光辉灿烂

注：衢州吴文化研究会部分宗亲参加珊塘宗祠暨白云村文化礼堂落成典礼活动，迎春村晚气氛热烈，吴文化之花绽放着绚丽的光彩。

4. 一个人加油

凛冽的寒风
吹落我冰冷的泪水
昨夜的温存
已消失在隐没的星辰
那些波光粼粼的柔情
冻结成了一湖寒冰
明月如霜
谁明白她孤独的心
即使喷薄而出的太阳
还不是四十五亿年的孤苦伶仃
深呼吸
在寒冷中保持清醒
最后的诗
装进梦的行程
一个人加油
期待下一个风景

5. 时光，再见

想躲进婴儿身体里
和时光说再见
把皱纹和白发还给你

还有逝去的几十年

我会随意地傻笑
每一次都天真无邪
把防备与伤害打包
快递到命运的河里面

记忆却不愿意死去
像虫子咬破黑夜
时光疼痛得打滚
挣扎着又到了白天

给我一个长长的睡眠吧
哪怕和自己短暂再见
只愿再次醒来
镜中的我不会太讨厌

6.　快乐印痕

你精灵般的双眸里
有我心中的蝴蝶在飞

流光溢彩的唇齿间
是蝴蝶停留的花蕾

转身时的飘飘衣袂
留下你无法捧起的香味

我伸出空空的双手
回忆梦中的快乐印痕

7. 冬恋

有一种恐惧
从门缝中钻进来
它呜呜地嚎叫
躲进了柜子、床底
甚至被窝里

黑暗，被冻结在窗外
仿佛再也没有黎明
黑夜被拉到弯曲
即使窗帘完全消失
也不知道光明在哪里

听到玻璃碎裂的声音
一段感情嘎嘎哭泣
眼睛像两粒黑豆
看到湖水像心一样
慢慢冻成了冰

8. 曾经的岁月

翻过薄薄的日历
日子所剩无几
像门前树上的叶子

雪花似的撒落满地

前方转角处
桂花开足了整个秋季
她应该像我爱的人
会陪伴我年年岁岁

池塘边的柳树下
藏着些夏天的秘密
那些喧嚣的蝉鸣
无法掩盖激情的拥吻

最美的岁月总在初春
花朵绽放出所有的绚丽
而我们以为明天很远
谁也不信一切变成了曾经

9. 诗魂偶遇

在不经意间遇到你
那么多姿多彩
随风摇曳

是不是我一直在期待
你的每一个姿势
都让我感到温馨

我的诗魂在向你招手

说一声留下来吧
我愿意做你的陪衬

10. 寒风中的你

羽毛，一根一根
在寒风中瑟瑟
你迎风而立
却抑制不住颤抖

双眼，炯炯闪光
扫描积雪的深度
除了料峭的岩石
寒冷带走了所有的活物

你的喙动了
是不是想起了美食
山坡上的岩羊吗
还是草地间的白兔

只有你的钢爪纹丝不动
时刻准备着投入战斗
鹰，注定在饥饿中死去
即使死了
也站成英雄的雕塑

11. 老家修路

山上，山下
穿过陡峭，荆棘密布

村里，村头
到处泥泞，一滑一步

祖先从山那边走来
摔一个跟头，又一个跟头

我却从这里出发
过一个城市，又一个城市

你这个被遗忘的角落啊
何时才能修路

怎么都不信真的动工了
虽然来得太迟，太迟

12. 雪白与梅红

我的枝繁叶茂的生命
突然间丧失了激情
喷涌而出的血液已凝固
坚硬的脊梁也钙化成蔺粉
寒冷的北风吹过
我的粉末剥落

一层又一层

可是我分明还有灵魂
在漆黑的夜里不屈地呻吟
我用春夏秋全部的精彩
向上天换一抹血红
在一片茫茫的白色中
只有这血色的梅红
宣誓生命

13. 缤纷

舞台换了背景
音乐也不再只有鸟鸣
花旦撩起湖光山色
我亲爱的西子
你衣袂翩翩
五彩缤纷

浓妆艳抹的梧桐
像青衣涂了太重的脂粉
倒不如笔挺的枯荷
在泥中扎了根
扮演莲藕老生

秋风变幻着小丑的脸
他不知道香樟苍翠常青
那才是最帅的小生哟

坚守不变的信念
一往情深

14．五彩山上

大地金黄
化了彩色的浓妆
五彩山上
祥云悠然飘荡
千年的鄱阳湖
静静地展示
温柔的夕阳

让心放飞
忘掉所有的忧烦
追上鸟儿的翅膀
到一个完全陌生的地方
今晚我心向明月
我的梦
会自由地踩着
五线谱一样的波浪

15．那一天的梦

窗外的秋虫
悠闲地卿卿依依
谁料到风云突变
又梦见你在雪中

那一天风雪嘶吼
你突然出现在门缝
就那样倒在我怀里
冰冷得浑身哆嗦

你的双手放进我胸口
点燃我心中的烈火
冰与火融化的一刻
爱情上升到新的热度

梦醒时分一窗明月
薄衾独坐竹影婆娑
亲爱的，你在哪儿
是否也有那一天的梦境

16. 银杏黄了

尘世的留恋
断了
光
从生命四周
滑落

痛苦刹那消失
喧嚣的
风
用听不见的哨声

唱歌

离断并不太难
悬崖上
飘落
喜欢在清澈的水里
隐没

青春多么短暂
朦胧的
梦
失去了斑斓的
幻觉

17. 枫叶殷红

像一杯红酒
享受生命的馈赠
温柔的拥抱
缱绻岁月的深情

二月春风中相识
你不屑和百花争艳
嫩芽挂着晨露
绿叶凝聚着清新

羞涩，你低头不语

殷红的脸庞绽放精神
秋风托起你的纤腰
婆娑的舞姿醉染层林

18. 解药

夜，是愁的解药
熬啊熬
青丝白发飘

醉，是酒的解药
喝啊喝
痛苦全忘掉

梦，是磨难的解药
梦还在
哭完还会笑

爱，是牺牲的解药
舍弃自己吧
去成全她的骄傲

19. 却上心头

多少次告诫自己
不要再去想你
只是一片落叶飘过
忽然就针刺般心疼

当初紧紧地拉着你
相信能给你幸福
多少愿望已实现
幸福却越来越模糊

不是每一个拥抱
都可以让心与心靠拢
不是每一种思念
都会让落叶沉重

在陌生的都市里
找寻你熟悉的面孔
泪水悄悄地滑落
从眉头到心头

陕西诗人张荣彬

【作者简介】

张荣彬，男，曾用笔名（网名）：驼影润沙、秋过留痕、眉挂春秋、竹品朝霜。祖籍甘肃天水，定居陕西西安。20世纪80年代末毕业于石油大学，从事油田开发及其管理。年及天命，不求闻达，但也绝非淡泊宁静、不问世事之流。自幼经历坎坷，无祖荫之佑护；平生命运多舛，有博弈之小成。为人处世以"交友须带三分侠气，做人长存一点素心"自勉；谋事人生，秉持"常思一二，不求八九"愿景。喜好虽较杂，但与常人无异；生性较豪放，但非草莽之徒。受业理工科，却偏好附庸风雅。闲暇常舞文弄墨，记录胸中珍存的心情；偶有精神富余，时捡拾一路朝前的脚印。托文赋志，皆因自竖人生路碑，不致走偏；行笔自留，欲以警示子嗣，尚待付梓铅字。结缘经典文学，谋广交家国情怀之友，开拓人生另一重境界；勤于笔耕之累，思精进文学水平，用我心我笔书写今生春秋。

获得荣誉："精英杯"全国文学大赛散文一等奖获得者；当代文学名家获得者；跨世纪诗人、跨世纪作家获得者；经典文学百强作家获得者；当代文学先锋人物大典入编者；"经典杯"华人文学创作大赛散文一等奖获得者；当代华人爱情文学创作大赛诗歌特等奖获得者；经典文学网2018年度十佳签约作家获得者；"蝶恋花杯"（国际）华人文学大赛特等奖获得者；第二届中国当代知名诗人知名作家荣誉获得者；"当代精英杯"全国文学大赛特等奖获得者；当代文学领军人物大典入编者；经典文学网2019年度十佳诗人荣誉获得者。

月光的音阶（外四首）

1
暮色四合，沧鸥偃声
按捺住涛声
蓄势的激情正在谱曲
大海脉搏不再平复
等你，在潮汐伴奏中起步

不是所有的光明
在黑暗中潇洒启程
不是所有的温暖
能够安抚梦呓
挺好，一直向西巡游
一粒启明的星子
替你点燃了晨光熹微

2
前行，磊落在压榨阴暗
夜色当空，孤独正浓
就踩着旷古的幽寂
目光点燃银河的长路
光明向西的路标

细步轻灵，扛起太阳遗训
执剑的玉指
轻敲万峰，拨弦长河

安抚天地酣然入眠

银光书写的乐谱赠给母亲
一支轻柔的儿歌
晃动摇篮均匀地呼吸
音律穿梭
经纬着黎明喷薄的战旗

3
你漫步过最遥远的桥
初一走到十五
一影玉船，桨声四溅
摆渡了一轮圆满的今生

坦然面对初生的旭日
十五告别初一
一个透明的轮回
只捡拾晨露收藏的蛙声
或也有蝉鸣
再挽起竹风的音节
你的驿站，有一匹白马
在家乡的院落扬蹄
没有忧伤缠绵住炊烟

夜，裹住晚秋的小雨

沿月光废弃的路走来
撩开一帘清冷

躲闪寒露递来的手臂

没有电闪雷鸣随行
孤独在针芒跳舞
忽而失足，跌落在心海

此时，菊花湿透衣襟
雁声陷入泥土
逆反的麻雀
可能在枯枝打盹儿，嗜睡
无视冰凉的夜色

也许，会有一声长啸
滑落苍鹰的铁喙
那是道同样逆反的闪电
凌驾在潮润的高原
长长地，穿刺着秋天

雨声渐歇
阴云依旧湮没星光的叹息
起风了
绚丽的街灯更加清明
一条路，抬头
起身跑向我途经的北方

倒映在流水中的词语

活水，不腐尘事

记忆漫洇一川的深浅

临岸徘徊的苍烟
抚摸倒映长河的词语
或前朝故事坚硬
庙堂风云镏金
或瓦当挣扎，誓言破碎

终究，轻纱难拢流水
逝去不舍昼夜
听清波的辞令柔软
周旋泥沙掩埋的叹息
接不住雁声冷暖
重复季节握别的叮咛

而我，掐不到一朵浪花
唯有远眺和近观
任层雪重浪次第卷起
卷起悲欢离合兴替衰荣
卷起，历史的涛声

走向铜鼎竹简的文字很少
逸去，不枉时光
滑翔的落叶传书往事
飞扬，旋歌，感激土地
相信有一个春天

聆听江河朗读的日记

霜叶心语

余温，从筋脉隐退
不舍的爱恋
拽紧寒风挟裹的晚秋

多想举经幡走过寒冬
叶片细裁北风
抛撒出雪花满天

也多想，在春天的怀抱
在燕啾雨歌里
阅流云往来，星汉明灭

可我握不住半点生息
绝望，摞上峭冷
铺一地抽搐的疼痛

不想这样离去
舍家，宛若逃离的果实
扑入另一个怀抱
诀别生命逶迤的枝头

唯有屈膝命运
向日鉴心，蒙尘暮空

从此不笑流水飘絮
不笑莺燕薄情
背起乡关的瘦影清欢
向土地深处，躬身踱去

岁末，与时光的对话

1
秉性寡情，面目肃冷
从不回望来路
回望那纵横凸起的筋骨
是否，饱渗了汗水

也从未停下脚步
守一座雅舍
品一壶绿叶沉浮的甘苦
或装裱一帧风景
勾勒流水逝去的脚程

陌然，擦耳无痕
谁是霜蹄溅起的微粒
谁又是雪尾拂落的星辰
你疾书时留出飞白
却挤不进山水叠复的影子
你挥笔时撕裂浓墨
却被山岚晕香一枝小春

2

弯道处，你领航了冬季
不在乎
震落雀儿坚硬的啼声
堆一地尖锐的峥嵘

熬到岁末的生灵
心中都有信念的萌芽
撕一片北风
绣一朵梅花，纨一枝寒绿

春风的呢喃尚远
盛宴与你无关
磨亮的词句不再斑驳锈蚀
冰心蜗居玉杯
结晶银汉千年的苦寒

3

俯首，看种子准备起身
它在等一川雨
请你，邮寄一帆风

征途是根长线
紧系你高高翘起的尾巴
岁月虬枝坚硬
沿途占一块高地
标记风声，雨声和春天

人生没有轮回
腕表静心解读着每次偶遇
分针秒针穿梭
它们擦肩互道的再见
与我，是句失重的流言

辽宁诗人徐正秀

【作者简介】

徐正秀，男，70后，辽宁省检察文联书画协会理事，中国诗人榜中榜金鼎诗人，当代诗歌先锋人物。自幼喜爱中华传统文化，爱好自然，感悟万物有情，触发内心最柔软处，并寄托于文字以记之。作品收录于《中国当代青年超短文学精萃》《中国当代诗词》《当代诗歌先锋人物大典》《当代实力作家文选》《当代文学人物大典》《天津诗人》《云天外的光芒》等纸媒。

咏冬·所有的答案都在雪中（组诗）

一只青莲
悄然爬过寒冷
负数的温暖
在一场绽放中丰盈

每一粒素白的形容词
都坦然得宠辱不惊
三百六十个日子的淬炼
才能安慰干涸的眼睛

高贵而卑微地降落

一个无法言表的图腾
发光的快乐
敢于和所有的执念触碰

永远单薄的厚度
已经足以诱惑怦然的心动
单色调的慰藉
是今年最好的收成

遥远的眺望，无法温暖
五体投地的虔诚
所有的答案
其实都在一场雪中

雪，有关风月

拥抱最后的温存
把一种深色调的蛰伏融化
风扇动同色系的浪涌
不时淹没，月岛木黄的篱笆

十万兜鍪席卷而来
银色的蹄声
散乱如马

锋芒锐不可当
从最初的一鼓作气

到最后的反复掩杀

雄浑一再撕裂天空
层层叠叠的呼哨
被无限放大

星痕散落波谷
为尘世点亮一支支火把

唯有雪色最深重

从李白的燕山来
从柳宗元的江上来
一枚雪花轻易穿越唐宋

是丁鹤年的鹤氅翩翩
是尤侗的烟中白鸟
一枝梅讯便氤氲了明清

银色的篝火
点亮黑夜的眼睛
琼宫贝阙
一再模拟故乡的黎明

从不直面思念
只委婉地回应痴情
淡爽的盐花

适合点缀这无味的清冷

拥抱日渐瘦削的肋骨
温润一座皲裂的城
枝头零碎的鹊鸣

在一张宣纸上小心篆书
用情至深
原是前世的书生

江苏诗人余镇浙

【作者简介】

　　余镇浙，男，江苏省镇江市人，1956年10月出生。大学文化，工程师，职工教师（中级），中国诗歌学会会员，中华诗词学会会员，中国楹联学会会员，中国诗歌网会员，中国诗歌报会员。曾获"当代精英杯"全国文学大赛诗词曲赋一等奖、"蝶恋花杯"（国际）华人文学大赛二等奖，"华语杯"国际华人文学大赛一等奖。诗词23首入编《当代文学先锋人物大典》，诗歌27首入编《当代文学精选》，诗歌8首入编《当代实力派作家文选》，诗歌5首入编《"蝶恋花杯"（国际）华人文学大赛获奖作品精选》，诗歌10首入编《当代文学人物大典》，诗歌10首入编《当代知名诗人诗选》。作品还散见于经典文学网、中国诗歌网、中国诗歌报、现代诗歌等报刊和网络平台媒体。

时光，再见（外三首）

（一）

石英表，吝啬地计较
零点后的时差
秒针比骡马生物钟聪明

铁轨的光洁度亲吻
紫禁城中轴线

东方的太阳很准时

（二）
春分，一夜风雨一日晴
桃花占尽梦的闺房
包办前世的姻缘

燕儿来贺喜，雷神击鼓鸣
门外的风景留给妙龄的黄花
等着抢亲的盗郎

（三）
一睁眼，地上的落叶沉眠
毫无防范的宁静
一转眼，被风拐走

刚才，只听到风声
现在看见雨
落在叶子让出的地盘

（四）
脚步走在陌生的日子里
月光，清点梦里残存的疑惑
黎明升起了新的太阳

天地，总是跟着时光的算盘
日进分文

没有颠倒的春秋

平凡

摊位，巴掌大地盘
顶一堆锅灶碗勺，粥
独当往来的常客

晚一步锅底朝天
商量，被解雇到空气中
掌勺的瞟了一眼

缺一顿就翻脸的肠胃
琢磨一个问号
何不换一处可口

回眸那堆热腾的人气
不愁无客
拿嘟瑟浇一瓢凉水

春分过处种春风

燕子，深埋过一粒种子
长在风雨飘落的柳岸
遭一信物诱发
桃花别时，春流半句
挑拨一场雷电争风

白云沉不住，一闪裂缝天
透光漏雨，地气得益
那一粒种子的胃口无羁
破土开一叠食盘
耕夫忙得看不清田际

老牛陪他垦荒犁尽
身后原野是风吹黄的花海
蜂蝶回来了，重演故戏
牵动旧情的那根长线
是祈福的风筝

浮生一日

口罩，隐瞒美与丑的弱点
过滤嗓音的浊气
神秘感被廉价包装

冰箱的肚子饿空了
逼我出门，小区卫士挑剔
口罩，特设的通关文牒

安然是有底线的，路人
怀揣一份老实的契约
相逢皆识同一国籍的面孔

拥抱常去的那个欢迎光临
真了不起，她为我

守候一日渴望的平台

跟我一样的神秘，疑惑
敲键不见无名玉指
睫光在凹凸的口罩下闪动

山西诗人裴希林

【作者简介】

裴希林，1948年3月出生，山西省沁县人，曾先后就读于北京育英中学、北京石油地质学校地球物理勘探专业、四川大学中文系。曾从事多年石油地质工作并先后担任过四川省委老书记杨超同志秘书、四川省投资集团企业高管。现为中华诗词学会会员。

草原，我的心灵家园（外六首）

草原的春天
步履姗姗
草原的润泽
细雨潺潺
草原的天空
碧玉般蔚蓝
草原的河流
曲曲弯弯
草原的毡房啊
袅袅炊烟
我心澄静空明
这静与美的世界
我心灵的家园

草原的时光

缓缓流淌

草原的流云

舒卷安详

草原的牛羊

静静地觅食徜徉

草原的情歌

悠悠远远地唱

草原的奶茶啊

醉人芳香

草原，这柔波绿浪的海洋

令我心展翅飞翔

这静与美的世界

我魂灵的家乡

我飞奔在草原上

——蒙古马自诉

我是一匹蒙古马

自由地奔驰在

绿浪无边的草原上

飞奔在我的天空和世界

草原的风

吹拂起我长鬃飞扬

草原的雨

流瀑般洗涤我

身心清爽

雨后的草原
梦幻般的虹霓
在天空飞挂
我忘情地昂首嘶鸣
声音在空旷的草原上
回荡

我是一匹蒙古马
自由地奔驰在
绿浪无边的草原上
飞奔在我的天空和世界
我爱这鲜花点缀的原野
日夜弥漫着醉人的芳香
我爱这朵朵白云柔缓舒卷
吟诵着和平与宁静的诗章
我爱这草原萦回往复的溪流
和那天边火一般燃烧的金辉落霞
我爱这草原暮色中
牧人骄健身姿的剪影
和那咩咩叫声中晚归的牛羊
我爱这炊烟袅袅
雪莲般绽放的洁白毡房
我爱草原碧玉镶嵌的明镜般的湖水
和那悠远深邃的帆影天光
我爱草原这静谧的夜晚
和那星光灿烂的浩瀚天宇下
马头琴声的辽远忧伤

琴声在述说着

我对家乡的眷恋

诉说着祖先功业的辉煌

悠悠的长调

从我的心灵缓缓流出

仿佛生命的欢歌

是牧民对幸福生活的向往

我是一匹蒙古马

自由地奔驰在

绿浪无边的草原上

飞奔在我的天空和世界

我从时光深处走来

从额尔古纳河畔一路迁徙

携手同行白鹿与苍狼

我从历史的烽烟中走来

身披着祖先的荣光

我从成吉思汗的战阵中归来

带着满身的创伤

我在凛冽寒风中奔驰

穿云踏雾疾如流星

何惧朔漠雨雪风霜

我的魂魄里

有成吉思汗的血性奔涌激荡

我的天地在边塞疆场

岂能流连贵族马术的赛场

我鄙夷雕鞍玉饰的奢华

表面浮华虚荣的富丽堂皇

只会把人引入精神道德的迷途

失去生命的本真和锋芒

我是一匹蒙古马

自由地奔驰在

绿浪无边的草原上

飞奔在我的天空和世界

我站在苍穹下

我站在午夜苍穹下

瀚海无垠天风浪浪

繁星满天广漠深邃

人堕入

宇宙洪荒

我心沉静苍茫

那一刻

我成了哲学家

我是谁？来自何处

我相信，天宇深处

定有神灵

我相信，哲学终将与宗教携手

流星坠落，划破夜空

我豁然大悟

算来浮生一梦

蜗角蝇头堪笑

我站在高山之巅

骋望山川大地

繁花遍野，林海茫茫

群山巍峨，大河奔流

海天辽阔，洪波巨浪

草长莺飞，春风浩荡

那一刻

我成了诗人

逃离钢筋水泥的森林

纵然是，霓虹闪烁觥筹交错

心灵却一片荒凉

回归自然

春花映发夏木繁荫

秋水长天冬雪皑皑

放飞心灵

生命原来如此绚烂

人生原来如此美丽

花儿为什么芬芳美丽

知道吗

朋友

花儿为什么芬芳美丽

那是因为

它在孕育生命的种子

展示生命的魅力

如果没有死亡

阳光灿烂，普照万物

世界绚丽多彩芳香

人们赞美生命，恐惧死亡

细思量

如果没有死亡

这个世界会多么恐怖

如果没有死亡和新生

世界何从进化

那么，史前动物和猴子将永远占据丛林

充斥一切生存空间

如果没有死亡

那么，地球上永远只有

白发千年的老人

可爱的婴儿宝宝又

何由呱呱坠地，欢乐满堂

美妙的青春和爱情

不复存在

人生将失去多少美丽与芬芳

如果没有死亡

鲜花不曾枯萎

那么，果实——生命的种子

何以结成

又何处寻

夏花之绚烂，秋叶之静美

死与生，如影随形

枯萎的蒲公英

像降落伞一样

随风播撒种子和希望

每一片落叶

都将促生一瓣新芽生长

每一朵鲜花的凋零飘散

都意味着生命的种子

远播四方

如果生命未曾经历

出生成长衰老死亡

那么，时空将静止凝固

大自然会死一般单调苍凉

天道循常

生者寄，死者归

生即是死，死即是生

生生死死，死生不息

让这个世界变得

如此精彩

啊！仰望上苍

我虔诚地

感谢造物主的精妙设计

感谢神灵对人类的眷顾

赞美生命，也欢送死亡

花儿与蜜蜂

春日融融

春风

吹薄了衣衫

吹笑了眉弯

吹醒了花园

一株迎春花，绿叶尚未绽芽

蓦然间却已怯怯地开出

两三朵黄色小花

几只小蜜蜂

悄然飞舞盘桓其间

蜂儿的信息

何其灵敏

是谁向蜜蜂及时传递了

春天的信息

蜂儿又是从何处飞来

蜂儿不语，只顾采蜜

多情的花儿

你要香飘几许

方能引致情郎哥哥的一吻

花儿不语，亦只微笑

呃！是造物主的意旨

对！是那只神灵之手

我恍然若悟

这世界太奇妙

注：蜜蜂触角上有6000根能闻到气味的毛，每一根绒毛都是接收嗅觉信息的天线。

西部恋歌

高原的风
翻卷着尘沙
掠过赤裸荒凉的山脊
为什么
我眼前山野间
却仿佛流淌清泉
荡漾着涟漪
啊，那姑娘窈窕婀娜的身姿
深情闪动的眼波
秋水般澄澈美丽

西北的烈日
喷吐着赤焰
炙烤着贫瘠干旱的田园
为什么，我眼前却绿意葱茏
杨柳依依
烂漫的桃花开放到天边
啊，是那姑娘如花的笑靥
银铃般的笑声
如一双纤指拨动着我的心弦

浙江诗人吴焕宰

【作者简介】

吴焕宰，笔名蓝色天堂，浙江台州人，在上海经商多年，现定居上海，空闲时参与做些宗族传统文化事业。

爱好文学，20世纪80年代初曾参加鲁迅文学院、《诗刊》组织的函授学习，时有诗歌、散文发表于期刊，作品也散见于经典文学、中国散文网、短文学等十几家文学平台，并与同好合集出版各类文集十多本。散文《岁月如刀，生死似梦》获得"当代精英杯"全国文学大赛一等奖，散文《吃大闸蟹有感》荣获第六届"中华情杯"文学大赛一等奖，并荣获经典文学2019年度十佳签约作家称号。

生活是一种念想（组诗）

1. 时光，再见

昨日的阳光
停留在今日的树梢上
发黄的岁月让清新的日子
做详细的笔记
落叶是轮回
嫩芽是希望
花朵是美好祝福

只有落光了牙齿的微风
唠唠叨叨着南来北去的过往
时光早已经被默默地酿进酒里
切开苹果，取出时间的甜美与芬芳
为告别，做一餐隆重的晚宴

2. 冬至祭

每年这个特定的日子
父亲，你那憨厚坚韧的音容笑貌
如这扑面而来的刺骨寒风
深深刺痛那份尘封着的记忆

朝鲜战争的风雪严寒
冻坏你的膝盖，却没有
冻坏你保家卫国的意志
上甘岭战役的枪炮
生活上的贫穷与苦难
都未曾摧毁你生命的坚韧

而岁月凌厉的刀
竟如此刀刀无情
你便似风雨中飘摇的秋天枫叶
飘落在青山绿水间成泥成尘
从那刻起，我们彼此就只能相约
在几个特殊的日子里追忆

面对冰冷石碑上的名字

心里总忍不住想高声呼唤你
便点上三根你喜欢抽的烟
敬上三杯你喜欢喝的酒
袅袅升起的几缕青烟与酒香
寄去我殷红的祝愿与怀念

3. 劝慰自己

自己想好的
把日子，当是一场道场
感谢每一缕溜进窗户的短暂阳光
照亮每一个清晨与黄昏
感恩每一滴飘落心田的冰冷雨水
滋润每一道干裂的深深伤痛
自己想好的
把生活，当作一场修行
招手每一份曾经邂逅的缘分
给痛苦和快乐，做出最好诠释
善待每一次谎言与欺骗
只当为还清，世世轮回中的业债

自己想好的
把人生，就当一次远行
让远方，算计着来路与去处
用明天，安慰当下的期许
不再与岁月，计较日子
不再与阳光，争论永恒

4. 莲子

尽情地敞开胸怀

去拥抱日月天地精华

把一颗纯洁鲜活的希望

虔诚地捧在手心

任凭风雨阳光爱抚

接送晨露晚霞

细细品读，日子写下的书页

倾听涟漪记录下的每一个沧桑音符

扎根在深深的泥土最底层

蜻蜓也曾经路过

趴在我宽阔的胸口上窃窃私语

想带我去四处流浪

只有眷恋缠绵深深的吻别

没有叹息，没有沮丧

更没有诗与远方

只有终生默默地坚守

经过脱胎换骨般历劫与提升

终于结出赤裸裸粒粒清新饱满的情怀

5. 观雅台火山口偶感

艰难闭上流泪的眼

本以为这一场热血沸腾的情缘

都成了满天飞扬的尘埃

灰飞烟灭间，熄灭心中欲火

已经许多许多年

说过了今生不再相见
昨天滚烫的爱情故事
就算传说成一片湖光山色
就算粼波盈盈中，还闪动着
那一片片清幽的哀怨

那一年破晓时分，睁开沉睡的眼
忍不住想再看看前世今生
那份纠缠不解的尘缘，是谁
曾经久久伫立在我身边
滴下那一湖冰冷的泪

注：雅台火山是一座活火山，位于菲律宾的一个湖心岛上，前几年又喷发了一次，现在还到处冒着烟和热气。远处青山环绕，四周是清澈的湖水，微波荡漾，粼光盈盈，仿佛诉说着千年不老的爱情故事。火山口里有一汪碧绿的泉水，云雾苒苒缭绕，仰望着蓝天白云，像一只流着热泪深情的眼。

6. 油菜花

热热闹闹的你又来了
正如你热热闹闹地离开
一身明黄靓丽的妆容
水嫩透亮的肌肤
天真烂漫的微笑，眨着眼
好像雾一样迷惘

多情缱绻的季节，你亭亭玉立
招展在欲火燃烧的苍穹下
一袭飘逸舒展的绿裙衫
彩蝶围着你翩翩起舞
阳光为你打开明亮的翅膀
旷空繁华的田野山岗
原来是专门为你准备的神坛

轻轻挥一挥粉嫩的小手
向骚动渴望的大地撒下了着迷一样
激情勃发的种子，从此
沃土开始孕育
河流山川开始芬芳
太阳也眯起了眼生发出幸福的灿烂

热热闹闹的你又来了
正如你热热闹闹地离开
匍匐在你的绿裙衫下
贪婪地吮吸着，吮吸着
你身体散发出的花一样的芳香
朽腐的生命便充满了萌动的遐想

7. 阳光

有时，像孩子粉嫩的盼望
有时，似父亲粗糙旳大手
有时，仿佛母亲慈祥的目光

有时，又是爱人回眸的一瞥

我却始终是一棵迎风摇曳的小草

8. 夕阳

日子的阵风

吹落屋檐点滴的记忆

岁月，阳光般煎熬

烤干每一个鲜活的生命

手杖，帮着承担生活负累

座椅，轮换了天天奔忙

蜷缩着的身躯已经不再伟岸高大

眯着苍老的夕阳，打量这世界

原来大地一切如初安好璀璨

9. 年关

冷雨轻轻敲打着年关

窗外的黑暗，蕴藏着黎明

回家的路湿滑难行，年

年年难过却年年都得过

烟花，还在空中回响

祝福，还在楹联上嬉闹

去年拜年会的贺词还留着陈年酒香

来不及做新年的年景报告

新年拜年的贺词都没有想好

落叶萧萧，已轮回了四季八节

细细碎碎的雨水
怎么拦也拦不住年的匆忙脚步
屋檐正在"滴滴答答"倒计时
迈过这门槛，今年便是去年

10．祭祀

门前的路总被人改来改去
让思念找不到回家的路
岁月藤蔓荒芜了热血亲情
墓志铭是你顶天立地的身影
从沉默的碑文里，我读出
你所说的永远究竟有多远

山花野草与你终生为伴
春天，是一日的开始
夏天，是上午的忙碌
秋天，当然是每天总结
冬天，是深夜漫长思索
四季轮回却只是你转眼瞬间

山风用和煦的语言
继续议论传颂你的不老人生故事
雨水滴滴答答，总唠叨不完
尘世间那些纠缠不了的情缘
我只能用跪拜的虔诚，来祝福
另一个世界里永恒的你

浙江诗人罗永义

【作者简介】

罗永义，笔名阿罗诗，唐朝著名诗人罗隐第四十一代世孙，互动百科人文艺术行业名人，中华诗词学会会员，中国楹联学会会员，中国诗歌学会会员等，荣立集体二等功 1 次，个人三等功 3 次，现居住并供职于浙江温州。先后荣获 "中国当代德艺双馨艺术家"等 50 余项荣誉称号；作品入选《当代传世经典诗文》等近百部诗集，作品数十次在全国诗词大赛中获得金、银、铜奖；著有诗集《肥州诗兵》《徽商诗想》和《阿罗诗光》，并被国家图书馆等收藏。

怀念母亲（组诗）

写给母亲的信

母亲，今天是您的节日
康乃馨正在花丛中绽放
酷似您的笑脸
在风雨中一声不语
我知道您已经不再唠叨
千言万语的儿子该向谁诉说
多想梦回童年拉拉您的手
牵着我一起走

您却把牵挂化成了我的思念

您说爱看我写的诗
我早已写好装入信封
至今还没有寄出
因为，天堂仍未开通邮路
我只能在这里为您朗诵
入伍时
您站在门框下
那时，您泪如雨下
退伍时
您躺在相框里
这时，我泪如雨下

不爱多话的儿子
您是否听见了他的声音
忽然，一阵风从我面前刮过
康乃馨点了点头
我的泪滴了又滴

母亲是一种岁月

谁说母亲不是一种岁月
你看她那额头上的皱纹
难道说岁月无痕

谁说母亲不是一种岁月

你看她那头上的根根银发
难道说岁月无彩

谁说母亲不是一种岁月
你看她那拐棍敲打着大地
难道说岁月无声

谁说母亲不是一种岁月
你看她那离别的惆怅
难道说岁月无情

母亲的心愿

小时候，在母亲的怀抱里
母亲视我为掌上的明珠
晚上指教着我盼月亮、数星星
把我当作一颗"启明星"

长大后，离开了母亲身边
母亲视我为放飞的风筝
白天牵扯着我飞得高、飞得远
把我当作一根"生命线"

饭碗与母爱

当我牙牙学语时
妈妈用泥饭碗把我喂养大
那碗在妈妈的手里很小

里面都是妈妈做的饭和菜
我在童年时代
那碗是我成长的营养

当我踏入校门时
妈妈说读书是为了铁饭碗
那碗在妈妈的心里希望很大
里面却是之乎者也
我在青少年时代
那碗是一座高等学府

当我踏入社会时
怀揣着淘金的梦想铸就金饭碗
那碗对妈妈来说很贵
里面盛装的都是累累硕果
我在中老年时代
那碗是我用汗水浇灌的梦想

天堂里的妈妈

天堂里的妈妈
您怎么还是那么地慈祥
始终不肯离开儿女的身旁
您在云里自由地飘荡
为何又把泪滴在我的脸上

当我入梦的时候
您把明月化作棉被盖在我的身上

当我梦醒的时候
您嘱咐太阳给我披上温暖的衣裳
而天边那弯寒月
却悄悄地勾走我对您怀念的忧伤

北京诗人郑书晓

【作者简介】

郑书晓，女，中国诗歌学会会员、中华诗词学会会员、中国楹联学会会员、燕京文化艺术交流协会会员，已出版《我的花园》《时光吟》《两人小集》（合著）等诗文集，作品收录于《参花》《当代文学精选》《当代实力派作家文选》《中国诗人年度诗歌选集》《中国当代诗歌大辞典3》《当代华语诗歌精华》《中国网络文学精品》等。诗歌、散文均有获奖。

诗歌八首

1. 冬天小记

将冬天的冰凌
切成细碎的星光
去点缀夜的眼睛
夜的诗意
就让风细细诉说

炉火边，我替母亲
织一件围巾
为她捕捉回旋在风中
那阵转瞬即逝的暖

我的记忆，飞得很高
像一只很远很远的风筝
在时光深处延伸
——那遥不可及的童年
却像被风吹走的羽毛
天空，无痕

2. 初春

一束明朗
点亮大地的色彩
旷野的辽阔里
青翠的树
似散落的羊群
归向远山

冬天的沧桑
在时间里被擦去
阳光，在眼眸
划下了一道
温暖的弦

没有什么
比听到溪水破冰而出时
那潺潺的声音还要动听

春天的序曲
亦如此

总是用一粒种子
发出属于自己的声

3.　一种心境

一片树叶，一朵花的痕迹
被收拢在时光的深处
残片，是一封不曾寄出的信

凌乱的风，扫向记忆的街角
那些错放的影子
错过的季节
也许，正充当一阵风
去删除春天和灯火

心的平静，需要多少沉淀
才能把寒风的呼号
听成风铃轻转时
清脆的声

逆境是一扇窗
等一束目光
穿透成一条治愈的路

4.　半个月亮的完整

白天的对白，行至尾声
此刻，我只需将一首无声的夜

放进月牙儿

所有的事物被一分为二
一半，住在光亮里
一半，与影子同在
就像四季的花朵、树木
地上的，与目光同行
地底的根，在心的深处延伸

其实，往事亦如此
它们层层叠叠
被存放在岁月里
近处的，在回忆的亮光里
继续明亮
远方的，不代表已经消弭

看，我总会在回忆的转角
瞥见那年的影子
我与过去的自己相遇
完整着，不曾失去

5. 云淡风轻

那些无法再次捞起的过往
已是前水，适合放下
如今，我已不在岁月的水面
打捞万物
不必期待一阵风

去吹开水面的涟漪
以及，星辰落下的碎光

当春天在心中重生
熟悉的感觉，犹如荆棘
再次准备布满旷野
我，就让思绪
成为一根垂下的藤蔓
将记忆的微光轻触
却——不带走一条
早已在岁月的长河里
定居的鱼

6. 指尖的月光

我的双手，轻轻地
拂过静谧的夜
向着天空的轨迹
铺展成河流
或者森林
指尖，似摇曳在
时光里的枝
树梢处，一缕月光
成为明亮的叶子
瞬间——照亮了心中
蜿蜒的小路

7. 日食的随想

太阳，超越了自我
它蜕变成一支明亮的笔
在尘世上空
画了一只弯弯的镰刀
天空的沉默被撕开
光，犹如流沙
迅速地，穿过时间的沙漏

时光的界限，是模糊的
不能用白天与黑夜
简单诠释
正如光与影的距离
好似荒漠里远去的驼铃
声已遥远，却还能看见
一串脚印在大地延伸

再平常的风景
也会因一道醒目的痕迹
打破沉寂：
就像心的荒野，光芒的甘泉
也会汇成一生的绿洲

8. 华灯初上

用微光诠释自己
此刻，我的小屋

也是行人眼中的一盏灯
用窗——与黑夜对话

屋中，我让双眼
成为一张光明的地图
我知，我正通过一扇窗
标注尘世通明的灯火
而夜幕的边界
正被人间的光亮划开

其实，有一种暖
会一直在心中停留
它从深沉的幕布
破空而出
像被吟诵的、不败的昙花
像一根残烛燃至尾声时
留下的——余温

江西诗人张俊华

【作者简介】

张俊华，男，笔名鑫仙，生于 1989 年 11 月 17 日，江西省丰城市杜市镇大屋场村人。世界汉语文学作家协会分会主席，世界汉语文学作家协会一级作家，《中国当代金牌诗人选》执行主编，《新时代诗典》编委，《2018诗歌年鉴》编委，《中华当代诗典》编委，《华南诗歌年鉴》编委，作品入选《中国当代金牌诗人选》《世界汉语文学经典诗词曲赋》《新时代诗典》《2018 诗歌年鉴》《中华当代诗典》《云杉集》《2019 年中国诗歌大典》《当代文学精选》《当代文学人物大典》《中国诗歌精选》《诗中国杂志》《中国最美爱情诗选》《华南诗歌年鉴》《中国当代·诗词作家》《中国当代·诗歌作家》《新世纪新诗典》《中国当代优秀诗人选集》《当代华语名家文选》《中国当代诗歌大辞典》等报刊、网络、书籍。

诗歌十五首

1. 致金庸

您笔下诞生多少行侠仗义的大侠
就留下多少走火入魔的"少年英雄"
您笔下妙生多少艳丽桃红的美人
就留下多少生情渴爱的忠诚影迷

日夜执笔呈现不败的经典作品
您是妙笔生花的香港才子
塑造各种栩栩如生的人物形象
您是当之无愧的华人作家

您笔下有小女子的爱情——
他是王爷也好
乞丐也好
我心中已有了他
他是好人也罢
坏人也罢
我已是他的人了

您笔下也有我的性情——
我没有郭靖那么的武功高强
却有和他一样的憨厚诚实
我没有黄蓉那么的俏皮机灵
却有和她一样的纯洁真心

风在吹，雨在下
您走了
世人都泪下
人生应该如何度过
我会像您一样
大闹一场，悄然离去

2. 星空下

梦不必去幻想，是用心去灌溉
梦在胸膛酝酿，将感情注入梦想
目标会在岁月里慢慢发烫
伤感会在岁月里慢慢遗忘

给人温暖的地方，有天使的目光
你我之间的距离，不必在意忧伤
给人真实的地方，有美好的过往
你我之间的爱情，不必在意千里

星空下，风中的孤影
叹息着浩空之中的星星
微不足道，如渺小的自己

星空下，回忆着过往
感叹着自己存在的意义
生死离愁，都埋藏在心底

3. 真爱来过

你做一个清澈明净的女子
安分而温和
我做一个清静明事的男子
忠贞且爱你

你做一个慈悲善良的女子

博爱而淡泊
我做一个憨厚诚实的男子
宽怀且真心

不论荣华或贫穷
你和我一起微笑着碾磨生活
不论健康或疾病
你和我一起无惧着咀嚼生活

辞世时无憾无悔
只留一句
"我爱你
此生的我，没白活"

4．一生

小时候
用心刻苦地学习和最美的时光
每天都觉得有新事物问世

成年了
寻找精神的丰富和名利的追求
每天都觉得有新事物尝试

结婚后
冥冥之中的修行和注定的缘分
每天都觉得有旧事物重复

到老了
寒来暑往的不倦和诗意的人生
每天都觉得有旧事物失去

5. 我的心

狂风、暴雨
雷霆、雪崩
我的心浸润于万物之中
主观气息的生活非常热情

明月、星空
晨曦、暮霭
我的心交融于万物之中
个人情调的生活非常关爱

我的心，是幽谷的泉
流出年华的残照
我的心，是深刻的海
映着浩瀚的星光

6. 离情

（1）
大海把贝壳遗忘在沙滩
我不是大海
却日日有潮来
黑夜把星星散落在天空

我不是黑夜
却夜夜有情怀

（2）
她的心，摧残纯洁的爱情
她的情，凄凉真诚的灵魂
爱情和灵魂，与她从此分离
悲伤和不屑，与我从此不离

现在的我，拥有真诚的灵魂
将来的我，会有纯洁的爱情

7.　爱与情之间

爱与情之间，你我
满怀快乐而又相守
像春暖的桃花
越近越有美
像陈年的老酒
越品越有味
在那花香和酒杯之间迷醉

8.　喜欢你

我喜欢下雨，喜欢雨伞下的你
玲珑你如玉的脸，剔透我湿的心

我喜欢天晴，喜欢阳光下的你

灿烂你微笑的脸，射入我热的心

我喜欢江南春天的容貌
如你的容貌
我喜欢江南黄昏的风采
如你的风采

9. 你我的爱情

我的情依偎着你的爱
你的爱融化着我的心
我不知道
我的情深比你的爱浓
还是你的爱浓比我的心真
但我知道
你我之间的爱情那么幸福
爱情之间的真心那么感动

10. 冬

冬晨寒霜
冬风寒骨
冬梅含香，三分你

11. 愿

有梦想，不行动
那梦想只是幻想
有行动，有梦想

那行动只是快乐
行动比梦想更重要

路或人选错了
越努力，越受伤
路或人选对了
越努力，越幸运
选择比努力更重要

愿你做个有行动有梦想的人
向全世界宣布自己的坚强斗志和无畏精神
愿你做个有爱情有生活的人
向全世界宣布自己的完美爱人和幸福美满

12. 自供状

我爱你，不离不弃
曾经、未来和现在
我爱你，如痴如迷
我在月下唯一情话

我爱你，无怨无悔
心真、爱浓和情深
我爱你，如花如春
我的灵魂唯一摆渡

纵使缘浅途坷
我也依旧满怀壮志

纵然相思入骨
我也待你真心如初

纵使命蹇时乖
我也依旧灿烂笑容
纵然万劫不复
我也待你岁月如故

祸是福之所倚
福乃祸之所伏
命是弱者借口
运乃强者谦辞

13. 寒武纪

超大陆冈瓦纳
从赤道延伸到南极
超大陆潘诺西亚
世纪末期四分五裂

碎屑的冰漂，冰河的沉积
超大陆与洪水大暴发
软舌的贝螺，库庭与褶盾
三叶虫的时代大爆发

无脊椎的动物
从威尔士山爬出千种
四世的石地层

令生物学家万般迷惑

底栖的生物形态奇异
看见的海洋不能回答
发掘的迹象固着繁盛
看见的化石不能回答

注：寒武纪（Cambrian）是显生宙的开始，距今约 5.42 亿年—4.85 亿年前。威尔士山：在罗马人统治的时代，北威尔士山曾称寒武山，因此赛德维克便将这个时期称为寒武纪。四世：2005 年，国际地层委员会在中国科学家研究的基础上确立了"四分法"的寒武纪新年代地层表，寒武纪被分为四个世：纽芬兰世（541.0±1.0—约 521Ma）、第二世（约 521—约 509Ma）、苗岭世（约 509—497Ma）、芙蓉世（497—485.4±1.9Ma）

14. 我的爱人，你在哪儿

请将你的心将心比心
理解我心里的痛
看出我的孤独和憔悴
到今天你也没看我一眼

请将你的心感同身受
深知我心里的苦
看出我的伤感和悲情
到今天你也没问我一句

我的爱人，你在哪儿

在哪儿对生活发着小脾气
我的爱人，你在哪儿
在哪儿对未来发着小牢骚

我的爱人，你在哪儿
请快点出现在我的世界
把我的真心和纯洁给你

我的爱人，你在哪儿
请快点制造我们的幸福
把你的贤惠和忠贞给我

15. 青年之章（五）

现在的处境只是暂时
我向苦难宣战
现在的穷困只是片刻
我向现实夺权

我不想发出嗦嗦的哭泣
那颤抖会折断爱情的翅膀
我不想发出吁吁的声音
那气喘会斩断梦想的飞翼

爱情的重伤不必回忆
我的忠诚和理性终会遇到那个她
命运的坎坷不必害怕

我的坚强和诗意终会遇到那个她

季节更换，我的忠诚和理性不变
我宁愿孤独终老，绝不将就一生
岁月变老，我的坚强和诗意不老
我宁愿百年沧桑，绝不龌龊肮脏

陕西诗人胡淑花

【作者简介】

胡淑花，女，《铜川文化》主编。陕西省青年文学协会会员，铜川市作协会员，铜川市人大代表。理论研究成果《关于社区文化建设的思考》荣获陕西省群众文化论文一等奖，《家庭文化建设的路径与思考》等论文荣获国家级奖项10余项。小小说《挑食》《意外》收入《中国四十年文创成果精品汇编》，诗歌《无题》入选《中华诗词歌赋文学精英大辞典》。在《延河》《百花》《陕西日报》《西安晚报》等报刊发表小说、散文、诗歌100余篇。

诗十首

1. 圆

圈内溢满锋芒
在一点之外嚣张
撒手，无法捉到太阳

圈外一片汪洋
于一线内乖巧
静处，等待生命的怒放

在点与线的契约里

划出道道星光

抬头，功德挨着圆圆的月亮

2. 春的门槛

室内，热气腾腾

窗外，北风带着哨声

季节的歌，一直

都是这么从容不惊

温和，带着锋利的牙齿

幸福融融，却不知哪一天受伤

严寒，生来就严酷

硬生生的痛，催生了坚强

春天，懒惰不想起床

在暖洋洋里

顿感罪过与彷徨

安逸也是逃不过的劫

3. 窗

一帘幽梦

种在懵懂的二月

窗内，忧伤撕咬

三千烟雨打湿向晚的风

相思飞出来
明媚了惺忪的眼睛
采撷晨露
封存一汪深情

4. 蝴蝶花

据说
每一只蝴蝶
都是一朵花的轮回
飞落到尘世
找寻她前生的记忆
涅槃塑骨
向暖而生

5. 夜读

夜幕下
静静地读着喜欢的书
像在品读过往的人生
不贪，不恋
不痴，不念
让余生经营一场素白
让往昔折叠一场清欢

而我如一株草木
依着光阴的罅隙
葳蕤生长

却是慢的姿态
朴质，而干净
寂寥，而美好

6. 诗和远方

一个人行走他乡
风一程，雨一程
从韶华年茂
到眉宇沧桑

用灵魂的光探路
留一抹芳华
那一深一浅的脚印
是生命里最美的珍藏

陌生的路，陌生的人
没有惊扰和忧伤
没关系，扛起岁月的星辰
坐在高高的山顶
捕捉头顶那颗流星

7. 水上人家

在云水间
寻一处安暖
满池荷花
做家

轻盈的步伐
踩着荷香白云
低头寻觅
那一缕阳光

回头
一群孩子
淘气地出没于
荷叶水下

五口之家
是散步清水
还是觅食鱼虾
水上漂的日子闲暇

水上人家
是一幅水彩画
绿荷红花间
将日子静静地潇洒

8. 乡愁

乡愁是一封丢失的家书
写满思念
却遗落在故乡的门口

乡愁是一枚飘飞的风筝
这头拽着故土

那头昂首远方

乡愁是孩子眼里的爸爸
心在家里
人在他乡

乡愁是妈妈手里的针线
一伸一缩
即是人生

9. 背影

在我心里，一直
住着两个背影
一个叫魔鬼，一个叫天使

小时候，魔鬼总在
我睡着的时候起身
记不清，有多少次
一骨碌爬起，哭着喊着
光着脚丫去追
这背影，像一颗
无法得到的糖果
诱人又苦涩
甚至多年后
还常常出现在梦里

记忆里，天使总在

人们遭难的时候逆行
记不清，有多少次
救黎民于水火之中
留给人们的只是背影

这背影，是一道光
在暗夜里上演速度与激情
拉开爱与希望的交响
即使陨落，也在
黎明的路上

10. 春雨

挤出一股好奇
采撷冰雪炸响的欢喜
编一串珍珠链子
挂在春的眉宇

小草一脸呆萌
大地长长地吸了一口气
蜷缩的眉心
像花儿一样层层舒展

细雨落在花间，落在手心
落在没有光的日子里
一股清流，溢满眼眸
还有什么比活着更值得珍惜

借春潮一泻千里
织一川烟雨，蓄满眼葱绿
过滤人世的烟尘
碧玉繁花即是春

海南诗人符开国

【作者简介】

符开国，男，黎族，中共党员。1959年12月出生，海南省陵水县人。毕业于中南民族大学教育管理系。1978年5月至2002年7月从事教学、教研、学校管理工作。教育教学成果丰硕，1993年荣获"全国优秀教师"称号。多项教育教学论文获奖。教学论文《课堂教学的优化与矛盾》选入《中国当代优秀论文选》。教育论文《保亭县基础教育问题与前景展望》在《民族高教研究》刊物上发表。个人业绩，2002年被选入《世界优秀专家人才名典》（中华卷）。2002年8月至今为国家公务员，曾经在县教育局、司法局、县纪委监委任职。2019年，在第二届中国当代知名诗人知名作家评选活动中，荣获"当代知名诗人"荣誉称号，其代表作品已被纳入书籍，由国家级出版社出版。

大山的呐喊（外四首）

太阳驱散晨雾
我怀着对山的眷恋
去寻找从前上山的路
远看山还在
山路何处

我来到山脚下

已听不见泉水对游子的呼唤
我在山里寻路环顾
原来的森林已换了颜装
我找不到山的主人从前的住处
在山顶上大声呼喊主人名字
山壁回音
杳无此人

我带着疲惫的身躯
站在山顶一块大石头上眺望
还好
村庄炊烟还在
田野里的瓜菜还在
山脚下的果园还在
乡亲们忙碌的身影还在
童年的回忆还在

我是山的儿子
这里是我燃烧青春岁月的地方
这里是我人生追梦征程的起点
但我走的不是从前的山路
我看到的不是从前的山

回来路上
隐隐约约地听见
大山的呐喊
我什么时候才能变成原来的模样

你什么时候才能尽情为我歌唱
你们什么时候才能带着族群重返家园

祥云

东方
古老的地球村落
一片祥云
带走了茅草舍的最后一根茅草
昨天的简陋茅草舍
今天是豪华别墅群

东方
古老的地球村落
一片祥云
带走了病在家中的最后一个病人
昨夜在床上的呻吟声
今明是医院的上座宾

东方
古老的地球村落
一片祥云
带走了校园外最后一个失学少年
从前在社会上辍学游荡
如今是学园内啃墨学圣贤

今天这片祥云
正承载着东方文明古老村落复兴的使命

重奏全面脱贫攻坚奋进曲
高唱全面进入小康凯旋歌
续写中华民族复兴
实现中国梦的历史画卷

我爱你，椰子树

椰子树屹立在天地之间
你挥动着巨大绿色翅膀
向蓝天白云招手
你茂密的根须像巨人的手
向大地的深处伸去
紧紧拥抱大地

你笔直挺拔叶接蓝天
你像一把把天然绿伞遮风挡雨
你用伟岸的身躯守卫海防岛屿
你坚韧不拔，百折不屈
俯视着大地

你春夏秋冬，始终如一
你花果飘香，不分节气
你果肉白嫩，果汁甜蜜
你叶羽招展，婀娜多姿
摸抚着大地

你大公无私，甘于奉献
你绿荫笼罩

给大地注入春天的气息
你甘甜的果汁
让人忘记夏天的汗滴
你一团团椰果
给人带来秋天收获的传奇
你长年翠绿花果不离
让人体验不到冬天的寒意

你志存高远，情怀蓝天
根扎沃土，充满生机
我爱你，椰子树

鹿回头

五指山峰连海边
碧海南天一塑牟
天涯海角回头鹿
绝代佳缘千古情

注：海南黎族传说的爱情故事，一位黎族英俊青年追鹿到
天涯海角，鹿回头变成一个美貌的黎族少女。

紫荆花

泥土芬芳插枝丫，
梁柱保架护新芽。
枝繁叶茂花招展，
校园紫荆人安家。

细丫参天成大树，
花英飘洒落无瑕。
十年花木留倩影，
百年树人走天涯。

江苏诗人陈春华

【作者简介】

陈春华，女，笔名芝兰。60后，汉族，江苏常州人。哈尔滨呼兰区作家协会会员，常州头条认证编辑。2015年学习创作，2016年获第二届"中华杯"全国文学大赛现代诗歌一等奖、古体诗词二等奖，2019年获"当代精英杯"全国文学大赛现代诗歌一等奖等多个奖项。作品散见于国内外多家报纸杂志及网络媒体，并入编多本书籍。创作多首歌词并已传唱。

诗观：喜欢用诗歌抒写生活。

诗歌十首

1. 环境

一滴露珠，紧偎着绿叶
眼里装满纯净
怎容得半只苍蝇脚

2. 秋千

一颗心悬挂树下
被风干
童年背着夕阳归来
荡起一串弧形幽梦

3. 冬柳

静坐岸边
只等冰融雪化
甩出一根根鹅黄丝线
垂钓春天

4. 老屋

被沧桑缠绕
满身布满
无法修复的疤痕

高低不平的筋络
泄露了真实
年龄

几株翠竹
唤醒了封印已久的
童心

5. 画秋

一片落叶
拽住一只小手

一根枯枝
在柔荑间复活

秋，走进童画
眨眼

6. 小野菊

被困竹篱内
风唤，摇头
蝶诱，不理

月亮丢下一道谜题
它削尖脑袋
钻出

7. 风箱

苍老的你
日夜守在斑驳的
煤灶一旁

当外婆如弓的身影出现
你牵住她树枝般的手
拉动这单调的生活

你把乏味
掩在频繁的噼啪声中

外婆把辛苦
隐忍在一曲幽长的背后

8. 瞳孔里的一棵树

以谦卑勤劳作锄
在你潮湿的心
植入一粒小小的种子

当根，找到生命的通途
我的瞳孔
长出一棵参天大树

9. 锁不住的新绿

窗外
一枝蜡梅
叹出一声淡淡的愁

屋内
一只蝴蝶
徘徊在两条眉间

窗台上的萱草
怎耐得住小鸟的诱惑
悄悄探出头

10. 阴冷的三月

燕子从遥远归来
雾霾湿了它的羽翅

风拉长雨线
梨花黯然落泪

华夏被口罩捂了太久
牧童手中的横笛声声忧婉

手术过的夜空
亮着一弯刚刚脱痂的疤

四川诗人杨福平

【作者简介】

杨福平，笔名尚悟道。中国诗歌学会、世界汉语文学作家协会、中华文艺学会、全球汉诗总会、中国诗歌网、中华诗歌网等会员，《西南作家》杂志社签约作家，《经典文学》签约诗人，世界汉语文学作家协会签约作家（诗人）。作品散见于《新民晚报》《四川日报》《眉山日报》《德宏团结报》《华西建筑》《晚霞》四川频道等报刊、网络。近百篇作品选入《全国文学大赛获奖作品精选》《木棉花的春天》等书籍。先后著有《尚悟道》《杨福平诗词选》等并由四川大学出版社、团结出版社出版发行。

个人始终秉持"万物与人平等，人与万物相通"之理念，实践"行善乃为积德，善待施之万物"之禀性，不倦为之并贯穿于诗之感悟与习作之中。

为花甲举杯（外一组）

为花甲举杯

——复始岁月新征程记

子夜，举杯
多的是一分感叹
人生不易，不易中
迈进复始新年
仰望

海阔天空，朗朗

亲吻

幅员辽阔，苍苍

举起杯

敬了天地

还一杯，传

万物与人平等

践之，行善乃为积德

再一杯，颂

人与万物相通

行之，善待施之万物

不怀疑

从花甲走向未来

矍铄，快乐

不可挡，铿锵步伐

为自个儿，天涯海角

活出个模样

犹然——

旭日，东升朝阳

灿烂，光芒万丈

十二行诗·褪色的香楼（组诗）

1. 褪色的香楼

朱阁的窗棂

紧闭

锈红色的那些廊柱

失去了往日的
记忆
四角挑起的屋檐
蜘蛛
轻步地织着一张网
檐角触及的枯枝
一串蚂蚁走向巢穴
这香楼，该不是
隔世了，很久

2. 哼唱的乡音

池塘的水
犹如镜面，蹚着
小桥的倒影
夹杂着汉服的华丽
单薄了许多
倒不如什么都没有
图个纯净，伺机
听远处的吆喝
方知晓
赶路的人，来了
吆喝的声里，品味
失传的乡音

3. 小巷的宁静

石条，铺就的巷子
爬满青苔，石缝

生命力极强的小草
借着露珠
闪烁，本源的华彩
清净的小院
箭竹，越过墙外
眺守
没喧哗的那些往来
巷子，好静
沉下来，可否
觉悟，小巷的悠哉

4．昏暗的小院

那把铜锁，锈了
石墩上
卧着威猛的石兽
一身尘埃
左右的石缸
盛满天上落下的泉
细细的门缝
透着院里的昏暗
看一只蟋蟀
逃脱壁虎的追赶
轻敲，褪色的门
驱赶，小院的寂静

北京诗人张文娟

【作者简介】

张文娟，国企高管，北京市通州区作家协会会员，金牌阅读推广人，中华文化促进会朗读专业委员会理事，北京市语言学会朗诵研究专业委员会会员，全民悦读北京通州运河朗读者阅读会创办人。在有温度的文字中，展现了女性的温柔婉约和男性的豪迈情怀，其作品立足家乡这片沃土，传承通州文化，传递真善美。

同心湖的传说（外一首）

蜿蜒的绰尔河水
静静流淌了数百年
流过高山
流过峡谷
流过森林
流过乡村
流向那浩瀚的天际
流出了一个美丽的传说
传说中的人随时光远去
传说的故事留在了人间
那故事里的同心湖啊
留给绰尔河两岸的人们

仿佛掉落的人间四月天
又仿佛不愿忘却
那久远的故事
同心湖就是绰尔河
最真的怀念

寻觅你的人们
惊叹你静谧的身姿
心碎你流淌出的眼泪
同心湖不为所动般
流水潺潺
它已忆不起
曾经的生离死别
它已轮回在现世的安宁

这一世
不要打扰它重回的路
这一世
只想安守在群山之中
静静陪伴着
绰尔河两岸
那些不曾忘却的人

有你,花好月才圆

秋色渐近,斑斓了世界
远方的云,落在岁月的宣纸上
便成了一阕最美的诗词

我在诗里，你在诗外
遥望，同一片天空

岁月匆匆，四季流转
桂花的香，落在窗台的窗棂上
成了一轮皎洁的明月
你在窗外，我在窗里
等待，中秋的花好月圆
一声声呼唤，穿过八千里风烟
碰响，那根记忆的弦
摇落万千的思念
陌上，谁在等花好，谁在等月圆

翻开一阕诗的婉转
琉璃的念
着了月色的清幽
梦里，寄出的桃花笺
是否抵达你的彼岸

秋意阑珊，秋水无岸
谁是谁的花好，谁是谁的月圆
是否，与你共婵娟
你的名字，写着花好月圆
是我见过，最美的画卷

待，树影恋窗，月满运河
我便，斟满一杯清酒

用秋水旖旎，织一幅素帛
绣上你的名字
落款，花好月圆

远方，繁华笙歌
谁还在等谁来圆
前世那一场错过的缘
今夜你是否，踏着倾城月色
与我在花好月圆之时重逢

入骨的念
何需问，是否有过辗转
何需，要一个永远
有你，月才圆
你在，便是最美的花好月圆

江苏诗人陈志原

【作者简介】

陈志原，笔名：陈志源、行万里路。江苏南京人，工程师。曾与人合作出版过 48 万字管理书籍。文学作品荣获"当代精英杯"全国文学大赛现代诗歌一等奖、小说故事一等奖、古诗词曲赋三等奖，以及"蝶恋花杯"（国际）华人文学大赛奖，入编《"蝶恋花杯"（国际）华人文学大赛获奖作品精选》《当代诗词人物大典》《当代诗歌人物大典》《当代散文人物大典》《新时代文学人物作品精选》等文学选本，获得 2019 年度经典文学网十佳签约作家称号。

新诗八首

1. 严冬

当秋蛩将口哨交给北风
素空抛下几团枯草
没收了春的颜色
小河砌上冰盖
山路已被戒严
小城四面雪歌
我还能去哪里

诗桌冻得皲裂
墨汁缩成琥珀
笔在挺尸，茶被霜浓
四肢僵麻，头脑零度
我还能做什么
只有南边的轩窗似有一缕微热

2. 诗人

诗人有时太狂野
把酒临风叱咤文海
点两盘律绝小菜
左手日右手月
把忧愁揉成碎片

诗人有时太缠绵
抱着美人狂抒西江月
左手唐宋右手琴弦
要把乐坊柳巷坐断

诗人有时太潇洒
扯下两团云
挂出一悬帆
蘸着滚滚江河水
留下惊天传世篇

诗人有时太愤怒
揎拳捋袖冲冠霄汉

热肠能敌刀戟

秃笔胜似弩箭

肝胆倔过神仙

3. 酒神

当五谷杂粮在巷馆偶遇

借着暧昧的月色

邀约几张请柬

间或美人花临驾

八仙坐定，九曲回肠

三巡淡愁，一盏绯闻

豪情就从额头蒸馏

八卦又在菜肴间浪流

真情沉在杯底记录

哥儿俩好，五魁首……

天昏地黑，月隐星稀

街口只剩李白手舞诗筒指挥着交通

扛着书架缓行的是几个掉队的诗人

4. 荒野的古碑

飋屃傲立着头

驮起帝王将相

孤寂在高地荒原

一抹气喘的夕晖

展示昭告天下的圣明

宣泄凹凸老花的字句

残垣断碣，龟裂碑体
怀揣着墓主的马蹄
远行者提着雪霁的花香而来
早到的春风却不让
叹息的行李打道回府

5. 墨水与历史

一滴墨跳入水杯
由点成面舒展贪婪的欲念
蔓延裂变将纯白猎杀
一滴墨又跳进了旧书
重蹈英雄的绝唱
白描佳人的泪雨
满纸凝结住顿首的叹息
墨的厉害不在于取材或捣练
最怕一滴遗留在历史角落
遇到清正的判官

6. 汨罗江

龙舟追着白垩纪的鱼儿飞奔
悱恻的宓妃倚着高薨的闾阖看到
惊艳的浪花下倒映着呢喃的心语

7. 春分

江南的仲春煞是撩人
廊桥下的斗笠，桃红梨粉的花雨

还有那飞在纸鸢上的姑娘

8. 悼阮玲玉

穿越混浊的时光，你款款逃向天际
香闺的橄榄枝浸满悲，街头流浪
影迷举起它，追打满城流言

奥地利华人吴洪滨

【作者简介】

吴洪滨，笔名无牵无挂。祖籍福建漳州。自 2000 年定居奥地利维也纳至今。曾留学美国、英国。声乐教授。中华诗词学会和中国楹联学会会员。香港左龙右虎国际诗书画研究会副主席。人民艺术院上海分院诗歌艺术编委会名誉主编。传世图书文化策划出版中心的签约作家、诗人。经典文学签约诗人，经典文学网 2019 年度十佳签约诗人。荣获 2019 年全国诗书画家创作年会一等奖。荣获由北京诗界文化传媒、诗界·中华诗词创作研究院、诗界杂志社举办的"祖国颂·献礼新中国 70 华诞国庆盛典"一等奖。第二届左龙右虎杯国际诗歌大赛最高荣誉奖。曾荣获"华语文坛知名诗人作家"大赛一等奖，"蝶恋花杯"（国际）华人文学大赛一等奖，在"新绪杯"全国文学艺术大赛中荣获"新时代先锋诗人"等大奖。有个人诗集《吴洪滨诗文选粹》等出版发行。3000 多首（篇）作品发表于国家出版社出版的诗文集，并任其中 20 部诗集的副主编。其他作品散见于实事求是学习网、慈善中国书画院网、中华诗词、百度、名师名家名人坛、网易新闻、企鹅号、腾讯新闻、天天快报、香江咨询网、大鱼号、《经典诗书画》《文艺视界》等刊物和网络传媒。

微诗二十首

1. 世间最美好的便是希望

生命要么慵懒于生存
要么匆匆忙忙赶着去死
要么如火如荼，方兴未艾

2. 乡趣

乡野风光宜人，鸭鹅戏水
人们生活悠闲自在
心旌荡漾，尽情玩赏

3. 阳光温煦，满溢花香

春雪遇暖阳，江河起碧浪
只有不断地向前奔跑
才会遇见仰慕已久的不同景观

4. 格局

窗边的那盏灯
照亮你自己
也温暖着所有看得到的人

5. 无鞍镫野马的情感

雪花奇谈娓娓，日子海说神聊
旷野的风啊

依旧放言高论，无休止

6. 庚子鼠年元宵节

我在渥太华
一碗元宵对月亮
年过七旬的妈妈独居故乡

7. 见识

不是没有极致的风景
只是你未曾看到
要么高度不够，要么视野平庸

8. 回忆总是奢侈的，但春光更灿烂

从严冬的梦里醒来
我已租来一大段春光
咱们都可像野花般恣肆生长

9. 慢慢走，爱自会来

枯枝吐嫩芽，春花溢香
暖风中酷爱的古典音乐飘散
你的目光，爱意浓浓

10. 你的共情力，我懂得

春花烂漫，我闻不到芳香
你用律动的脉搏

让我知道春天的到来

11. 生命的长度不同

大多数人等天亮后劳作
有的人愿披月光再赶一程
而有的人总借烛光延长生命

12. 越过山海，尽显侠骨豪情

山川相遇，千言万说，哽咽在喉
我已看清你满身疲惫，伤痕
敬你还如此执着！认真

13. 美丽的青春是一种恩赐

彩虹般绚烂的青春之所以
壮丽而珍贵，不仅因纯洁无瑕
更因其马不停蹄地旋踵即逝

14. 愿你的余生一直都有人陪伴

世间美好皆与你我环环相扣
此时已山花遍野，莺飞草长
你爱的人正奔忙在路上

15. 理想滚烫，跋涉值得

长大不太容易，走下去是更难
理想就像这初春的朝阳

冲破雾霾，步步算数！坚定

16. 悄无声息，却也一目了然

自古岁月不言不语
悲喜，冷热，苦涩，爱恨
有啥比时间更具说服力

17. 不负沉甸甸的深情

每一个善良散开就是满天星
聚是一盆火。请别忘记贵人
毫不犹豫给你的温暖与力量

18. 浪白，鸥翔

一片湛蓝湛蓝的大海
涛声不断。长浪如雪白哈达
白鸥在我头上低空盘旋

19. 做最忠实的自己，就很好

小提琴有四根弦，有人说
可以演奏世界上最美的音乐
二胡只有两根弦，同样可以

20. 视野

自认你就是这个村的老大
是因为你还没有
走出这个村

湖北诗人王贵平

【作者简介】

王贵平，高级编辑。中国诗歌学会会员、中国散文网会员、经典文学签约作家。曾著书六部并获奖。对文学深怀敬意和虔诚，近年来已创作诗歌和散文 400 余篇，多篇被主流媒体刊播并获奖。

走进黄山（组诗）

1. 黄山迎客松

在黄山绝壁处
你绝处立生
虔诚地守望着
像一朵温润的祥云
栉风沐雨，融雪化冰
以千年不变的姿态
迎接芸芸众生
你像一个圣女
圣洁而高雅
不论尘色纷扰
盘虬错根
如雕塑般坚挺

把博大的爱
凝固成永恒

2. 黄山怪石

风尘仆仆来到你的面前
只为见你一面
此时
你我相望却默默无语

我无语
只为你的伟岸震撼了我
千仞峭壁，如雕如塑
每一个你都亮出了自我
莲花峰、光明顶、天都峰
因为有你
峰峰称奇于世
温情中刚毅无比

我无语
只为你的风趣感染了我
你仪态万方
争相竞秀
"神仙观海""天狗望月"
"鲤鱼跳龙门"
一个个昂首问天
灵光显现
在痴情守候中

穿越千年万年

我无语
只为你的沉默打动了我
风雨雷电
摧毁不了你的精魂
埋首深山
难改你不事张扬的本性
岁月的每一抹褶皱
锻造你的傲骨铮铮
蕴于缝隙，深达地心

人说你是怪石
我说你是天之骄子
藏在深山人未识
行途有人不识君
此时风萧萧，阳光正好
我用相机为你疯狂拍照
只怕你我再次擦肩而过
让镜像留住这难得的邂逅
万千美好

3. 宏村的古香

宏村，水墨山乡
月沼风荷，在秋风中劲舞
像亭亭玉立的村姑
宁静、秀美、端庄

宏村如画

炊烟里飘逸出袅袅乡愁

马头墙奔腾着古道热肠

村头的两棵老树

真情守望一代代香火

见证岁月沧桑、儿女情长

一面面白墙上的淳朴

孕育寒门弟子成为栋梁

还有寻根墙上的厚重

让徽风正源,家风流长

宏村如画,人画同框

画家画不尽的美

请让我用心带走吧

宏村的古香

4. 屯溪老街

踏着盈盈灯火

走进屯溪老街

此时老街

像老者一样安详

石板铺就的路面

砖木结构的店房

粉墙黛瓦,加上白粉马头墙

让我一个转身

仿佛走进了儿时的家乡

一条老街

如一副鱼的骨架
横贯三条马路十八条小巷
茶楼酒肆，书场墨庄
老街在古朴典雅中跃动生机和灵光

此时的我
任瞬间点燃的激情
焚烧内心的苍白
和离乡的惆怅
我品尝了刚出锅的芝麻糕
购买了金丝皇菊和野山核桃
在细嚼慢咽中体味
绵绵乡愁，国色天香

江西诗人邹国花

【作者简介】

邹国花,女,网名海棠依旧,江西进贤县人,诗歌爱好者。一颗心,小如沙尘。闲暇中独品美文的香茗,生活的点滴用诗去发现,用诗去聆听,让生活的羽翼遨游诗的海洋。

春天回来了(组诗)

1. 化雪

像是要把天空掏空

让白云翻个个

大地上冰封,无处落脚

走进笼子

低首翻看昨日书及四周扑过来的冷光

一株红梅跃在枝上

她穿冰破甲

把雨水甩得哗啦哗啦地响

侧耳

像是化雪的音调

又仿佛一匹马嘚嘚嘚走过

看

油菜花亮了

一排排如抗疫战士凯旋的笑颜

我出去

心潮澎湃

三月终于抬起了头

2. 离去

草探出

跃马横槊在田野上

一寸寸向枯竭告辞

我脱去外衣

沐浴在明媚阳光里

翻江倒海

掏骨中痛

心底淤让它随春风离去

新意一点点注入

3. 玉兰花开

这个时候

适宜和一朵花待在一起

红的白的黄的都是我的至爱

尤其是那玉兰

穿梭在荒野

不惧风寒

山沟石缝有她的足迹

城市乡村沾着她的泪痕

她是父亲母亲，兄弟姊妹

是干瘪土地上一抹云彩

她让每一张忧郁的面孔泌溢花香

她的到来

让人间走出了阴霾

4. 春天回来了

这不是山

为何步步似走在坡上

也不是庙宇

四处却梵音缭绕

一座山，力薄

请来雷火二山联手重泼

被那乌鸦抹黑的蔚蓝

母亲安置好床被

拱身叩首

让每一位中箭的亲人

接受她祈福的灵光

我揖手

春天回来了

广东诗人周俊

【作者简介】

　　周俊，笔名阿俊。中国诗歌学会会员，中华诗词学会会员，中国楹联学会会员，东莞市作家协会会员，中国散文网特约编审，经典文学签约诗人。作品散见于《桂林日报》《桂林乡情报》《湛江日报》《战士报》《海军报》《解放军报》《诗刊》《青年诗人》等刊物，并入编《军旅青春文库》《当代文学精选》《当代实力派作家文选》《建国 70 年以来知名实力诗人、作家名录》等书籍。荣获"蝶恋花杯"（国际）华人文学大赛诗歌组一等奖、第二届"琅琊杯"当代诗书画家精英赛一等奖等奖项。

举着火把的弯月（外二首）

一轮弯月，涂上秋风的影
悬挂，墨色苍穹
奔跑的脚步
让光染上暖色

抱着前人脚印
踩向跳跃的火焰

有火的地方，也有归宿
举着火把的弯月

落在河里，人间
正在打捞自己的影子

雕刻阳光的石碑

太阳跃出灰蒙蒙的海面
小半轮紫红色火焰，轻捻晨辉
夜的呓语滴落草丛

眷恋晨光的暖
木棉树干上，小鸟跳跃

光影里，轻抚一株木棉
火红的花朵
浸染岁月光辉
沉入沙底
波涛中，雕刻阳光的石碑

秋风里，荡漾一轮明月

秋风，催眠夜色的水声
墨绿的椰影
披挂清冷

揉碎湖光轻波
睡莲，顶起一笼白色的小花
岸上牵手的灰黄

聆听老屋的清音
风一吹，潜水的明月
长出了皱纹

湖南诗人童业斌

【作者简介】

童业斌，湖南平江人，笔名好个秋，县纪委退休干部。爱好文学，中国诗歌学会会员，中华诗词学会会员，中国楹联学会会员，湖南诗歌学会会员，中国诗歌报会员。被一些诗社和平台聘为签约诗人、作家，先后有600多首诗歌、诗词散见于报纸杂志和网络平台，被多本诗歌专集收录，多次在全国诗赛中获奖。

水草（外一首）

流水接连邀
又拉，又推，又搡
小草啊小草
快随我们去远方

远方有一泻千里的江河
远方有一望无垠的海洋
远方有百帆争流的宏伟
远方有千舸竞发的雄壮

小草连连摇头
手，紧抠老家的门框

为物得循天道
可不能立错地域，走偏方向

小草把头挺出水面
朵朵花儿向阳开放
把花影送给流水
请把家乡美捎给江河，赠予海洋

河岸

大山伸出长长的手臂
捧着弯弯的河水
张开疏缓，无语静流
夹紧催进，波涌浪急

河水不理解岸的护意
常常爆发脾气
对着岸石撞击
声如霹雳

岸忍痛消融着水的戾气
水撒完野悄然隐退
百曲千弯是让水依势而行
不要总想着一泻千里

水恋岸，想躲在深潭相伴
岸劝水，奔向大海方显志向宏伟
不要辜负了大山的委托
连接好山与海的友谊

河北诗人吕国翠

【作者简介】

吕国翠，网名一实不二，河北省唐山市丰南区人。枣都诗社责任编辑，荣获"华语杯"全国文学大赛现代诗歌二等奖、中国枣都诗人作家年度人物英豪榜网络评选大赛二等奖，作品散见于报刊和网络媒体，并入编《中国当代诗人大典》等书籍。

诗观：沉沦在文学海洋的一叶小舟，在诗的怂恿下，打捞上海岸，被海水侵蚀的躯体，被祥和的风磁化，努力找回当年的自己。

春的一角（外四首）

初春
细雨如丝
与风儿缠绵
带着微微的凉
带着淡淡的忧伤
冲洗着心底的惆怅

墙角
无名小草
没有任何的修饰
毫不犹豫

剥去头上的盖头

露出嫩嫩的鹅黄

仿佛在说

春

我来了

草尖上的雨珠

颤抖着

仿佛要长出一双翅膀

随阳光

飞翔

初春的雪

初春的雪

你的到来

吻凉了所有

春风任性中带有顽强

把你从花苞上吹落

花苞泪汪汪

心中祈祷着

唯恐误了花期

你的到来

揉碎了花姑娘的盖头

险些把春锁住

听

春风执着的口哨

一直没有停下来
它在为花苞助力
摇旗呐喊着
不要退缩
不要徘徊
千万
不要错过春暖花开

太阳出来了
把你融化
春风温和的口哨
仍在吹响着
瞧
花苞露出了笑脸
草尖上的鹅黄透出春绿
在怀春中蔓延
整个世界充满了生机

走进文字里

静夜
手握着笔
走进拥挤的文字里

文字里
有高山流水
有鸟语花香
有古往今来

文字里

我谈笑风生

我眉飞色舞

我畅想未来

文字里

你微笑着

向我走来

你在彩色的纸片上

翩翩起舞

令我陶醉

文字里

你举杯

和我畅饮

对酒当歌

畅理想

莫等闲

双鬓白

空悲切

文字里

你在柳绿花红中穿梭

时而是白娘子

时而是七仙女

你在神话里漫游

每一个痴情的动作

都会陶醉我的心房

面对文字里的你

我的墨汁

在甜蜜和苦涩中交错

面对你的笑容

我笔风温柔

面对你的苦闷

我笔风沉重

在拥挤的文字里

我勾画着我们的蓝图

在拥挤的文字里

我抛弃了不愉快的所有

我好想守在

拥有你的文字里

不想

与这静夜凝固

我喜欢文字里

有你在的春夏秋冬

流浪的我

流浪的我

多想

离开繁华的闹市

远离嘈杂的人群

走进深山老林

寻找我想要的清闲

空荡的天空
一只孤鹰在鸣叫
声音从高昂到嘶哑
渐行渐远
刚刚安静的天空
来了打着口哨的风
狂野地
敲打着我的孤独
流浪的我
伴着孤独
流浪
流浪

追随着自己的影子
行走在闹市里
熙熙攘攘的人群
有的擦肩而过
有的并肩而行
流浪的我
微笑若有若无
挽着孤独前行

望着广告牌上
高贵冷艳的模特
羡慕她
流露着永恒的微笑
羡慕她

没有思想中的纠结
羡慕她
没有失落中的孤独
而我在孤独中
不停地
寻找着有灵魂的躯体
寻找着洒脱的清闲

多想
把孤独
抛向熙熙攘攘的人群
把孤独
留在繁华的闹市
把孤独
拥挤成微甜的幸福

流浪的我
流浪中
走丢孤独
寻找着我想要的清闲

脊背上的行囊

等待了
整整一个漫长的寒冬
一笺书签
由南来的雁儿衔着
飞越千山万岭

不知会落在谁人的村庄

漂泊在外的人啊
赶着日月
追着书签
随雁儿飞翔
不能卸下行囊
启程又启程
乘着风儿
踏着云儿
寻着安详

脊背上的行囊
随着
漂泊在他乡

江苏诗人周荣华

【作者简介】

周荣华,男,笔名随风,江苏淮安人,退伍军人,中国诗歌学会会员,慈爱张家港助学团队发起人。荣获当代华人爱情文学创作大赛一等奖,"蝶恋花杯"(国际)华人文学大赛二等奖,"经典杯"华人文学创作大赛三等奖。荣获当代诗歌先锋人物、当代百强签约诗人、当代知名诗人、经典文学网2019年度十佳文学精英等称号。作品被多本书籍收录。

羊和远方(外一首)

我从远方走来
看见山坡上有一群小羊
走近又看见
山坡上还有一群
和小羊差不多大的小孩

山坡很陡,很陡
山沟很深,很深
我四处张望
奇怪,我找不到他们的妈妈
远处山顶上的迷雾中
隐约能看到几处低矮的土房

那应该是他们的家
我明白了，他们都是妈妈
散养在贫瘠山坡上的羊
只是长得不太一样
我从口袋里拿点糖果
给几只小羊，脸上在微笑
心里却有说不出来的味道

来也匆匆，去也匆匆
看着一双双饥渴的眼神
望着一片片灰色的愁云
我沉重地走向来时的路
远方，没看见诗
只看见一群小羊
和时隐时现低矮的土房

香山

把花草交给季节
静静聆听
脚下风铃
清脆悦耳的和韵

把鸟儿搂入怀抱
呵护溪边
袅袅炊烟
轻抚田园的琴键

把身躯依托厚土
晨浴朝阳
暮披晚霞
深植文明的脉络

把寺塔高举峰巅
俯瞰江河
记录变迁
欣赏时代的涛音

内蒙古诗人蓝广军

【作者简介】

蓝广军，男，笔名水墨含烟，经典文学网签约诗人，中国诗歌网蓝V诗人。

倒影在流水中（外二首）

流水带走旧时光
却带不走亭台楼阁
一蓑烟雨

波影点点
帆影款款
划过清河转湾

鱼跃珠帘
尾翼轻点
戏过荷叶
荡过幽梦

柳岸风依依
忽听翠叶莺啼

绿影入清溪
莺啼绕河堤

浮生一日

拂去
花影中的尘埃
放飞
被病毒禁足的心

漫步于幽谷
绿影婆娑松柏中
与花鸟为伴

止于悠然松下
采撷
晨风一缕幽香
悠然而过

风在追逐梦想
云在扬帆起航
唯有
我在寻觅
一片桃源

红尘客栈

雨打湿花枝悲泣

风摇曳花语低眉

洒落
花瓣无处安放
辗转流年
阳光依旧妖娆
骄傲的心无处逃

相信若干年后
残存月季花微笑
会记起曾经过往

错过的缘分
只是一抹永恒风景
何必在意咫尺天涯

辽宁诗人赵明环

【作者简介】

赵明环,女,中国诗歌学会会员、辽宁省作家协会会员、沈阳市作家协会会员,经典文学网签约作家,获中华文艺2017年度十佳卓越作家,经典文学网2018年度十佳签约作家,经典文学网2019年度十佳签约作家。作品散见于有关书籍杂志网络媒体等。百余篇作品选入40余部国家级出版社出版的书刊。荣获第二届和第三届孔子文学奖,"国学杯"华人文学创作大赛散文一等奖和二等奖,第二届"中华杯"全国文学创作大赛现代诗歌一等奖,第二届中华文艺全国文学大赛现代诗歌银奖、散文银奖,首届黄河杯文学艺术擂台赛金奖,"精英杯"全国文学大赛现代诗歌二等奖、散文二等奖(2018年),"当代精英杯"全国文学大赛现代诗歌一等奖(2019年)。获"经典杯"华人文学创作大赛散文一等奖、现代诗歌一等奖,获首届"文豪杯"诗歌大赛金奖,当代华人爱情文学大赛现代诗一等奖,首届"福苑杯"优秀奖等多种奖项。获十佳实力作家、当代知名作家、当代知名诗人、当代百强华语作家、当代百强华语诗人、当代文学精英,中国诗歌名家、中国新诗百年十佳桂冠诗人、中国跨世纪作家、中国跨世纪诗人,"经典文学"百强诗人等荣誉称号。

致友人(外二首)

老骥不伏枥
互勉自奋蹄

珍惜第二春
生活甜如蜜
莫道桑榆晚
明晓又晨曦
天涯有知己
旅途不孤寂

答友人

谢挚友
鼓励篇
风雨山村犹眼前
激流过千帆
心如初
梦在圆
时不我待再加鞭
吾辈凯歌还

你

永恒的信仰
在你的筋骨里
永远的激情
在你的血液里
美好的诗意
在你的心田里
追求的艺术
在你的生命里

温暖的亲情
在你的牵挂里
真挚的友情
在你的大爱里
默默奉献
在你的希望里
青春永驻
在你的快乐里

云南诗人刘天玉

【作者简介】

刘天玉，女，笔名梦罗兰，云南镇雄人，现居成都。原红尘有你文学网诗歌编辑，中国剧本协会会员，连云港散文协会会员。作品散见于《北方诗刊》《滇池》《西南当代作家》《黄海文学》《赤水源》《荒原诗人》《知音》《当代名家代表作》《北京诗词》《超然台上诗选刊》等纸媒。

诗歌十首

1. 今夜，在北京

今夜，在北京，灯火阑珊，人潮涌动
异乡的苍穹下，有我
背后拖着一个唯一熟悉的影子
我在这片灰白的北方气候里
寻找一叶早春
滋润在寒冬冷裂痂血的伤口
光秃秃的枝头挂着几颗涎水
冲我扯着贪婪讥诮的笑纹
骚姿扭动
我感觉不出身边踉跄而过的
是人，还是异乡的孤魂

今夜，在北京，举杯欢歌
这片乐土在喧嚷，有我
还有许许多多的人群
我把所有的情思归还了远方故里的
我的朋友，我的亲人，我的情人，我的爱人
窗外的夜不落地闪烁着五彩缤纷的花火
陌生的热情，力竭声嘶
看不懂天空的颜色
生硬着"cheese"，悲伤着"happy"
肤色混淆着
血液在酒杯中火辣辣的疼痛

2. 继往开来者

一群人扛着镰刀和斧头
从黑夜到黑夜
耕耘光明
五角星结合草鞋
诞生了大脚女人
诞生了劳有所得

他们把一条卧龙举起
劬劳顾复
一根火柴燃起燎原之光
他们磕着利石枯根
寻求真理
赤手空拳解救天下苍生
他们无儿无女，子孙万千

雪滴花开

开满三千六百平方公里

春燕在花上舞蹈时

他们哭着，笑了

把拳头擎得高高的，最后

他们从泥土深处

飞上天空

3. 您走了，像一次飘雪

——凭吊洛夫先生

初生的一次挣扎

跨越了世纪的初末

直至

落马洲的杜鹃花丛中

那一夜

您被风吹上了孤岛

《魔歌》在《孤寂中的回响》

如《落叶在火中沉思》

那所《月光房子》

《雪落无声》

《因为风的缘故》

《葬我于雪》

您是怕迷失异乡吗

把每一条走过的路都刻在脸上

您这满头的白发其实不是这样的白

是胸腔里的光火把它烧成了灰

有时
仰望着您
像仰望一座满是绿意的大山
您的名字——"洛夫"
您走了
像一场飘雪
诗与人生还在冬和春
潇潇不息

4. 樱花的诉说

请让我离开吧
我选择离开
虽然没有结出甘甜的果子
请让我离开
起码我平淡茫然的过去
成为你多年回味的一缕幽香
请让我离开吧
我选择离开
虽然有些心伤
请让我离开
哪怕在风口枯萎成千年的烟黄
我的心一定还在你身边悸动
请让我离开吧
我选择离开
今生和来世
我将在你的梦里徘徊

那是撕裂后的平和

无奈

请让我离开吧

你看，天都哭了

樱花说

我累了

5. 我的父亲

大雁

成了一个孤独的点

从南往北

天空是灰色

异国他乡没有艾香

顺风而去

船和帆

便是家

遥远的门

半开半掩

一条缆绳

拴住轮回

眼泪在诗句里成行

又是清明

祭奠您

我的父亲

春暖花开的梦里

我用一滴热血

6. 因果

山坳像一个沙漏

落下最后的夕阳

僧侣们入定

心向明台

庙童挥动指尖的岁月

点起人世的灯

谁丢了一把红尘往事

吓得夜色在寺门外徘徊

后山的树枝撕扯着

天空，缓缓睡去

一粒种子从佛前跌落

我祈祷

它长成参天大树

像我的孩子

7. 思念一个人

思念一个人

思念他的样子

思念他的名字

到处查找他的讯息

多年后

思念是一个人的事

静静地对着格子

不想他的样子
不想他的名字
不看他的讯息

任旧时的光阴在纸页穿越
铺满那些掉了色的回忆

任指上的烟火在呼吸间战栗
心在烟火里灼痛

爱，恍若
拉上帘子的窗
那个人，已是窗外的风景

8.　月上歌

夜有些慵懒
珠辉在轻闪
鬼影也在闪

抬头望月，满弦的
地上的影子，我
像一棵草

月亮那边
是一座美丽的城
我的城

妈妈不住在那里
爸爸也不住在那里

爸爸住在没有妈妈和我的地方
和爷爷奶奶住在一起

爸爸总会挽着爷爷奶奶的手
在风中
在田野，徜徉

妈妈在那个遥远的小村庄，倚门而立
眸光穿透树梢山坡
站在月亮上

桂花的香飘飘扬扬
酒香也在飘飘扬扬
中秋的味道，溢满了眼眶

爸爸拉着爷爷奶奶跳到月亮里
坐在月宫那棵树上
看着这边的我和那边的妈妈歌唱

9. 姑妈

一双粗粗的手臂
一个说一不二的性格
姑妈像个汉子

会做一双一双纤细的布鞋
姑妈一针一线
缝纫她和弟弟们的人生

有一天
姑妈小小的身影走出屋子

走出了村庄
走出了县城
走出了针与线的距离

姑妈的梦开在了远方
没日没夜地想弟弟和娘

姑妈要做个汉子
想着有一家人要养

一个人在远方
从没流过泪水

姑妈依然在做鞋
夜深人静的远方

叠垒的纸箱里放满了鞋
从三寸到一尺三的

姑妈的个头越来越矮

皱纹越来越长

10. 画秋

枯藤，老树
缠绵成一座桥

风牵绊桥上
多年

凤尾竹前，谁
泪流满面

流满枝，流满院
殇了一乡

秋天，这个悲伤的词
我听见心碎的声音

雁南飞
梧桐轻泣

东篱
菊在愤开

广西诗人樊燕妮

【作者简介】

樊燕妮，女，笔名流云，广西忻城县人，诗歌散见于《文学百花苑》《上海诗人》等报纸刊物及中国诗歌网、世界名人会等网络平台，2008 年出版诗集《痴心恋语》，喜欢用深情的笔书写生活。

只为遇见一把伞（外四首）

丝丝清莹
滴下万千情柔
几枝桃色染了迷离
在船停泊的岸，轻颤

帆过千影
西山渔火重温记忆
谁留二两月光
任寂寞在杯中微醉

几缕弦外之音
咿咿呀呀弹唱烟雾
春江花月夜
长长的水袖甩泪独舞

梨树千朵留白
等了半生的花落
只为遇见一把伞，挽手
穿过烟雨重叠的暮色

桃花的思念

风中那片雪
默读你的背影
一粒花籽
在泥土里慎重发芽

开一朵桃花
画一个你的模样
复制千万个你
悄悄挂满枝头

风里雨里
我用一季花开
能否
换一次你的回眸

构思春天

风从南海
领回阳光和云朵

阳光蘸着云朵

重彩泼向山川田野
穿春风的少女抛出绣球
引来蜂蝶轻歌曼舞

古树老藤又写新意
绿的绿，红的红
纠缠不清
却又两情相悦

故乡枕一片花海
构思春天
月光从画的星空
走下来

窗外那棵桃

河水穿上风衣送你
落日一滴泪锁住来路
我与你
只隔一场三月春雨

雨过的夜晚
月光在潮湿里发芽
我是游动的藤萌出新绿
梦中寻找有树的地方

窗外那棵桃
捂不住火山口

只一夜未眠
血色便已倾情成海

燕子飞上我的绿藤
结串串鸟语
说你在窗外守护一夜
说你偷偷种下两个脚印

红色玉兰花

枯木逢春
被破译了密码
隐藏多年的心跳
最终蹦出来

今夜的你
和美丽的爱情鸟
组成不速之客
惊艳了月光

葡萄酒
娇艳欲滴
如吻过的红唇
盛开在树上

山东诗人崔吉皓

【作者简介】

崔吉皓，男，1966 年出生，笔名鲁穗，现供职于中国农业银行东营分行。《新时代诗典》签约作家（诗人），黑龙江省依安县诗歌协会会员，先后荣获经典文学百强诗人、中外华语诗坛精英百强榜等荣誉称号，作品入选《新时代诗典》《2018 诗歌年鉴·中国当代诗人作品选》《中华当代诗典》等书籍。现代诗《回家》在《辽宁文学》"新时代"诗词大赛中荣获优秀奖，现代诗《致青春》荣获"蝶恋花杯"国际华人文学大赛优秀奖；古体诗《梅兰竹菊》荣获"兰亭杯"全国诗词书画二等奖。

诗人与诗（外二首）

诗，我恨你
因为是你，让我夜不能寐
翻来覆去
梦中，印满你的影子
诗却说
我喜欢你，露出一脸的得意
诗，我恨你
因为是你，让我搜肠刮肚
不离不弃
甜蜜，写满痛苦的记忆

诗却说

我理解你，这就是我的魅力

诗人，一只寻爱的蝴蝶

追逐，心海中的涟漪

诗，一朵天国的奇葩

期待，风铃中的邂逅

中秋月

小时候

听不懂，嫦娥奔月的故事

憧憬成为后羿

期待玉兔的降临

长大后才明白

千里共婵娟的真谛

而我不是后羿

找寻心灵的慰藉

现在高楼林立，满月高挂渐迷离

失落，岁月流淌

淹没，灯火阑珊里

除夕

风，偷翻着日历

催促光阴的脚步

岁月匆匆

尘封 365 个思绪

村口，老槐树

胡子里长满故事

每当谈起故乡

记忆，依然那样清晰

站在年头和岁尾的十字路口

母亲，守候在那里望眼欲穿

冷风，吹乱花白的头发

期盼路的那一端

熟悉身影的出现

听一声

妈，我回来啦

暖了腊月，美了除夕

云南诗人李显松

【作者简介】

李显松，笔名接舆。贵州作家网签约作家。2012年开始诗歌创作，曾与诗友共同出版诗歌合集《起风了》；获得中国若昕文学优秀诗人称号，荣获第二届"中华杯"全国文学大赛优秀奖，作品入选《中国诗歌名家》等书籍。

为你写诗

今夜，我不关心牛郎与织女
我只守候那弧皎洁的月光
今夜，我不抒写凄美的爱情
我只想你点亮了我流淌的诗行
门前那束半开的玫瑰
是我迎取你的爱情

今夜，我不关心连通的鹊桥
我只想风能够吹开你窗
今夜，我不愿看到半轮月牙
我只想一抚你的蛾眉
门口的那朵嫣红的桃花
果实也快成熟了

亲爱的，请让我为你续写诗行

梦，无解
接舆
月光洒落在大地上，很痛很痛
痛得月光惊起了草丛里的萤火虫
秋天的夜晚就是这个样子
漆黑里夹杂着片片月光
梦，因月光而生

窗外飞过了一只蝙蝠
它的回声定位正因捕捉到了我的思念而避开
为大地躲避了一场悲剧
思念将不会如同月光一样跌碎大地
梦，因易碎而无解

灰姑娘的城堡
接舆
春天在哪里
在灰姑娘的城堡里
藤蔓依附着一棵棵棕榈树
金塔银塔在山顶的相守相望
善良美丽的公主
打开你的城门
我将是一名勇敢的将士

天梯的尽头

落日的余晖洒落你的脸颊
善良美丽的公主
夜晚在灯笼的装饰下泛起了浪漫的涟漪
乘着你可爱的坐骑
嗅着微风拂过的秀发
沦陷在你美丽的城堡

街边小吃的味道
弥漫着你水晶鞋走过的气息
街心里的那片枯草花园
种下了春天的种子
触动了眼泪的南极之恋
我等着你，灰姑娘
让你的馥郁芳香持续弥漫身旁

湖南诗人葛酋生

【作者简介】

葛酋生，笔名舆婵，汉族，湖南省邵东市人。本科学历，中学高级教师，现已退休。中华诗词学会会员，中国楹联学会会员。

离去（外二首）

路上空着
街上静着
春花张开着
喃喃记着
庚子春月
没等着赏花人

流水扶着
遮掩着湿漉漉的泪水
离去

不要伤感
你的馨香已在宇宙间
不要寂寞
彼此心里

已刻下你的笑颜

红尘客栈

我走在月色下
月光明媚
倩影斑驳
在这最美的山水图画间
仿佛听到昙花和知了
畅谈着生命的对话

昙花
开朗而又清纯
不沮丧生命的短暂
尽情地绽放，虽然
只是一现
清香却留在人间

蝉
韬光养晦
地下苦练数年
乃至十几年
不恋奢侈，只饮甘露
在有限的几周的光阴里
争分抢秒，高歌不止

我仰望高树
仰望树上的花，树上的虫

什么是空，什么是色
你们比我更明白
红尘
红尘客栈
也不过只是客栈

献诗

你咬住青山
岩石在你的脚下

心不旁骛
踩实你的每一步

风雨是洗尘的享受
花香与汗水相伴

你不停步
因为肩上有重担

不畏艰险
因为心中有目标

我爱你
不要问你是谁

河南诗人王文松

【作者简介】

王文松，男，1958年出生于黑龙江省通河县，1975年高中毕业于黑龙江省兴隆林业局子弟中学，同年参加工作；1986年调入河南省清丰县工作，现已退休。

热爱文学创作，作品有诗歌、诗词荣获"当代精英杯"全国文学大赛优秀奖，多篇诗歌、散文入编《新时代文学人物作品精选》《当代文学人物大典》等书籍。

白衣英雄（外一首）

风雨中走来
在祖国需要的时候
危难时刻挺身
勇敢向前
在祖国最危急的时刻
我听从党的召唤
明知征程有风险
越是风险越向前
吻别了女儿
再见吧妈妈
祖国在召唤

疫情就是敌情

哪里有疫情

哪里就是前线

我们冲在最前沿

战场，没有硝烟

风雪中坚守

在祖国需要的地方

危难时刻挺身

勇往直前

在祖国最危急的时刻

我服从党的召唤

不怕征程有危险

越是危险越向前

吻别了爱人

再见了爸爸

祖国在召唤

疫情就是敌情

哪里有疫情

哪里就是前线

我们冲在最前沿

战场，没有硝烟

我们冲在最前沿

战场，没有硝烟

逆行天使之歌

我们不曾相识

却穿着同样的服饰
我不知道你是谁
可是我知道你是为了谁
不问你从哪里来
我们相约
一同奔赴疫线
逆行的脚步
奔跑在祖国最危难时
肩负着人民的嘱托
我们一起来
战疫情，何俱风险
在祖国艰难危急时

曾经是多么熟悉的身影
此刻却不敢相认
曾经美丽的笑容
凝固在防护罩里
曾经有多少欢歌
此时已沉寂无声
汗水浸透了你的衣背
青春的脸庞累累伤痕
疲惫的是我们的身躯
压不垮的是我们钢铁意志

啊，逆行的天使
你也有儿女
我也有老爹老妈

祖国正在危难时

我怎能顾小家

告别了亲人

再见吧家乡

祖国需要我们时

啊，美丽的天使

不怕牺牲

勇敢战疫情

勇敢吧，向前

在祖国危难时

冬天即将过去

春天已经来临

当大地开遍了鲜花

逆行天使

你就是那万花丛中

最美丽的一枝

逆行天使

你就是那最美丽的一枝

逆行天使

江苏诗人黄婷婷

【作者简介】

黄婷婷，女，平凡的人，出生于秋季，喜欢与自然对话，热爱与文字独处，提笔洒落一串忧伤与美，习惯在时光里追忆时光，喜欢在流年里说流年；人生路漫漫，一路赏景，一路领悟。作品散见于报刊和网络媒体。

春天，您不在（外二首）

春天，您不在
我在一地金黄的浅秋
转眼两鬓斑白
岁月无痕
您却捡起一地的重创
我在转身处
解读，您久远久远的心事

那一年盛夏

意杨树叶沙沙作响
蝉鸣不安的午后
生命的最后一张椅子
爸爸正推着

疾病面前生命那么地脆弱
阳光柔柔地洒下
闲来走出家门
迎上言语微微的笑颜
爸爸的目光
深邃悠远
伤好了
爷爷走了
轮椅静静地躺着
时间的年轮仍在走着

婚礼的婚礼

妹妹的婚礼上
一位远亲道
"那日你走后，你爸爸喝大了。"
目光转向爸爸
爸爸的目光
跌落在眼前的菜肴上
冰封的河船微颤
层层涟漪向远

山东诗人张泉

【作者简介】

张泉，男，共产党员，生于 1965 年 7 月，山东泰安人，曾在部队服役，现就职于山东矿盐管理公司。

再见，时光（外一首）

京杭运河不歇昼夜，古镇苍颜，雕刻着往昔繁华。青石板巷道，明清时期铺就，总能唤醒失忆的爷爷，讲起爷爷的爷爷的故事。

爬行的小孙子，亲吻着老奶奶的面颊。穿越时空，定格了生命的延续。

水巷依然传来吱呀的摇橹声，柔婉的歌声萦绕在耳畔，廊桥浮现恋人的倩影，发梢留着丁香的芬芳，尘封的记忆仿佛就在昨天。

城墙上密集的弹孔，诉说着鲜血染红的台儿庄。如织的游客，徜徉古城的海洋，欢歌笑语随风飘荡。

古槐绿了又黄，黄了又绿，石榴花开了又败，败了又开，冰雪走了又来。执着的信念，继往开来。

仙客冬来

天地之间的精灵

爽约带来暗香

漫天梨花摇落
盈盈絮絮
素素清清
凌空蝶舞
满山遍野银装素裹

一个个素面佳人
飒飒凛风中
诉说衷肠

树树寒梅
钟情的王子
迎寒勇战群芳
静待仙女的约会
捧着粉红的玫瑰
拥抱久违的恋人

莫怪我
静静地走来
似轻轻飘过的云
短暂的邂逅
留下的痕迹
孕育着美丽的春

湖南诗人于成艳

【作者简介】

于成艳，女，笔名米薇蓉，湖南人。喜爱文学，善于创作，作品散见于报刊和网络媒体。在当代华人爱情文学创作大赛中荣获一等奖，获奖作品已入编书籍出版。

一生（外一首）

一生
说长
也只活过白天黑夜
也只拥抱春夏秋冬

一生
原来只是
从生到死
再长的生命
也有尽头

一生
经历多少悲欢离合
品过多少酸甜苦辣

逆境时，愁云密布
顺境时，喜笑颜开

在人生旅程中
无论怎样沉浮
依然会
面对一树一树的桃花
莫名感动

杏花

天空阴晴不定
内心郁郁寡欢
杏花不知疫情的险恶
在二月
尽情地绽放
繁花满枝
白里透红
散发出醉人的芳香
为人们
捎来了久违的惊喜

陕西诗人马瑛

【作者简介】

马瑛，网名塞上有缘，男，1965年生于陕西省榆林市神木市。上学时喜爱诗歌，2013年开始在中国网络诗歌网上写诗发表，《中国诗》2015—2020年签约诗人，中国诗歌学会会员，中国网络诗歌学会会员，经典文学网会员。少陵诗词文学社副社长兼陕西分社社长。2018年入《中国文化人才库》文学库。有诗歌散见于《诗选刊》《延河》《中国诗》《少陵诗刊》《西江文艺》等刊物和网络媒体。

草

简简单单的草，遍地都是
普普通通的草，顽强地活着
成长不分大小，生命没有老少
生来命硬的身躯，任谁阉割
根须也抓紧着土壤，让水的乳液到处流淌
生不娇贵，极其单一的色调，装扮着大地的容貌
芊芊细草，从不邀功请赏
善解人意的草，长在地上，也长在人的心上
牛羊因你而肥美，荒沙因你而安居
单株小草是有点弱不禁风
株株小草都有团结的精神

草的天性，饮风吸雨，任意疯长

草的善良，死也捐躯，死有死的价值

草的永恒，根最倔强，将生命深埋于地下

草的希望，没有挑剔，四季风情

草的价值，在春天，在夏天，在秋天，在冬天

草有草的高贵，永不显山露水

草有草的永恒，草的永恒就是人心的永恒

湖南诗人周琼

【作者简介】

周琼，诗人、作家，湖南邵阳人，现居广东。世界汉语文学作家协会理事、中国国际报告文学研究会会员、中国网络作家协会会员、中国网络诗歌学会会员、湖南省网络作家协会会员。

与父亲心心相印村口（外二首）

梨花白发的父亲
在二月仙海度过铭心生日
笑逐三月的花语
朦胧四月的清明

今年我要失约父亲
只因未知新冠在哪个角落
只能以梨花带雨的遥寄
与父亲情愫的乡愁同行

深夜，我没有芬芳美酒供奉父亲
我没有白玫瑰插入父亲遗像前
有的，只有我分行的诗
写进父亲熠熠的春天里

父亲熠熠的春天

也是我拥抱的春天

心心相印村口

一同寻觅治疗庚子新冠之策

凯旋

——致敬英雄的白衣天使

樱花一夜之间花苞封闭

地市封城乡镇封村

"设卡"如流行的时髦

道阻路断交通切割

市民禁足安居家宅

煎熬中期盼

期盼中煎熬

患者被病毒攻击

医者告别亲人"逆行"

不灭"新冠"誓不归来

您不惧瘟疫，誓灭狂魔

您勇敢前闯改写"战"疫篇章

您的名字铭记"战袍"

您的名字飘扬于红旗

终于在阳春三月

熬过劫难挺起胸膛

战鼓响彻云霄

英雄凯旋

您换上了耀眼的"中国红"
您别上了特制的"平安福"
涂脂抹粉像您隐藏两月的美丽
阳春三月最美风景线
路面开道警察礼赞
"嘀——"
"嘀——"
"嘀——"
人性精神翘首期盼
自发鸣笛满满地致敬

蚂蚁

不要说我如黑夜
黑夜很宏阔
我却很微小

微小得任人践踏
让我粉身碎骨

粉了身碎了骨
还要承受鄙视和仇恨
永世不得翻身

翻身是我一生的抱负
千里之堤不足为惧

内蒙古诗人王紫轩

【作者简介】

王紫轩,男,2003 年出生于内蒙古呼和浩特市,就读于呼市 36 中,现在加拿大 SJK 学校读高中,喜欢足球和音乐制作,初学诗歌写作。

父亲

他
曾在自建的简陋小土屋度过自己的青葱岁月
在暮色苍茫的夜
头顶上映照着煤油灯微弱的光
埋首苦读

他
曾在悲恸欲绝与心如刀绞的生活中奋力挣扎
在黑暗的边缘
缓缓伸出等待的双手
去摸索光明的窗口

他
曾在破旧的家
一点一点揭开自己心灵的疤

露出里面的血和脓的痂

他有过悲愁垂涕
也有过畏惧犹疑
感觉自己是强弩末矢
却不知为何落此境地

高考将至
他对父母隐藏忧伤
却泪湿枕巾
汗洗被褥
他翻衾倒枕
惶恐不安
头涔涔而泪潸潸

可是
面对困境
他并未退却
坚如磐石的生命
怎会甘心束手就擒
那美好的梦想和希望
在召唤着他
他要让自己的生命
如宝石般夺目绚烂
如同蒙古马般不可征服的他
跋山涉水
踏上了万里征途

走过了那坎坷不平的无尽荒野
奔向一碧万顷的广袤草原

终于有一天
他带着瓜果的芬芳满载而归
处处五谷丰登
鲜花遍野
草原上万马奔腾
飞騑奔霄
啼饥而又困苦的生活
磨炼了他的意志
平凡而又孤寂的荒野
孕育了他的崛起

二〇一七年初
我即将踏上去往异国他乡的旅程
离别前
他带着一丝微笑
可转身后
却悄然泪下
我心中有那么多不舍和依恋，却羞于表达
每次离别之际
都期盼着再次的重逢
我想告诉他
总有一天
我也会捧着梦想的果实满载而归

他告诉我
生命就应去领略波澜壮阔的风景
而不是畏缩逃避
他告诉我
阴霾的日子中也会看到绽放希望光芒的那一天
他告诉我
正因经历了低谷
才会迸发出与命运抗争的勇气和信念

似水流年
他斑白的双鬓像根根银针一样刺痛我的心
光阴荏苒
他不屈的灵魂又再次书写出永不言弃的华彩乐章

我祈祷上帝
在今后的日子里
永远保佑他幸福安康

江西诗人张俊丰

【作者简介】

张俊丰，男，生于 1996 年 8 月 6 日，江西省丰城市杜市镇大屋场村人。作品入选《中国黄金诗词文大典》《中国最美爱情诗选·七卷》《中国 2019—2020 诗歌双年选》《新世纪新诗典》《感动城市的醉美诗文》。酷爱文学，热爱诗意生活！

丰说（外三首）

固化的思维，有圣人的经典
尘世的生命奋斗不息
追逐的时光，有快乐的梦想
纯洁的心灵妙不可言

希望的田野上
有热血沸腾的力量
冬夜狂想曲中
有《义勇军进行曲》

天地悠悠
心底有无限的尊崇和信仰
来去匆匆

现实有无限的残酷和悲喜

磨砺岁月的路上
昔日情怀，愁恨不在心头
千年古香的历史
圣人文化，滋润每个细胞

有你

远方有你
我动身跋涉万里
只为与你相见
一路向西
吹过你吹过的风
这算不算相拥

心中有你
我一定倾尽所有
只为与你相守
一起白头
吃过你吃过的苦
这算不算相爱

有你，每天不再重复
今天都比昨天要快乐
有你，岁月不再蹉跎
心灵都比朝霞要光明

有你的笑容

一切的诉说与倾听那么明媚

有你的眼神

一切的分享与理解那么动人

有你，我的情燃烧不停

有你，我的心欲望不止

诗

在墨水与泪水的地方

有诗人真实的意识

在明天与春天的地方

有诗人阅读的气息

燃起振奋人心的火焰

谁与诗人纵情倾谈

感染优美诗句的力量

谁与诗人不离不弃

简短精练的诗句干脆有力

久久地留在读者的心中

谐趣哲理的诗句勾勒灵魂

永远留在读者的心中

诗人

我愿做诗人

那孤独、纯洁的灵魂就是象征
我愿做诗人
那温馨、清净的意境就是独具

我愿做诗人
如玫瑰般红、琥珀般明亮
我愿做诗人
如爱情般甜、佳作般幸福

名词性的短句
如诗画般的月色之美
动词性的短语
如梦幻般的黎明之光

四川诗人卢浩天

【作者简介】

卢浩天，1967 年出生，曾发表过现代散文与现代诗合集《远征的大雁》。并在《中国青年报》《湖北日报》《广水潮》《星星诗刊》等报纸杂志上发表过几十篇作品；现为《清风世界文学》签约作家，《孔子诗歌》会员；部分作品获得中国中铁工会主办的大赛优秀奖；另有部分作品在《采风中国》、CCTV《智慧中国》栏目以及今日头条等多家官网上发表。同时，2019 年度被评为"中国当代德艺双馨艺术家"和"全国典型红色文化传承模范人物"称号，并特邀为大会主席团名誉主席。

三月底，逝者的哀歌（外一首）

——献给"3.31"四川木里 30 名救火英雄

时间一晃就快到一年了，但在我的脑海里，依然忘不了 2019 年 3 月 31 日发生在四川木里县境内那 30 位为救大火而献身的英雄遇难者，如今重新把我写的这首诗呈现出来，以示纪念那些年轻的英雄！并再次向他们致敬！愿他们将得到永——生——和——超——脱——

3 月 30 日，不该在满地翠绿的木里出现
3 月 31 日，一个灾难降临的日子

泪水一次次湿润了眼眶
心灵一次次撕裂般疼痛

那一座座山
山花正在遍山怒放
那一棵棵树
枝柯上挂满了数不清的小青稞
景色怡人的巴蜀大地上
云雾缭绕、歌声荡漾
唱出又一年丰收满园的景阔

可就在此时
死神却在凉山州木里大地火焰翻滚中
酝酿了一场令世人哀叹的灾祸
它将华夏喋血的时辰锁定在了
3月31日18时30分这一刻
一瞬间,火势窜涌,浓烟冲天
一瞬间,蓝天遮日,天地呜咽
30名年轻救火员的生命
消失在这场森林大火

我记下3月,记下这个时刻
我不相信泪水
面对灾难,我欲哭无泪
面对死亡,我又无话可说
而面对这样一个悲伤的场景
我却又泪流满面,久久不能平静

人类社会前进的路上并非处处绿灯
有时，每走一步都充满着磨难和坎坷
然而，这次森林大火的灾难
超越了世人难以想象的信托

都说生命因为有了尊严才显得高贵
也因为高贵有时才会更显脆弱
尤其在大火无情的时候
我对死神的残暴产生了一种愤怒和蔑视
我想说：大火呀！不要那么残忍、那么无情
若不畏死，汝将奈我何
望着乌云低垂的长空
聆听一次次从凉山木里传来的悲歌
锦绣如画的巴蜀大地呀
是谁无端地将这个多彩的三月从四季中删除
让一切在那一刻突然陨落

我知道，从那一刻开始
有多少白发老者倚门相望
不再会有儿子的身影走过
我知道，从那一刻起
永远忘不了那些清澈无助的眼睛
那双眼睛似乎在向着苍天祈祷——
不要把我们年轻的儿子带走

心烛摇曳我们为逝者送上最虔诚的祈祷
安息吧！新一代青年儿子们

致敬，英雄！一路走好
我们这个民族，自古到今
什么风浪没有见过
那就让我们在爱的召唤下重新集结吧
在每一个中国人的心里
你们将得到永——生——和——超——脱——

酒纯·海半仙同山烧

我在现实中寻找"海半仙同山烧"的根
才知它源自浙江诸暨市同山镇这地方
久远的酿酒大师海三两
在铜锣寨用布谷湖清澈的水源场
酿造出千古纯酒而名扬

品一品"海半仙同山烧"
只要酒纯
一滴酒就能让人打开心窗
一句话便能令人落泪诉衷肠
一件事能牵出忘年青梅痴狂

闻一闻"海半仙同山烧"
仙气缭绕 心神荡漾
一干杯更是悠悠酒香
谁为谁还杯杯风情藏
正如诗：
晓风千年醉长廊

举杯邀月不寻常

喝一喝"海半仙同山烧"
一杯酒就能飘香入梦思故乡
一壶酒便可梦绕魂牵高歌唱
一缸酒能泡透沧桑任尔遐想

"海半仙同山烧"
男人和姑娘们的随身衣裳
只要看一看、尝一尝
就会流连忘返浑身充满力量
更要让这"海半仙同山烧"
代代相颂、代代流芳

河南诗人叶恒青

【作者简介】

叶恒青，男，汉族，河南古陈州人。酷爱舞文弄墨。曾用笔名古阳、叶子永远青。常在广播电视、报纸杂志及网媒上发表作品。曾有作品入选《中国当代诗歌散文精选》一书。目前经营一家传媒公司和一家装修公司。

月下荷塘（外三首）

沿着曲折的荷塘
走向了你的目光
花的香，蛙的腔
还有那迷人的月光
汇成一曲交响
叮咚于你我情窦初开的心房

我们依偎着
看粼粼的波光
嬉戏的鱼王
多想将这温馨的时光定格
定格在这月下的荷塘

水光倒影

映出你我相拥的模样
皎洁的月光，蛙声的嘹亮
这迷人的交响
醉在这月下的荷塘

爱人呀，爱人，总是那样迷人
花香呀，花香，浸润皎白月光
荷塘呀，荷塘，总是令人向往
不想走出这荷塘
与你共享这段美好的时光
真的难忘
那荷塘，那月光，那花香，那蛙腔
那自由的鱼王
还有你微笑的模样

人生是一支火炬

人生，不是苟且的安宁
而是一种壮烈与从容
人生，不是马拉松
短暂的行程
需以坚强而计量

拼搏的汗水
滴注于一撇一捺的构架上
化作一束光
烤亮了心空

道路维艰

求索远兮

然而

心中的火焰正以一种不可抗拒的姿态

向前

燃烧激情

伴一路星光

冲刺

冲到终点时

你定是位出色的接力手

致友人

生命如锦帛

对月当歌

一泓希冀

溢满岁月的角落

多想

将葱绿的油彩剪辑而成的诗行

赠予你

送你一缕星光

在每一个或明或暗的日子里

开启友谊之锁

烘托明天

让前景无与伦比

撇捺人生

若不撇开终是苦

各能捺住即成名

水无两点难结冰

一撇一捺是人生

一笔写快乐，一笔写忧愁

一笔顺如意，一笔逆烦恼

自古万事难顺意

撇开烦恼好心情

谁一出生，就是奇才

自力更生最豪迈

哼一曲欢快的曲，吟一首抒情的诗

人不快乐将白头，琼浆玉液难解忧

昨天已成昨天，明天犹未可知

不如，从从容容，认认真真地过好今天

水无两点难成冰，一撇一捺书人生

逆境如爬山，顺境且从容

放平心态，水到渠自成

人生不留憾，到死也好汉

"人"字好写不好做

两笔文章，一生段落

稍纵即逝在历史的长河

看要做个怎样的过客

"人"字写好

你才能名副其实

黑龙江诗人韩艳利

【作者简介】

韩艳利，笔名：妙雅心香，高级教师。黑龙江省诗词协会会员，中国作家在线签约作家，中国诗歌网认证诗人。黑龙江大庆市作家协会会员，大庆市肇州作协理事，大庆市网络文学协会肇州分会理事，大庆市肇州诗词协会会员。作品在报刊和各大网络平台刊发。喜欢读书旅行。生命的脚步一直在路上，在心中，在远方！追求人的天地，情的天空，有味道的人生，让生命如莲绽放，妙雅心香，爱在人间。

遇见（外三首）

遇见
就是人生最美的缘
文字
是人间最纯的温暖
只要心中有无限的热爱
恰如一叶小舟
会在心海中扬帆

行走在季节的边缘
看万山红遍
怡海情缘

无限的感慨系之苍天
人间烟火里的尘埃
怎能抵挡
那怒放的生命
铿锵玫瑰的绽放
足够书写经年

仰望星空
一轮新月高挂
辉映凡间
人海浪漫美景依然
朗月静守在心田
诗情的蓬莲芬芳正艳

只要活着
美丽的文字
就会如清泉流淌
舞动人间奇迹梦幻

岁月静好
煮在年轮中的文字
已插上飞翔的翅膀
奋勇向前
去拥抱心中那挚爱的蓝天
禅心所愿
唱出生命最美的梵响
雅妙心香永远

永远

微诗三首

1. 月夜情思

这样的月夜摇曳了谁的心房
烟火人生
唯爱温暖流年的情长

2. 月夜

橘红色的月明艳如火
爱的天堂
诗情画意的情唱

3. 情殇

一湖柔水
满船殇
淡然一笑了却岁月的过往

黑龙江诗人岳永刚

【作者简介】

岳永刚，笔名小城。黑龙江省大庆市肇州县人，文学爱好者，肇州县作家协会理事，黑龙江省诗词协会会员。

容颜（外三首）

镜子里的陌生人
望着你发呆
流走的不只是光阴
还有熟悉的脸

想要的自己
渐行渐远
陌生的面孔
随身携带

释怀的内心
对着肉身微笑
灵魂总要有所承载
把情感压解成一段文字
随着音乐与歌声

播散

上弦月

骨子里的倔强
演化成执着
勇敢地进行着自我

坚毅的目光
于春风中温暖
眼里映出繁花的身影

水的阅历

在天为云
在空为雪
落在烟火人间
消解为冰
春天的风景
定格在暖暖的屋檐
我们都曾经玩耍过的小院

融

嗅残雪
自由地呼吸
滴水汇流成冰河
烧炙的躯壳
祭起一牙新月

于春夜
将檐上的尖齿勾勒
笑待
默念着无穷的期盼

四川诗人邓成超

【作者简介】

邓成超，笔名耕夫，四川达州人，现居重庆。教授，硕士生导师，中国诗歌网认证诗人，重庆市教育改革专家，重庆市高教学会学术委员。多有作品见诸报刊及网络，并公开出版诗集《缤纷旅程》。

橘船（外四首）

抽几缕纤细的思念
折一叶精美的橘船
顺流而下

不知道风
该怎样温暖你的航程
不知道水
要把你编进哪一部童话

秋在江滩成熟、衰老
虚虚实实的漩涡中
美丽的珊瑚贝绽开成
浪迹天涯的云朵
痴情的水鸟追逐你的

娇小清亮

漂泊的一生
注定走不出心的视野
在一个回水湾里
潮湿的沙滩
拥——你——入——怀

月夜无风

你一赌气走了
园子里冷冷的石椅
尘土积了厚厚一层

两只晶莹的玻璃杯
走进无风的月夜
透明的空气里
飘散着浓浓的酒香
酥脆的月光一片片
沉到了杯底

咚咚的伐木声
自古寂深远的月宫溢出
我的血管次第破裂
心绽开一道道殷红的口子
婆娑的生命树上
一群叶子纷纷飘落

石椅之上
我轻轻拭去一半尘土
翻检另一半往事
让丹桂的幽香
滋润你独居的季节

泼墨写意的风景流动起来
临街有盏朦胧的灯影
隔着淡紫色窗帘
晃来晃去
空荡荡的杯子里
有苦涩的情感泛滥

我必须守住整个月夜
仿佛应该舍弃
一切虚幻的感觉
路消失在视线尽头
影影绰绰

你纤柔的脚步
敲碎秋夜的宁静
依然是一袭白色的衣裙
翩翩而来

涨潮的季节

人在旅途
不止一次看涨潮

五彩缤纷的生活
慢慢成熟

约定这个时候
你来为我送行
我不敢抬头看你
明湖般莹澈的眼睛
拥挤着
湛蓝的祈祷
绵长的思绪

梦帆裹着涛声
驶出心的码头
漂向壮阔的远方
黄昏的风里
你在彼岸，我在此岸
雕塑着同一尊风景
望着翩翩归巢的鸿影
心退潮成静穆的沙滩

渔家灯火
听你踏浪而去的脚步
默默期待着
潮汛再来的季节

蓝色日记本

雨季刚刚过去

心便随一只红鸟
飞进高远的天空

芜杂的往事
在夜光的背景里
种植淡淡的寂寞和忧伤
一起走过的沙滩
老是弹着一支相思的曲子
岁月溶解了片片风景

蝉声已远，夏的柔情已远
漫漫人生
黑色的树阴郁地站着
面对一叠无法破译的密码
任幽微的晚风拂过

既然流逝的日子拒绝选择
就不要停下开拔的步履
走上那条蓝色的归途

不变的港湾

始终是那座陡峭的山崖
埋葬许多有风有雨的日子
疾飞的归雁不停地鸣啾
撩拨你厚重的心事
重复排演

始终是那扇迷人的窗口
流出深沉哀怨的琴声
若明若暗的烛光
浮动你灿若初春的气息

始终是五颜六色的风帆
在你的脚下匆匆地停留
载走长串的喟叹和频频的回望
就是这亘古不变的港湾啊
牵动了好些痛苦的角逐

而我，会像利安得一样
泅渡过来
请焚毁那所有的诗稿
为我接风洗尘

湖北诗人周瑜

【作者简介】

周瑜，汉族，湖北省枝江市人，大专学历，宜昌作家协会会员、宜昌诗歌诗词协会会员、枝江作家协会会员、关庙山文学社会员，长期从事诗歌创作，共有300余篇（首）在国内外30多家报刊和网络平台上发表，2018年入选《中国民间短诗精选》《中国诗歌地理》，2019年入选《中国新诗路——诗人年鉴》《齐鲁文学年度精选》等选辑，出版《秋枫》诗集一部，获得一些小奖，爱好广泛，除了诗歌散文，还喜爱收藏、书法、摄影、武术、歌唱等。

诗十二首

1. 母亲的灶台

那盏灯

在母亲的灶台上

闪烁旧时的亮光

划过母亲的脸颊

投影到灰暗的墙壁

那旺盛的炉火

从记忆中升起

又从蹒跚步履中

走向迷茫

沾满油盐酱醋的灶台
也沾满酸甜苦辣
从她每条皱纹
和发丝里找到调味元素
从她的眼神里
读懂了慈祥
她把通红的灶膛
燃烧成故乡的炊烟

2. 蜡梅

寒流
大地遭遇的冷色
带有寒光的刀
割疼了手和脸
可是没有割疼坚韧的梅枝
在凛冽的寒风中
犹如挥动着长鞭
从花蕾
抽打出花朵
从腊月
直到春的来临

3. 月光

秋月的寒宫

天幕氤氲

是孤独的玉兔

洒下了一把月光

种下乡愁

广袤的土地上

收获了思念的秋

月光的眼睛

俯瞰天际苍茫

识人间烟火

看凋零时的金黄

失去茂盛的惆怅

那潮汐涨落

触动脉搏和心脏

月光的泪水

滋润雏菊花开

秋海棠的花香

洇湿了衣襟

沁人心房

有亲人，故乡

4. 霜降

它被蒙蔽了双眼

在原野深处逃避秋的去意

在放大的那面镜子里

打着寒战

一艘避风的船
把锚抛向深处

裹挟大地的冷
被一个名词叫住
它吸入风的气息
吐出白纱一样的浮光

它们牵着手
跨过一座无形的天桥
临别时
在那冰冷的臂膀上闻一闻
深秋的去向
此时
迟疑地挥了挥手

5. 祈祷

如果我能飞向天空
会摘下一朵白云
为您缝制一床棉被
如果我能请到天上神仙
为您医治病痛的折磨
如果我能在南山采到仙草
会让您今生不老

这些，我想了很久
把我的想法都告诉了上帝

问他经文里
有没有温暖的棉被
和医治的良方
我默默祈祷，我想
他一定会答复我
因为
父亲还等着我的消息

6. 风声

一听见寒冷的风
心里不由感到战栗
因为
我惦记的那个人究竟怎样

冬天的那一道坎
寒风
考验着他的耐力
没想到
还是绊倒了老父亲

咳嗽，被困在气管里
挣扎，较量
只有吊瓶
那透明液体
对付张狂的举动
和上气不接下气的无赖

一阵阵寒冷的风
无法走出父亲的冬季
要等到开年的春雷
驱散纠缠已久的阴霾

7. 点亮一座城

清晨出现的身影
在路灯下
写下不平凡的名字
她点亮星星
却把星辉装进布衣里
她背着月亮
却又小心放下
生怕弄脏了皎洁的月光

悄悄流下的汗水
滴落在街道每个角落
也借用月光
擦亮了寂静和黑暗

她打败了骄阳和酷暑
她在秋风里歌唱
和落叶一起舞蹈
保存那份心中的美丽

她打量生活的点滴
把生活中的污物

装进一个出口
她用一颗洁净的心
点亮了一座城

8. 走进古镇

走在古镇街头
我把一千八百年的历史盘算
每走一步
如同走进一段历史

那斑驳的青砖
在明清老字号里
挤压，分化
那高高的马头墙
已经不再威风

石板街
被历史的钝器磨得发亮
照亮过往，也照进兴衰

9. 秋意，划过我的眼眸

卸下了浓艳的装束
正加快步伐，赶往山的那头
大地收紧微微颤抖的身躯
留下夏日的余温

还没来得及收住瞳孔里的光
我的眼眸悄悄落入另一片领地
一个季节手掌伸向秋的果实
唤醒了对夏的迷离

你匆匆从我身旁
走过欣喜和热烈
如今，这迷人的色彩
描绘成了一幅写意画

旷野中，风正在生长
翻过围栏，顺藤蔓延
吹拂着田间的穗粒
静静等待那一抹金黄

10. 你从两千年走来

两千年前的呼唤
在南国楚地
在秭归乐坪里
这片厚重的土地
诞生了一个伟大的灵魂
绵绵悠长的窖藏里
酝酿出《楚辞》华章
发出怒号和哀叹

汨罗江的水啊
把那颗拳拳之心安放

留下慷慨激昂，字迹里
装着对祖国的忠诚和忧伤
流芳千古的《离骚》《九歌》《九章》《天问》
唤醒了沉睡中的华夏泱泱

而你化成一条条龙舟
江河竞渡的浪花
蕴含奋笔疾书的力量
镌刻上响亮的符号和印章
用雄黄和艾蒿除去世间瘴疠
粽子的美味里
有那份沉甸甸的清香

端午啊
一个盛大的节日
长城内外，黄河长江
带着虔诚和景仰
一代代传承
一代代咏唱
在神州大地上
闪耀着光芒
中华民族的崛起
有波澜壮阔的力量

11. 秋分

当秋分的脚步
踏进秋池

太阳秋意的眼神

随着大雁向南偏移

景色中那些意象

主宰了秋色

它拉长了你的背影

也拉长了甜蜜的梦境

金色的秋风

吹拂着稻穗、玉米、大豆和高粱

带着沉甸甸的喜悦

向你频频点头

潜伏在地里的地瓜、土豆

那些土地的儿子

还有山坡上挂满喜人的橘红

正窃窃私语

准备庆祝自己的节日

12. 直到万年

沙漠戈壁的场景

在梦里、书里和电影里见过

茫茫沙海

制造了苍茫的神奇

眺望傲立的身躯

曾给了它春的绿意

和秋的金黄

活着三千年不死

死了三千年不倒
倒了三千年不朽
是顽强的基因
给了它挺拔的身姿
哪怕魂魄都没有了
也不曾倒下

湖南诗人汪全明

【作者简介】

汪全明，湖南岳阳人，现在缅甸工作。20世纪80年代有小小说、诗歌作品偶见于省市报刊，后搁笔。近年以写诗为主，诗作多以日月、文在指间、绝处逢生等网名散见于各大网络平台，并有诗作入选《中华诗文大典》一书，纸刊《文学百花苑》也有诗作入刊。

用笔蘸上孤独的情感，来一场心灵的祭祀，给灵魂刻上诗的旅行。

乡韵（组诗）

1. 儿时的雪

我在梦里飘飞
飘飞出一场儿时的雪

风从单薄的身子上掠过
小脑袋长在雪花儿上
一双双小手捧着白雪
揉在脸上，搓进心里
好暖，好烫

2. 家乡的杨柳树

夏日的阳光辣辣的
焦灼的地皮灼灼的

树荫下
一片清爽在人的心里

摘一片树叶放在嘴里
清凉通透全身

3. 小河

风在心上吹过
皱了小河的碧波

那河对面的哥哥
傻子一般地望着我

是念着春天的希望
还是想着秋天的收获

傻瓜哟，低下你的头
在小河里找我的影子呀
那里有我羞羞的娇容

4. 从前

那时，我的手还很小

你的手还很嫩

某一天在村的尽头
我们相握

少小别离
没有太多不舍
因为昨晚做了一个梦

出了村的小道
村外的大道等着我飞奔

多少年了
我还是记得
记得你手上的温热

我的心，现在
依然是那么地温暖

新西兰诗人刘吉娜

【作者简介】

刘吉娜，笔名金色阳光，新西兰华人。原中山大学讲师，现任新西兰大学教师，中医师，医学哲学硕士，工商管理硕士。

欣逢改革开放、和平发展时代，有幸受到教育，走出国门，生活在蓝天白云的新西兰，努力工作，以诗抒情，感恩生活，歌唱自然。

暖心（外一首）

蔚蓝的南太平洋上
有一个美丽的岛国
她有一个动人的名字——新西兰

一片世外桃源般的净土
蓝天白云下上演着一个个暖心的故事
碧海绿原上生活着朴素善良的新西兰人

新冠病毒蔓延世界
新西兰及时封关隔离
政府及时发放暖心补贴

热心义工用 3D 打印机

为医护打出透明的防护面罩
食物银行发放食物给需要的人们

窗口，多了暖心的小熊
门口，多了新鲜的蔬果
路上，多了温情的微笑与挥手

新西兰
一个充满了阳光与爱的岛国
一个充满了互助与友爱的国度
一片上帝深爱的土地

祥云
——献给母亲的歌

妈妈，你好
你化作祥云，飞升蓝天
你慈爱的光辉依然照耀着我的生命

妈妈，你是孩子的天使
你愿意
你愿意付出无尽的爱与努力
只为抚育孩子
你是孩子生命中最坚强的支柱
你是真善美力量的源泉

妈妈，你是孩子的天使

你用乳汁和辛劳抚育孩子
你拥有大自然进化的智慧
你天然知道怎样养育孩子
你无私奉献
只为生命的繁衍，孩子的成长
你是人世间一首美丽的歌

时光无痕，岁月有情
愿这个绿色的星球上
大地常青，生命长存
慈爱永在，大爱永恒

感恩天地，感恩父母
母亲，是一首美丽的生命之歌

山西诗人李清山

【作者简介】

李清山,笔名雅伤,山西山阴史家屯人,知名诗人,曾在江山文学(绿野)"跨越与回眸"大型双主题征文、"当代精英杯"全国文学大赛等文学大赛中获奖,并被授予"新星诗人""仓央体流派精英诗人""当代知名诗人"等多个荣誉称号,被《银南报》经典文学网、《鲁南作家》等聘为特约撰稿人、诗人、编委等。作品曾入选《实力派诗人作家文选》《新时代文学人物作品精选》《2020中国诗人年度诗歌典藏·抗疫诗选》《2018年度华夏诗词精品选粹》等多部专集,著有个人诗集《爱的倾诉》两卷,《心灵的萌动》两卷。

杜鹃啼血孤雁哀鸣

随唐婉陆游放不下的爱情
在沈园神眼交会间
恍惚迷失,郁郁寡欢
是我对你不能自拔的思念

愁绪离索
在曲径回廊间
茫然失措

山盟虽在，锦书难托

落叶雨中飘零
黄昏里凄婉的往事
倔强地萦绕心头
把对你难以抗拒的眷恋
一直折磨到梦断香消

悲怆剧痛间
一个人孤独踯躅
于夜的寂寞
在相思遥望尽头
听到的唯有
杜鹃啼血孤雁哀鸣

辽宁诗人姜志红

【作者简介】

姜志红，辽宁沈阳人，投笔从戎二十三载，主要从事军事、政治和思想文化工作。喜爱文学和曲艺创作，热爱摄影艺术。沈阳市摄影协会会员，中国民俗摄影协会会员。相信生活处处有风景，人生无时不诗意。

冬至情暖（外一首）

饺子进肚
夜幕已低垂
走到户外散步
感受一下这个节气
寻找一点冬季的诗意
呵呵，北方的天
除了冷还是冷
这个夜将冷得更长

车灯的光柱
试图穿透长长的夜幕
光打在对面的树上
几片叶子被冻僵在枝丫上
不肯落去

懒散的几粒青雪

撒在冰滑的路面上

行走的人，两腿夹得紧紧的

一个小孩在广场打出溜滑

磨出的滑道反着亮光

妈妈喊也不回

头上冒着热气腾腾的汗

门口的保安大叔也冒着汗

不停清扫着落下的雪

不断招呼进出小区的行人

注意安全

这个冷冷的冬天

此刻暖暖的

微笑

她是微笑的

一身工装沾满白色涂料

提着粉刷工具走过来

她看到楼前的花团

放下工具举起手机弯下腰

去拍花朵

脸上洋溢着微笑

她直起身浏览她的作品

不自觉地笑出声

她走进雇主家

她绘制了一片洁白
把微笑映照墙上

她到哪里
她的微笑就跟到哪里
如弯月般甜美
如星光般醉人
她的微笑
留给了她所有的雇主
洒满她走过的路

四川诗人陈东卿

【作者简介】

陈东卿，四川成都电子科技大学工作，现已退休。热爱中华文化，著有诗集《七弦琴歌》，《诗家》第八卷收录20首诗，《中国当代诗坛经典校本选读》收录三首诗。

僰人

谁是僰人
僰人的家在何方
只在陡峭的崖壁上
留下一具具悬棺任你想象
只有留下文字
记载你的历史
没有谁知道你住在什么样的村庄
更是留下一串串疑问
为什么将灵魂安放在悬崖之上

是害怕入土沉泥的黑暗
或为最早迎接第一缕阳光
更高地接近满天星云
陪伴你的晚来寒霜

风在林间自由穿梭
让寂寞的魂更加凄凉
雨从天而下洗涤尘世尘埃
让你纯洁的灵更加高尚

羮人留下迷人的猜想
轻轻的，静静的
请别惊扰羮人的安魂乡

新疆诗人曲玲

【作者简介】

曲玲，出生于新疆福海县，平时喜欢阅读书籍。

如果我死去（外一首）

爱情，爱情，他和她

如果不见了，会去哪里

在梦里我问过自己

我们何时彼此再相见

死亡是最后的轨道

如果你能够爱我

或许我永远看不见

将在哪里埋葬

爱的思绪会不会把我带到另一个美好的天堂

不会坠入地狱

在天堂里继续和喜欢的人交谈

那个模糊的死亡时光轨道

它是一道明亮的阶梯向我招手

封闭颜色的空间

有人敲打棺材把我组装

你会难过吗

在天堂的另一端
你还会爱我吗

有时候

有时候我快乐
有时候我爱你
数不清的眼泪与爱
爱了那么久
走了那么久
有时候变成了你
我们的对话有时候什么也没说
你走，我追
你跑，我也跑
有时候我在寒冷的路口等待
有时候你沉默
有时候你无情
有时候你温暖
有时候你开朗
有时候你发火
不对不对
心爱的人
无论怎样
都是眼里最耀眼的星星

陕西诗人苏勇航

【作者简介】

苏勇航，男，笔名叶落寒江，陕西咸阳人，人民文艺家协会会员，陕西省青年文学协会会员。作品散见于中国风文学网、诗人家园、华语诗歌、豫青网等网络平台。获中华文艺全国文学创作大赛优秀奖，被授予"当代诗文百家"称号，部分作品收录于《新世纪新诗典》《中国当代爱情诗典》《中国诗人生日大典》等书籍。

藏书阁

我们见字如面
隔时空对话

流走的沙漏里
剩下的是时间

墨里墨外
一纸灵魂书

相约一季
初雪落窗前
摘一朵云

插进花瓶里

骄阳初夏时
抓一把彩虹
藏于泡沫

等到叶子金黄
砚池水涨
相约一季
青灯卷中话梧桐

内蒙古诗人王芳

【作者简介】

王芳，笔名王方，女，任职于中国铁路呼和浩特局集团公司劳动和卫生部。业余文学爱好者，喜欢微笑畅想。拙笔拟写的诗歌、散文、随笔、小小说等小有见诸报纸杂志和网络平台。在"我和我的祖国·我与铁路"70年全国文学征文比赛中，小小说《选择》获得优秀奖，并被刊登在2020年1月《中国铁路文艺》杂志。

微笑畅想（外一首）

喜欢微笑畅想

祝福像海

海中有个踏浪的女孩

站在刚醒的礁石上

白云在天上飘展

朝阳从肩头上倾泻

浪花在脚下绽开

微笑畅想定格

她是那阳光中一个金色的亮点

喜欢微笑畅想

祝福像帆

帆上有个矗立着已为人妻的女孩

看片片帆影归来

桅墙挑起金色的夕照

船身镶满海的幽蓝

船上蹦跳着银色的光点

任凭狂风暴雨的肆虐倾袭

都不偏不倚，昂首伫立在水中央

微笑畅想定格

她是那红帆中一抹闪光的炫点

喜欢微笑畅想

祝福像岸

岸边就是那个心仪的已为人母的女孩

踏行在正午的沙滩上

海水舔着光裸的双足

足指弹响沙浪的琴弦

弯身拾一枚彩贝驻足倾听

曼妙时光瞬间抓拍留影

一串涛声又鸣奏在耳畔

目标直指终点

微笑畅想定格

她是那海岸中一个耀眼的精点

三亚有感

带着孝义陪伴梦想

我从内蒙古大草原呼和浩特

着冬衣暖意融融而来

飞抵海南岛
即换夏衣轻盈翩翩而至

天南海北
冬夏之交
水乳交融
瞬间变换
定位准确

是眼缘，是笑缘，还是言缘
不得而知
不想解释
只知一个眼神的对视就通晓达意

无需更多言语
顿悟意会
不需言传
一切皆缘

当面向大东海
虔诚叩拜南海观音
那祈福孝义之念
福如东海，寿比南山
早已在心中扎根

在不言而喻中
山城无限江水长

因心有灵犀
北部草原，南部海岛
一见如故
晶莹剔透中凸显芳华
海天相连，绵延不断
就是最好的践诺

漫步海滩
舒缓地张开双臂
静静地品味海水的平静
尽管不时有海浪涌过
但顷刻被冲刷干净

置身其中
岿然不动

感恩祈福加持护佑
一切掌控自如
轻松驾驭

不想说再见
依恋不舍中
思虑着短暂人景的相遇相知相惜

来去都似一首诗，也像一幅画
来去也都是美的故事
继而更多感悟企盼着椰子树成林的美好
因为精彩还在继续

辽宁诗人张明厚

【作者简介】

张明厚，本溪师范毕业（1977 年高考生），从事中学教育。喜欢文学、音乐、篮球等。退休后，参与沈阳市群众艺术馆业余合唱活动，兼任辅导和歌曲创作。

故乡太子河（外一首）

我去过非洲的尼罗河

到过欧洲的莱茵河

在壶口瀑布边观看汹涌的黄河水东流

在茫茫无际的大海上迎送太阳东出西落

可我最爱恋的还是故乡的太子河

娇美恬静的河水

自云雾缥缈的大石湖流出

自隽美老边沟的枫谷流出

带着大山的嘱托

承载着万物的期待

一路笑语欢歌

从我家的门前流过

陪伴我多彩的岁月

也给了我童年的快乐

河边有村姑在漂洗衣菜

也有成群觅食的鸭鹅

怎能忘记

惊涛骇浪中船工沉稳的摆渡

迎送过往旅客

甜甜的河水啊

养育了一代代勤劳朴实的儿女

润泽一片片柳绿花红

燕舞莺歌

清清的河水啊

流淌着关东古老的文明

见证着人间的古往今来

天地祥和

有了家乡的太子河

才有了春绿秋黄

人们的田园劳作

聆听夜晚田里的蛙鸣

期盼丰年殷实的收获

沿着故乡的太子河

多少人从家乡走出

带着儿时梦想的种子

在祖国四面八方开花结果

依恋故乡的太子河

就如依恋母亲甘甜的乳汁

多少次梦回故里

亲吻那汩汩流淌的故乡母亲河

崇高的职业

——献给三八妇女节

有一种职业

与人间的爱息息相关

从古到今，绵延五千年

有一种工作

关乎地久天长

演绎悲欢离合，情感万千

要有极强的责任心

博大的胸怀和无私的承担

兼有研究"生"的天资

和优"生"的卓识远见

要有不断更新的文化素养

与时俱进的思想理念

一旦竞聘上岗

便终身就业，没有退还

累了难以休息

苦了无处抱怨

孩子是感冒还是病毒流感

第一时间准确预判

刚刚洗完衣服

又要烧火做饭刷锅洗碗

带孩子校外补课

风里雨里一年又一年

当你给别人送花点赞

她还在孝敬老人照顾孩子

春夏秋冬，从不间断

身上淡去了芬芳

双手不再细腻柔软

早市里匆匆买菜

夜里也不能安稳清闲

给孩子喂奶换尿布

全年没有一个星期天

说到这您应该明白

这崇高的职业是什么了

这就是伟大的妻子、母亲

这就是天上的婵娟下凡到人间

古有文武兼备穆桂英

替父参军花木兰

今有女飞行员翱翔蓝天

女作家装点锦绣文坛

当疫情暴发

用纤弱的身躯阻挡病毒的是可敬的女护士

危难当头

不顾个人安危抢救感染病人

是拿肉体堵枪眼

可她们家里

也有嗷嗷待哺的孩子

和需要长年照顾的病残

然而

这如此高尚的职业
有人却视而不见
曰：女人没工作
全靠男人来成全
你可知
当一个女孩离开父母
赌注一桩未知的姻缘
就走向了孤独
扛起了风险
甚至要放弃事业
消磨青春和美丽的容颜
也无悔无怨
可是
婚姻一旦走向尽头
受伤害的总是弱女红颜
女人无论怎么艰难
也要挑起抚养孩子的重担

迷茫风雨中的男人
离不开女人给撑伞
冻僵了的情感
唯有妻子可消寒
男人有再大的委屈
都不该向女人抱怨
多体谅女人的不容易吧
多一些怜悯和分担
女人一旦失去疼爱

就漂离了避风的港湾
别再愚蠢了
不要在家里与老婆论长短
家从来就不是讲理的地方
没有人会给你当裁判

人间有了女性
便有了故事经典
群里有了女性
才有了笑语欢颜
没有女性天地将不合
没有女性日月定暗淡
伟大的女性
与星辰同璀璨
母仪天下
风光无限

甘肃诗人李有平

【作者简介】

李有平，笔名李健鹰，男，甘肃岷县人。《世界诗人》签约诗人，清风诗社社员，依安诗歌协会会员，燕京文化艺术交流协会会员，中国诗歌网认证诗人。作品散见于《飞天》《绿风》《唐山文学》《鸭绿江》《文学艺术》《齐鲁文学》《中国风》《新国风》等报刊及中国诗歌网、中国国风网、都市头条、今日头条等网络，十多首（篇）作品获得全国诗文大赛一、二、三等奖、优秀奖，并收入多种文集，部分作品被中国当代作家代表作陈列馆收藏。曾创办民刊《山鹰》文学，任主编，并任山鹰文学社社长。现在城区某小学教书。

行走在秋雨中（外一首）

离开故土
离开寂静而朴素的村庄
来到繁华嘈杂的城市
不要问我这个令人隐隐作痛的问题
生活教我学会迁徙和适应
用坚定的步伐丈量每一段路

季节的更替
天气的阴晴冷暖

一片树叶的变化
暗藏着生命的玄机

走进秋雨
为摆脱夏日的炎热而欢欣鼓舞
迷蒙的山色
洗净了尘埃的高楼大厦
在雨帘里变得安详而静谧
天地一片灰蒙
雨声沙沙
擦洗着心灵的忧伤
把心事幽幽地向谁倾诉

有几只水鸟在泛着涟漪的湖中忘我嬉戏
秋凉离它们是那么遥远

秋雨阻隔了远方
独自浅吟低唱
有点惆怅的意境
绵长又绵长
将我浸淫其中

今年的秋天
似乎有太多的眼泪
故乡的你
闯不进我的梦境
我亦走不出秋雨的门槛

思念跟着泛滥
欲将这个季节淹没

十月，天凉

十月寒霜降
昨夜的一场早雪
把秋天的最后一片落叶
送进了泥土的记忆里
陡降的气温
把冬天过早地挂到树枝上

大地一片苍茫
踩着厚厚的积雪
我突然想起
此刻正在风雪交加的唐古拉山高原上艰难前行的
我的一个徒步西藏的老乡
他的执着和坚持让我相信
信仰的双脚
终有一天
会延伸到春天的路口

风，刺骨而薄情寡义
你的表达苍白无力
而我一往情深
在纷扬的大雪中
捂住一团火
生怕失去仅有的一点温暖

内蒙古诗人孙剑

【作者简介】

孙剑，笔名松涛。乌兰察布诗词学会会员，内蒙古诗词学会会员。喜欢读书、旅游、骑行。诗歌大都以随想、赞美、感触、游记等内容为主。盛满初心，满怀激情真真切切地记录每一天、每一年的生命所见、浮生变化、气象万千。

晨

谁是晨的启鸣

在睡梦中清醒

唤出

迷糊的脸庞

每个清早

谁与之相逢

清水洗却茫然

梳妆简单的句号

凝成出发的河

去河中跋涉

是不是

穿越都需要贪早

一脸困倦

还思梦
温柔的憩
奈何铃音不等
催促着起行
路岸灯火绵心
还有一闪而过的旁人
风渐起

湖北诗人梁春云

【作者简介】

梁春云，湖北省枝江市人，枝江、宜昌、湖北省作家协会会员，枝江市关庙山文学社副秘书长（文学社杂志和公众号编辑），拥有"惟孜"个人公众号，擅长散文、通讯、报告文学、文学评论等，出版有散文集《惟孜》《楷瑞》，多篇文章在地方刊物上发表。

遇见初梦（外一组）

遇见初梦
最初的爱恋
是在懵懂的少年
同桌的你，善行，勤勉，绩优
那握笔的大手
一书挥就诚实，圆明照乾坤
那矫健的脚步
双龙腾跃奋起，惊雷震寰宇

享受初梦
初心不改的爱啊
似那琼浆玉液的头子酒
至纯至真至尊

醇香幽浓馥郁

缠绵口齿，馨溢入脾入里

透入血液，加速心跳

要把整个身体燃烧

沉醉初梦

忘不了爽口的水果糖

圆溜溜，透明多汁

甜心，不腻，黏液充盈满口

疏影留香，酣然入梦

听山鸣谷应

享天外盛景

欲探秘摄魂

怀念初梦

人之初的善良

骨子里驻扎，生长

兰质薰心，浑金璞玉

物喜己悲皆忘

朝晖夕阴，花明柳影

莫负春风，莫负春水，莫负春林

赤子，公理，信念在上

永恒初梦

忠贞不渝的爱呀

如武夷山的正山小种

源头正宗，饮之回甘，存之温润
像贝多芬的《月光奏鸣曲》
静静聆听，心之感乐，怀旧遐思
似巴厘岛的优美海景
世界之最，晶莹蔚蓝，永不褪色

遇见秋，遇见初梦

见证大孙女成长组诗

1. 学溜冰

穿上溜冰鞋，张开小臂膀，
两脚有动力，摇摇、晃晃，
摔打中成长，意志坚如钢。
轻松地放飞，似小鸟在飞翔。
初升的太阳，快乐、向上，
真冰上展翅，梦儿、理想，
好向往！

2. 幼儿园是我家

幼儿园，是我家，
我要精心呵护她！
教室里，走廊上，
土豆、芋头、绿豆、黄豆发了芽，
紫罗兰、虞美人、风信子、郁金香竞相开花，
四季如春，美丽如画。

种子蕴含着生命的潜能，
花容绚丽，教我端庄秀雅，
红扑扑的小脸，张大着嘴巴，
笑哈哈！

幼儿园，是我家，
我要精心呵护她！

3. 一幅画把心意表达

外婆的假期结束了，
行李箱塞满，即将启程啦，
灵感一触即发，
画张画送给她，
把心意表达。

思念的泪水，像泄洪的闸，
奔涌而出哗啦啦，
重重叠叠的线条，
如高铁动车组，
把爱的信号简化，
我在这头，您在那端，
沐浴在太阳的光辉下。

视频聊天常通话，
天南海北皆为家，
浓浓淡淡的颜色交会，

细腻丰富、柔和的涂鸦，
激情涌动、欢快地蹦跶，
几多情，几多爱，无声胜有声，
灿烂绽放着绚丽的晚霞！

云南诗人余金波

【作者简介】

余金波，笔名云鹤小主，男，汉族，生于 1990 年 11 月，云南省永善县人。毕业于中北大学，环境工程、工商管理专业，现在云南省永善县溪洛渡镇佛滩社区担任驻村扶贫志愿者。热爱诗歌随笔，创建"云雀东方"微信诗歌公众号，作品见于《贡山》《昭通日报》《昭通作家》等刊物平台。有诗歌曾入选《中国当代微信诗人脸谱》。

朦胧初恋（组诗）

暖心的你

漂泊的我
抵达了你的城市
拉开车窗，你喊我的那一瞬间
还是那么遥远
你迷人笑颜
总是那么灿烂
拘谨中，去一家幽静的玫瑰店
逃避了街市的繁华与喧闹
与你共享晚餐
一切都那么香甜

不经意间的对视
微妙的眼神
锁定了春天
羞涩中
心已逾越了的界限
倍感躯体上的一阵阵温暖
恍然明白
幸福，竟如此简单

今生之缘

我已划完手中最后一根火柴
仍未点燃
你冰雪覆盖的双眼

错过金秋的雏菊
静默在冬天
年复一年

你的微笑
刻在我的今生
演绎着一道神秘的光环
怦然心动，在每个瞬间
在完美地展现
有火的激烈，有水的缠绵

每一缕微风

都是一次依恋

应该是前世的修行

铸就，今生之缘

伴你·不询不问

不能看着你

怕藏不住两眼的心神

不能告诉你

怕惊醒你熟睡的梦境

不能靠近你

怕绊着你匆匆地前行

愿你有一世灿烂前程

我只愿在一旁静静伴你，不询不问

此生来意，与你共览

多想

做一个幸福的牧羊少年

就这样一直躺在向阳的坡边

哪怕一坡枯草，霜雪风寒，也愿

同牛羊一起悠悠然

把枯草嫩芽尝遍

静待明月夕阳青天

不与都市忙闲

不谈过去明天

就这样一直在你怀里

与山坡融为一片
只属于这一刻静默的自然
有你有美有温暖

云南诗人李自雄

【作者简介】

李自雄，网名流年似水，云南富源人。高级教师，多次被评为"优秀教师""名师""骨干教师""学科带头人"。潜心研究教学教法，热爱文学，喜欢诗词。作品散见于各报刊和网络传媒平台，多篇参赛教学论文和文学作品已获奖并入编。

谢你送我一份厚礼（外二首）

你春雨般的文字
洗涤我心灵的忧伤
让我听到你的呼吸
不再受孤单

是缘分拉近了距离
让我看到了驿站
站里有你
点燃了我的希望

没有你的日子
全部的心思在心底埋藏
如今短暂的相识

内心不再冰凉

梦游天宫

梦游天宫授神鞭
狼神妒恨又何妨
怒发横空追地妖
背弓踏月射天狼
笑饮妖血入地府
仙酒销魂君王赏
灵身正气散佛光
鹤送人间忽还乡
醒知魂来星外处
早生华发赏月光
不念红尘千古事
只惜今生报君王

忆秋姑

——赠诗友白小芸

紫燕梦中剪细柳，桃红深处笑相遇。
冰雪玉肌，小芸香袖罗衣。
细看来，却似旧相识。

春雨绵绵惊梦柳，落红飞絮笑人痴，
一种相思，何须怨杨吹笛。
细思量，白云已归去。

山东诗人陈子夜

【作者简介】

陈子夜，笔名子夜，山东省济南市莱芜区人，莱芜作家协会会员。喜运动，喜大自然，擅长诗歌与词曲创作。以宽容、沉静之心，写心灵之诗，作清泉之音。

喜悦（外一首）

什么时候
内心只存有
抑制不住的喜悦
就如一场
梦里的雪
打开窗子
就鹅毛般地飘落下来

那么
一切可以推倒重来
说过的谎
就能全部信以为真
从开始到现在
笑容一直写在脸上

阳光一直照在心上

温暖而透明

温暖而透明

等雪

我请你进来

毫无羞涩地进来

最好有点肆虐

甚至

带点张狂

我把窗子打开

把心儿敞开

我摆上热茶

我把房间收拾干净

我把所有关于你的

赞美和歌颂

完全忘掉，因为

一切的表白，都是多余

我以我的名义

在手写板上

画上山水和丛林

画上田野和冬菊

只待你欢喜地、调皮地

毫无拘束地

飞到板上

还有大片的空间

留给你

云南诗人刘春林

【作者简介】

刘春林，笔名版纳大牛，男，60后，大学文化，昆明陆军学院毕业，时任西双版纳军分区干部，后自主择业。现居住云南省景洪市。爱好赏玩奇石，喜欢中华诗文。

春的寄托（外一首）

经一个冬天
狂风暴雪的肆虐
大地与万物留下些许悲凉
虽然有点酸楚的感觉
但渴望春天的欢喜很幸福

东风将冬眠唤醒
在春风吹拂下
春天开启了希望旅程
芳草在地坪上慢慢苏醒
小树柔嫩的身躯向着枝繁叶茂努力前行

和煦暖风吹红了春姑娘的脸庞
带着甜蜜的微笑

春姑娘婀娜的身姿开始舞动
无穷的魅力在春天的旅途中愉快
万物为之动容、倾慕

柳树向她投去感激的目光
桃花向她招手致意
大地向她深情鞠躬
动物们高呼春天万岁

母亲因孕育生命而伟大

一个女人
在孕育小生命的时候
她在成就一个伟大的母亲——自己

母亲不是因自己而伟大
而是以自己生命孕育另一生命而伟大

这种无私奉献的根脉打"孕期"起就生长着
并在整个生命周期发展、延续

新生命十个月的孕育
是个艰苦而漫长的时间等待
既激动高兴又焦虑不安
对每一个将要做母亲的人都是一场考验

每个女人
在痴心地等待

等待新生命降临的那一神圣时刻……

是的
上苍赐予这个女人的小灵物
会在他（她）应当来到这个世界的时间、地点准时到来
不由任何人为他（她）做主

女人以她神奇的力量推开那道隔离世界的门
在女人阵痛的汗与泪相伴的幸福呻吟中
在哇哇啼哭声中来到本就属于他（她）的世界
从此诞生了一位传世佳人
同时成就了一位伟大的母亲

甘肃诗人王鹏

【作者简介】

王鹏，笔名古灯愿，甘肃定西人，就读于陇东学院，长河诗刊签约作家，秦汉文韵文学社社员。常以诗歌做伴，并赋诗于山野。

逃走的十年

我不知北街的风
会往哪边吹，正如我不知你
在九年光景里，是否安好

我不知小城的星
在渺小中璀璨，正如我不知你
在九年夜幕下，是否添愁

我不知木桌的字
刻在童稚心头，正如我不知你
在九年提笔时，是否心悸

我不知纯粹的心
如何将挚爱承载，正如我不知你

在九年爱恋中，是否眷顾

在这逃走的十年里，我忘了你的模样
只能饮下孤独，吞咽思念

山东诗人徐守玺

【作者简介】

徐守玺，山东临沂人。小学教师，喜欢音乐、书画，特别喜欢古诗词。著有《南岭花灿》《沂蒙词韵》《漫步五洲湖》。

沂河花月夜

广场沂河畔，圆月挂天帘，
月光如银，辉泻大地，天宇云淡淡。

一河碧水缓缓流，高塔彩灯艳。
万千霓虹照夜空，五彩水漪涟。
看：广场人如山，大家欢声笑语，
携手相牵，幸福乐无边。
舞池献瑞，人儿笑灿，似蝶舞翩跹。
款款裙带飘飞，舞韵依依，
恰似嫦娥来人间，亭亭如玉立，丽姿赛天仙。

听：舞曲飘逸，歌声如潮，
唱得花儿开绚烂，芳香弥漫。
清风吹来，柳叶飒飒，水声潺潺，和着波韵，
交响乐甜，悠扬自然。

听得那人儿心醉，宿鸟惊飞，

唯有岸边灯火点点，伴着垂钓人儿闲。

沂河花月夜，嫦娥摇情魂牵。

广东诗人何运平

【作者简介】

何运平，笔名江雨，资深记者。中学时代开始公开发表作品，有诗、散文诗、散文散见于报刊，入选多部诗、散文诗选集。20世纪90年代末停笔，转为采写新闻，发表大量新闻精品。2019年底重新开始文学创作，已在中国诗歌网、《惠州日报》等发表诗歌。

老家

老家很低调
偏于湘南一隅
从不在中国和湖南省地图上亮相
将头深深地埋在大山的贫瘠里
那时水稻也将头埋在歉收里
粮食也将头埋在粮仓的干瘪里
我的祖父也将饥饿的头埋进了坟里

南方的风吹醒了老家
老家开始将头抬到山外
背着希冀和乡愁闯世界
一方面插上普通话的翅膀
飞进城里的大学校园

然后栖于包括北上广深的都市
一方面携一口方言闯荡江湖
京津冀、长三角、珠三角
工厂、建筑工地、写字楼、酒楼
都荡漾着老家方言的尾音

脱贫致富的老家开始高调
头随拔节的楼房越抬越高
屁股被络绎不绝的小车越抬越舒服
走南闯北的老家开始高调
即使地图上没有老家的身影
老家也要将工作过和打工过的足迹
绘制成涵盖大半个中国的交通图
挂在子孙的生活圈里
挂在子孙的乡愁里

贵州诗人袁仕成

【作者简介】

袁仕成，男，汉族，57岁，现为企业经营管理者。曾服役于云南省西双版纳军分区。爱好摄影，热爱诗文写作。

晨雾（外一首）

清晨，那条红色路上
孑身一人
逆风前行
春风夹着升腾的河雾
还有那淡淡的花香
那片叶子依然在微风中飘曳着
和花一样的美丽
因为，此时她是绿色
花众绿寡的当下
那片翠绿欲滴的叶子充满了生机
这也是美
愿那片叶子永远翠绿
永远美丽
到那天

她走了

她走了
多少带着些遗憾
也许，她不该生活在这囚禁的笼里

她走了
带着微微的笑容和安详
兴许，她知道曾给我带来慰藉和快乐

她走了
山中又添了一所坟茔
埋葬了那不该早去的灵魂

她走了
在这鲜花盛开的季节

陕西诗人秦玉智

【作者简介】

秦玉智，男，1955 年出生，陕西省西安市高陵区人。农民，喜好读书、绘画。闲暇时喜欢用诗歌记录生活的喜怒哀乐。

短诗八首

1. 小区笛声

夜来玉笛暗飞声，
随风落在小区中。
惊听幽声哪里来，
疑似嫦娥舞天宫。

2. 冬雪

推扉一片白，少有行路人。
雪落枝头鸟，犬过留边痕。
何许人行急，必是当事人。
屋内炉火暖，客主互让樽。

3. 夏

蝶舞园中花，犬卧屋檐下。

晨品茉莉茶，香飘到他家。

4. 春

进门自见柳丝蚕，小燕双飞何时归。
渠边嫩草比花艳，农人高歌把家回。

5. 高寒三友

青松素装立天下，暗自独放一梅花。
风刀霜剑青竹直，高寒三友傲天涯。

6. 夏日

夏午田无人，常有耕作声。
人触树影动，汗流田园中。

7. 夏晨

暑晨信步走，清风温面来。
馨香疑似秦，皇后伴君开。

注：皇后，指月季花。

8. 泾渭分明

八水曲曲绕长安，泾渭分明几千年。
风和日丽美景好，寒舍安居此河边。
牧童戏得鸿雁去，引来中外游客观。
远望彼岸林荫处，何时旧貌换新颜。

辽宁诗人孙洪圣

【作者简介】

孙洪圣，男，60后，汉族，辽宁大连人。诗歌、新闻报道等作品发表于国内多家报纸杂志，并入编专题书籍。

诗观：诗是生命的起点与归宿。

三行诗四首

1. 风筝

扯断一缕炊烟
对话天际彩虹。彩虹
挂上老家的屋顶

2. 同桌

于我手臂横行处
你用微笑擦掉课桌中分线
也擦去一世情缘

3. 墙

曾是裹藏欲望的壳

天亮时，开出一道道
铁窗

4. 海

抱紧深深的眼眸
余音荡出空白格。你
委身成盐

湖南诗人雷小涵

【作者简介】

雷小涵，90后，湖南岳阳人。爱好文学，数百篇作品散见于《潇湘原创之家》《星星诗苑》《金声诗刊》《长安文苑》《辽宁文学》《文学百花苑》等刊物。

诗观：诗歌是美的，只要用心去感受，你就会发现不一样的世界。

诗歌二十首

1. 望海

我在水里漂泊着
望不到海的尽头

它飘过
像梦幻般的从我身边飘过
就像雾中玄女一般
飘到了海的另一头

我远远望去
她在那头，我在这头
她的泪，融在这大海里

闪闪的，沉沉的

我看着她远去
虽然我的眼睛
红红的，湿湿的
也祝她一帆风顺
带走一片片汪洋

2. 远方

我看着远方，哪里才是我要去的地方
心中的郁闷，要向谁倾诉
怀中的不堪，要向谁发泄

我望着那蓝里透光的大海
在夕阳下
依旧是清清的、纯纯的
它的纯是世间不能比拟，天地不能模仿
万物不能替代，人心不能测量

我向远方走去
走到的依旧是看不尽的天涯
有个断肠人在那

牵着我的手，带着我
走向人世间最美好的
最寄予希望的
最望不清世俗纷争的乐土

3. 望巴陵

今日，我走在巴陵广场上
眺望远处的湖泊犹如镜面一般
倒映着余晖下孩子们的倩影

在孩子们的努力下
一只只纸风筝跨过天际，随风飘扬

就在那时
游客们穿过汴河街
拿着行李包，吃着路边摊
坐着小木凳，看着黄梅戏

而这场戏是多么地沁人心脾啊
此刻，我离去
让我带着新生的梦想
踏遍这万里无云的大好河山

4. 电厂

踏着晨曦，走进许久未见的培训室
室里空无一人，前面是还没修好的工厂

向远方望去
看不到城市的繁华，而是废地的填埋
听不到街道的喧哗，而是破屋的犬吠
闻不到小巷的气息，而是垃圾的臭味

察不到天空的湛蓝，而是大气的污漫

就像被人们开垦，被河水侵蚀
被浊土覆盖，被恶境压榨的荒漠

而我却能抛开一切
在这片土地上长存
也要在这块久经衰落的大地上撒下
涅槃重生的葵花子

5. 雨巷

在这斜风细雨的夜晚
我独自走在寂寥的小巷
似曾相识的她走来
撑着一把白纸伞从我身边经过

我恍然回头
仿佛看到那微微灯光照亮她的脸
她的脸还是那么苍白美丽
她的身姿还是那么妖娆
纤纤小脚穿着高跟鞋磕在地上是那么地悦耳

当她走到小巷的尽头
回过头来，对我微微一笑
我那颗被无数折磨刺伤的心瞬间净化

她消失在了漫长雨巷中

她的美却永远流在世间，感化心灵

6．那天那时

那天那时
我从垃圾填埋场走出，却看不到前面的路的曲折
那天那时
我仰望天空，却看不到天空的瀚蓝
那天那时
我看到来来往往的车辆，却看不到人的内心的丑恶

就在那天那时，我离去
带着希望来到这个城市
看到了世间的繁华景象
看到了大学生的内心的淳朴自然
顿时我那心中的宿怨悄然离去
而是对那时那刻美好未来的寄托

7．光

我是一道光，是由人们自己创造出来的光
穿透着大气，吞噬着黑暗
我是一道光
被人们赞颂的光，被人们开采，被人们利用
我是一道光，发电厂发电产生的光
代替了木材燃烧的熊熊烈火之黄亮，代替了皎洁的月光

我是一道光，在灯火中惊现，在远处黯淡

但我总是默默无闻
释放出我现在乃至最后一刻的力量
造福人类

8. 未来

痛苦的回忆在心中若隐若现
尘封在心底的枷锁何时能解开
我期待我能像鸟儿一样自由飞翔

但就在那一刻,一切都沉默了
都在为我的不幸啜泣
过去了的已无法弥补
只要有人能帮助我,带我走出这无尽的深渊

我将会像天鹅那般,重新展开雪白的翅膀
飞向天空,重新燃起新生的希望
将美好带给这喧嚣的凡尘和不羁的未来

9. 秋,为落叶敞开胸怀

你走了,带走了欢声笑语
你的离去是我最大的遗憾
我的一切寄托在你的安慰

你走了,带走了亮丽风景
你的离去是园林的彻底崩溃

山水的美景全拜倒在你的魅力

你走了，带走了小桥流水
你的离去是河水的干枯和土壤的流失
你的内心的期望沉淀在了水土中无法分离

你走了，我来了
我会带着你留下的一切
让万物复苏，将罪恶化作尘埃
再划开土地，把新生的幼苗植根于人世间
茁壮成长，永葆青春

10．来了，上海

来了，上海
当我到的那一刻
海浪在呼啸，大地在震动
山川在摇摆，人心在战栗

我挥一挥衣袖
樱花草向我招手，银杏树向我摇摆
那片片云朵映照在瀚蓝的天空上
随着风而变幻莫测

就在这时，我兴高采烈
我看到了那片大海
那片令人憧憬的大海

那就是上海，此生未至的上海
扑朔迷离中带着新生的希望
不仅仅是希望
也是孩童时期对上海的向往和仰慕

11. 秋尽了

秋尽了，正如梦尽了
枫叶徐徐落下
落到了地上，给大地一片凄凉
梨花谢了，也给我一点惆怅
雁去了，天空一片孤寂

这片土地上
何处是我的梦想
车尽人非，何必徘徊
我盼着盼着
有一天能走出这里
走出这里的是是非非，走出这不属于我的地方
去实现我的理想我的抱负
打出属于我自己的一片天地来

12. 影子

天暗了，地静了
人去楼空
再看那山川海岸，看那丛林雨露
看那葵花瓣落，看那洪荒之地

都不及人心叵测

新的契机，在轮回中旋转
我的声音，在蹉跎中回响
一切的一切如雷神怒电
一闪而过

白光射影跟随着我前行
映刻在我成长的脚步
一点一滴地在时间上蜕变

在艰难困苦中重生，在万般百痛中崛起
当到了时间的终点时，万事俱灭
一切又会重回起点，重新来过

13. 心灵的慰藉

倾盆大雨的洗涤
挡不住我在茫茫人海中前行
狂风的怒号
撼动不了我坚定不移的意志

那盛开的大花六道木
依旧笑着面对干枯的大地
那海边的彼岸花静静地祈祷
祈祷突如其来的大浪
能带着游艇横过如梦如幻的困境

拍打的不是海岸

而是无数人憔悴和麻木的心灵

还有绵绵不绝的归宿

14. 海鸥

雷霆怒下的海鸥

在风雨交加的夜晚

从几十米高空坠落，却从山海之边崛起

叱咤着颠沛流离的遭遇

不满人心险恶的世道

那如命运交响的狂叫，诉说世间神怒人弃的罪恶

望不穿千里之外的冰川

融化着暴跳如雷的心灵

暴风雨下的寂寞

何人理解它的郁愤，无人痛彻它的心扉

也要打开麻木不仁的心声

重生在这迢迢大海

15. 昨日

昨日已成回忆

却无法消除压抑在心中的怨念

积累的火焰，何时能爆发

看不见的沧桑，何时能穷尽
心头上的瘀血，何时能流干
流干了瘀血，却流干不了我的心血

落日前夕，我将重获新生
将我的所有意念，奉献在新的黎明
让我此生的所思所想
解开无情的枷锁，解放新的灵魂

16. 仙人掌

我是一棵仙人掌
悄无声息地生长在无边的沙漠

没人理会，没人呵护，被人抛弃，被人遗忘
即使被曝晒，也不能阻挡我活下去的希望
即使被排挤，也阻碍不了我的长存

用坚硬的外壳包裹自己
坚硬里面却是如此地柔软绵绵
当我被切开时
我流淌的是绿色的血液
你会发现我的价值无穷无尽

17. 心灵的感应

心灵的感应，来自星星的你
你那甜美的声音，穿透着时空的隧道

我们的邂逅，什么时候能到来

可恨的世俗，拆散了我们的相遇
无情的山海，割断了我们的联系
或是明天，我们会不会坦诚相待

那可爱的脸蛋，会是我们的印记吗
假如真是印记
我将变成天使
将印记划破心境的界限
将你拥在怀里，永不放手

18．来自内心的呐喊

今晚的康桥在哪儿
看不见的鬼魅在无形中刺穿着我的身体
那可怕的老人在那发出斤斤计较的呻吟

爱的火花何时能重现
那时的背影是你印刻的痕迹
曾经的回忆被你乱刀抹杀

我的脑袋，我的身体
在此刻被那无情的黑洞所吞噬
那别样的风景何时能重新浸入我的大脑
漆黑的瞳孔在此刻中觉醒，它将看破一切事实的黑暗

但那一刻我懂了

我知道这一切不可改变
改变的是我自己和来自我内心的呐喊

19．冰与火

在大雪过后的那几日
我慢慢成形了
带着寒冷来到恍如隔世的人间
悲凉中带着惆怅

你出现了
将热血融入我的心尖
将我拥入你的怀抱
温暖着我的身体

为了大自然人类社会的永恒发展
为了你重现光明
我离去
带着冰点离去

没有我的世界
你不会感到孤独
因为我在某个地方守护着你
守护着我们的未来

20．身体

触到了微风

一阵寒战，睡在了床边
布，被挤压得喘不过气
却撑起一个灵魂

醒了，彻底醒了
释放出斗志
打败随身的负荷

像一座城堡
不倒，在广阔的野地上
打破整个黑暗

甘肃诗人刘剑

【作者简介】

刘剑，男，1968 年出生于甘肃天水，在外企工作，现居兰州。诗作发表于《星星》《绿风》《参花》《青海日报》《天水日报》等报刊及网络平台。

诗歌二十八首

1. 静听

饰于河湟天地的幕景
白云飘过。大鸟栖落。星辰闪烁
山峦河川穿窿，重的那么重
轻的那么轻

逆河而上的水声
独拘于孤坐河畔的旅人
独拘于旅人梦中滑落的梦

梦静止。风吹不动河流不回

2. 风化

起始于一次无法界定的开始

一点一点塌陷、侵蚀
那矗立的，裸露或沉积的
一层层布满细小裂缝

石头到底隐藏下些什么
时间一直试图用
各种方式想让它开口

3. 屋檐下的马灯

斑驳的底座把火苗举起
屋檐下，暮色为谁提一盏灯
木屋为谁点亮一颗星辰

光弥漫，如此温暖
火苗的孩子，穿过廊道的轻盈静寂
扯亮昏暗。与一枚铁钉一起，又替代下谁
木墙上不停地
修补着屋门的锈迹与裂缝

4. 三月，在远处与你交换了一次眼神

翻过远处一道道山梁的
不只是轻走田野，风的韵脚

瞳孔如同肺叶
透过玻璃窗，一层层呼吸

那瞬间抓住光羽的
也不是水鸟掠过河面
晃动的堤岸杨柳

此时楼上练习者传来的琴声
隔着三月的寂静与微尘

窗台前，整整一个下午
我仅还原出一杯龙井
逸散的绿色
在远处与你交换了一次眼神

5. 爱茶的苦，也爱壶泡出的香

爱就爱这一壶叶的苦
爱就爱这苦中含着的香

第一道水，洗濯茶身的灰尘
第二道水，冲淡绵长的光阴
第三道茶呀，捧给长长的余生

半生蜷曲的身子，水里翻动
鹤舞龙行，惊猿飞鸿
雾气中，茶山隐约啼鸣，又要揪着谁的命

举杯，品苦闻香之间
这尘世，还有着另一把巨大的壶

存冷存暖，存千里之外的人心
因此，我也爱这存放巨大天下的云烟

6. 眼泪是最小的海

承载下山河全部的盐
诸多泥土、碎石，血液的艰涩
把这人世高举过头顶

所有帆樯、浪花、波光
撕开裂缝的瞬间
二月，人世的肉身实在收留不下
更多的逆风、别离、阵痛

眼泪是最小的海
肝肠寸断。每一滴水
替代下一颗心
走上拯救或赴难的险途

7. 十月，室内一只蚊子飞过

室内落满夏天的灰尘
奋力的翅膀似乎已
驮不动深秋的微冷或迟重

一丝爆裂，星星点红
仍叮在欲望的肉身

那穿透沉默、微痛的，另外一些
打满补丁的翅膀。即将提前落下
裹满雪花的飞翔

时日不多。冬日前我会趁早
把秋天的果实收好
我还会把春天劳碌过的身子修补完整
只是——苍黄之手，沾满了灰烬

8. 光，透过书房

三月，一束光一大片光
透过玻璃，书桌；一个正午
透过香柏笔筒一枝老根
抚碰过的溪声
三月，一束光一大片光
透过空气中的尘埃
书架上，沉默的史册
三月，一束光一大片光
翻乱了时间的页码
折页长卧的人，彻夜不眠的人
恍如隔世。一大片一大片
度劫于纷繁人间
日渐暗淡。窗台两块黄河石
斑纹的光泽还在
我的肉身还在。三月快要耗尽

9. 村口眺望的母亲

云山雾绕。村头一剪身影
映衬着山的高度

耕作泥土。身子单薄
操持的双手粗糙
唯有炊烟袅袅，暖暖目光
铺满一条故乡的山路

冬天退去。初春的草木
为之俯首匍身

10. 老院又逢一场秋雨

雨不只斜下于北山草木
秋叶之上。滴滴答答，答答滴滴
邻近寨子街小院老屋，婴儿第一声啼哭
连着熟悉的夜半火车
一座小城的笛鸣、耳噪或记忆
彻夜，顺瓦檐滴落着

清晨，渭河水涨了又涨
隔窗相望，心仪已久的陇山
南岸越发葱茏。寄居多日
于小院又要背起的行囊
早在少年时
一场故乡的秋雨就浸透了

11. 冬至，另一场雪落下

长长的黑隐于云深处。远方归来
秦岭西麓。今夜未有雪的白，照亮
渭河北岸老院门前的石阶

旷野无言，山峦重叠
闭上眼睛，似乎有另一场漫天大雪
从童年一直在下着
那亮透了的白，白透了的光
鹅毛般的雪片
似乎瞬间恰好把山河故地洒满

入梦而来，跨过秦时明月汉时关的
一骑白马。崎岖的山路上
又刚好能把一地霜花，踏碎而去

12. 在中间

与我对视的儿子
嘶哑的喉咙，冲我发一次火
十二岁年轮，就逃出来一个幼稚的大人
完全不像，小时候我和父亲之间的冷战

而已八十岁的老父亲
我搀扶着，步履蹒跚
脾气倔强。似乎闹一次
就回一次儿时。父亲自己浑然不知

十二岁与八十岁

夹在中间。或许

这就是匆匆到来的中年

13. 漏洞

一开始很小，比针眼还小

小到婴儿在母亲怀抱的哭闹

逐渐增多，多如牛毛

树窝捉鸟水里摸鱼

提心吊胆。每天没有少让母亲操心

到了中年，许多漏洞

面对一家老小，现在该你补上

14. 片段

计程车，被初冬飞速的

寒冷所包裹；凌晨尚黑的夜色

被赶路的身子及困倦所包裹

滨河机场专线

畅开一条弯曲的拉链

机场，飞机滑行

空姐温柔的手语反复提醒

行李及身子，是否已被

比如安检仪安全带及保险单

所包裹

以上及另外一些片段
——展开，是我想要或
不想要的生活

15. 相认

南来北往，面部特征圆润略同
天津机场偶遇
他们满嘴秦安、甘谷同乡口音
我恨不得上前立刻与他们在异乡相认

螺旋桨飞机俯身下降，穿云破雾
我们头顶同一块山川河流，安全降落
我的故乡与别人有些不同
总是这样反复中一次次相认加深

16. 与虚度的光阴碰杯

爬墙虎的爪迹砖缝上留痕
日子，如同攥进手心的汗水
不停地，被时光收回
能够写下的回忆
多是此生另一半票根

今夜，月亮旁边还有几颗星
你我互相偎热身子
坐在月光上，煮熟一壶老茶
斟一盏月亮，溢些许馨香

好与虚度的光阴碰杯

17. 后会有期

泥土一次次埋葬，青草的卑微
虽然花朵一直在弥补点缀

白云殷勤于天空之蓝
流水只能在河面下倾诉柔情蜜语

此后枫叶比秋风，仅会多几厘米
《梁祝》蝶舞的叹息

18. 岁月何曾饶过谁

石磨吱吱扭扭作响了一生
软磨硬泡，碾碎过的，不只是豆子
拉磨出力的驴蹄
早被地面凹凸的石子磨破

一圈圈，一圈圈，只围着磨盘劳作
腰挂尖刀者
从驴脖卸下鞍枷的一刻
驴不知道将会失去什么
但是天知道

19.　中原，镜面上鲜亮

车过秦岭车过八百里秦川
潼关以东。一路薄雾细雨擦洗
六月的树木、河流、山峦

风吹着云，云带着风
中原洁净的镜面，滑过快速的高铁
车窗外绿色蓉蓉，田块垄垄
麦茬在试用黄灿灿的语句发言
山河易改。古代的江山还在

20.　景观，海西片段

蜥蜴，潜伏于草窠根部
几步响动，触碰草原的神经
湖面上一群飞鸟
正在追逐黄昏，飘倏的烟云

久行人跋涉的姿势
或可化作穿越草滩的千年寂风

不远处，裸呈旷野的卵石上
是否还存有鹰隼掠过，昨日的投影
几处遗址。残留几片
族人啸聚时，滑落的翎羽箭矢

21. 远去了，夜色的深圳

岁月的旋涡

除了把脑细胞掏空，让钟表停顿

也让一座城市，空无一人

只是富临酒店第十六层

落地窗外，夜色的罗湖口岸

灯火依旧阑珊

只是这一刻，我还顾不上

让白天去看见，深圳

曾火一样红着的木棉

或是空气中

每一条街道弥漫过的荷尔蒙

沉重的包裹，仅带走别人的远方

空无一人的城市。今夜

我该有一个怎样的转身

把你残存的眼泪及风雨擦干净

来感谢你无尽的磨砺与赐予

22. 南宁行

如此之重。机翼颤抖着似乎

背负起整个黄土高原

河套平原，华山之巅……

仿佛满载黄河之水

大漠戈壁，苍苍草原
诸多北国之风雪，即来赴约

如此之轻。鸟翅划过弧线
卸下了所有的天空
诗人于腹稿成句的标点上
仍踞有鹰翅之翼

饮马江边
今天
约等于荡舟漓江

提前写下的人间山水
一句秀丽柔美，大好河山
半部沧桑北方，侠骨愁肠

23. 回忆或独白

湟水东去。响亮地穿过记忆
穿过河湟谷地

夏天涨至的伊人秋色
小城。简陋小院。深深红墙
又曾多少次于我前额
镀上过一抹夕阳的暗光

透过窗口。北山紧抱着北山
裂缝紧抱着流年

一个我和
另外一些沉默的我
那背部浸满汗渍的小人物
赤足踏血。岁月荆丛
与困顿、原罪、宿命，对峙
挣扎着

此刻，如果有两滴泪
一滴是湟水
一滴是渭河
一半流着爱情
一半淌着青海盐粒的苦涩

24. 今夜驻留银川

——兼致生日

银翼大鸟，才带我越过秦岭
越过八百里秦川
徐徐降落。今夜我又站在河套平原
站在黄河流经的第一个弯上

夜色里，贺兰山在望
银川在望。西夏府道
一个归不了家的旅人在望

今夜，就驻留银川
就住在银光灿灿的河上

住在传说中八十一座莲湖旁

我要梦见每个想念的人
我要向梦中遇见的
每一位亲人致敬
向打磨了我
四十七年的时光致敬

深爱的人今夜
我最后再向你致敬
我要一一告诉你
我梦中遇见过的每一个人

25.　翻开的日记

那些发烫的文字
隐秘的称呼。扉页上
夹存着的一枚枫叶
湟畔、校园，携手的影子
朝向南山顶蜿蜒小路
日记里都是好的，也是慢的

直到你今夜微信里贴出
春花冬雪。那曾让高原小城
燃烧过的漫天飞舞
三十年一个夜晚
一页页，几个瞬间翻完

我霜染的鬓角
你眼中折叠下的世界
岁月，改用现实主义的手法
一遍遍描述
一切仍是好的，虽然开始加速

26. 短歌

南翔的候鸟
未曾捎去一封秋日的信笺
滴水成冰。静寂的书屋
是否承受得下整个冬天的外沿

云起云落。高原，这小小书房的一角
即使月光塌陷
我也能看到夜空低垂的星辰

只是这扇窗口；只是这支笔
这颗头颅好重

27. 足够了

我知道，如何忍受
因你的缄默而来的一些不幸

冬天临近，我会修好
最后一道窗。关紧最后一扇门

让柴火燃烧；让屋内气温升高
让我继续把你忘掉

28.　下一个春天的路上

我还会学着风的语言
纯净的方式
继续歌唱，时间的河床
火焰上的翅膀

第二部　古体诗词

湖南诗人艾方成

【作者简介】

艾方成，中国诗歌学会会员，中华诗词学会会员，中国楹联学会会员。文化部中国人才库入库诗人。中共党员，大学文化。湖南省岳阳市平江县人。教过书，当过村乡县市干部，业余喜欢文墨。有诗歌散文在《岳阳日报》《长沙晚报》《湖南日报》《中国文艺家》《中华民族博览》《中华辞赋》发表。

平江赋（外一篇）

山尊天岳，地曰平江。俊耸于吴头赣鄂，幽栖于楚尾潇湘。山雄而生大木，水富而汇汪洋。图腾源自伏羲，皇坛为证；龙脉始于娲祖，天石高扬。天岳因羲娲而名随日灿，平江因禹舜而势逐风光。汨水西流，扬倔强爱拼之秉性；岳峰东兀，显坚强奉献之担当。李白屈原杜甫，三魂归一水，文章锦绣；连云幕阜寿山，三柱擎一天，气宇轩昂。民风虽剽悍，品性却纯良。尚勇图强，精神浩荡；崇文厚德，礼义昭彰。故而圣人辈出，伟绩丰功充盈史册；墨客绵延，宏篇宝著积淀沧桑。尽数鸿儒之巨著，层层叠叠；熟谙猛士之功勋、列列行行。

武将巡边，能丹心赴国，"木落霜清秋色霁"；文官待晓，可铁血倾朝，"汉臣马革骨犹香"。

君不见幕阜丹崖，收三省风光归眼底；连云翠壁，注九天豪迈入胸膛。秀野春光，小桥流水雕梁画栋；碧潭秋月，踏跳浮舟丽景幽芳。桃洞朝霞，凝虹飞彩，梧桐夜雨，引凤来凰。金龙叠嶂三峰，一峰更比一峰秀；淇水连环九曲，一曲还优一曲长。古之钟灵八景，今仍仪态万方。君不见沱龙峡三百米凌空，漂流一泻，阳道尖几千年古刹，善念永昌。廿五洞天之秘境，三边疆界之中央。石牛寨而扬情纵意，福寿山则遗韵疏狂。加义纯溪，野岭千顷；栗山沃土，良田万庄。悠悠故事，处处辉煌。故而兴起而遥观古址，闲来而漫步新冈。

情怀激荡，壮志铿锵。

于是天岳多藏俊杰，平江广聚豪英。雅客挥毫遣赋，吟山诵水；戎装护国临边，策马扬缨。屈原思国，离骚天问；杜甫筹戎，韵遣诗凝。闻仲为官清正，昌勤任职安宁。昭道山东平海寇，虎恩京兆剿狰狞。六相公，九君子，李元度，张岳龄。天岳重修书院，平江文化繁荣。礼义为门，公平处世，答慈以孝，严信亦澄。谦谦之美德，赫赫之宏声。三甲孝芬，笔下文章拔萃；六龄松竹，胸中学识峥嵘。梦里风来雨去，人间雾起云横。天岳山巅望月，挥杯浅唱；汨罗江岸思原，击筑愁听。一代之名儒巨匠，千年之肱骨鸿声。登科及第，良臣逾之三百位；商海泛舟，大贾渗之一千城。

前人之事迹，后辈之明灯。

秋收起义，主力汨江子；三月扑城，前锋彭帅兵。起怒潮于平江，井冈增劲旅；歼倭奴于九岭，天岳注丹青。加义血仇，主席挽联凭吊；虹桥大捷，朱毛寄语高评。

廿万之忠魂，化作满天星斗；百千之后子，永怀前辈英灵。尚勇之传承，忠诚之永续，英雄之苗裔，烈士之后赓。取义舍生，扶危济困；慈善赈灾，助寡怜丁。不灭男儿之壮志，尤彰后世之忠诚。喻杰归田解甲，高官模范；樵松毁业育才，妇女典型。涂女逃荒，不昧党之金子；胡筠革命，先分自己粮经。

周老天安门画像，见明欧亚美夺屏。古有庄楼，一塾五名文仕；今之长寿，一门六位将星。幕阜拳，龙虎斗，申遗录，镌世庭。重器尖端，天岳有赤子；传奇武侠，平江不肖生。无数经济创举，几多科技发明。因中华盛世，而衔授将军百位；缘天岳兴隆，而功成博士千名。

嗟夫，平江地富，古邑人兴。物品丰饶，车马奔驰而无夜；人心畅怿，华光溢彩而常倾。广厦衔云接日，长桥照水连泓。风袅袅，水清清。慕名来，踏歌行。岑川犹天府，长寿小南京。

文山烁烁，绿水泱泱。悠悠古邑，赫赫荣昌。爱国红营教育，初心永记；富民绿色开发，使命悉详。

绿富双赢，领导英明决策；旅游强县，小康科学主张。新开工业园区，繁华锦绣；新建农村宿舍，富丽堂皇。人怡事顺，政好心慷。百里川平草绿，一溪水净山苍。吸天然之氧气，享长寿之健康。

噫，人间之仙境，天府之家乡。神州第一，华夏无双。

噫吁嚱

语已尽而意未穷，逐作歌曰：

愿在春而为雨，润千山之碧透，喜夭桃之浅媚，珍小杏之妖姿。愿在夏而为风，吹阔野之欣荣，窥天岳之巍峨，叹平江之华仪。愿在秋而为露，染稻菽之秀色，慨果蔬之丰硕，披晓日之新曦。愿在冬而为雪，展人间之壮丽，眷尘寰之美景，盼明岁之芳菲。愿在文而为赋，唱中华之盛世，咏平江之今日，镌天岳之丰碑。

天岳紫清观赋

西厢凤舞，东翼龙蟠。地座万山之最，銮安天岳之冠。居廿五洞天之秘境，镇三边省界之雄关。仗幕阜以观玉宇，襟平

江而指尘桓。真谛充盈于耳，仙家道场；明经浣彻于心，肺腑
箴言。清灵宝境，牧德宏坛。定人生之经纬，怀天地之源泉。
铸世间之法轨，泽万物之荣繁。是何古刹幽栖于此仙境耶?

噫吁嚱，紫清观銮!

余伫立于观前凝眸，壮乎，肃兮。宝观巍峨，气势恢宏，
飞檐斗拱，璃瓦楠椽。紫气环于宝顶，香烟沁彻珠幡。一气长
凝，三清固本，文殊广法，武圣齐天。大道之无形，紫清而有
生。几度更朝，几换狼烟，香缘仍鼎盛，道场更壮观。问道盘经，
神在紫清观里；溯情追意，身回幻境尘间。扬三清之正气，拓
万世之铭旒。经声袅袅，慧智喧喧。紫气东来函谷，真经西出栾川。
日月恒通书一部，乾坤自得道千篇。溯仙追迹，起自洪荒时代；
寻史窥踪，建于宋世之年。

君不见岁始端平之紫清奠基。时祥云覆罩柘坪，瑞气充盈
幕皋。

其功倚赖之嵩，风雨两年;其盛皆缘胡李，观颜方曙。芸芸兮，
信众如过江之鲋，烁烁兮，烟光如燃碧之炬。巍巍乎宝观雄姿，
并辉于日月，齐肩于真宇。览胜于长河，丰荣于天府。盛誉天来，
宏恩帝布。然世事无常，时光如许。神州战火方酣，日寇狼烟正举。
呜呼可怜大国黎民，可叹中华疆土。哀哉玉石俱焚，群魔乱舞。
痛兮大厦将倾，三清难渡。白骨积山，血流漂橹。幸甚乎，韶
峰主席降临，华夏江山再铸。改革中兴，文明重塑。安邦捷报
频传，筑梦高歌一路。乡民信士筹资，宝刹重修;道德真经普慧，
尊颜再顾。雨顺风调，心安意煦。

于是乎，遥思骤敛而回眸于观前远眺。绿杪清风，浅弋徐来，
孤峰远岭，峻耸幽驰。嬉兮，玉露飞荧，素练娟华，黄莺白鹤，
婉转舒栖。俯瞰昌江浣碧，千波荡渚;聆听号子回霄，万里凝辉。
漫徙于林间小径，爽身者，清风飒飒;赏目者，花草依依;牵

袖者，枝藤款款；悦耳者，瀑布飞飞。余尝思老来亦归紫清观也：临清竹扫台，荡涤胸怀烦恼；步石田三亩，育培天国莲仪。不亲案牍，只抚蜀丝。晨起纳新吐故，学葛仙悟道；晚来弄剑挥刀，效吕祖雄威。常萦祖辈，久念前师。本草时珍卧壁，筹思岑岭；为民果老修心，跋涉山隈。畅意瑶田欣怜白术，怡情九眼醉逗鲢鳍。小酌黄精酒暖，以延年益寿；慢烹云雾茶馨，以润肺养姿。道可道烦愁去也，年复年福禄来兮。悠然于山水，寄兴于芳菲。

嗟夫，游紫清观而余意犹绵，思萦于怀，遂作歌曰：

紫气东来世又新，恢宏运势铸全真。

三清宝殿花如雨，一道玄坛义似春。

天岳黎群高品德，柘坪信士有灵因。

金身再造功无量，盛誉仙乡尽善人。

山东诗人马林

【作者简介】

马林，男，网名了了，山东省寿光市人，本科学历，高级政工师。中华诗词学会会员，中国楹联学会会员。当代百强诗人，经典文学网古典文学区超级版主。已发表作品500余篇，其中300余篇入编全国发行类书刊。

格律诗词二十三首

1. 五绝·岭南采风

千山惊梦鸟，一路遏天穹。
水动烟云接，诗愁两广东。

2. 五绝·题赠画中人

堂中山接水，天下鸟先闻。
对酒花长醉，春秋独识君。

3. 五绝·春运即句

汽笛催春动，征禽接翅啼。
乡风怜故道，远岁任东西。

4. 五律·江岸遣怀

诗催愁近水，春动问苍穹。
隔岸莺摇柳，凌波燕剪风。
云回新雨足，雾锁满江红。
尽挽烟帆过，长叹塞上翁。

5. 五律·冬旅有寄

时序催寒路，轮回总发声。
刀风擒雪住，霜气逆天行。
宕宕愁千里，昭昭借万兵。
凡心多有醉，冷梦几无程？

6. 五律·寒日回乡侧记

临家今有事，天冷路迷蒙。
慰酒寒茅外，倾怀大雪中。
频思非老叟，尽解是苍穹。
云冻林衣少，无时不起风。

7. 五律·于大雪中

目极天三尺，迷茫一万寻。
残山云有梦，寒径客无音。
久立非时地，长叹不死禽。
风刀开望眼，岁月到于今。

8.　五律·网络偶得

客醉何须酒，人伤岂用刀。
随情邀李杜，反手会刘曹。
朝夕无多事，江湖走一遭。
巡天愁色远，不独我心高。

9.　五律·到登月湖

追风吟客梦，登月下扬州。
急棹鸥连渚，云回百尺楼。
斜晖山接水，肠断一湖秋。
目折扶残醉，诗愁入胜游。

注：（1）登月湖，古隶扬州；（2）颔颈联作扇对。

10.　五律·西行

梦别昆仑顶，情催大漠风。
空天诚皎洁，西域每朦胧。
烈烈胡杨树，依依塞上翁。
不知何所向，一路是惊鸿。

11.　五律·元旦九友夜宴

斜晖连岁日，远客动乡愁。
情老飞轮醉，天新别路修。
叹思长相许，聚散贵无求。

论酒千重梦，逍遥一夜收。

注：刘院长从京赶至时为 2019 年 12 月 31 日 22 点，宴会结束已是新年凌晨两点左右，并称跨年度宴会，故以拙诗记之。

12. 五律·夜访

寻师常有意，断梦每无声。
雪大携宵落，风高载酒行。
驱车催眼乱，争路怕梅惊。
往返长思醉，吟谁送我情。

13. 七绝·晚秋别寄（五首）

（一）

枯花零落去无踪，断目离思一万重。
风带寒烟愁入夜，残灯孤影送秋冬。

（二）

穷山寒寺每鸣钟，老树残花少与从。
岁月无边情有尽，何须梦里问秋冬。

（三）

孤吟愁接晚寒蛩，野火苍烟动倦容。
更有霜乌飞宿处，半窗枝月扰秋冬。

（四）

欲裁春夏向君供，岁月天衣任我缝，

漫道花开花又落，江湖深处是秋冬。

（五）

泰山顶上万年松，东海滔滔醉意浓。
不尽沧桑何所向，诗花漫与到秋冬。

14. 七绝·题于福生画作

花前岁月几能存，最忆于兄送我恩。
说是江湖三点水，人间风雨两昆仑。

15. 七律·寒天归梦

雪满云天路万殊，当归依旧作乡夫。
长风梳梦擒冬问，寒客敲门煮酒无？
一碗闲愁侵腹韵，千山大醉养身躯。
促醒又是悬冰落，岁月重来不改途。

16. 七律·山岸有寄

来是江烟去夕阳，翠峰顶上问沧桑。
泉飞岩阻陈情短，雾接鸥回逝水忙。
万里波涛频拍岸，千重云路每行舫。
系舟又到相思处，自有东风洗断肠。

17. 喝火令·临水秋晚（三阕）

（一）

白鬓催秋动，寒波接梦行。别群霜雁两三声。

愁水漫淹穷暮，蛙鼓不知更。

断客千重影，回眸几许情。
向谁能借一身轻。莫是云天，莫是月长萦。
莫是景光无限，载酒问余生。

（二）
瀑接枝头月，秋催涧底风。雾收离绪万千重。
天泻泪涛多少？江火夜朦胧。

径曲愁侵岸，林寒鸟动容。
忍将天下梦移踪。不独时牵，不独岁无终。
不独别肠依旧，一路水流东。

（三）
晚景杯中尽，波涛笔底收。雾环山接水长流。
离梦几多归岸，沉醉忘登舟。

漫道云天远，吟怀以自休。
可曾闲处是清游？叹也迷烟，叹也鸟啼秋。
叹也旅帆无系，望断一江愁。

江西诗人张友虎

【作者简介】

张友虎，男，江西九江人，本科学历，中华诗词学会会员，中国楹联学会会员。2009年3月从空军部队转业，在江西省市场监督管理局注册登记局工作，著有《张友虎诗集》。2018年入选经典文学百强诗人，被聘为经典文学网签约诗人，荣获经典文学2018年度十佳文学精英和2019年度十佳签约诗人称号。古体诗参赛作品获当代华人爱情文学创作大赛、"蝶恋花杯"国际华人文学大赛和"当代精英杯"全国文学大赛一等奖，三百多首诗入编《当代作家文选》《"经典杯"华人文学大赛获奖作品精选》《当代文学精选》《当代实力派作家文选》《当代诗词领军人物大典》等书籍。

格律诗二十首

1. 七绝·首探局墨者（新韵）

春近值班听响声，敲门探访见群英。
一批书法练习者，投入身心在比精。

2. 七绝·赣创一网通办（新韵）

申报便捷企业欢，创优环境启开端。
部门联动事高效，在赣投资前景宽。

3. 七绝·看图写诗（新韵）

背靠青山时望天，冬祥春近笑声添。
玉竹摇起似波浪，红叶映村碧水鲜。

4. 七绝·晨铁装扮（新韵）

冬乘地铁正抬头，一女描眉享自由。
动作娴熟人爱看，借时装扮比潮流。

5. 七绝·党徽一事（新韵）

考核党建过楼台，刚上局梯想起来。
正返梁厅说已备，细微之处见关怀。

6. 七绝·观看江西省市场监管系统 2020 年迎春茶话会感悟之一（新韵）

迎春晚会舞开场，领导致辞追理想。
活力无穷见比拼，敢于挑战号声响。

7. 七绝·观看江西省市场监管系统 2020 年迎春茶话会感悟之二（新韵）

歌舞入屏才艺展，致辞话语暖心坎。
逐一欣赏剧中情，上下同欢人放胆。

8. 七绝·观看创在江西青年创新创业大赛有感（新韵）

创新引领技求精，驻赣投资实力倾。

业态比拼追效益，青春强劲赛如鹰。

9. 七绝·孙女出生（新韵）

雨随寒夜透窗轻，静候产房观院厅。
母女平安人所盼，新添一代感情倾。

10. 七绝·鼠年祈福

翻过昨天一岁高，新年伊始乐于交。
家人团聚心如镜，互送安康烦恼抛。

11. 七绝·赠帅世荣（新韵）

人生在世仿诗仙，兴趣加推偶小编。
经历不同迎盛世，真情大爱满人间。

12. 七绝·颂钟南山院士（新韵）

直言不讳疫当前，身入灾区处事贤。
同灭病毒民信任，鞠躬尽瘁润心田。

13. 七绝·可以（新韵）

网络歌声人所望，不宜聚会仍豪放。
近期各地病毒防，节日同欢情谊畅。

14. 七绝·赠王玮

对党忠诚军地行，指挥部里事分明。

及时化解疑难尽，半夜语声倾感情。

15. 七绝·看日落（新韵）

日落西山天际看，霞光万道人惊叹。
如花似海浪头红，敬佩自然云做伴。

16. 七绝·添孙乐趣（新韵）

耳听嘴动偶一笑，手舞脚蹬常小调。
早晚澡时人更欢，醒盯双眼让您抱。

17. 七绝·春来鸟欢（新韵）

枝藤茂盛顺墙伸，鹂鸟双来二月春。
楼角寻欢移视线，书窗深处有一君。

18. 七绝·防疫成效（新韵）

中国病例渐消停，境外连升多险情。
倘若措施跟不上，殃及民众欠安宁。

19. 七律·岷山之行（新韵）

秋来浔景赏菊花，红叶迎霜入氧吧。
野静丛中呼伴侣，林幽深处唤人家。
崎岖小径追前乐，远近群峰览后夸。
一路攀爬身满汗，山崖顶上把衣加。

20. 七律·巧缘出席在昌川渝鼠年元旦茶话会（新韵）

为朋贺喜情珍贵，顺问小区夫两对。
相见叙说昔日评，应邀前往今宵会。
席询新友坦诚连，众品纯香麻辣味。
敬酒献歌心意同，女郎变脸人陶醉。

浙江诗人龚旭

【作者简介】

龚旭，笔名朴素方正，浙江省宁波市人。大学学历，1982年毕业于哈尔滨工业大学，从事科研、设计、施工、管理工作。喜欢格律诗词，有作品在网络平台和纸媒发表。参加了"蝶恋花杯"（国际）华人文学大奖赛，获诗词曲赋组别一等奖。有部分作品被录入大型画传《中华民族文化精英》《再创辉煌》《赤子情——中华行业精英荟萃》及《"一带一路"，诗词中国》台历等。

词十二首

1. 沁园春·岁寒三友

松柏青枝，绿掩秋涛，鹤舞旧尘。
渐雪飘千里，风刀霜剑，雨淋万壑，电闪雷焚。
傲立峰峦，骨风道长，修竹光摧翠叶纹。
虚怀谷，念节中秉耿，瘁瘦心新。

香熏数九天昏，更难料梅芬含笑鼙。
对竖平孤艳，暗香月魄，斜横水映，疏影芳魂。
秀萼初葱，曛烟飞絮，严酷冰封忍报春。
岚山暮，问何时煦暖，寒岁三君。

2. 满江红·冬暄

一米阳暄，暖书阁、霜寒日薄。
同窗汇、疏烟光煦，赋诗词约。
歌放九州家国盛，曲吟华夏民心乐。
玉樽满、醇酒奉英贤，安平酌。

冰江冷，风苇落。飞雪掩，飘尘弱。
去海角云涯，天际塍陌。
浪遏短舟观燕舞，白帆樯橹闻鱼跃。
走四方、夕暮月阑珊，人漂泊。

3. 喝火令·水碧寄沙鸥

暮晚岚云旧，晨曦海曙悠。
陌乡重返动舟游。
天际雁征空阔，塍翠觅青丘。

烛暗红帘透，醪香杏幕抽。
画樯邀宴客新酬。
看似江峰，看似渚汀浮。
看似鹜飞霞远，水碧寄沙鸥。

4. 望海潮·富春山水

秀灵山水，王洲岛阔，龙门亘古奢华。
门镜绣屏，窗帏锦幕，人行鸟宿千家。
七里翠泷纱。子胥野渡吊，鹤岭云涯。

峡谷芦茨，龟川叠嶂月清嘉。

壶源汇集无瑕。看樟岩雾晓，花坞阳斜。
公望画晴，严光钓浅，荫生结社东哇。
征雁落中沙。苋浦归帆远，钟响闻茶。
夜雨恩波泛景，新霁赏烟霞。

5. 雨霖铃·富春山居

桐庐花切。子陵滩雨，去钓台歇。
泱泱江流初涨，山高水长，舟帆云发。
目旷心怡北望，叹光武嘘噎。
俏墨染，烟澈风清，画卷犹如越乡阔。

悠悠绿水离情别，见时欢，相聚观霜节。
更无寄语岚岫，峦叠翠，雾迷胧月。
月满三秋，千里村居，桂子铺设。
尽醉处，飘溢芬芳，是否听评说。

6. 鹧鸪天·征鸿飞落旧江东

浪涌潇湘桂影红，雨侵青麓菊馨浓。
柳垂堤岸隐明月，枫染疏林叠秀峰。

酒肆褐，茗亭葱。征鸿飞落旧江东。
山风漾寺天香远，粼瑟漂萍汀渚空。

7. 念奴娇·旧曲弄箫

粉樱杏雨，润青野葱碧，水乡寒月。
茅舍风侵留梦晓，一缕炊烟庐别。
飞絮飘阡，扬丝留陌，云径横溪阔。
燕楼空寂，锁庭芳满春没。

欲往玉宇蟾宫，桂摇妍影，清酒千樽缺。
新赋持觞吟翠墨，旧曲弄箫三叠。
又绿阳关，才嫩红柳，塞外尘沙拂。
醉翁羁侣，踏歌星伴相悦。

8. 桂枝香·东南秋约

登高望岳。恰空阔江天，东南秋约。
千丈岩头白瀑，激飞崖角。
长虹横跨斜阳晚，翠青冈、丹枫层错。
淡云烟树，银屏晓镜，疏星辰鹊。

问芳华、丝黄墨浊。正篱竹围圃，香蕊飘落。
十里妆红，碧桂满枝金萼。
征帆如练澄溪水，踏新潮晴川舟跃。
关河去远，石泉流潺，鹭涛归陌。

9. 定风波·醉翁上座品春茶

雨霁空新碧翠华，云舒水绿映秋霞。
千树桂馨金蕊印，分寸，万枝菊露墨芳遮。

辰绣锦衾红线乱，丝断，暮斜月影紫船划。
浣女下池寻雪藕，泉漱，醉翁上座品春茶。

10. 水调歌头·天际征鸿远

朝阳透帘暖，凝露滴枝疏。
凌波清展，书阁熏袅逸馨初。
墨韵丹青绘景，笔妙梅魂画魄，丝竹伴琴娱。
莺歌报春早，鹊跃筑新居。

晨曦曙，东风漾，白雪铺。
凤箫吹雅，天籁音散衡庐。
芳径茶红依晓，瑶榭玉莹飘暮，樽酒念姑苏。
天际征鸿远，汀渚野凫孤。

11. 八声甘州·水滴白露

寄水珠白露毓东南，蒹葭沐金秋。
雨疏知叶落，梧桐渐紧，秋上寒楼。
闻处蛙声红褪，蝉切闭花休。
孤橹风帆意，唯见清流。

把饮蟾宫嘉懿，探月中桂子，思绪难收。
觅经年芳影，叹水澈无留。
谓伊人，手携相将，凤求凰，星寂看行舟。
空庭晚，倚楼台处，白首离愁。

12. 苏幕遮·及目潭州第

麓冈青，湘水旖，雾漫秋江，涛碧寒烟起。
虹跨渚汀连翠梓，风荡蒹葭，扬絮残阳里。

鹊乡归，芳草思，月映阑珊，烛影飘帘几。
初放华灯空阔倚，独上高楼，及目潭州第。

奥地利华人吴洪滨

【作者简介】

吴洪滨，笔名无牵无挂。祖籍福建漳州。自 2000 年定居奥地利维也纳至今。曾留学美国、英国。声乐教授。中华诗词学会和中国楹联学会会员。香港左龙右虎国际诗书画研究会副主席。人民艺术院上海分院诗歌艺术编委会名誉主编。传世图书文化策划出版中心的签约作家、诗人。经典文学签约诗人，经典文学网 2019 年度十佳签约诗人。荣获"2019 年全国诗书画家创作年会"一等奖。荣获由北京诗界文化传媒、诗界·中华诗词创作研究院、诗界杂志社举办的"祖国颂·献礼新中国 70 华诞国庆盛典"一等奖。第二届左龙右虎杯国际诗歌大赛最高荣誉奖。曾荣获"华语文坛知名诗人作家"大赛一等奖，"蝶恋花杯"（国际）华人文学大赛一等奖，在"新绪杯"全国文学艺术大赛中荣获"新时代先锋诗人"等大奖。有个人诗集《吴洪滨诗文选粹》等出版发行。3000 多首（篇）作品发表于国家出版社出版的诗文集，并任其中 20 部诗集的副主编。其他作品散见于实事求是学习网、慈善中国书画院网、中华诗词、百度、名师名家名人坛、网易新闻、企鹅号、腾讯新闻、天天快报、香江咨询网、大鱼号、《文艺视界》等网络传媒和刊物。

七律二十四首

1. 七律·晏殊

入试神童进士身，刚强豁达举贤臣。

沉浮宦海忠为本，教育儿孙节作真。

烛下书凡尘墨客，花间派宰相词人。

官居要职仍勤勉，闲雅情思处处春。

2. 七律·曾巩

兴学治安平滥狱，废除杂税打豪强。

《扬颜》敬慕德言立，《咏柳》讥嘲势利狂。

廿载崎岖科举路，一生淡泊枕书郎。

清官自有清官好，勤俭醇儒气韵香。

注：《扬颜》《咏柳》均为曾巩作品。

3. 七律·画圣吴道子

孤贫志远夜难瞑，独纵其能步不停。

六法兼容传气韵，百家并蓄绘丹青。

手无粉本江山秀，心有神图天地灵。

墨淬笔痕求变化，大唐画圣耀群星。

4. 七律·留学岁月

二十年前留学路，如今再忆泛涟漪。

手提命运孤身闯，心有情怀半世痴。

茱莉亚穷修表演，英皇家猛练台词。

茫茫艺海勤为岸，岁月沧桑从不悲。

注："茱莉亚"是指美国纽约的茱莉亚学院。"英皇家"是指英国皇家音乐学院（伦敦）。

5．七律·王之涣

胸襟大略行慷慨，击剑悲歌边塞风。
鹳雀楼情怀独远，凉州词意境无穷。
奉仁身隐乡关里，患疾政归官舍中。
天不假年才未尽，唯留壮志荡长空。

注："鹳雀楼"是指《登鹳雀楼》。

6．七律·高适

耕读勤劳磨笔力，少游梁宋历风尘。
纵情边塞英豪气，得意朝廷名节身。
进取荣华终不改，退藏宠辱未沉沦。
良才何惧晚成就？机会垂青守志人。

7．七律·感怀张若虚之《春江花月夜》

陈隋乐府旧题目，洗净六朝宫体脂。
月夜春江生画卷，镜台客路寄情思。
一轮桂魄升悬落，九韵金声唱叹悲。
哲理高藏仙境界，深沉寥廓古今奇。

8．七律·贺知章

好书懂事少闻名，平顺儒生福寿盈。
挥洒诗文开笔力，奔飞草隶醉唐城。
君王赐诏还乡赠，太子携官送别行。
仕运恒通怡自得，酣狂盛世独殊荣。

9. 七律·往事

为圆留美心中梦，求学孤身闯沪城。
一日掰成多日用，三餐凑合两餐并。
上音教室温歌曲，复旦食堂凉菜羹。
年少青春知奋斗，老来无悔慰平生。

注："上音"是上海音乐学院的简称，"复旦"是指复旦大学。
留美前我在复旦大学教书，同时在上海音乐学院学习。

10. 七律·故乡

一片鱼塘映土楼，恰如明镜挂心头。
灵通香火群山绕，白石涧溪村口流。
曾有家鸡鸣好梦，旧传蜜柚伴中秋。
远离乡镇少年志，朝暮寻根何日休？

注："灵通"与"白石"均为故乡山名。灵通山号称"闽
南第一山"，自古有寺庙，香火兴旺。在故乡的中秋节吃自家
栽种的蜜柚乃老传统。

11. 七律·诸葛亮

南阳耕读抚琴弦，决策隆中换蜀天。
翼戴江山兴德业，功呈民士尽忠贤。
只求政事必亲理，忽略将臣合众联。
寿短终输司马懿，人生得失古难全。

12. 七律·咏纳兰性德

天资超逸脱尘外，文武兼修满汉精。
难挽仕途空壮志，独留词句寄忠诚。
一弯冷月凄凉尽，几朵残荷离别生。
爱恨皆随流水去，销魂蚀骨最痴情。

13. 七律·华佗

诊断养生针灸术，外科鼻祖百精通。
五禽戏健身修性，麻沸散开山建功。
不慕利名忧病体，但求疾苦得春风。
坚贞抗拒曹操召，一代神医殉狱中。

注：华佗（约公元145—208），东汉末年著名的医学家，被后人称为"外科鼻祖"。其发明了麻沸散、五禽戏（健身操）。

14. 七律·郑板桥之书法

扬州八怪板桥体，乱石铺街节奏明。
大小密疏皆有趣，方圆肥瘦自峥嵘。
粗粗细细字形活，扭扭斜斜韵味生。
意态翩翩藏骨力，立新章法独争鸣。

15. 七律·郑板桥

幼年丧母坚贞直，独醒尘间志远高。
有节有香存气骨，画兰画竹斥官豪。
为民忧患胸中挂，借石谈嘲笔下劳。

难得糊涂心镜澈，吃亏是福海情操。

16. 七律·感怀吴敬梓科举路

屡试科场终失意，无缘宦海梦西倾。
家曾豪阔门庭闹，性本痴狂雨雪征。
举业名流皆看破，诗书倦客却分明。
命如野草风尘滚，不慕官僚不慕荣。

17. 七律·回乡

长年漂泊居家少，欣喜归期假日临。
杯酒流连伤客路，田园眺望遇乡音。
出门游子愁如织，回首高堂泪满襟。
闻得厨房烟火气，亲情最抚世人心。

18. 七律·自家果园

辛劳每忆果林栽，绿意生机春引来。
蜂舞蕊间迷慧眼，莺啼树上啄青苔。
一双家狗身边逗，几只天鹅池里偎。
胜日芬芳何远涉？早樱如雪满园开。

19. 七律·罗贯中

有志图王终未果，著书展艺路平宽。
身经世事开胸次，骨透客愁烦笔端。
三国风云豪杰起，两朝波浪草民难。
传神稗史虽无奈，湖海散人贻所欢。

20. 七律·品罗贯中笔下之战争

贯中笔下硝烟滚，赤壁干戈著盛名。
大火平分三足立，长江合抱百家争。
交锋猛将披肝胆，斗智谋臣任死生。
无一雷同文武战，善于造势有虚惊。

21. 七律·汤显祖

幼枕书香早有名，潜心戏曲拓荒行。
新词自踏教歌舞，雅韵独留丰乐声。
为善修文权贵蔑，弃官归里艺坛耕。
临川四梦扬天下，淡泊仁贤耳目清。

注：汤显祖（1550年9月24日—1616年7月29日），字义仍，号清远道人，出生于江西临川，中国明代戏曲家、文学家。其戏剧作品《还魂记》《紫钗记》《南柯记》《邯郸记》合称"临川四梦"。

22. 七律·《牡丹亭（还魂记）》读后感

忘川水尽意难沉，倩影离魂何处寻。
为爱求生生放手，因情成梦梦惊心。
莎翁笔下罗朱颂，海若亭前杜柳吟。
媲美西厢光闪烁，远名中外感知音。

注：①"莎翁"指威廉·莎士比亚。②"罗朱"指罗密欧与朱丽叶。③"海若"是汤显祖的号。④"杜柳"指杜丽娘与柳梦梅。

23.　七律·蛰居

居家两月趣横生，暂借琴书耳目明。
天晚操刀烧饭菜，风来吹笛练歌声。
关心国事诗词咏，白眼官权势利争。
难学神仙寻自乐，红尘静待病身轻。

24.　七律·施耐庵

积德累行藏侠骨，谦虚好学守贞坚。
弃官归隐山河秀，避世著书豪气宣。
一曲秋江明孝节，百回水浒识英贤。
雄才峻笔恒心志，独创人间那片天。

四川诗人黄显德

【作者简介】

黄显德,男,笔名青山古韵风,四川富顺人,生于1963年,研究生毕业,中共党员,供职于西南石油大学。系中华诗词学会会员、中国楹联学会会员,经典文学签约诗人、签约作家。多次参加全国性文学大赛,获得诗词曲赋一等奖2次、三等奖1次,获得散文随笔一等奖1次、二等奖1次,并荣获百强诗人、中华当代百强诗人、当代百强签约诗人、当代百强签约作家、当代诗词先锋人物、当代散文先锋人物、当代诗词人物、当代散文人物、2018十佳签约作家、2018中国诗歌年度人物、2019十佳文学精英、中华当代十大杰出作家(诗人)等荣誉称号。已有200余首诗词和多篇散文入编十余部国家级出版书籍。任《当代实力派作家文选》《"蝶恋花杯"(国际)华人文学大赛获奖作品精选》编委。著有《旅行的幽思》游记专著一部。

格律诗十四首(新韵)

1. 五绝·初冬

风残红叶老,雨下碧云愁。
漠漠山一色,欲将寒岁收。

2. 五绝·冬蛰

寒崖栖百鸟,沃野隐千虫。

寂寞深深盼，雷惊一梦中。

3. 五绝·冬耕

猎猎雪风来，纷纷农事开。
深翻秋后地，一灌度春怀。

4. 五绝·冬至

碧云飞岭外，白絮舞窗前。
谁解孤篷影，夜长思故园。

5. 五绝·冬梅

衔霜犹有俏，赋雪亦多情。
几度寒香起，一从苦自征。

6. 五绝·冬阳

雪化锦云飞，风来暖艳随。
江山千里阔，何处不光辉。

7. 五绝·冬云

万象随风去，千形映雪来。
忽成天地影，几度岁寒开。

8. 五绝·下雪

始乱千山意，终随一夜风。

梅花独自喜，片片寄深情。

9. 五绝·冬风

纵水寒波起，巡山深树鸣。
盼回春草绿，默默隐无声。

10. 五绝·残冬

山中余雪尽，湖里碧波开。
历历风将起，悄悄春欲来。

11. 七律·听《朱德精神》讲座有感

万里追寻为党征，誓将忠信守一生。
高怀落落山川举，浩气纷纷岁月凝。
投笔从戎归大道，抛官弃禄沐清风。
年逐迟暮犹贞志，夕照千秋身后名。

12. 七律·听《张思德精神》讲座有感

长风送雁暮云悲，望断天涯欲问谁。
上阵曾将敌胆灭，挖窑岂惧土沙摧。
忽闻梦里歌声起，又见山中笑影回。
几度延河滔浪去，孤征还恋落霞飞。

13. 七律·岁末过沱江

百纳荒流平野尽，决穿沟壑辟山围。
长汀月落惊涛起，古渡风高宿鸟飞。

盐话千秋犹济楚，文因一庙更开眉。

春来虎岭如相问，烽火临江第几回。

注：济楚指史上两次川盐济楚，始发地段为沱江富顺段。一庙指富顺文庙，建于北宋，富顺由此文风大开。虎岭指虎头山（城），沱江边上孤峰耸立，为富顺抗元据点。

14. 七律·岁末登虎头城

崛峙江边穷地险，寒空漠漠远天垂。

风鸣古渡征帆举，云锁深崖断霭飞。

村野连营孤月照，关河喋血几人回。

何如梦寄凋荒里，又是涛声一夜悲。

注：虎头城，又名虎头山，雄踞于富顺与泸州之间，兼水陆两路要冲，临沱江耸立，状若虎头，故名。后为南宋末年富顺抗元据点。

山西诗人裴希林

【作者简介】

裴希林，1948年3月出生。山西省沁县人，曾先后就读于北京育英中学、北京石油地质学校地球物理勘探专业、四川大学中文系。曾从事多年石油地质工作并先后担任过四川省委老书记杨超同志秘书、四川省投资集团企业高管。现为中华诗词学会会员。

草原组歌

前言

20世纪六七十年代，我曾奔走于黑龙江、乌苏里江以及松花江流域，奔走于呼伦贝尔、锡林格勒草原，对在那里生活的蒙古族、鄂温克族、赫哲族等由狩猎民族发展为游牧民族的生活和文化充满了强烈的好奇心和探索欲望。感谢上苍赋予了我不竭的好奇心使我总是主动去接近了解他们。游牧民族是最贴近自然，热爱自然，崇尚自由的民族，同时也是最勇敢、最富于浪漫情怀和诗意的民族。但是随着人类科学技术和经济的飞速发展，现代文明的滚滚车轮碾压了他们的家园，惊扰了他们的心灵。昔日，我走入他们的毡房和居所，蒙古族牧民会热情地捧上奶茶，赫哲族渔民会煮一大锅热气腾腾的鲜鱼请你品尝。席间话语投机会忘情地高歌一曲。随着商品经济的浪潮侵入林区和草原，我再次走入他们的生活时，感觉一切都改变了。往日那种淳朴的古风和情感似乎已不复存在了，这不禁令我悲凉和感慨。

人类社会正走入一个科学技术的发展与人们的伦理道德形成巨大反差的时代。每一个重大的科技发现，都是在打开一个潘多拉的盒子，将人类置于危险的境地。人类在伦理道德的层面还远未走出丛林。人们孜孜以求的是物质层面实用主义的工具理性，趋之若鹜的是繁华都市的大厦入云、霓虹闪烁、烟花万重。高铁、空客、网络的高速度快节奏已经让人们无暇亦无心去欣赏人生旅途中那迷人的风光。年轻人魂牵梦绕、眉间心上的恋情变成了闪婚约炮，人类情感的高贵与优雅何在？

这个时代，感性生活变得越来越衰亡，人类正在丧失多少美妙的审美情感。这个时代是一个哲学贫困信仰迷失的时代，人们已缺失了对人生意义的终极性思考。网络文学、信息爆炸、浅阅读正在使思想迷失，思想趋于浅薄化。人们已无暇去阅读和深入思考那些古往今来的充满智慧的大师的经典。因此，当今社会正产生着许多高学历、高智商并以不乏熟练的西方语言和一知半解的西方文化而自诩，却完全没有骨头没有灵魂智慧理想信念和人文素养的所谓精英人物。贪腐与堕落为人所不齿。完全不知何为真正的人生。人们奔走忙碌，生活变得越来越碎片化。人们何曾追问，家园何在？人生的意义何在？生命的真谛何在？

在这个喧嚣纷繁烦躁的时代，拥有一份静气，脚步慢一点静静思考。人生真正的风景只在于自己的内心。没有丰富的心灵，再好的风景，再美妙的歌声音乐也无缘欣赏。静静地在人生的旅途中去打造属于自己的风景。去欣赏那雨后草原的彩虹，仰望那云霄自由飞翔的鸿雁，跃马扬鞭去放牧那静静觅食的牛羊，正所谓"此中有真意，欲辨已忘言"。"回归自然"，两百多年前伟大的启蒙运动先哲卢梭的号召，似乎应再一次得到人们的回应。

清醒的理性告诉我们，科学与时代的发展轨道一旦形成，就会沿着其自身的逻辑发展，科技落后就要挨打，慢也慢不得。这本身就是一个悖论。过去那个温情脉脉的牧歌时代一去不复返了。

写几首小诗小词，为那细雨骑驴、牛背横笛、牧童晚归、月下荷锄的田园牧歌，为那纵马奔驰、牛羊遍野、琴声悠扬、绿浪千里、草长莺飞的自由自在的游牧生活唱一首挽歌。

诗词二十一首

1. 一剪梅·咏鄂温克族（新韵）

莽莽苍苍原始林。天犬神鹰，马踏彤云。
呦呦唤使鹿民族，神话传奇，低唱悲吟。

山野花香欲醉人。桦木居屋，驯鹿成群。
枪挑猎物月明归，梦伴星辰，波漾心魂。

2. 一剪梅·鄂温克族迁徙情（新韵）

古老传说欲泪听。拉穆湖深，先祖魂灵。
家山故地痛别离，一曲悲歌，悲壮征程。

历尽艰辛迁徙情。万里追寻，净土安宁。
兴安岭上起祥云，驯鹿悠闲，部落欢腾。

注：300多年前，沙皇俄国军队侵入鄂温克族先民艰苦奋斗

繁衍生息的贝加尔湖（拉穆湖）地区。鄂温克族祖先被迫开始悲壮的长途迁徙，终迁至适合驯鹿生存的大兴安岭森林，从事狩猎活动，留下许多浪漫动人的传奇故事。

3. 一剪梅·咏驯鹿之一（新韵）

跳跃飞腾欲上天。恍若神灵，屹立山巅。
头高昂凛凛威风，角似尖刀，耸峙森然。

林海之舟传美谈。跋涉艰辛，驰骋荒原。
尚留岩画越千年，原始图腾，闪耀诗篇。

4. 一剪梅·咏驯鹿之二（新韵）

犄角高张似月弯。健步雄姿，魂魄山峦。
流连这绿藓茵茵，寂静山林，暮色晴岚。

鸟唤晨曦欲晓天。沉醉松风，清澈流泉。
呦呦呼唤总相随，脖上铃声，悦耳悠然。

5. 一剪梅·萨满（新韵）

神鼓咚咚山谷应。神带飞扬，回荡铃声。
鹿皮头套鹿袍服，鹿角朝天，通向神明。

万物欣欣皆有灵。萨满心魂，天界升腾。
祈神灵部落吉祥，舞乐飘飘，永享安宁。

6. 一剪梅·狩猎民族（新韵）

立马横枪林莽行。猎犬奔随，肩跨神鹰。

细察踪迹觅蛛丝，大地屏息，雪亮刀锋。

乍响枪声狍鹿惊。犬吠鹰击，狍鹿哀鸣。
林峦湖水映夕晖，满载荣归，闪耀群星。

7. 一剪梅·鄂温克悲歌之一（新韵）

空谷隆隆声震天。伐木丁丁，惊扰群山。
鹿魂散兔豕狂奔，踏月空归，鹰犬茫然。

思恋那金辉雾岚。野卉芬芳，苍翠林峦。
不堪闻饮泣悲歌，欲碎心灵，何处家园。

8. 一剪梅·鄂温克悲歌之二（新韵）

沉郁苍凉木库莲。岁月悠悠，呜咽山泉。
史诗传颂数千年，迁徙渊源，部落悲欢。

物换星移世道迁。狍鹿无踪，林海声喧。
惘然失哪处追寻，皓月清风，游牧林峦。

9. 风入松·蒙古长调之一（新韵）

谁歌长调自天边。醉入眉间。
蓝天里彩云舒卷，夕阳下、袅袅炊烟。
缓缓歌声缈缈，飘飘洒落心田。

曲悠悠马背家园。岁月悲欢。
祖先功业悬星月，教思念、化作清泉。

杭爱山高天外，牧人跃马扬鞭。

10. 风入松·蒙古长调之二（新韵）

关河寥落野茫茫。血色残阳。
临风伫立聆长调，声低昂、沉郁苍凉。
岁月长河流淌，祖先故事传扬。

马嘶鸣剑戟寒光。血性贲张。
开疆拓土狂飙荡，挽雕弓、吓退天狼。
今日琴声歌咏，民族旧日辉煌。

11. 风入松·战马（新韵）

忆昔百感九回肠。马首低昂。
长空雁啸声嘹唳，追星月、逸气飞扬。
骨相峥嵘腾跃，驱驰万里疆场。

箭镞如雨日无光。雪映刀枪。
猛如虎豹疾如电，赴锋刃、遍体鳞伤。
血性今朝何在，凭栏四顾茫茫。

12. 风入松·梦境天堂（新韵）

茵茵碧草野花香。静静牛羊。
流云缓缓掀柔浪，炊烟袅、奶酪芬芳。
宛转江流芳甸，勒勒车载夕阳。

草原如梦境天堂。美丽安详。

幽幽侧耳聆长调，闻天籁、醉韵情长。
往事酿成醇酒，遥遥化入星光。

13. 风入松·马头琴（新韵）

琴声何事恁苍凉。辽远忧伤。
声声欲诉悲欢事，常回味、往日时光。
穿透千年尘雾，依依岁月芳香。

图腾白鹿与苍狼。曲调悠长。
民族画卷波澜壮，天之骄、霸业辉煌。
世事沧桑变幻，音腔渐转激昂。

14. 满庭芳·咏蒙古族那达慕大会（新韵）

碧草如茵，花香弥漫，长河云影蓝天。
彩旗翻卷，人语笑声欢。
骏马嘶鸣腾跃，人潮涌、盛会空前。
妙龄女，争奇斗艳，结伴舞翩翩。

男儿皆好汉，赳赳勇士，豪饮酣然。
挽雕弓，弦惊身手非凡。
挑战歌方唱罢，猛如虎、力可拔山。
雄风在，金戈铁马，剽悍似当年。

15. 七律·天马歌

鬃鬣飘扬怒目睁，萧萧神骏仰天鸣。
追星赶月凌飞燕，冒雨迎霜踏雪冰。

腾跃蛟龙金辔响，迅疾雷电虎狼惊。
峥嵘骨相风云气，百战归来四海平。

16. 七律·草原狼

凄厉狼嗥冷月弯，荒原夜静朔风寒。
伺机草莽精灵眼，胆战黄羊噩梦缠。
勇略狼王施诡计，屏息狼阵稳如山。
一声号令狂飙起，罗网徐徐落九天。

17. 七律·勒勒车

勒勒车轮摇梦境，羊肥水美草芬芳。
老牛缓缓风尘路，古道遥遥暮色茫。
阿爸铁肩担日月，额吉鬓发染秋霜。
牧歌一曲幽幽唱，车载祥云奶酪香。

18. 七律·梦回草原（新韵）

草原丝雨沁心脾，拂面春风醉眼迷。
雁阵云霄声唳唳，鲜花遍野草萋萋。
牧歌缈缈浑如梦，初月盈盈桂影移。
夜静牛羊闻犬吠，群星熠熠耀清溪。

19. 七律·梦入草原（新韵）

无边绿浪苍山杳，声振长天雁影遥。
漫走牛羊归落日，奔腾骏马起狂飙。
毡房沉醉聆长调，心上人儿会敖包。
马背家园频入梦，草原夜静月轮高。

20. 七律·咏蒙古包（新韵）

九天惊落雪莲花，朵朵盛开映晚霞。
长调幽幽如幻梦，星光熠熠月飞槎。
羊肥水美青青草，毡帐香飘缕缕茶。
信马由缰琴韵远，阿妈身影喜归家。

21. 七律·草原壮士吟（新韵）

龙行虎步千钧力，铁马金戈凛凛威。
浊酒三杯鸣战鼓，沙场百战凯旋归。
终识劲草疾风后，极目苍鹰玉宇飞。
美酒颂歌酬壮士，风旗猎猎映夕晖。

注："风旗"亦称"风旗禄马"，一般竖于毡房或营帐之前，蒙古族天马、战神勇武精神的象征物。为蒙古族家家户户供奉的圣物，旗幡分为蓝、白、红、黄、绿五色。

浙江诗人姚建生

【作者简介】

姚建生，笔名沙鸥，男，1954年生，汉族，浙江桐乡人。著有《沙鸥诗词集》以及《当代诗百家》《岁月的回声》《梦笔诗人》等诗集。主编《凤鸣诗词精选集》。作品入选《当代影响力诗人、作家文选》《当代诗词精品荟萃》等。曾被评为2016当代诗词百家、最具影响力诗人称号。中国楹联学会会员，浙江省诗词楹联学会会员，浙江桐乡市诗词楹联学会副秘书长，桐乡市凤鸣诗社副社长。

桐乡十五景新咏

1. 世纪览胜

世纪公园平地起，腾龙胜阁入峰峦。
湖幽荡漾舟多暇，林密休闲客尽欢。
小憩垂钩欣戏鲤，远望携侣喜凭栏。
水乡古镇添颜色，栽下梧桐再引鸾。

2. 皂荚怀古

浒弄口边荫皂荚，绿衔漕运接横街。
繁华随水漂流远，胜迹存年孕育佳。
碧血丹心成战将，草堂墨笔画天涯。

传承千古风情韵，留与后人嘘感怀。

3. 古道新韵

运河新韵承千古，似练如绯铸彩虹。
栈道树葱遮夏阴，廊桥椽翘驻春风。
晨曦映翠银波闪，晚夕吐霞金凤躬。
碧水长空两重月，龙舟再渡亦朦胧。

4. 茅盾故居

茅公故宅今人访，犹听少年侃侃谈。
静谧老街悠子夜，阴沉孤陌梦春蚕。
乡情一片留佳著，客思千秋拜玉龛。
小镇星辰争闪烁，称雄华夏巨文坛。

5. 六朝遗胜

昭明太子读书处，历尽沧桑遗世文。
绝代石坊题父老，千年银杏忆将军。
未知疏雨落何地，犹见残灯耳不闻。
战火烟消留胜迹，今朝翰墨起风云。

6. 银杏遗韵

千古遗踪何处觅，犹存银杏耀家乡。
物华天宝良才蕴，人杰地灵禅寺藏。
昔日书声曾琅琅，流年岁月也茫茫。
江南名刹谁能证？郁郁葱葱风雨昂。

7. 翔云残阳

江南名寺玄明观，依旧山门耸立雄。
花石纲中飘彩炫，云泉穴里淌甘洪。
春和风顺飞凰凤，秋爽月高翔鹄鸿。
战火连年毁于旦，佛禅指日再兴隆。

8. 缘缘情怀

半片芭蕉半树樱，焦门见证日机轰。
轻舟一叶钱塘接，古域十年书墨萦。
难忘缘缘堂上烛，犹听愤愤笔中征。
旧居重建万人仰，遥寄文豪故里情。

9. 三洞聚宝

三分桥孔聚元宝，屹立千年碧水中。
点点渔帆映明月，依依垂柳卧长虹。
芦花飞絮桨声近，稻穗飘香雁影朦。
两岸人家小康日，崭新世纪又东风。

10. 雁鸣太漾

老樟影下浜如斗，静谧远乡潭一泓。
太漾水中滩有泆，夜明庄上雁空鸣。
宝珠闪亮今非昔，绿荫连绵重若轻。
自古传奇旧村落，阳春三月乱飞莺。

11. 石泾怀古

古桥古景今何在？杨柳依依日照斜。
梅院梦仙残雪霁，龙潭跃鲤落花奢。
方闻月影棹歌婉，又听秋声鸟语喳。
风雅石泾风雅续，水乡四季灿如霞。

12. 西施泛舟

范蠡湖中情荡漾，草房幽径爱缠绵。
春花窈窕胭脂黯，秋水涟漪芦苇芊。
忽见轻舟穿碧浪，犹闻柔语涌清泉。
远离尘世逍遥乐，千古传奇著锦篇。

13. 太虚传奇

乡村贫子铸传奇，僧教振兴依大师。
访旧探幽寻故屋，修禅弘法树丰碑。
少年立志众生渡，长夜怀情儒道追。
斗富兜中佛光远，慈悲立德总相宜。

注：斗富兜为大师故里。

14. 子久问松

古寺疏钟听不厌，麻溪旧屋问松堂。
京城皇帝未推腹，故里乡亲却挂肠。
海卸村中曾海卸，流芳桥下永流芳。
今朝童子谁知处？留有斯人采药忙。

15. 福严问禅

前朝多少钟鸣晚，禅寺福严容貌新。
浙北鱼乡渔碧水，江南佛地拂红尘。
金刚面目人人异，菩萨心肠季季春。
圣殿梵音香火旺，八方来客拜灵神。

澳门诗人蔡俊荣

【作者简介】

蔡俊荣，字辉觉，号华克，别署秋映窗，又称为古晋隐士、马交布衣。祖籍马来西亚"犀鸟之乡"砂劳越首府猫城古晋，中国澳门特别行政区人士，20世纪90年代初毕业于广州暨南大学国际金融系，从事资讯科技行业20年。曾经在诗词世界以海外诗人专辑发表词作，而且在三年前加入素笛轩，两年前成为静山赋学网成员。曾荣获首届"精英杯"全国文学创作邀请赛辞赋一等奖及歌行二等奖，"经典杯"华人文学大赛词作二等奖，当代华人爱情文学创作大赛诗词曲赋一等奖、"蝶恋花杯"文学大赛词作一等奖及"当代精英杯"全国文学大赛辞赋一等奖，并获得"当代诗词名家"和经典文学网2018年度、2019年度十佳诗人等荣誉称号。作者经常游走于澳门、珠海及三乡之间，并一直隐遁于诗词界之中。由1993年起至今闲时赋诗、填词、创作歌行及辞赋，善于填词，风格顺口、唯美、伤感及沉郁，尤其喜爱淮海与梦窗，遵循兴观群怨之道，并已于2019年底出版当代诗人词家2019年第二卷合集《映窗集顾影随缘词薰》。

鹧鸪天·澳门新八景（外二首）

1. 鹧鸪天·桥牵三地

惶恐滩头没冷清，零丁洋上不零丁。
通衢港澳连珠海，开放繁华接太平。

三地愿，九年成。桥梁灯火美倾城。
绵亘天堑称奇迹，宛若游龙耀夜星。

2. 鹧鸪天·双湖塔影

走步濠江主教山，望洋风景壮尘寰。
两湖双对斜阳里，一塔孤悬朗月间。

无俗念，有欢颜。喷泉光彩照南湾。
中西合璧新标志，歌舞升平若等闲。

3. 鹧鸪天·西山望洋

东望洋经西望洋，两山遥对在吾乡。
莲花宝地犹称誉，天主名城可颂扬。

闻鸟语，嗅花香。遂成结客少年场。
教堂幽静庄严景，圣母姿容有慧光。

4. 鹧鸪天·路环渔韵

港口风情很着迷，岩礁面向夕阳西。
云空潮水傍村落，星海粼光漾岸堤。

游雅憩，欲忘机。行人漫步乐相携。
沿途开设葡餐馆，小教堂阶波浪飞。

5. 鹧鸪天·爱巷倾情

三巴胜迹非一般，正门遗壁甚宏观。
前方花圃顿然美，转角灯光渐次宽。

街上笑，巷中欢。南欧格调小方栾。
风和日丽倾情处，游乐人群醉倚栏。

6. 鹧鸪天·龙爪观涛

偏远滩头何处寻，黑沙风浪沁衣襟。
迂回路径观山色，笔直天桥听海音。

龙爪角，鸟丛林。波涛汹涌复升沉。
奇岩异石原生态，摄影闲游更热忱。

7. 鹧鸪天·福隆新貌

红瓦青砖貌不凡，老街区在市西南。
沧桑百载存称谓，更迭千禧去内涵。

糕饼脆，果糖甜。秦楼楚馆改观瞻。
门庭若市堪罗雀，手信繁多喜庆添。

8. 鹧鸪天·亭前葡风

议事亭前有坊隅，西洋建筑步行区。
仁慈堂侧波纹石，喷水池中圆状珠。

新马路，旧城墟。店家林立大街衢。

广场熙攘人如鲫，节日灯光增煦愉。

注：港珠澳大桥、西望洋主教山、南湾湖西湾湖旅游塔、路环渔村旧渡轮码头谭公庙、恋爱巷、龙爪角海岸径、福隆新街、议事亭前地喷水池邮政局大楼仁慈堂大楼为"澳门新八景"。

歌行两首

1. 长歌行

长干行复短干行，宦游湖海任平生。

少小离家赴边城，壮丽山河寄我情。

风物色彩天下映，屈指金秋数落英。

心中爱慕悠闲久，往来南北两三程。

榆关气象雄奇矣，水乡容貌尚晶莹。

寒凉一夜无泻处，自有松涛不住鸣。

忍看朋辈东流去，独留孤寂意未平。

感怀身世是漂泊，且向诗丛觅无争。

莫道蓬门迎客语，只得横空暮鸦声。

心上有秋愁字样，长恨裁作短歌行。

后记："行"是乐曲的意思，"长歌"指长缓的歌声，多用来表达深沉的感情。《长歌行》采用传统诗歌两种最常见的写作手法，就是"比"和"兴"。

2. 岭南士子经古神道遇雪登武当山金殿

大岳崇，亘古峦峤势巃嵸。丹江淼，沧茫水域犹缥缈。无双胜景启鸿蒙，一柱擎天耸碧空。鄂渝陕豫为交界，众仙曩昔显神通。澄心定意，重规合沓。云涛飘飘，风沙飒飒。玄天上帝踏龟蛇，非真武不足当之。尹喜隐居青羊涧，吕岩度化自吟诗。雨珠雷火炼金殿，霜侵足底雪沾衣。

噫吁！聚太和山灵气擅修行，瞿儒栖绝巅。三十六岩处士多，七十二峰朝大顶。道教宗师张守清，筑两神道成路径。恢宏观阙紫霄宫，丹墙翠瓦望玲珑。问君乘兴与谁同，老将行止托苍穹。何以缅怀道遥物外陶醉其中，天地同俦使人高山仰止游历乐无穷。

四川诗人卓开荣

【作者简介】

卓开荣，笔名草木皆春，男，四川省富顺人，中华诗词学会会员，中国楹联协会会员，化学工业出版社编委，宜宾职业技术学院教师，四川云辰园林科技有限公司顾问。诗词散见于网络及纸媒，并入编多部国家级书刊。受聘经典文学签约诗人。入编经典文学名人榜。

诗词十六首

1. 五绝·品行（新韵）

勤奋补弩拙，肩责馈暖窝。
懒人常自负，情绩两失脱。

2. 五绝·步韵李白《静夜思》

年少曲时光，游居鬓已霜。
举杯邀冷月，泪载梦还乡。

3. 七绝·小雪（新韵）

今日时节逢小雪，空中却被雾云遮。
欲求絮片窗前入，天劝人别处处奢。

4. 七绝·经典文学高研班有感（新韵）

文学经典赋诗班，培训生员上百千。
快速长成多入会，出书进选路增宽。

5. 七绝·冬至（新韵）

今日阴天伴冬至，万家羊肉炖锅中。
古知斗柄指西北，一九寒来鹿养容。

6. 七绝·丛林险境

——步韵苏轼《惠崇春江晓景》

原始林中遇茂枝，丛间寻路鸟先知。
枯藤遍地探奇险，考验肢身耐力时。

7. 七绝·滨江路静夜无眠

夜静云深竟未眠，滨江大道倍凄然。
何时过路人如注，几日车流往复连？

8. 七绝·庚子年桃花源记（新韵）

春暖时光逗眼睛，桃花源里碎杂青。
和风吹拂景虽好，憾怨无童放纸筝。

9. 七律·今日城乡行（新韵）

本埠雨阴输冷气，今晨出日特别红。
天空蔚色云无影，土面多颜树有丛。

城市高楼平地起，乡村矮岭垄头松。
人逢喜事精神爽，路见婚车串彩龙。

10. 七律·问询数九天（新韵）

啥叫开冬数九天？答须君位处何边。
北方常遇白皑厚，南域时逢土色鲜。
峰地伏于珠帽下，平丘躺在日光前。
身居高处视觉广，坐井仰窥一小圆。

11. 七律·元旦（新韵）

本国始起过新年，此制沿洄改纪元。
旭日刚升地平后，阳光已洒众人前。
外游不可千沟越，近走只宜一昼还。
帝座旨能弘大业，子民唯欲顺居安。

12. 七律·团年（新韵）

华人每载望团圆，聚拢依托过大年。
父老村头昂首待，儿孙四处驾云还。
北方围坐包席饺，南域忙蒸做美餐。
最是开怀家室睦，互相爱敬驻心田。

13. 七律·月牙弯细寄乡愁

年关之后欲深游，无奈妖魔越九州。
往载早行回故里，今春迟滞上坟头。
四门不出遵章纪，八面仍扶即理由。

心念娘爹何起步，月牙弯细寄乡愁。

14. 七律·春语

雪化之时絮止飘，春风夜刮似镰刀。
西湖印月迎新绿，黄鹤焕然辞旧桃。
碧海翻波归本性，琼楼有意贴天高。
暖阳渐带慈颜悦，万物复苏茶露豪。

15. 虞美人·迎春曲

暖回大地光明艳。草木皆春感。
天空日渐变温然。旧岁静中送别，立春天。

福来梦想成人念。池水波光闪。
鸭鹅先晓水温添。喜望山峦高耸，挂云衫。

16. 鹧鸪天·当代玉仙

中华当今涌玉仙，吾推代表李兰娟。
才高不愧女豪杰，志大真堪姝世贤。

谋实事，记心间，历辛家国两俱全。
妆容不限添新岁，贡献犹存告慰天。

内蒙古诗人王有鸿

【作者简介】

王有鸿，曾用名王有宏，内蒙古永昊建筑有限责任公司总经理，乌兰察布市建筑业协会常务理事，中华诗词学会会员，内蒙古诗词学会副会长，包头诗词学会名誉会长。参加各种级别的文学作品创作大赛多次获奖。作品散见于《中华辞赋》《当代汉诗》《诗选刊》《内蒙古诗词》《内蒙古党史》《风采内蒙古》《包头诗词》《内蒙古日报》《包头日报》等报纸杂志。2016 年 2 月被纳入中华文艺之中华名人榜，著有《王有鸿诗文选》。

冠岭城堡同窗聚会赋（外一篇）

北海市西尽端，群岭苍翠欲滴，青龙昂首横卧，穹窿旖旎如冠。早观日出兮，波涛万顷迎朝霞；晚睹日落兮，渔火千点吻渔船。岩下海潮相拥轰鸣，惊涛拍岸；山间冠岭城堡蓬阆，仙岚绕缠。己亥八月，旗中学子，乘机南翔，此处隽谈！阔别三十六年兮，桂南聚首；游玩一十二日兮，珠城展颜！

拜学友，会同窗。住城堡，游漓江。耳鬓厮磨兮，闻私语；觥筹交错兮，饮琼浆。手挽手兮，弄海潮；肩并肩兮，诉衷肠。情澜壮阔，再现青春岁月，豪奢放逸，不惜热泪盈眶。主题班会，重温当年过往；小组讨论，憧憬未来辉煌。昔日寒窗油灯，星辰伴读结缘；今朝暖殿雕梁，山水见证偶傥。思潮起伏圆佳梦，感慨万千话黉庠。追忆友情，薛君敬迓[①]；畅享别后，万语千详。

莘莘学子,因理想惜别;悠悠龙人,将青春绽放。夏绿冬凋,高唱大风之歌;春兰秋霜,谱写华丽之章。从政磊落兮,誓为中华护航。经商仁德兮,挺起民族脊梁。执教呕心兮,成就桃李芬芳。军旅戍边兮,捍卫神州荣昌!个个豪情万丈,人人无限风光。凭栏沐沥沥秋雨沉思,开牖望浩浩南海激昂。缘起束发,感恩师长殚精竭虑;因由旗中,诚敬母校悉心培养!

噫嘻!年近花甲,童趣未丢。娇颜褪色,芳华重收。逍遥其乐兮,游心正酣;欢歌笑语兮,赋情金秋。心通神交,情澜义投。醉语玩笑,宏论解忧。虽存贵贱,肝胆相照;虽非道合,风雨同舟。此次聚首,增进情谊,饱览南国瑰奇;下次相会,升华眷念,悦赏北疆风流!

注:①薛君,笔者同学薛永胜,北海市冠岭城堡开发经营者,此次聚会由他发起、邀请、赞助。

土默特学校文庙赋

妙龄三百岁,黉门四纪元。吻青城之神韵,抱北国之坤乾。南眺大河之黄涛,北枕阴山之绿棉。囊国学之厚重,括青史之变迁。振兴民族而举大纛,培育英才而争首先。蒙汉驰腾,顺民意而立学;四方辐辏,系国昌而并肩。盛名来自远古,鸿光折射今天。

土校文庙,文化独特,觥溢雅骚,墨洗鸿篇。托土默川,立古典学堂之重鼎;寄大草原,敬孔圣先师之诚虔。滥觞发源于清代,荣光辉耀乎当前。岁月漫长兮情斑斓,苦辣酸甜兮志弥坚。武官下马兮仰神威,文官落轿兮瞻圣贤。沐大召佛音以滋润,享世纪风云而更弦。

几经跌宕，薪火相传于乱世；无尽艰劬，鸿业雄居于大千。清都统丹津，笃学尚行于该庙；今共党荣耀，革命起航于此田。莘莘学子图鸿愿，浩浩英儒学慧拳。黄埔军校，鸿鹄志士俊颜展；农运讲所[①]，风流仁人体貌翩。同盟会中精英聚，中山大学学子联。人人敬仰乌兰夫，个个钦佩多松年。小小文庙，影响之大，革命摇篮，绽放芳妍！

噫！土校文庙者，滋生正义之吉地，酝酿新潮之仙园。时光洗礼，承鸿德于贤哲；教海踔厉，传理想于神泉。纳贤士而培根，聚智者而铸魂。雕像穆穆，儒道之名庠；华表灿灿，新秀之乐轩。书香漫拂，因家国强盛而自信；诗词入校，为民族自豪而立言！

诗曰：

岁月沧桑三百年，传承鸿德育英贤。

风情学海芳华烨，革命摇篮厚土芊。

笃学尚行荣益远，弥精秉铎范垂先。

驰腾愿景雄魂铸，文庙新冠举世缘。

注：①农运讲所，指广州农民运动讲习所。

甘肃诗人王全祥

【作者简介】

王全祥,男,字祥之,号忘忧斋主,笔名皮休,甘肃武威凉州区人氏,军旅二十载,现为武威全先广告有限公司(法人)。酷爱格律诗词,闲暇之余喜欢品读书籍,耕笔自娱自乐。

诗词十首

1. 七绝·己亥冬日杂吟(一)

琼花仙子下瑶台,遍野凉州素色裁。
莫道深冬无好景,枝头万树李花开。

2. 七绝·己亥冬日杂吟(二)

一夜飞天白絮杨,凉州阡陌着银装。
深情久伴尘埃净,化作甘霖泥土香。

3. 七绝·己亥冬日杂吟(三)

不诉艰辛不诉酸,独开凌雪笑风寒。
闲身不问红尘事,醉墨三冬别有欢。

4. 七绝·己亥冬夜思父寄笔

埋玉沙乡忆往年，驾云西乐了尘缘。
无眠思父留文祭，存取深衷寄我肩。

5. 七绝·咏凉州

名扬丝路古凉州，绿水青山遍地悠。
植物园中春影长，翠云茫荡染高楼。

6. 忆秦娥·己亥冬家父仙逝儿全祥感怀吊笔

儿心裂，朔风残泪悲声咽，
悲声咽，高堂驾鹤，与世长别。

勤劳贤德品纯洁，兴居育子寒霜越，
寒霜越，父恩不灭，今笔倾说。

7. 蝶恋花·己亥夜感笔

冬日朔风残岁暮。寒月临窗，空照斯人顾。
慈父绝尘心乱绪。深宵悲泪如星数。

长夜怀恩何重聚。万缕忧思，可与谁前诉。
凝望清辉毫不语。不知吾父魂何处。

8. 沁园春·己亥冬日陪母感笔

悟佛丹愚，犹可明心，万险不回。
观八旬一难，终为一梦；千帆破浪，志在争魁。

驭马飞蹄，甘充牛乳，搏击苍穹任尔飞。
舍离果，虔诚勤汗水，朝夕相随。

历经风露无疲，日夜奋、何来自独悲。
仿效于今古，暮年有爱；初心不改，老逝幽晖。
红世留清，人为典范，无愧凡生德如雷。
纵然是，留千秋诗笔，存品誉碑。

9. 江城子·己亥冬日祭父哀笔

思亲仙逝透心凉，临沙乡，祭坟场。
期遇小寒，黄卷乱风扬。
漫步荒原枯草折，天淡淡，野茫茫。

回眸相伴泪如浆。岁添霜。怎怜香。
此际留笺，情惜又千行。
往事浮心犹如昨，阴阳隔，永难忘。

10. 沁园春·己亥冬日侍母思父感怀

己亥年关，慈父西游，永别至亲。
忆育痴子女，一生奉爱，操劳家业，勤恳艰辛。
戴月披星，雪霜沐雨，责任如山积弱身。
体多病，熬汤繁苦药，从不吟呻。

品高贤德温存，家风播，慈心乐养真。
紫萱堂玉碎，春晖陨灭，云空月冷，宝婺沉沦。
反哺难成，相依不再，遗恨儿悲欲断魂。
阴阳隔，犬崽情未尽，泪洒思恩。

浙江诗人朱守平

【作者简介】

朱守平，笔名临雨，男，浙江天台县人，现居临海市。1946 年生，退休教师。中国远山文学网副总编辑，大中华诗词论坛特邀嘉宾，菜根谭文学院版主，璐语文微平台专业领域引领导师，西南凤凰诗社入驻诗人，桃花源文轩平台签约作家，作家天地文学苑特邀作家，莺燕鸣春艺术大舞台签约诗人。

诗词八首

1. 五律·岙底罗

澄澈香溪水，清幽岙底罗。
茶新芽勃发，宅古树婆娑。
曲径依山转，梯田叠石苛。
虽云耕地少，犹唱脱贫歌。

2. 五律·灵湖情缘

独坐灵湖阁，遥闻玉笛声。
金芦依水逸，白鹭得风轻。
景美朝朝至，神迷处处荣。
晚餐临酒舍，待月等潮平。

3. 七律·太行山

览胜太行非等闲，车行峭壁景藏山。
红旗渠畔艰辛忆，雪瀑源头葱翠环。
云顶遥遥天路隐，莫峰伟伟道宫斓。
风光在望轻舒足，千级台阶着意攀。

4. 七律·桃江春早

十三江渚早逢春，碧水回环柳色新。
油菜蕾抽花欲艳，麦苗节拔叶犹神。
兰舟袅袅鱼虾隐，白鹭悠悠霄汉巡。
生意盎然芳草地，缠绵彩蝶戏无垠。

5. 满庭芳·烟雨江东

细雨纷飞，和风荡漾，盎然春意江东。
姿舒芳草，旧貌焕新葱。
溪水潺潺步跃，杨柳岸、鹭逐渔童。
梅将返，唤醒桃李，总是友情浓。

环湖循甬道，着衣似湿，羞伞无功。
莫不如，登楼远眺烟峰。
三五知音聚首，品热茗、诗海留踪。
歌随口，配图网发，浪漫白头翁。

6. 鹧鸪天·江城春暖

黄鹤楼台腊霭昏。江城户闭乱纷纷。

劲风横扫千帆过，豪雨滋生万木春。

传温暖，显精神。东君引导百花欣。
龟山绿染蛇山秀，九省通衢四海闻。

7. 沁园春·春满人间

日丽风和，山明水秀，野旷鹭悠。
更柳丝舞解，棠姿魅施，夭桃酒醉，芳草情柔。
三月春深，四方景致，会约同年东郭游。
单车旅，正江潮初涨，白浪推舟。

人生此际优优。影随摄、诗吟灵感稠。
望村庄树隐，溪流曲唱，麦苗节拔，彩蝶香偷。
布谷声声，催耕何急，勤勉农夫驭铁牛。
黄莺语：那酒旗竹阁，雅客堪酬。

8. 端正好·灵溪秋忙

觅趣灵溪单车转。村庄近、茶竹山远。
曙光初现彩霞漫。白鹭翔、黄莺啭。

恰逢秋收田园桼。年成好、农家心愿。
神牛割稻实堪赞。少喝油、多能干。

江苏诗人陈志原

【作者简介】

陈志原,笔名:陈志源、行万里路。江苏南京人,工程师。曾与人合作出版过48万字管理书籍。文学作品荣获"当代精英杯"全国文学大赛现代诗歌一等奖、小说故事一等奖、古诗词曲赋三等奖,以及"蝶恋花杯"(国际)华人文学大赛奖,入编《"蝶恋花杯"(国际)华人文学大赛获奖作品精选》《当代诗词人物大典》《当代诗歌人物大典》《当代散文人物大典》《中国先锋》等文学选本,获得2019年度经典文学网十佳签约作家称号。

诗词十首

1. 水调歌头·游玄武湖感赋

玄武沧桑历,湖色女神颜。
一泓柔水,南国仙子百花妍。
锦鲤鸬鹚莲下,情侣兰舟浪谷,白鹭舞长天。
柳丝云舒卷,惊诧在人间!

三仙居,五洲景,六朝烟。
金陵煮酒,多少墨客叹悲欢?
常喜东床书圣,偶惜南唐后主,愁泪向东潜。
凄苦红楼著,巨匠立文坛。

2. 暗香·贺除夕

冰横雪积。叹梅红几点，虬枝骄立。
唤蝶引蜂，花缀山门远峰白。
火热古城店铺，靓少女、管弦琴笛。
鹤发者、弄墨挥毫，旧贴换新饰。

嘣噼！爆竹密。
看万家团圆，炊烟飘逸。
旅羁倦客，云海天涯返心急。
四世同堂守岁，满福酒、华筵祥吉。
父母恩、朋友意，醉情除夕。

3. 行香子·游东极岛

红日腾云，东极晨曦。更船笛唤醒金鸡。
玉珠沾鬓，鲸跃鸥飞。
对林中鸟，村中吠，海中晖。

烦心沉淀，瑜伽静欲。任红尘浊浪徘徊。
岛崖伫立，极目帆樯。
但琴同行，歌同唱，爱同随。

4. 渔歌子·桃叶渡忆王献之

小妾桃花叫阿哥，兰舟官奴激心波。
岸绿柳，水红荷，斜阳美人坐船歌。

注：王献之小名官奴，传说他和小妾桃花常在桃叶渡泛舟。

5．七律·赏梅感赋

伫立寒冬生傲骨，冰红玉洁雪婚纱。
山溪疏影蝶飞舞，郊陌幽香燕宿丫。
千亩新梅自春色，万株老竹有人家。
芳心欲滴虬枝劲，唤醒花神炫瑞霞。

6．七律·与文友游江南小镇

驱车百里游吴越，古渡渔村晚日斜。
昆曲二三寻票友，乌船七八濯涛花。
小桥酒肆惊春燕，新月竹林鸣夏蛙。
画舫持樽诗赋赏，吟歌困醉有人家。

7．七绝·游黄山天都峰

一根玉带接天云，两面危崖挡万军。
千仞鲫鱼鳞上立，仙桃瑶海送郎君。

8．十六字令·山

山。
鬼匠神工揉面团。
拦飞雁，南北对愁眠。

9．十六字令·春耕

春。
荡尽残冰万象新。
千花艳，牛尾向天耘。

384

10. 十六字令·红梅

梅。
赤裸红颜凌雪枝。
轻回首，仙子万花随。

浙江诗人金林松

【作者简介】

金林松，笔名沙门书使，浙江丽水人。喜爱散文、现代诗及旧体诗词创作，1993—1995年在海南投资与合作杂志社等单位工作，1996年后退出在海口和广州经商，停笔多年，曾多次获得大奖。现为中国楹联学会会员、中国硬笔书法协会会员、竹韵汉诗协会会员、中国散文网会员、世界汉语文学协会终身会员、燕京文化艺术交流协会签约诗人、作家，中华作家联盟、中国好诗网、中国观网华北区签约作家，华厦博学国际文化交流中心会员，在中国诗歌网等网络平台发表过多首诗词文章。

诗词十二首

1. 五律·月隐苍山远

月隐苍山远，波光万里烟。
秋风飞冷露，落雁荡芦天。
释袖拭明镜，斜栏眺宇巅。
胸怀中国梦，落笔有诗篇。

2. 五言排律·春光一路伴我行

春光辉嫩色，欢鸟宕游姿。
道树呈优遇，轻风润水丝。

遥知上林处，兰泽沁香时。
草叶融天性，生来秀好枝。
云侪峰霭策，丘旷柳烟奇。
新岁揖初月，梅肥阡表诗。
凌坡朝陌野，曲径赋青词。
山淡田萍绿，石玄幽岭驰。
孤桥撩冷雾，深寨炫阳宜。
村岸流溪畔，堤塘入画池。
晴晖食堂外，叔伯婶姨滋。
暖意尤珍惜，馨祥有所持。

3. 七律·溪滨岸柳随意春风

窗前阔步赏青葱，榭岸擎杯品干红。
尽揽清流迁嫩苑，穷邀紫燕剪丝桐。
天悲涕泪梨花俏，树啭欢莺点绿绒。
碧水波光随意动，神州大地拂春风。

4. 七律·春

迎春蕊蓓望花杯，好雨滋芽遍野催。
嫩草萌茵幽绿地，南燕剪柳拂芳腮。
黄鹂结伴鸣枝叶，节笋冲冠破土堆。
待得山坡成烂漫，烟霞朵朵笑颜开。

5. 七律·夏

暖阳灿烂上青翠，竹节升高散叶开，
陌野成耕多草色，牛羊甚喜饱餐回。

387

晨秧早植含香穗，杂豆鲜蔬入灶来。
起伏天蒸身如熨，西瓜解渴浴泉台。

6. 七律·秋

秋风水月碧蓝天，万树欢花结果圆。
已到新歌吟好节，期姗桂子落庭前。
欣尝笑咏佳肴满，稻熟鱼肥收割鲜。
九九登高终向上，丰盈操俭百家贤。

7. 七律·冬

秋风啸瑟入冬来，落叶成丘败柳堆。
举目枫红飞隔岸，飘花苇絮雁声徊。
霜台雨粒明枝漏，陌野银装潜翠腮。
素白崖峰云峭透，鸿音得雪报寒梅。

8. 西江月·普通岭边

未见疏星弯月，初尝黑冷穹天。
寒风飞渡说秋前。落叶霜歌倦雁。

千百竹林摇摆，二三只鸟飞巅。
夏时新店石阶边。水转吆歌不见。

9. 酒泉子·乡下迟归

此地朦胧，水月幻空。
驰驶竹岭山万众。雾儿飞，雁儿归。

寒风飞户拉窗帷，落云频迹行未停。
野，视觉萦。星，不相明。

10. 长相思·落叶随风

天飞风，地飞风。千树寒枝远客匆。
霜来陌野冬。

水朦胧，诗朦胧。日灿辉丘山色穷。
满郊飘落红。

11. 水调歌头·笑对山川

笑谈吟乐府，戏说逛梅园。
且听何故，问兄询弟复何言。
尔欲顺流媚陷，君可正襟申拔，文化顺弘然。
波浪掣新帆，风劲渡山关。

转手腕，扭宫阙，世途艰。
勤躬身检，处事疏淡对人颜。
上帝正堂拍板，魔鬼逾期才點，生性自撩天。
大笑对川涧，背袖阔通乾。

12. 江城子·花落离·思女兮

娘思爱女又初冬。宅家蒙。外行匆。
蹑足听音、夜静影迷蒙。
往岁凭窗看下雪，心戚戚，盼来鸿。

而今孤陌半西风。泪挥蒙。约谁共。

悲向长街、枉自对空穹。

有待来生章法定，期国典，显神通。

山东诗人刘鹏

【作者简介】

刘鹏，字南山，1977年出生，上海同济大学毕业，现居山东济南，目前就职于中化学交通建设集团有限公司，毕业以来曾从事于工程施工、经营投标、加油站管理、矿山开采、马术射箭俱乐部等，涉及行业颇多。业余爱好弹古琴、吹洞箫、打篮球等，闲暇时文学亦有涉猎，多篇作品入编《当代知名作家评选》《当代知名诗人评选》等书籍。

词九首

1. 蝶恋花

昨夜风平无觅处。小径徘徊，一念全相误。
宦海浮沉荆棘路，管弦声里轻轻诉。

赏尽繁花能几许？夜半时分，寂寞梧桐雨。
深院酒醒人自去，疏篱残月长相语。

2. 江城子

满城春色入中庭。水清清，柳盈盈。
曾忆当初，三五扑流萤。
年少轻狂无处恨，山林外，守孤星。

如今灯下弄琴筝，诉闲情。几人听？
窗外幽幽，只有路人行。
待到它时花谢日，何必问，自飘零。

3. 生查子·闲居

晨来寻旧纸，伏案宣新墨。
执笔问古人，皆是闲居客？

早春入空城，谁解其中惑。
只有过堂风，幽幽带寒色。

4. 西江月

山野空蒙蔼蔼，湖光潋滟微微。
丁零暮色欲家归，夕照斜峰轻醉。

忽见林间鸟宿，又怜枝末风吹。
不堪数只杜鹃飞，晃动一河芦苇。

5. 水调歌头（新韵）

桥旁谁观雨，屋内客听风。
水滴窗外，惊起枝断雁长鸣。
落日云烟深处，阡陌竹篱小路，对峙数青峰。
间隐悬空寺，三两客孤僧。

僧已老，心何乱，梦忽惊。

黄粱一束，回首陋室卧昏灯。

岁月蹉跎难觅，途旅荆棘遍地，无奈对余生。

垂泪夕阳下，残夜月独明。

6. 巫山一段云（新韵）

日落霞天色，晨开满院秋。

何时争渡弄扁舟，往事尽悠悠。

冷雨湿青客，寒风绕北丘。

闲来灯下数孤愁，愁色映西楼。

7. 点绛唇·忆从前

岁月无言，心宽渐觉衣容瘦。

长灯如豆，独坐拂衣袖。

记得从前，几度春风后。

轻衫透，相思依旧，不觉黄昏又。

8. 点绛唇·忆往昔

堂下慵眠，不知竹影西斜了。

晴空尚好，窗外归莺早。

沧海巫山，往昔长争吵。

怨年少，如今已老，握帚床前扫。

9. 点绛唇·忆当年

又到年关，灯红酒绿深深处。

秋波暗渡，谁个开朱户。

街里窗前，无数相思路。

日渐暮，微风如絮，心向当年去。

浙江诗人周学群

【作者简介】

周学群,男,高级国际商务师,现已退休。喜爱诗词,特别喜欢填词。诗词作品曾荣获第六届"相约北京"全国文学艺术大赛一等奖、第六届中外诗歌散文邀请赛一等奖、第二届"新时代"全国诗书画印联赛金奖、"蝶恋花杯"(国际)华人文学大赛优秀奖。作品被纳入《中国当代诗词大典》《中国当代诗歌大辞典》等书籍。

诗词十首

1. 沁园春·峥嵘韶华

峥嵘韶华,多少往事,充满阳光。
忆荡桨北海,领巾鲜艳;放歌谷垛;队曲铿锵。
夏乐长城,冬娱太白,千里漂游扬子江。
担重任,立少年之志,誓作竑梁。

可叹人世难常。转眼间霜摧鬓角苍。
惜双研难读,空留抱负;山乡易过,虚度沧桑。
功业枯耘,却嫌命舛,谁与英雄话短长。
盼来日,可甄酬愿达,再创辉煌。

2. 七律·残荷

残荷灿烂爱金装，回想佳期独自芳，
艳让牡丹空有色，红令芙柳竟无香。
清风才得梅魂醉，高节唯能鹤梦藏，
别看今朝罗绮裉，谁知脚下藕根昌。

3. 七律·煮酒吟诗乐未穷

霜打青苗染杏枫，大山彩绘映苍穹，
已看古刹通灵谷，又送寒江入画宫。
竹篓蓑衣撑筏客，鸬鹚白鹳逗渔翁，
诚邀三两同窗友，煮酒吟诗乐未穷。

4. 七律·春

暖风一夜醒江洲，青翠田园绿似油，
紫燕寻巢回老屋，白鸥归北越新丘。
春阳慵懒铺阳伞，明月冰清抚小舟，
最喜杜鹃迎面笑，宜人景色玉娥羞。

5. 七律·夏

江面芙蕖映碧天，幽深庭院听鸣蝉，
骄阳似火难收麦，酷暑含风巧种田。
遥看乌云遮烈日，近观骤雨打湖川，
忽闻雷震连绵动，祝贺丰昌又一年。

6. 七律·秋

红叶层层大地寒，群峰叠嶂涧溪丹，
一行白鹭穿云去，无数黄鹂傍水观。
瑟瑟秋风催夜雨，轻轻霜雾画山峦，
敢情仙境人间有，美景当前岁欲阑。

7. 七律·冬

狂飙呼啸树枝摇，大漠霜铺洒绢绡，
天降鹅绒随意落，地迎柳絮恣情飘。
戏银偶尔邀冰舞，弄玉悠然砌雪雕，
企盼来年春复至，神州上下更妖娆。

8. 沁园春·杭州（三首）

（一）
鲜花之都，繁荣似锦，谁超杭州。
绕白堤春行，桃间杨柳；苏堤夏玩，荷隔牵牛。
桂子秋闻，蜡梅冬绽，四季追芳西子羞。
看湖面，谁争奇斗艳，满目难收。

当年青鬓明眸，是祖国骄儿无一愁。
忆孤山脚下，野营帐幄；初阳台上，观赏霞楼。
六和江边，少年宫里，嬉笑烦嫌岁月稠。
颂越地，有韶华如此，夫复何求？

（二）
爱情之都，历史悠久，吴越临安。

话许仙白氏，断桥相识；英台山伯，书院承欢。
阮郁苏娘，青骢马下，相约西泠话比肩。
虽缘浅，但痴情故事，遗传千年。

天涯几许婵娟，享天配姻缘一世牵。
叹苦修百载，几人得渡；远离尘世，谁见长圆。
珍惜当前，化消苦痛，举案齐眉共爱船。
真情在，有酸甜苦辣，远胜缠绵。

（三）
两朝名都，吴越南宋，锦绣钱塘。
忆钱镠建国，称雄江浙；岳飞领帅，驰骋沙场。
秋瑾英魂，子三壮魄，慷慨成仁为兴邦。
赞先烈，靠无私无畏，掠地封疆。

巍峨屹立东方，在中国几城比绍杭？
看小康社会，已经实现；强军强国，指日相望。
科技居前，领跑全国，不忘初心莫彷徨。
齐努力，为子孙万代，再创辉煌。

注：子三即于子三，杭州著名爱国青年。

浙江诗人祝建华

【作者简介】

祝建华，网名佳人如画，浙江省龙游县人，执业中药师。现为中国诗歌学会会员，中华诗词学会会员，中国楹联学会会员，中国文化艺术人才库入库人员。2018 年在新时代诗典"新时代杯"比赛上被评为新时代中国优秀诗人，在第七届中国文学艺术家年会上获新时代文学奖和新时代中国十佳诗人称号。经典文学网特聘签约诗人，获经典文学网百强诗人和 2018 十佳文学精英称号。2019 年歌词《中国刑警》获公安部刑侦局、《人民公安报》联合举办的全国征歌优秀奖。同年被中国文化艺术人才库评为 2018 年度杰出文艺工作者和 2018 年度艺术作品最具创作价值奖。2019 年在中华当代诗典"中华杯"比赛上被评为中华当代百强诗人，在第八届中国文学艺术家年会上荣获中华当代文学奖和中华当代十大杰出诗人称号。获经典文学网 2019 十佳签约诗人称号。

词五首（新韵）

1. 沁园春·南海

南海神居，菩萨观音，万众来朝。
阅中国历史，千年海域，郑和七下，九段凿凿。
大浪淘沙，英雄所见，一浪推之一浪高。
霞光里，看争流百舸，浪里白条。

都说物产丰饶，惹无耻之徒浴火烧。

笑东瀛美帝，眈眈虎视，菲佣越狗，画地为牢。

华夏天威，至高无上，何惧豺狼耍大刀？

东风在，胆敢来侵犯，绝不轻饶！

2．清平乐·博鳌亚洲论坛

东方欲晓，红日江天耀。

携侣登高齐远眺，华夏正当年少。

千载风雨肩挑，精英共聚博鳌。

一片中国味道，雄鸡唱响今朝。

3．江城子·两岸齐心来筑梦

台湾宝岛似船漂，海风咆，浪滔滔。

日月澎湖，阿里任逍遥。

然四周豺狼虎豹，分裂者，不轻饶！

巍巍华夏有多娇，物丰饶，领风骚。

国富民强，把酒月相邀。

两岸齐心来筑梦，神州统，再挥毫！

4．卜算子·台湾

东海一条船，四季风飘荡。

夜夜呼儿思亲泪，梦里空翻浪。

历尽悲与欢，游子心惆怅。

早日回归共筑梦，举世中华仰！

5. 天净沙·如画江山

俯瞰大陆台湾，我家如画江山。

亿万炎黄企盼，统一两岸，九州欢庆团圆。

陕西诗人宋轶强

【作者简介】

宋轶强，女，笔名墨荷沁香，陕西富平人。中华诗词学会会员，中国楹联协会会员，西安电子科技大学附中教师。喜好古诗词、国画、书法，愿为传承中华优秀传统文化而不懈努力，数十首诗词作品发表于《实力派诗人作家文选》《"当代精英杯"全国文学大赛获奖作品精选》《中国海峡文化专列》《灞柳文艺》等书籍和刊物。

诗词五首（新韵）

1. 七律·谒司马祠

巍巍翠柏入苍穹，滚滚黄河遏锦舼。
窈窈青石菊满径，绵绵细雨鸟无踪。
谁将幽愤凝心底，君自刚直注笔中。
未见山风倾古木，空余晓雾绕长空。

2. 七律·晚秋

空阶叶落北风凉，细雨梧桐淡墨妆。
锦桂晨曦带清露，雏菊日晚点寒霜。
青轩月影诗篇短，玉案琴弦画卷长。
浅草故园依旧梦，新词欲赋不成章。

3. 七律·寒梅

青山杳杳淡烟痕，寺磬轻轻隐隐闻。
朵朵疏枝梅傲骨，幽幽石径叶清芬。
不求日日同君醉，只愿年年共酒樽。
袅袅檀香萦翠殿，盈盈莲瓣忘俗尘。

4. 七律·秋思

青峦绵亘墨痕松，踽踽行人小径踪。
数缕寒风吹面冷，一弯淡月照山空。
谁家谈笑窗棂内，几个悲歌驿道中。
只待明朝帆顺水，轻舟疾到渭城东。

5. 西江月·翠微阁

风起淡烟细雨，云开晓雾初晴。
终南岳麓翠微亭，竹露清漪柳影。

鸣雁声声有泪，离人默默无声。
九溪桥畔待星明，花落成章酒醒。

安徽诗人张兄东

【作者简介】

张兄东，男，网名月球上的木屋，1964 年 8 月出生，安徽省枞阳县人，中共党员。爱好文学，作品散见于报纸杂志和网络媒体。

诗词十五首

七绝·吟荷（五首）

（一）

古尊今称荷仙子，秀惠风清玉影妍。
竖管红描开丽日，香姿远接半云天。

（二）

出水芙蓉沐浴光，人间瑶海泛兰香。
不贪国色倾城醉，碧舞婆娑点艳妆。

（三）

半亩方塘连岸碧，惠风轻看有余无。
早年未识帆航术，独上栏桥看彩珠。

（四）

疑似仙娥天外来，嫩红初上怯羞腮。
风惊绿满无诗意，娇艳萍生浅墨裁。

（五）

不知莲藕栽年月，惠畅和风次第开。
出水蛾眉淳淑女，乱涂墨迹恋徘徊。

七绝·丝瓜

藤枝缠绕上篱墙，衣锦花魂绿蔓黄。
蜂蝶闻香裙下静，香腮向梦乐厨娘。

七绝·年杪吟

雪里梅花近年杪，风中异客欲归心。
痴情惊误无痕雨，不解枝头春色侵。

五律·蒲公英

身轻纤弱绵，情愫薄云天。
有意随红日，无心入碧川。
欲飞松竹外，疑落野桥边。
夜晚蝉声里，换来诗一篇。

七律·冬日

寒风断雨湿云低，晚菊依然驿邸垂。
粉黛苍山枫冷影，胭脂夕照竹含诗。

谁曾阁榭持铜笛，但见楼台系酒旗。
旧约梅花今露骨，方知墨洒韵真知。

七律·油菜花

柳翠清丝千万里，花开二月报春来。
新风错落黄金咏，疏雨横斜绿玉裁。
蝶舞柔玲明入体，蜂耘嫩蕊暗侵腮。
青娥欲作嫁衣用，灼艳难将妆粉台。

七律·秋去冬来

老枝枯叶凋枝去，一线寒烟袅袅情。
万里云高星外月，千层雨细水边城。
西风带雪秋声远，白酒传杯夕照明。
独饮慎斟帘幔系，绿昏红碎乱莺鸣。

朝中措·残荷

柳枯浮水叶枝多。断背舞清波。
日暮余晖凄苦，几株莲子斜搓。

粉霞尽染，糙装粗饰，虚影悬河。
偶得清词半阕，难缄绮艳成歌？

一剪梅·冬日

携雨寒风上小楼，日暮西山，瘦月悬钩。
轻帘掀幕看云天，心系天涯，手择春秋。

伏案翻抄诗意休，往事微远，新梦添愁。
笔耕墨浅酌情由。昨日梅花，瓣朵绵柔。

蝶恋花·纤翅幽香软

绿野千花争媚眼。蝶绕枝头，纤翅幽香软。
嘤语近聆曾不远。如萦淡梦珠帘浅。

曾记去年真玉面。凝露朱颜，又似春桃绽。
扼腕苦情梁祝愿。一年一度春装演。

蝶恋花·冬日

别院城郊寒夜永。细雨敲窗，刚睡忽惊醒。
懒倚床头衿未整。丝绒鸾枕巾衫冷。

空竹疏风帘外景，玉树银楼，往事无人省。
旧约荒芜情未定。淡霜烟缭苍生静。

安徽诗人疏洪

【作者简介】

疏洪，男，笔名石溪，安徽省枞阳县人。毕业于安徽师范大学，中学高级教师，古典诗词爱好者。现已退休，喜爱田园生活。

诗词二十六首

1. 五绝·桃园漫步

昔日桃园里，花羞粉面红。

而今枝缀满，果硕沐春风。

注：写在贤妻65岁生日之晨，2020年四月初一。

2. 五绝·紫藤花香

人在画中游，屏开美景收。

藤花香郁郁，隔岸鸟声悠。

3. 七绝·春播

草色青青谷雨天，翻飞紫燕戏前川。

子规啼彻催耕早，播种西山又一年。

4. 七绝·紫藤花开

谷雨繁花次第飞，紫藤隔岸翠堤帏。
廊坊美媪诗中画，含笑频频向日晖。

5. 七绝·咏梅

有梅无雪不吟诗，雪压红梅任展枝。
莫道梅花香彻骨，丹心一点到春时。

6. 七绝·游白云岩

青鸟岩前沐彩霞，白云深处有农家。
枫红秋色迷人眼，醉步山林卧菊花。

7. 七绝·梅雨时节

霏霏淫雨不知愁，水满河塘拂岸流。
暗淡天低云接地，江舟一叶立潮头。

8. 七绝·春草

不管风霜雨雪摧，冬眠夏笑复轮回。
春姑拂袖千山碧，秋果飘香默默陪。

9. 七绝·花丛佳人

雨后寻芳草色新，红花绿叶隐佳人。
天生丽质温柔眼，醉了同窗美了春。

10. 七绝·今日小寒

今冬二九冷亭台，日夜冰封百鸟哀。
小径深深枝压雪，寒风习习蜡梅开。

11. 七绝·七夕相思

四季花香各不同，同窗最爱晚霞红。
红心未老情常在，在望银河现彩虹。

12. 五律·战疫情

好雨知时节，随风洗毒尘。
魔收江汉地，疫锁楚天新。
雷火熊熊起，焚妖烈烈真。
山川晴万里，华夏喜迎春。

13. 五律·山居

吾爱山居好，松风涧水长。
溪清鱼浅底，林阔鸟深藏。
横笛篱墙外，围棋竹岭旁。
花前邀月饮，常笑到天光。

14. 七律·踏春

喜听西崖涧水声，登临回岭踏歌行。
花开峭壁桃尤艳，笋破斜坡竹正荣。
紫燕追风穿翠柳，黄莺逐雨绕红樱。

翁迷春色归来晚，醉看青山夕照明。

15. 七律·咏梅

花中偏爱蜡梅黄，素裹琼枝性自强。
铁骨冰心迎紫气，冷苞玉蕊傲寒霜。
不和桃李争春色，却喜清风野径藏。
松竹人间为挚友，严冬含笑独幽香。

16. 七律·游栖霞山

远望栖霞影碧空，车行晓月沐晨风。
水光潋滟舟方好，山色空蒙木隐翁。
虎啸亭边松起舞，红枫岭上鸟穿丛。
沿阶揽日登峰远，笑看江流直指东。

17. 七律·游新安江

雾气朦胧不见庄，迎风塔顶闪金光。
南堤柳绿随人意，北岸花红扑面香。
歙县田园蜂蝶舞，屯溪大道换春妆。
悬桥二里横空锁，漫步轻摇乐未央。

18. 七律·安庆江景

踏遍宜城满眼秋，登临塔顶乐悠悠。
行行大雁迎风舞，叶叶扁舟搏浪游。
万里长江漂玉带，一轮旭日滚金球。
明山秀水如书画，作赋吟诗颂九州。

19. 七律·莲湖秀色

映日荷花格外妍，山青草绿碧连天。
情哥撒网舟头立，阿妹扬帆水上仙。
对对鸳鸯迷夏月，双双野鸭喜秋川。
莲湖秀色如诗画，美景瑶池一线牵。

20. 七律·聚会庐州

梦里相思四十年，庐州聚会喜空前。
饮茶品酒逍遥阁，泼墨吟诗蜀麓边。
踏舞欢歌青草地，登山戏水白云天。
楼台揽月人心醉，夜伴春风忘却眠。

21. 七律·故乡初冬

冬日窗寒夜色长，闻鸡起舞着轻装。
浓浓雾白千山隐，片片枫红万木霜。
岭上踏歌迎紫气，园中卧菊沐霞光。
石溪秀水村边绕，九曲回肠恋故乡。

22. 采桑子·聚会庐阳

人间最美春光好，聚会庐阳。
蜀麓飞觞。踏舞欢歌乐未央。

人生最忆同窗事，年少情狂。
蜜语甜香。故地相思日月长。

23. 忆秦娥·秋怨

枫红了，千山万木秋霜老。
秋霜老，南归大雁，高天声渺。

风寒落叶斜阳照，久时未雨禾枯早。
禾枯早，池塘龟裂，冷烟衰草。

24. 诉衷情令·心系庐州

当年学海共遨游，同上镜湖楼。
摘星揽月欢笑，豪迈正风流。

今未见，鬓先秋，梦中求。
相邀聚会，身在山乡，心系庐州。

25. 忆秦娥·祭叔祖苏拓夫烈士

清明节，南陵祭祖心悲切。
心悲切，救民苦难，捐躯英烈。

墓前青石碑高洁，园中翠柏云追月。
云追月，工山灵秀，中华红彻。

26. 捣练子·春醉山乡

芳草绿，柳丝长。燕舞莺歌追逐忙。
梨白桃红香满径，醉迷春色卧山乡。

河南诗人王文松

【作者简介】

王文松，男，1958年出生于黑龙江省通河县，1975年高中毕业于黑龙江省兴隆林业局子弟中学，同年参加工作；1986年调入河南省清丰县工作，现已退休。

现为中国楹联学会会员，荣获"当代精英杯"全国文学大赛优秀奖，多篇诗歌、散文入编《新时代文学人物作品精选》《实力派诗人作家文选》等书籍。

七律十首

1. 七律·平顶山

岔林河畔歌声漾，平顶山头彩练飞。
远眺松江千丈路，近瞧沧海百峰巍。
喜闻红雨乡丛闹，笑看黄花草上追。
若问风光这边好，此中听见野莺随。

2. 七律·麦蒿

吾本田间野草出，立春前后垄沟苏。
嬉从麦妹争新绿，怒使农夫愤举锄。
路侣不知医罐子，祛痰定喘肿消浮。

通肠润便强心剂，散热驱咳妙药舒。

3. 七律·南瓜颂

藤秧蔓卷野荒原，暴雨腥风任我欢。
芳蕊向阳终不悔，激情绽放笑开妍。
坚贞沉默思期望，固傲无言盼曙天。
借朵云霞追梦路，秋霜尽处是团圆。

4. 七律·马颊河之春

大河静静暖风吹，小鸟翩翩展翅飞。
堤岸柳杨织绿色，湖边杏树又欣归。
芳花簇簇添诗趣，麦浪滔滔谱乐扉。
月伴浮云谁暮唱，新词一阕咏朝晖。

5. 七律·春竹

林中孕育土中眠，待到朝时跃马前。
不畏深山荒草地，英雄野岭剑冲天。
休言吾本皮肤嫩，且看此身筋骨坚。
雪打风吹无所阂，他年栋宇醉人烟。

6. 七律·春兰

箭骨雄风斗岁寒，从容雅致在深山。
三阳艳照清幽谷，一束新兰靓静川。
怒放时节花不语，留些尊贵羡沧田。
终生莫忘江河好，挽住芳香醉世间。

7. 七律·秋竹

纤枝一束弄霜重，败柳双栖乱雨中。
本是南园闺阁秀，款移北苑艳楼东。
平生愿做梅兰友，风水池边论桀雄。
百草千花凋落泪，娉婷玉立笑秋风。

8. 七律·菊花

飞雪迎春报万家，风吹大地好年华。
羞将桃李争芳艳，莫羡芙蓉爱晚霞。
百媚娇妍无去处，一株小草有人夸。
青山绿水随云远，笑到重阳照我花。

9. 七律·咏梅

楚地江边身影瘦，寒枝纤弱任风残。
冰肌玉骨谁怜爱？义胆侠肝我向前。
大雪欺凌何所怕，群魔不敢再疯癫。
平生愿做松竹友，报告春回醉万山。

10. 七律·咏冰凌花

静卧北国修傲骨，玉龙帐下养精娴。
天冰海啸平常事，地裂山崩梦不圆。
待到东风融瑞雪，丹心依旧向阳妍。
多情恨似时光短，急报春潮涌世间。

江苏诗人周荣华

【作者简介】

周荣华，男，笔名随风，江苏淮安人，退伍军人，中国诗歌学会会员，慈爱张家港助学团队发起人。荣获当代华人爱情文学创作大赛一等奖，"蝶恋花杯"（国际）华人文学大赛二等奖，"经典杯"华人文学创作大赛三等奖。荣获当代诗歌先锋人物、当代百强签约诗人、当代知名诗人、经典文学网2019年度十佳文学精英等称号。作品被多本书籍收录。

格律诗十七首

1. 五绝·庚子春节

街邻不串门，口罩护人人。
封路杜群聚，空城撼鬼神。

2. 五绝·庚子仲春

室内久藏身，推窗满目春。
疫情趋向好，罩口探花神。

3. 五律·庚子仲春

病毒世间狂，冠衣心似狼。

凶邪侵肺腑，阴险断肝肠。
四海万民恐，五洲千吏慌。
中华伸援手，共抗战旗扬。

4. 五律·钟南山（新韵）

睿见过常人，技高惊鬼神。
两江出大疫，八四现真身。
勇斗当年瘴，智擒今日瘟。
若谈名与姓，中外遍听闻。

5. 五律·百姓公益

平民聚一家，善爱众人夸。
不觉苦于己，只知甘向他。
男儿如暖日，女子似莲花。
心系港城美，情牵山里娃。

6. 七绝·慈爱张家港

困境山童体欠佳，日消夜瘦卧寒家。
爱心人士齐捐赠，治疗询医慰学娃。

7. 七绝·防疫（新韵）

新冠肺炎伴鼠来，防毒事项早安排。
出门口罩不群聚，归返清洁窗户开。

8. 七绝·港城医护驰援武汉

万家团聚好时分，武汉疫情频害人。
小镇白衣呈大爱，逆行而上战瘟神。

9. 七绝·赞白衣天使

病毒狂延太任真，全民防范退藏身。
逆行而上是天使，勇斗瘟神护世人。

10. 七绝·庚子春雪（新韵）

北风乍起入江南，绿树银装天地寒。
赏景自家庭院好，大街小巷任他闲。

11. 七绝·庚子春雪（仄韵）

北风乍起雪花飘，疑为山河戴口罩。
共抗疫情降病魔，不言春色晚来闹。

12. 七绝·庚子年二月廿四（新韵）

驰援武汉始凯旋，与子同袍暖心田。
交警途中频敬礼，市民窗口泪妆颜。

13. 七绝·赠石方卿先生（新韵）

心怀善爱伴真情，抗疫时期更耀明。
援鄂白衣一世享，言出驷马不追卿。

14. 七律 · 庚子年元宵节感怀

月光隐隐也多愁，时退时依黄鹤楼。
三镇欢康归梦境，两江泣泪造方舟。
白衣壮志病魔斗，将士雄心瘟疫收。
雷打火攻除冠状，南山果敢拯神州。

15. 七律 · 庚子仲春

和风归返伴朝阳，水秀山清百卉香。
天使奔波降病毒，园丁上网讲文章。
窗前鸟雀歌声起，屋内儿郎书画尝。
来往复工皆罩口，春容迎面美瞳装。

16. 七律 · 中国好人王明华（新韵）

走访天涯友伴同，情怀高尚众朋拥。
登山洒露为苗壮，寻岭助学因爱浓。
行旅多逢羊鸟道，农家喜遇善人踪。
往昔只是星星火，今日燎原处处红。

17. 七律 · 他乡吟

青壮辞家来闯荡，时光流逝鬓添霜。
长年早起身心苦，终日迟归街路长。
异地客居交善友，陋庐诗伴助山乡。
灯前静坐不思寐，笔叙温良墨溢香。

山东诗人孟秀英

【作者简介】

孟秀英，笔名子皿，山东济南章丘人，中华诗词学会会员，中国楹联学会会员，诗画天地签约诗人，世界诗人签约作家、签约诗人，中国文字学会会员。

诗词十二首

1. 七绝·寒梅

冰寒三尺雪花扬，梅玉清平任白霜。
不为红装初示美，转型素裹吐芳香。

2. 七绝·三仙催年

六角冰凌水上催，三仙莲子素妆魁。
崇山峻岭观飞雪，翠竹青松赏瑞梅。

3. 七绝·小舟行

小舟碧水载渔翁，双桨悠然荡苇丛。
上观天庭风雨露，下寻人间凤凰戎。

4. 七绝·夜来风

一阵呼鸣扰梦休，几声窗响迎风游。
起身观月银河路，动笔划星韵鼓楼。

5. 七绝·巾帼英豪

五湖四海论诗真，三八同心写女人。
古代杨门能点将，今朝天使战瘟尘。

6. 七绝·樱桃花

花颜秀丽吐馨香，绿叶相陪迎曙光。
四季风寒今日艳，年轮旋转几时良。

7. 七绝·何幸遇奇景

旭日东升正雾封，浚桥水下跃蛟龙。
今生难遇奇时景，再世无缘点瑞冬。

8. 七绝·竹

度日沧桑土扎根，几经浇灌育灵魂。
乘风登露莲花客，赤子之心护国门。

9. 七绝·玄机

关门闭户读诗篇，奥妙玄机论语全。
遍地风波何日起，满天睿智唤星圆。

10. 七律·松霜

开窗见影满松霜，月下轻盈怕触伤。
四处寻诗难作料，三更天降玉纱扬。
一时兴起豪情智，二副娇妍赋彩光。
已染童颜不服老，书欣鹤发古词良。

11. 临江仙·沂蒙山老区

书写英雄圣地，红军革命征程。
沂蒙歌唱映山情，战壕驱敌动，日月感天庭。

今日彩红光艳，文聪武略精英。
岚风纯净草堂灵。通赢德道圣，天地海云评。

12. 千秋岁·红运家家展

新春初见，绿叶摇松健。高岩处，苍天善。
烟云丛岭远。江海心温暖。
天天盼，闻听瘟疫终平患。

路有车不乱，岁月依然灿。长舒气，民生赞。
眼观河景兔，雨淡溪床浅。
求上帝，人间红运家家展。

福建诗人郑南耀

【作者简介】

郑南耀，1968 年就读于龙海二中，1974 年服役于福建省军区独立团，1976 年春随连队组建厦门独立营，1979 年初调原 43 军 129 师 385 团 9 连，参加对越自卫反击战，退役后就职企业。作品曾刊登原福州军区《前线报》、原武汉军区《战斗报》；入编《当代作家文选》《当代文学精选》《"经典杯"华人文学大赛获奖作品精选》《中国草根作家》《当代文学先锋人物大典》《当代诗词大典》《实力派诗人作家文选》《新时代文学人物作品精选》等。曾获当代爱情文学大赛二等奖、经典文学百强诗人等多项荣誉。

格律诗六首

1. 七律·庚子元宵感怀

沉静元宵大地寒，云横玉镜众心酸。
新毒冠状传荆楚，华夏防疾战线宽。
万户围城同感叹，军民携手挽狂澜。
红尘大爱情无价，天使担当岁月安。

2. 七律·思念围城战友

欣逢辞旧过新年，无奈瘟生武汉缠。
大梦酣惊心鼓荡，孤怀故友苦熬煎。

围城剪断重温道，难堵相思万缕牵。
赞美中央施号令，定除魔瘴凯歌旋。

3. 七律·难忘 2·17

难忘硝烟染战袍，风吹霾雾展征旄。
南疆千里金光烁，万炮排空越寇嗥。
鼓角齐鸣传四野，将士杀声显英豪。
白鸽飞过芳华逝，哀雁依然弩剑操。

注：哀雁，指牺牲战友。

4. 七绝·五战友相聚潮州

月下韩江碧水泓，风吹岸柳叙别情。
回眸难舍蛇山泪，共勉宽怀百岁迎。

5. 七绝·咏梅

无须春暖舞清风，总有冰霜几点红。
数九严寒何所惧，欣然铁骨傲雪中。

6. 七绝·咏水仙花

独处龙江两岸妆，跻身国宴溢幽香。
名扬四海迎尊客，欲动仙姿露淡黄。

湖北诗人向顺尧

【作者简介】

向顺尧，男，湖北省保康县人。曾在湖北中学语文杂志"华英杯"大赛中获奖，曾获第六届相约北京全国文学艺术大赛二等奖。

做人理念：不求最好，但求做好。

诗词三首（新韵）

1. 七古·英烈感怀

羊肠小道英雄灿，火海刀山弹雨弥。
"抬丧垭"隐知心友，"壋屋湾"藏玉骨肌。
青山拥抱根基业，绿水奔腾义举词。
长征故事环羊圈，剑影刀光绕玉枝。
雄关漫道机枪吼，虎胆英雄烈马嘶。
留名史册斯先烈，虎虎生威座次资。
风拂碧血忠魂冢，斗转乾坤遍野诗。

2. 沁园春·天使

生死悬崖，噩梦惊心，玉女誓言。
俏浪涛医海，书山耸立，才高八斗，义气云天。
战地飞歌，雄心漫舞，医海扬帆闯巨澜。

群英荟，展百花争艳，笑傲医坛。

威严虎步蹁跹，叹天使情怀热血添。
洒青春风采，春情澎湃，医花斗智，妙语珠连。
救死扶伤，人前典范，千里情缘一线牵。
衣如雪，斗天公夺爱，千里婵娟。

3. 沁园春·保康

喜讯飞扬，故楚亲缘，滚滚浪涛。
俏五湖四海，春风浩荡，方刚血气，荣辱肩挑。
富路欢歌，雄心漫舞，万岁青山挺玉腰。
英雄谱，啃扶贫硬骨，风采云霄。

今朝盛世歌飘，挺千古英才壮志高。
指点江山画，神来一笔，风云故里，一代天骄。
产业腾飞，医花斗智，多少英雄热血抛。
惊天地，叹群雄露首，独领风骚。

江苏诗人李桂秋

【作者简介】

李桂秋，笔名中华九鼎。喜欢中华传统文化及传统哲学，哲学代表作《变化之道》与人合著，独立完成哲理长诗代表作《铁杉之问》，散文代表作《梦寻中华魂》，在全国多家报纸杂志、中国作家网、中国诗歌网、网易、新浪等发表作品几百篇。现为中国诗歌学会会员、作家报会员、中国诗歌会会员、世界诗歌会第二届理事、徐州作家协会会员。

诗观：诗是文明的醒思，生命的吟唱！

登泰山新赋

丁酉初冬，万物伏藏，吾再登五岳之巅。人生一世，草木知寒。种思维于绝顶，渺联想于峰峦。铺锦绣于泰山，唤文明于大千。千千年帝王封禅圣地，万万年将相来往仰瞻。百姓尊奉独其大，只因宏微藏深浅，诗人一览众山小，因其阴阳地连天。博大，涵盖天地不论高矮。精深，厚重内涵独尊千山。

此一游，俯仰天地相连相衔，云海邈邈如神似仙。泰安城氤氲升腾如诗如幻，饱学之士苦心求索岂畏寒。杜甫诗言："造化钟神秀，阴阳割昏晓。会当凌绝顶，一览众山小。"有扣石而歌者，歌曰：不登泰山，山比我高。仰头观看，绝顶渺然，苍鹰翻飞，白云绕缠。登上泰山，我比山高。盘梯有道，俯瞰山峦。苍鹰举头，白云腰间。少长咸集，脚下云烟。举手接天，恐惊神仙。

脚踩云团,与天比肩。人寰为桥,天地相衔。责任至重,文明撑船。立命立心,坚持登攀。站在山顶知深谷,立于河边思海宽。歌罢,想造物之神奇,思宇宙之深远。人生如蜉蝣一瞬,天地万象皆一展。景胜莫羡,那是道法自然。清风丽月,切勿心生贪念。意识穿越,时空星辰任旖旎。诗维正气,天地大千生良善。

山高,不畏之士攀爬不辍立山顶,路遥,有心之人不倦求索韬略显。立仞千尺大写汉字亦千尺,文明万载生生不息大纛传。泰山不让寸土故能成其大,江海不辞溪流故能渊其涵。尔来九万九千岁,不与人间争炊烟。西联昆仑东接海,从不掣肘毗邻牵。

学子难忘为往圣继绝学之己任,人人谨记为天下开太平之古传。追梦者,体会泰山因何高深博微。创业人,登泰山识远近临厚想浅。人生一世,尝尽苦辣酸咸方为人。草木一生,享尽凄风苦雨才无憾。泼尽笔墨纸砚,写不尽五岳之首其微其宏,其美其善,其博其盛,其近其远。唱尽诗词歌赋,唱不完五岳泰山其妙其神,其灵其酣,其微其宏,其表其涵。

无欲无求乃泰山本色,无怨无悔本泰山休闲。云展云舒乃泰山之风景,日出日落是泰山之轮转。一切皆为常态,万象皆法自然。世间苦乐皆包揽,儒释道深蕴其涵。逡巡大地为安泰,仰视万象防灾难。腹有诗书气魄留千古,身披彩衣美妙不可言。

款款走来你砥砺远志莫言愁,挥手而去你告知天下定和安。人间虽苦,观你赏你不算苦。世事再难,思你想你不再难。

你怀抱清风丽日"万紫千红总是春"。你身披百善蓑衣,化作春泥护民安。润泽大地,你呼风唤雨撒豆成兵,接壤青天,你上下求索寻觅善泉。身居高位不倨傲,俯视群伦,你奉献四季奉厚礼,无法计算。臂挽黄河"一带一路"施友善,手牵长江一程一程送平安。运思维你整合了一个时代,弄思流你顺天应人法自然。有你，北斗不迷路，思你，诗维轨道宽。观你，文明底蕴深不测，念你，凝聚精深万万千。你纵接千古不嫌累，你横联宇宙不羡仙。与世界相依相伴天地大，你不舍一粒凡尘一滴源。你不惧"岭矮争神峰"，你不计谷浅鬼魅喧。地级天籁观宇宙，泰山日出耀大川。登临高处映缥缈，与尔相握思界宽。诗词歌赋难赞尽，千秋万代拜泰安。

山东诗人马媛

【作者简介】

马媛，女，中共党员，厦门大学管理学博士毕业，诗词爱好者。

七律六首

七律·乡愁

小桥依旧满苍苔，老井长街梦半垓。
十里梯河堂燕剪，几群宾雀瓦衣裁。
归风有意连千陌，别泪无端到两腮。
犹记当年新雨后，蜻蜓一万为何来。

七律·行旅遣怀

近摇红绿远观峰，方外层岚一万重。
泉挂危崖天接水，云回绝顶鹤听松。
涛头独醉诗中浅，笔底无言梦里浓。
欲往仙乡邀旧故，有缘谁与道情踪。

七律·水岸栖旅

林下窗前可荡舟，层波竞逐向天流。
满堂花海情长醉，半水书台梦远游。

川路夕晖千里影，烟帆渔火一江秋。
信鸥骚客同相忘，自有芳风记旅愁。

七律·闲居

山深径曲遏江回，目极云穷落木催。
满地诗花滋泪眼，闲门泉瀑走风雷。
鸟惊酒客飞何处，梦带春秋入我杯。
烟雨微愁常有醉，乾坤一袖岂无陪。

七律·冶源镇老龙湾吟怀（二首）

（一）

悬瀑催红呎尺颜，碧光泻满老龙湾。
鱼开霜练欺云去，蛙鼓烟舟接鹭还。
一木成桥怜古道，千枝醉笔点苍山。
水裁偏岸惊纤柳，引得东风不等闲。

（二）

岸柳依依舞半湾，云催水促享清闲。
小童脚下千层梦，老妇心头一座山。
笑了春红愁了鬓，闻于鹊喜醉于颜。
今朝谁解非常地，习习青风拂我纶。

河南诗人张新立

【作者简介】

张新立，男，汉族，河南省舞阳一高退休教师，高级职称，历史专业。作品多在漯河都市头条发表，另散见于华人头条、世界华人文学社、作家驿站、九州墨韵等网络平台。

诗观：传承民族文化，弘扬中华文明。

七律·二十四孝

二十四孝之一·孝感动天

贤君虞舜幼失娘，继母挟父丧天良。
百般虐待又陷害，孩儿无奈离他乡。
父母生病牵肠肚，跑前跑后求安康。
感天动地孝顺子，唐尧禅位做栋梁。

二十四孝之二·亲尝汤药

西汉文帝叫刘恒，孝行太后美名扬。
一次母亲患大病，三年卧床身木央。
日日政务处理后，衣不解带侍病床。
汤药熬成儿先品，人子楷模国之倡。

二十四孝之三·啮指心痛

孔子学生名曾参，崇尚孝道天下传。
家庭贫寒柴为计，每日劳作去深山。
一天客人来拜见，老母啮指心灵感。
收拾柴草往家返，跪娘请安客访谈。

二十四孝之四·单衣顺母

春秋鲁国闵子骞，母亲去世二房添。
亲子冬棉身暖和，前房孩子芦花寒。
父知继母恶作剧，下定决心休一边。
子骞得知忙化解，后娘醒悟家团圆。

二十四孝之五·为亲负米

子路小时家境贫，常挖野菜度饥荒。
有时想方钱儿挣，远方买米背家乡。
父母过世到楚地，当上大官粮满仓。
生活富足不平静，若有所失忆爹娘。

二十四孝之六·鹿乳奉亲

周代孝儿名郯子，父母年迈双眼疾。
生活不便难度日，求医觅药心着急。
忽听鹿汁治该病，速探鹿群何所依。
巧妙化装打进去，施计获乳目转机。

二十四孝之七·戏彩娱亲

春秋楚国老莱子，七十岁时父母齐。
毕竟爹娘年事老，常无表情心着急。
为使尊亲得欣慰，穿带花衣学猫咪。
唱呀跳呀拨浪鼓，故意摔跤高堂喜。

二十四孝之八·卖身葬父

东汉董永幼失娘，没到成家爹命亡。
手中无钱料后事，孝子卖身把奴当。
钱用葬父三年孝，期满赴约整行装。
孝心感动上天女，织绢助郎早还乡。

二十四孝之九·为母埋儿

东汉郭巨家贫寒，度日如年心不安。
三岁饿儿哇哇叫，奶奶怜孙泪涟涟。
掂量数日暗盘算，决定埋儿母寿延。
锄头挖坑金砖露，老天赐孝福满园。

二十四孝之十·涌泉跃鲤

汉代姜诗名声扬，孝顺母亲尽衷肠。
家慈高兴喝江水，儿媳远挑侍奉娘。
楦堂喜欢吃鲜鱼，大妻效劳勤为方。
孝心感动天和地，鲤鱼跃泉天天尝。

二十四孝之十一·拾葚供亲

西汉末年名蔡顺，很小时候家父亡。
王莽之乱又水灾，母子相依度饥荒。
大田野菜难寻找，孩儿灵机上山忙。
发现桑果心中喜，采葚可靠侍亲娘。

二十四孝之十二·刻木事亲

东汉河内名丁兰，没懂事前父母亡。
长大愧疚恩未报，雕刻头像供中房。
每天晨起奉二老，吩咐妻子敬高堂。
内人背地使诡计，丈夫休之尊爹娘。

二十四孝之十三·怀橘遗亲

东汉陆绩吴郡郎，父任太守有名堂。
孩儿自幼重修养，父亲言传品德良。
九江太守函邀请，随父做客情激扬。
临走柑橘怀中隐，客人发现童为娘。

二十四孝之十四·行佣供母

临淄江革西汉末，小时丧父靠母活。
天有不测风云变，背母辗转战火脱。
路遇强盗胁入行，哀求为娘眉头缩。
孝心感动放把手，下邳作佣有依托。

二十四孝之十五·扇枕温衾

东汉江夏名黄香，九岁丧母子硬伤。
孩儿从小立大志，侍父周到学业昌。
夏扇枕席冬暖床，博学多才擅文章。
官至太守百姓爱，尽力尽职美名扬。

二十四孝之十六·闻雷泣墓

三国晚期司马骄，麾下王仪得罪昭。
当场斩首真凶残，孩子怒火燃眉梢。
知识渊博远离政，宫廷征聘自逍遥。
母亲生前雷声惧，闻雷泣墓儿保镖。

二十四孝之十七·恣蚊饱血

晋代豫章人吴猛，从小懂事孝爹娘。
夏夜天燥蚊骚扰，父母折腾孩心慌。
双亲劳作真辛苦，晚上休息又泡汤。
儿子思索想前后，恣蚊饱血奉高堂。

二十四孝之十八·卧冰求鲤

三国魏亡晋登场，山东王祥孝道扬。
年幼时候亲娘丧，父招继母把家当。
后妈嫌弃前房养，脏活累活给儿郎。
孩不计较勤奉上，卧冰求鲤慰爹娘。

二十四孝之十九·扼虎救父

晋代有女胆子强，威名千里叫杨香。
一次随爹去收稻，路遇老虎快思量。
凶猛野兽急发力，咬住高堂即扬长。
女郎箭步咽喉卡，老虎断气父安康。

二十四孝之二十·哭竹生笋

三国吴人名孟宗，小时丧父依母生。
家慈年老患大病，精心呵护日渐轻。
一天椿堂食欲振，想喝竹笋熬汤羹。
天寒地冻林子泣，竹笋破土心愿成。

二十四孝之二十一·尝粪忧心

南北朝时庾黔娄，勤奋读书孝经装。
为官清廉走正道，百姓拥戴主赞扬。
孱陵地方做县令，亲情感应回家乡。
令尊痢疾卧病床，尝粪忧心求上苍。

二十四孝之二十二·乳姑不怠

唐代节度崔山南，祖母侍婆不一般。
终日穿衣铺被褥，洗脸梳头三餐端。
长孙夫人牙老掉，嘴嚼饭菜下咽难。
儿媳乳汁养婆娘，孙子媳妇热泪涟。

二十四孝之二十三·弃官寻母

东坡朋友朱寿昌，亲娘刘氏父妾房。
大婆仗势常虐待，一次找碴赶出庄。
孩儿日夜念慈母，广德辞官寻楦堂。
灼背烧顶真赤子，五十年后母还乡。

二十四孝之二十四·亲涤溺器

北宋庭坚本姓黄，文学书法挺排场。
诗讲无字无来历，书究侧险名气扬。
品学兼优中进士，县尉知县升佐郎。
京城为官娘不忘，亲涤溺器孝心装。

安徽诗人牛文泉

【作者简介】

牛文泉，男，1947年出生，安徽省巢湖市人。本科学历，副高职称。爱诗、学诗、写诗，和谐社会，美化生活，相伴人生。

格律诗九首

1. 五律·听湖（新韵）

湖天一色阔，山水两分明。
素浪浮青髻，孤标上紫冥。
潮来拍岸响，波去退音轻。
坐看夕阳静，如闻吐纳声。

注：①青髻，湖中小岛。②孤标，岛上有塔。

2. 五律·春日园卉（新韵）

春日园中卉，灼灼竞骋妍。
色飞撩众望，鸟洽绕花喧。
烂漫依河柳，秾芳郁袖衫。
所嗟天景晚，芬苾总相牵。

3. 五律·春日漫思（新韵）

春回丽日鲜，万物自荣繁。
群峰叠苍影，轻舟弄碧涟。
青蒹临岸静，白鹭觅鱼专。
象外天机隐，归来念百端。

4. 七绝·柳榭独酌（新韵）

摇落斜晖晚籁轻，湖天雁过唳空晴。
渡头冰镜岑初上，柳榭独酌对碧澄。

5. 七绝·前亭琅玕（新韵）

往年蕞尔种前亭，今日相依上紫穹。
潇碧千竿风振秀，笙箫细韵静尘膺。

6. 七绝·凤凰山温泉（新韵）

凤凰山上响流泉，夏清冬温总碧涟。
有意长怜农庶事，清波萦绕润村田。

7. 七律·鼓山远眺（新韵）

万里云烟望迥畴，一横远黛卧千秋。
耳池锦邑同涵映，绿水春山共比俦。
紫陌香街呈美盛，英才灵境竞风流。
古今圣彦伐则在，皓乐清扬响自悠。

注：1. 鼓山，在巢湖市东郊，即"旗鼓相当"之鼓山，楚汉之际范增故里。山上有鼓山寺。

2. 耳池，即巢湖市城中微湖洗耳池。故事取《雍正巢县志》。

3. 巢湖古有巢父、许由、范增，今有李克农、张治中、冯玉祥等。

8. 七律·游大明寺（新韵）

宝殿金阁傍翠屏，栖灵直涌上霄青。
淮山楚甸方壶地，古寺高僧象教庭。
钟磬径朝云外度，鹧鸪自在壑中鸣。
寂寥不奈烟尘望，且往琼楼取酴醾。

注：栖灵，扬州大明寺栖灵塔。

9. 七律·咏松梅（新韵）

隆冬万岭雪飞扬，蛇径淹微鸟兽藏。
龙干腾横天壁间，铁枝盘捩虎崖旁。
霜松不改青青色，玉蕊依然的的香。
嫽俏苍绝虽有异，风节义楷共得彰。

陕西诗人杨学思

【作者简介】

杨学思，笔名易子心，陕西泾阳人，中学语文教师。闲暇时间喜读书，在静美的书海里滋养心灵；爱运动，于酣畅的运动中张扬生命之美；常笔耕，让心灵得以升华；偶发稿，使生命插上飞翔的翅膀……

诗词一组

1. 天净沙·思念

年关逼近思家，梦中常呓妈妈，两眼噙含泪花。
娇妻发话，后天咱就回家。

2. 天净沙·回家

携妻带子回家，买来糕点烟茶，孝敬家中爸妈。
一年牵挂，化成风雪直达。

3. 天净沙·过年

春联鞭炮烟花，粉条莲藕鱼虾，饺子年糕热茶。
彩灯年画，平安福禄人家。

4. 相见欢·泾渭（三首）

一

两河各自东流，越壕沟。
不忘初心一路永不休。

昼也走，夜还走，为合流。
志向相投携手到白头。

二

虽说泾渭分明，但能融。
舍己牺牲汲取为征程。

澈也幸，浑仍幸，互宽容。
一路相携奔向大家庭。

三

渭河泾水阴阳，好成双。
克己复叠协力走八荒。

阴是相，阳为将，两合强。
风雨兼程追梦向东方。

5. 长相思·情人节寄语

泾水流，渭水流，何日相约泛水洲。春离夏念秋。
意悠悠，情悠悠，梦里天河船渡泗。女郎欢聚头。

注：女，指织女；郎，为牛郎。

6. 五绝·早春（五首）

风熏草绿茵，雨染柳枝新。
水润蒹葭绿，山泼一片金⁽¹⁾。

风催柳眼睁，雨洗杏眉清。
日暖冰身矮，鸭鸣水面升。

东风向面春，细雨浸衣新。
草色滋人目，花香慰自⁽²⁾馨。

早起作耕忙，犁翻沃土香。
春播一粒子，秋稔万颗粮。

枯柳吐新黄，东风抚绿装。
待来春盛日，紫燕贺吉祥。

注：（1）指迎春花；（2）取古义"鼻"。

湖南诗人谢根明

【作者简介】

谢根明，男，土家族，生于1947年9月，湖南省永顺县小溪镇人。小学语文高级教师，曾任乡（镇）中心完小教导主任、校长、中共党支部书记等职。2007年10月退休。2010年底开始学习写传统诗词。先后加入永顺县、吉首市、湘西州诗词联学会、湖南省诗词学会、湖南省楹联家协会、中华诗词学会、中国楹联学会、中华文学家学会等学会组织，分别为会员。在各级诗刊上均有大量作品发表。创作诗、词、联作品近1700多首（阕、副），出版个人诗集一、二、三、四辑，其中第四辑于2019年11月由团结出版社出版。曾多次参加全国诗词竞赛，获金奖、银奖、优秀奖或奖杯多次，并几次由竞赛组委会分别授予不同的名誉称号。现任永顺县诗词楹联学会副会长兼秘书长；湘西州诗词楹联学会副会长，会刊《湘西诗词》编委、执行编委。

格律诗十首

1. 七律·永顺不二门

鬼劈神雕不二门，幽幽佛殿坐观音。
悬崖峭壁祥云绕，翠柏葱林兰桂芬。
八阵奇图藏圣径，一潭碧水映诗文。
温泉涤垢除瘟疾，万众迷婪更醉君。

2.　七律·庚子春节感赋

除夕大寒春节连，东风着意秀江山。
贴联鸣炮呈祥气，美酒佳肴贺瑞年。
精准扶贫兴社稷，官民创业富家园。
挺胸阔步康庄路，赤县和谐尧舜天。

3.　七律·乔迁新家赋

移居新宅置滨江，正遇小年添吉祥。
好友亲朋皆道贺，喝茶饮酒尽夸彰。
高楼上下电梯送，信息灵通网络装。
舜日尧天翁妪享，夕阳幸福再春光。

4.　七律·庚子新春赋

明媚春光励众人，勤劳节俭巧耕耘。
农时不误抓机遇，科学当先讲革新。
顺应天心贫困脱，紧跟时代财富存。
中华儿女多奇志，阔步康庄举世尊。

5.　七律·贺永顺县荣获全国最适合养老城市第一名

永顺宜居第一名，山明水秀自然生。
芙蓉镇挂悬崖壁，猛洞河牵福石城。
塔卧苏区留胜迹，小溪树木赋新荣。
土家佳丽迷天下，地利人和无限情。

6. 七律·钓鱼翁

贤翁河岸坐无言，既不忧愁又不烦。
紧握篁竿丝线系，封沾诱饵铁钩掀。
双眸关注湖波状，两耳排除嘈杂源。
养性修身清静者，安闲自在胜家园。

7. 七律·赞巾帼英才张冬菊女士

——献给妇女节

巾帼英才享盛名，湘西艺界苦耘耕。
填词作对兴诗会，排版编书壮本营。
使命常怀投大爱，初心牢记献真诚。
古稀续保当年志，率领文坛绣锦程。

8. 七律·赞我州女作家满湘梅

——献给妇女节

遒劲毫尖誉凤凰，天涯美事脑中装。
帛书盛满神州爱，艺界传盈华丽章。
活跃诗坛多技艺，热心楚塞赋城乡。
柔情撒向湘西地，鲜艳红花永载芳。

9. 七律·庚子年惊蛰节抒怀

阳气回升万物新，春雷乍动世间臻。
昆虫震醒生机旺，雨水增多大地茵。
沃野梨樱花卉艳，田园耕垦种肥陈。

庶家智慧良谋定，科技兴农规律循。

10.　七绝·踏菁

二月梨花岭上开，春风特意柳丝裁。
村庄紫燕成双舞，油菜金黄蜂蝶来。

广西诗人吴文达

【作者简介】

吴文达，广西作家协会会员，中华辞赋杂志社会员，广西诗词学会会员，柳州市诗词学会秘书长，柳州诗词曲学社副社长，著有小说集《弯弯的青柳河》，诗词散文集《杂草集》。

诗词曲十四首

1. 一萼红·园丁礼赞

寂无声，夜深人已静，依旧守孤灯。
备课钻研，批修作业，寻觅良措犹诚。
苦思索、来回反复。累与乐、相伴趣升腾。
酷夏寒冬，未曾松懈，精细耕耘。

鸿浩志存高远，为圆强国梦，教育先行。
重任于肩，担当使命，时刻铭记传承。
赤心迹、苍天可鉴，育春苗、皆尽显佳能。
愿作燃烧蜡烛，奉献终生。

2. 诉衷情·屈子颂

汨罗江畔暗悲伤，洒泪祭忠良。

沉沙港水翻滚，敬意满湘乡。

强国志，望民昌，著华章。
路悠修长，求索精神，万古流芳。

3. 七律·贺广西壮族自治区成立 60 周年

岁月如梭飞越过，沧桑巨变展辉煌。
南疆大地披奇彩，八桂山河换丽妆。
百姓欢欣情尽溢，万家盛旺意舒扬。
齐心奋进寻新路，致富脱贫奔小康。

4. 七律·龙城巨变 40 年

坚持改革若凌风，万众情昂志向同。
砥砺前行心似铁，艰辛奋斗气如虹。
龙城巨变呈新貌，百业兴昌显盛隆。
五谷丰登多硕果，河清海晏漫山红。

5. 七律·庆中华人民共和国成立 70 周年

金秋十月果登丰，举国欢欣喜气浓。
曼舞轻盈情意惬，红旗招展巷街彤。
千家万户呈新貌，碧水青山现丽容。
祝福母亲华诞日，神州大地倍熙雍。

6. 七律·新岁新语

日月轮回终复始，别辞旧岁换新年。
意开脸笑情如炬，欲寡身清品似天。

漫步幽园观胜景，轻弹曲乐赋诗篇。
人知富足心常惬，悦度时光自坦然。

7. 七律·重阳感怀

江堤漫步练筋骨，斗室挥毫展智谐。
书画琴棋皆涉猎，诗词曲赋尽存储。
夕阳西下红霞艳，旭日东升彩满庐。
吾辈无须多叹憾，怀开情溢意宽舒。

8. 七律·品茗读书度重阳

清幽雅致小厢房，千卷藏书满院香。
品茗精研名著作，静心撰写好华章。
青春永葆胸怀阔，耋老依然志未霜。
九九今朝欢笑过，来年再次度重阳。

9. 七律·贺全国教育大会召开

金秋九月艳阳天，喜讯飞传越峻巅。
汇聚精英开盛会，谋求教育创新篇。
初衷不忘攀高岸，信念尤坚争大全。
立德树人休懈怠，江山永固万千年。

10. 七律·北斗赋

浩瀚苍穹缀满星，晶莹闪烁竞芳馨，
观瞻北斗犹奇特，悬挂中天分外婷。
暗夜迷离寻去处，抬头顿辨现清经。

心宁眼亮明方向，漫漫征程奋展翎。
茫茫黑夜盼天明，乱世经年望浊清。
廖廓长空角号响，红船会议党旗擎。
弘扬真理如灯塔，引领人民洒血情。
浴火重生齐奋斗，终迎强盛国升平。

11. 中吕宫·喜春来·喜迎春归

和风淫雨拂杨柳，金雀鹛莺闹不休。
欣迎春至喜心头。情志稠，尤盼更丰收。

12. 中吕宫·醒春风·龙城春晓

晓行雾锁江堤，曲悠音清律渺。
暖阳初照彩云飘。景色尤好，好。
万种忧愁，弃抛身后，尽情悦笑。

13. 双调·快活年·欢度教师节

欣然欢度教师节，山庄相咤嗟。
开怀畅饮日西斜，笑闹心舒惬。
悠曲清歌泻，飞四野。

14. 南吕宫·四块玉·升国旗

旭日升，霞光照，肃立师生满心骄。
目光敬注国旗耀。乐曲飞，震九霄，倍自豪！

湖北诗人袁秋英

【作者简介】

袁秋英，网名秋秋，1960年出生，湖北省赤壁市人，大专学历，小学高级教师，市级优秀教师，中华诗词学会会员，赤壁诗词学会理事。诗词曾发表在《中华诗词》《当代诗词》《人民日报（海外版）》等多家报纸、杂志、书籍、网站及微信公众平台。并在诗词大赛中荣获过"特别优秀奖"，且荣获过"中国当代百杰诗人""中国当代百强作家"等荣誉证书和奖章。

诗词六首

1. 七律·秋游羊楼洞茶马古道

天高云淡恰深秋，石板长街客恣游。
阵阵茗香清肺腑，家家店旺尽茶楼。
文明古道千年载，湛澈甘泉万代流。
老字川砖销海外，家乡妙笔润鸿猷。

2. 七律·仲春

曲陌桃花晔晔开，翻飞紫燕伴楼台。
河边烟柳轻盈舞，桥下溪流缓慢来。

凭倚栅栏思故里，犹听羁鸟诉情怀。
春风有意诗笺送，入梦相依吻面腮。

3. 鹧鸪天·新年即兴

玉雪飞花舞韵新，灯笼烁影亦撩人。
围炉取暖猜成语，剪纸添花贺早春。

贴对子，耀家门，帮厨择菜未闲身。
鸡鱼腊肉香飘溢，老少团圆年味真。

4. 江城子·归乡

年关赤子想爹娘。裹行囊。走匆忙。
车站人潮，排队老悠长。
冷饿交加无处诉，仍忍耐，泪茫茫。

归心似箭惹愁殇。返回乡。暖肝肠。
握手欢谈，老少亦安康。
感叹之余杯酒贺。家巨变，国华昌。

5. 一剪梅·春意寄思情

油菜花开满目娇。几阵微风，宛若春潮。
芳香飘逸远天涯。吸引蜂忙，采蜜情高。

风送鸢升把信捎。寄语纤云，托鸟相邀。
何时聚首唱歌谣，故地重游，赏景逍遥。

6. 鹧鸪天·梨花吟

几树梨花缀满枝，迎风曼舞展仙姿。
和颜悦色柔如雪，黛粉芳香醉若诗。

春意暖，蝶情痴，蜂忙采蜜恰当时。
霞光丽彩相辉映，秀美家园胜乐池。

湖南诗人葛酋生

【作者简介】

葛酋生，笔名舆婵，汉族，湖南省邵东市人。大本学历，中学高级教师，现已退休。中华诗词学会会员，中国楹联学会会员。

竹枝词六首

忽闻深处叫寒空，报晓雄鸡亘古同。
月落日升流水去，人生数载几声中。

雄鸡报晓古今令，丁夜喈喈唱到明。
沧海桑田声不变，非知身后有醒卿。

雪淹天山裹素装，奇寒辞客透心伤。
举箸颐朵本应乐，久别自家成异乡。

除夕之前锅灶忙，厨房处处溢肴香。
曾呼伢子过年者，不见音容坡上霜。

坐上九霄云彩跟，有仙为伴乐游鲲。

飘然绺发回眸笑，魄动相看留雾痕。

逆入江城祛疫围，乾坤岂让瘴乘机。
试看泰岳风能撼？耄耋南山斩雾归。

江苏诗人王爱国

【作者简介】

王爱国,江苏省建湖县人,2014年退休,建湖县老年大学学习古典诗词、摄影、书法。建湖县蒹葭诗社会员、建湖县冠华诗社会员,江苏省诗词协会会员,中华诗词学会会员。有300余首诗在多家刊物发表,并多次荣获全国各类文学大奖。

诗词一组

1. 七律·游恩施大峡谷(新韵)

慕名峡谷三亿年,千里投身大自然。
神斧劈开两边壁,魔弓射透一点天。
深渊弯路通地府,瀑布悬桥返人间。
初始洪荒来远古,再经沧海变桑田。

2. 七律·赠老妻(新韵)

爱在春花烂漫时,桃园牵手织柳丝。
红烛开始同舟渡,双喜初贴连理枝。
五谷一生细调理,三迁半世苦奔驰。
流年劳命轻声问,错嫁郎君是否痴。

3. 鹊桥仙·油菜花（新韵）

蜂蝶传信，东风为证，谁说黄花无主。
春心已许卖油郎，几日嫁，吉时夏暑。

田间点点，河边处处，金色蔓延村路。
精华直待子熟时，骨肉裂，香归万户。

4. 蝶恋花·老伴（新韵）

漫步湖边牵手老。流水华灯，夜色清香草。
我我卿卿何事笑，桂枝树上惊飞鸟。

昔日姑娘装害臊。乡路无人，耍赖哥哥抱。
错认郎君心眼好，天仙妹妹逢"强盗"。

内蒙古诗人吴雪松

【作者简介】

吴雪松，原名亮，男，汉族，大学本科学历，中学语文高级教师，书法家，音乐爱好者，中共党员，1942 年正月出生于内蒙古卓资县原保安乡。1957 年毕业于通辽师范学院（现内蒙古民族师大）中文系。1970 年 6 月到旗下营中学工作，历任语文教研组长、校教务处副主任、校工会主席等职。1988 年参加全国"三溪杯"硬笔书法大赛获优胜奖，并成为中华硬笔书法协会会员、内蒙古教育学会书法教育专业委员会会员、理事。作品曾多次参加县、盟、自治区乃至全国书法大赛并获奖。1989 年被评为盟级先进工作者。1993 年被吸纳为中华教育艺术研究会会员。

诗词三首

七律·白衣天使赞（二首）

（一）

新冠毒孽日凶狂，华夏九州陷祸殃。
万户闭门隔父母，千家宅室拒子郎。
大街寥落风吹雪，小巷凋零霰打墙。
不见元宵歌舞起，未闻望日鼓锣锵。

（二）

一声号令震云天，执甲白衣勇向前。

使命担当驱病魔，初心铭记闯难关。

攻坚克险千千万，救死扶危万千千。

一线频频传喜报，曙光初照举国欢。

忆江南·战疫情

年始过，瘟疫闹翻天。

亿万英杰齐上阵，中国速度史空前。

捷报续连传！

湖北诗人杨锦荣

【作者简介】

杨锦荣，笔名醉江南。1978 年出生，汉族，祖居湖北，新杭州人。长期从事旅游行业，诗词爱好者，尤好格律，善写生活。

七律·农历二月十五日河边赏春（外二首）

已在江南二月中，钱塘百里起暄风。
拂堤杨柳千丝翠，迎面桃花一点红。
欢雀栖枝鸣岸北，游鱼顺水过桥东。
此时春暖谁先觉，闲坐河边老钓翁。

七律·众志成城送瘟神

冬寒不改向阳春，苦难休伤楚国人。
屈子有心存大义，浩然无意做良臣。
何言往日功名假，须晓当前祸患真。
借得东风生淑气，韶华莫负送瘟神。

七绝·祝故乡湖北平安

白日无闲只觉忙，入宵少兴懒文章。
几杯浊酒诗情起，一曲平安送故乡。

山西诗人麻志鹰

【作者简介】

麻志鹰，笔名诗心韵语，曾用笔名志鹰。热爱祖国，热爱文学。用诗的情怀走慢慢人生路！

诗词三首

七绝·冬来

风摇欲滴荡千枝，雪落冰霄似隐离。
若是冬来寻别景，梅开笑傲报春期。

七绝·春意

叶绿枝头春意灿，风柔柳絮慢飘萦。
芬芳片片花飞雨，满树殷殷果实情。

蝶恋花·昙花

嫩蕊纤纤如雀舞，黄蕊冠翎，夜晚香浓愈。
美若翩翩情诺予？唯思与恋人尘遇。

羽朵霓裳娇艳吐，仙态依依，堪比琼花楚。
今把相思邀月助，韦陀私会来遐顾。

安徽诗人张艳斌

【作者简介】

　　张艳斌，安徽亳州人，喜爱诗歌创作，其诗歌也或借清幽之景抒心底清情，或借自然风物吟咏人间挚爱，或有感目之所及阐发哲思。

七绝二首

七绝·题学子晨读

枝头残月谁约来？小窗冰花悄然开。
晓风未惊寒鸦梦，孤灯长卷已入怀。

七绝·夏夜偶抒

恰似离人偶相值，蛙鼓蝉唱无休时。
蛙鼓夜半缘本性，蝉因愁多入眠迟。

安徽诗人胡康

【作者简介】

胡康，字轩诚，笔名纳兰清风，安徽滁州人，中国诗歌学会会员、国际诗词协会会员和华夏博学国际文化交流中心会员。荣获过第七届中国诗歌大赛铜奖、第六届"东方红·伟人颂"全国文艺大赛银奖、第四届"中华情"全国诗歌散文联赛金奖、第六届"相约北京"全国文学艺术大赛一等奖（并获第六届"相约北京"全国文学艺术大赛全国文艺创作精英奖）、中国当代汉诗精选1000首大赛金奖和第十届"羲之杯"全国诗书画家邀请赛一等奖等奖项。诗文散见于一些网络文学平台、期刊和书籍。

格律诗七首

1. 五绝·雪中人

纷纷天外雪，朵朵落苍茫。
一曲相思调，催人望故乡。

2. 七绝·新时代（新韵）

红旗璀璨新时代，江海波涛运势宏。
华夏复兴齐奋斗，三山五岳竞先锋。

3. 七绝·凉州怀古

长风吟唱安邦曲，生死边疆月色孤。
羌笛怨愁今不见，沙场美酒一杯无。

4. 七绝·雯宝

犹怜雯宝如清玉，温润琼花蕴德馨。
灵气天成通富贵，吉祥佛赐护康宁。

5. 七绝·苏小小

西泠风冷芳菲谢，油壁车孤望雁痕。
谁惜红尘苏小小，春花秋月葬香魂。

6. 七绝·中华情

爱国诗词迎盛世，感恩美酒敬中华。
碧空如洗新时代，锦绣河山是我家。

7. 七律·半醉半醒一诗佛

——题王维

沉浮半世可身安，最爱风光莫慕官。
拾级登高须守静，顺流而下得通宽。
亦真亦幻功名禄，无欲无痴白玉盘。
山水为庐琴做侣，悠哉岁月向清欢。

山东诗人左言文

【作者简介】

左言文,山东青岛莱西市人。喜欢文学。

七绝·春五首(新韵)

七绝·春早

东风携雨找春天,越海翻山过草原。
鸿雁长鸣飞塞北,金莺振翅舞江南。

七绝·春风

春风初度小河边,遥见鹅鸭戏水欢。
两岸白杨燕鹊闹,一堤绿草嫩芽鲜。

七绝·春雨

泽布知时三月雨,催花润叶濯青枝。
壶中细语天空话,廊下聆听上古诗。

七绝·春光

大地山川风雨后,松青竹翠涧飞泉。

千家万户瞳瞳日，万里神州不夜天。

七绝·春美

夹岸桃花次第开，小船摇出柳荫来。
一河诗语流不尽，三月春风扑入怀。

河北诗人孙艳梅

【作者简介】

孙艳梅，女，河北唐山人，拾秋诗社会员，文学爱好者。作品散见于中华诗词、小楼听雨、云帆诗友会、千古诗词聚贤庄、木东诗社、努敏河诗词、莲心栖息地等网刊及《丹凤朝阳》纸刊。

诗词四首

1. 鹧鸪天

——次韵宋·姜夔《丁巳元日》

褪却残冬万象新。晨晖初照俏佳人。
巧妆粉面掩羞色，斜倚危楼盼早春。

移缓步，掩轻门。心飞河畔柳郎身。
相偎执手呢喃语，怯问君心可是真。

2. 诉衷情令·秋

舍前秋菊吐幽芳，佳节又重阳。
天高云淡日丽，秋色点娇妆。

崇岭翠，草青黄，稻飘香。
鱼儿潜底，风皱绿波，摇尾惊藏。

3. 七绝·秋

鸣蝉隐遁雨疏凉，绿瘦黄衰惹怆伤。
一夜寒霜虫复去，何时吟唱待春光。

4. 七绝·叹敦煌飞天（新韵）

幽居洞内已千年，不复凝脂似玉颜。
可慕笙箫双应和，飞天龙凤做神仙。

安徽诗人刘朝清

【作者简介】

刘朝清，安徽省合肥市人，现为合肥市楹联学会会员。自幼喜爱诗词楹联，曾二次荣获安徽电视台迎春原创征联十佳春联作者荣誉，2019年山东济南市举办的盛世追梦联韵书香全国征联一等奖。

诗词三首

七绝·玉屏峰上观云海

雨霁苍松势若龙，白云如海涌奇峰。
回眸试看来时路，人在莲花莲蕊中。

注：庚寅仲春二上黄山，适雨霁天晴，雨后春山松翠欲滴，云中莲花、莲蕊诸峰恍如仙境。

七绝·春日观天堂寨瀑布

白云啼鸟碧山空，流水山花相映红。
因爱前峰飞瀑好，不觉踏入画屏中。

注：天堂寨景区在安徽省六安境内，乃千里大别山的一部分，峰高岭秀，景色幽美，自峰顶逶迤而下数十里中瀑布众多，兰花、杜鹃花漫山遍野倍添秀色。

临江仙·咏桃花

一雨初晴骄日丽，清明又见桃花。

灼灼新艳灿年华。流光裁作锦，星雨幻成霞。

盛世再无秦代乱，桃源处处人家。

河清海晏乐无涯。娇容如画美，硕果献中华。

湖北诗人魏春彩

【作者简介】

魏春彩，女，汉族，1966 年 4 月 3 日出生于湖北潜江。湖北荆州市老年大学诗词班学员，江渎诗词楹联学社会员，沙市诗联学会会员。作品有登载《天问》诗刊和简书。

绝句二首

五绝·喜出望外

早起阳台上，初秋映紫辉。
呢喃来燕语，喜顾两相依。

七绝·荷花

裹泥不愿羞前世，夏雨平生渐沥求。
月笼随风开貌骨，玉雕落得侫馋愁。

四川诗人邓成超

【作者简介】

邓成超，笔名耕夫，四川达州人，现居重庆，教授，硕士生导师，中国诗歌网认证诗人，重庆市教育改革专家，重庆市高教学会学术委员。多有作品见诸报刊及网络，出版诗集《缤纷旅程》。

诗词九首

1. 七律·笑春风

料峭东风驱霁雾，孤舟摇曳逐轻鸥。
楫桡划破青山影，湾滩揽怀碧水柔。
两岸梨桃生簇簇，一群蜂蝶舞悠悠。
落霞斑驳斜天宇，莫任韶华空自流。

2. 七律·春暖花开

东岭鸡鸣催旭照，空山犬吠散炊烟。
几株桃李绽篱外，一道清泉涌涧边。
忙置锄犁翻垄亩，任由莺燕筑檐沿。
已然耕作好光景，岂敢偷闲半日眠？

3. 七律·游安昌古镇

柔柳斜斜沐紫光，弧桥清影照棚廊。
骑楼错落连闺阁，台榭参差闻杜康。
悠逸乌篷萦碧水，简明宣卷话沧桑。
对河梳洗谁家女？古越风情万世扬。

4. 七律·庚子岁首漫步彩云湖

山栖湖静碧连天，波横岛悬楼隐仙。
密乱蒹葭环岸涌，婆娑杉影吐轻烟。
煦风暖日催花事，笑语欢歌赋熟年。
莺啭桃红盼春晓，长廊梦续此生缘。

5. 七律·黄昏西湖微雨漫步

蒙蒙堤岸柳含烟，片片云霞楼有仙。
波卧平湖映山碧，风吹曲榭满园鲜。
无声斜雨舞迷蝶，向晚僧钟访隐贤。
回望断桥双宿燕，孤舟灯影照愁眠。

6. 满庭芳·静待春暖花开

风拂蒹葭，雾舒层嶂，彩云湖碧波寒。
涟漪骤起，任紫燕低旋。
顿惜峥嵘岁月，千般苦、谁与言言。
雨蒙至，沾衣欲湿，皆过眼云烟。

鸣雷惊蛰动，桃腮柳眼，含露争妍。

栅栏外，蜂飞蝶舞犹欢。

除却是非恩怨，万种难、独自登攀。

雄心在，满腔热血，绘锦绣河山。

7. 西江月·鲁迅故里

河道乌篷错落，咸亨酒幔飘扬。

台门深院桂花黄。青蔓粉墙相傍。

斜日沿街流逝，骑楼社戏沧桑。

百家诗赋尽炎凉。怎比先生气量？

8. 江城子·又见天一阁

月湖西畔侍郎堂。假山旁，典籍藏。

古穆重檐，曲径绕连廊。

浩荡乾坤多少事，蝶舞乱，自彷徨。

诗书万卷诉沧桑。粉红墙，酒犹香。

庭院深深，叹月冷如霜。

冉冉流年逐梦断，谁与共？逆风翔。

9. 清平乐·忆同学

卅载离散。梦醒常凌乱。

大雁南飞秋渐短。多少韶华依黯。

斜照透进高楼。倚栏些许离愁。

谁与举杯浊酒？静待满月如流。

新疆诗人曹钧

【作者简介】

曹钧，新疆阿拉尔市人。喜爱文学。

诗词曲七首

1. 念奴娇·塔克拉玛干

古今参透，铁门关、红柳浪浮云陇。
沙雅歌涛连塞上，温宿雪山高耸。
辗转轮台，拾遗策勒，墨玉笛声送。
尔来昆岗，临川千鸟争哢。

瀚海万里同风，狐犹且末，折角牛羊恐。
勘破楼兰城址在，求剑若羌荒冢。
日仄喀什，凭河洛浦，望外群峰涌。
圆光重岭，迟回观火如洞。

2. 夜半乐·博斯腾湖

鲤鱼打挺而去，来鸿戏水，朝气蓬光转。
六月雪披山，干霄凌练。
碧城阔落，交游广泛。

大泽西域通商，古今博览。
万里照、烟霞彩云散。

野坡颖上草场，谷雨其风，夏华新染。
柽柳岸、白衣天鹅湖畔。
羽毛相似，将飞瀚海，
到时候鸟先声，九歌吹晚。
太公钓、横流放长线。

变化凫起，雁荡他乡，逖听邻县。
获陇望、巴州地形险。
等头空、鸥鹭序返东南半。
逐浪北、比翼高瞻远。
蔚蓝冰顶多奇幻。

3. 满庭芳（北曲）·相见欢

同城有缘。霓虹光怪，迷彩斑斓。
砍樵歌里千寻遍。杯酒言欢。
冰轮转、青灯火闪。
星斗旋、蓝梦魂牵。
关雎乱。相知恨晚。连更晓风残。

4. 一枝花（北曲）·塔河源

银鸥来远观，白鹭凭空望。
沙滩多浪漫，戈壁大河泱。
浩荡风光。

一泻千秋冷。三流万里凉。
若连鸿、云际冰消，如归雁、天边水长。

5. 七绝·玛滩端午节

戈壁新城夜未央，酒家胡不饮雄黄。
霓虹灯下人头动，电影轻描鱼米香。

6. 七绝·沙漠公路

天山映雪照长空，向往昆仑瀚海通。
戈壁沙滩千里外，云吞落日晚霞红。

7. 七律·陶玉当官

随雁来回看大流，披荒屯聚落沙洲。
西风残照云边晚，北雨斜拖泥里秋。
咫尺天涯同马乐。峥嵘岁月替羊愁。
红尘所谓英雄汉，利为农民仔细谋。

福建诗人张振华

【作者简介】

张振华，笔名淡然，网名光风霁月，福建省宁德市福安市人。2018年退休后开始学习诗词创作。诚心学习，努力进取，以求进步，陶冶情操，取乐余生。

七绝七首

1. 七绝·忆辍学感怀

黑瓦青砖旧校香，春华痴梦付残阳。
书山学海疑无路，掩卷萦思绕寸肠。

2. 七绝·咏竹

立地擎天骄翠岭，年年日日斗风霜。
青枝亮节尘毋染，玉叶虚心正气扬。

3. 七律·重游柘荣东狮山

重上东狮喜忘归，金风碧宇沐秋辉。
马仙俊伟天池秀，绿水青山国梦飞。

4. 七绝·忆闯广东有感

志展云霄星月揽，迎风斗雨任沧桑。
岭南十载江湖险，壮语豪言梦未央。

5. 七绝·人生追忆

一度芬芳霜扫去，风云雾雨写春秋。
华年梦碎追思远，笑把余生与墨游。

6. 七绝·山村秋晨

室洒银辉知月上，晨霜夜露觉秋深。
青山众鸟啼声脆，玉曲留香抚醉林。

7. 七绝·晚秋登高

长空阵阵雁声留，遍野枯黄落晚秋。
瑟瑟晨风霜露冷，登高远望寄乡愁。

福建诗人薛培文

【作者简介】

薛培文，1957 年出生，中共党员，福建省宁德市福安市人，福安市赛江诗社会员。1976 年高中毕业回乡务农，后担任村干部数年，1990 年起在京经商。年轻时酷爱文学，近年休闲在家自娱自乐，学习诗歌创作及参加其他文体活动。

七律·仙岫山夏日晨景（外四首）

初吐晨曦百鸟嬉，南风去处雾烟追。
浮山蜃景朝霞照，落水霓虹瀑布垂。
旭日宜樽天地醉，青峦喜渌海云辞。
只疑此乃仙人境，玉帝安知我是谁？

七绝·九龙仙山雨后春晨

茫茫云海煮春山，旭日朝霞紫气间。
凝眺桃花相秀色，烟开峦壑九龙环。

七绝·福安市棠溪古村季春游（三首）

古树延枝遮半溪，廊桥灯下水流西。
满山繁李琼英美，对岸桃花始入泥。

南朝古巷酒旗飘，一缕春风醉小娇。
别墅门前花锦绣，青砖院里又吹箫。

群峦环抱雾中村，红鲤争花日正暄。
何不霓裳来太极，青山绿水伴拳魂。

第三部分　散文随笔

内蒙古作家王利田

【作者简介】

王利田，内蒙古旗下营人，系中华诗词学会会员，内蒙古诗词学会副会长，内蒙古察哈尔文化研究会副会长，博物馆建造师、影视编导、制片人、撰稿人，毕业于中国地质大学，在山西地质学校任教五年后，入西北大学攻读硕士学位，于2000年回呼和浩特市自主创办文化公司，精于博物馆的设计，任总经理、总设计、总编辑。30年笔耕不辍，编辑书籍，创作歌词，撰写多篇电视片解说词，发表大量作品。善于用细腻的文笔记录真实的生活，表达真挚的情感，并能从中挖掘出深刻的文化内涵。其作品文风朴实、视角独特、内容贴近生活、思想深刻。曾荣获"中国散文名家"荣誉称号，作品多次在全国获奖并被收入书刊出版发行。

小书房·大学梦（外四篇）

高考又到了，我快意于那高考精神所营造的境界，我的内心深处充满幸福与自豪！尽管我的高考已过去三十多年了，但是当年那份纯净的梦想和坚韧的毅力依然是我的精神财富。

我感谢高考！它圆了我的大学梦，而我的大学梦正是从我的小书房筑起的！

我的小书房，其实就是一间小凉房，是我与父亲亲手建造的。我们采石头，砌根基，脱土坯，构筑墙，钉椽檩，压木栈，拉黄土，抹房顶……

　　二十多天后，一间白墙红窗、美观大方的房子建起来了。父亲把房间内部的装修工作交给了我。

　　那年我十七岁，高中一年级。

　　我自己锯木头，搭书桌，脱土坯，盘土炕；

　　我自己架电线，装灯泡，铺地面，安小窗；

　　我自己和水泥，抹黑板，裱顶棚，粉刷墙。

　　于是小凉房蜕变成为温馨的小书房，不足的是，它只有四平方米！

　　小书房坐南朝北，向东开一扇小窗。清晨，澄黄的阳光，从窗棂斜浸到书房，洁净地映到小黑板上，我嗅着书香，坐在凳子上，感到书桌上平铺着一种恬静，一种精神上的豪兴，情趣上的闲逸，真可谓窗明几净。我欣欣然地朗读着课文，就像百灵鸟在歌唱！

　　深夜，一盏小灯照亮了墙上那由父亲书予我的励志标语，映红了我那堆满笑容的脸庞和涨满桌子的书本！我遵循自己制定的课程时刻表，研读数学，预习化学，又在黑板上默写单词。偶尔弟弟进来，坐在小板凳上，听我用小黑板讲物理。

　　一个星期天上午，我打扫干净书房，往地上洒了些水，又回头照了照镜子，以迎接三位女同学的光顾，她们进来后，好奇地欣赏着我的小书房，向我投来羡慕、喜悦的目光。只见她们桃红色的脸上渗透着微微的汗滴，并排坐在炕沿边，怯怯地，我拿出姥姥从山西寄来的红枣、核桃招待她们，我把核桃打开掰成三瓣儿依次递到她们的手中，又把红枣分成三份依次递到她们的手中，她们不多说话，也不出声笑。母亲要为她们准备午饭，问我吃什么好，我说："她们住在学校，天天吃窝头、莜面，今天给她们吃面条吧。"不一会儿，三大碗手擀面端上来了，香喷喷的、热腾腾的，上边还焰着札麻花，又倒入山西老陈醋，她们吃得津津有味，酣畅淋漓。

那个年代，男女同学是不轻易对话的，一心想着考大学，每天早晨争先恐后地起床，到树林里、小河边背书。我每天五点多就起床了，开始学习、跑步、晨读、上课；跑步时背诵英语单词，课间操记着数学公式，放学路上还看着物理书，在校上完晚自习后，又回到小书房学习到深夜。

我爱动脑筋，喜欢问为什么，常常在不停地在思考着、思考着。长时间紧张的学习思考，用脑过度了，又染青春期之疑惑，我患上了严重的神经衰弱症：失眠、焦虑、头昏、盗汗、乏力、健忘。我深深地陷入了痛苦之中，害怕这样下去考不上大学怎么办。我查医书，对症状，猜病因，结果症状一一兑现，想头疼，必疼头，思失眠，则失眠。失眠的我不禁头涔涔而泪潸潸，怕父母姐弟察觉，我把被子蒙在头上，眼泪打湿了枕巾，冷汗洗刷了被褥。白天上课时，我十分困倦，怕睡着，用笔尖刺自己的大腿，或者故意把笔掉在地上，利用捡笔这一空隙，深深地呼吸两口桌下的凉气，以便醒脑。

我期盼早点高考；我告诫自己：不能倒下，不能弃学，一定要考上大学，要有决心，有毅力，有气概，要做强者。于是我咬紧牙，挺起胸，托着沉重的身心负担，满怀自信，开始了每天一万米的长跑锻炼，风雨无阻，坚持不懈。

天渐暖，高考将至，进入自由复习阶段，我将小书房"搬"到北山沟。我从山上撬起一块两平方米多的长方形平板石，用稚嫩的双臂奋力将其滚入山沟，架在两块石头上成桌子，又搬来石头当凳子。我坐在这"小书房"里向高考冲刺！

这里空气清新，风景优美，方圆几里只有我一个人静静地坐在那里，专心地读着书，那种静，在静里似可听到自己的心房在愉快地跳动，和着仿佛是琴音的呼吸，低诉着一个幽独者自强不息的心声。

这最后的冲刺迅速全面地提高了我的成绩，我愉快地参加了梦寐以求的高考。高考期间，母亲每天只蒸一颗鸡蛋，并告诉弟弟，你哥高考呀，让你哥哥吃鸡蛋吧，弟弟欣然接受。

高考后，我躺在小书房的小炕上睡着大觉，这是前所未有的歇息，使心身得以调理。终于有一天，邮递员自行车的铃声，惊醒睡梦中的我，我接到了中国地质大学的入学通知书，泪如雨下！

之后，我的小书房成了同学们的小宾馆，一些同学住在这里静候佳音。来自复旦大学、同济大学、天津大学、第四军医大学等通知书，如雪片般飞来。内蒙古旗下营中学，我们高中34班的同学全部考上了大学！

第二年，弟弟在我的小书房也圆了大学梦！

父亲陪我去高考

我常常梦见高考，梦乡中的高考是紧张，是忧伤，或是欣喜若狂，大学毕业近三十年了，我一直被高考魂牵梦绕着，也被"高考精神"激励着！

我是20世纪80年代中期参加高考的，我就读于内蒙古自治区重点中学——旗下营中学，参加高考要到四十公里外的县城卓资山去。高考前一天同学背着行李，在老师的带领下，集体住进卓资县委党校大礼堂，两百多名同学以地当床就地展开被褥，男生住在东半边，女生住在西半边。我在大礼堂停留了一会儿，直奔卓资山火车站。

在出站口等待片刻，只见一个高大的身影出现了，是父亲挑着一个担子，一头担着一个装满鸡蛋挂面的纸箱，一头挑着煤油炉和行李。我的心咯噔了一下，顿时感到一丝酸楚，心里沉甸甸的，心想：考不上大学该如何面对。再看父亲，一向冷峻的脸似乎布满了沧桑，笔直的腰身好像不再那么挺拔了，五十多岁的父亲一下老了许多，我要夺过担子自己挑，父亲又抢了过去并说："爹挑吧，不重！"父子俩一前一后从火车站向东又向南绕过卓资中学，拐入小西村，以每天三元钱租下一间小凉房。房间只有六平方米大小，内有一盘小炕，一个高桌，一只矮凳，黄土泥抹的墙壁还裂着几道缝。我赶快帮父亲打扫收拾，父亲说："你快看书吧，我来。"我擦掉凳子上那层厚厚的泥土，坐在炕沿边开始学习，父亲支起煤油炉，开始做饭，第一顿饭是西红柿鸡蛋煮挂面，香喷喷的，我一口气吃了两大碗，边吃饭边想：这个煤油炉是父亲在商业单位当采购员出差时，随身带在旅店做饭时用过的，它跟随父亲五六年，走了半个中国，省下不少伙食费。

吃罢饭后，我阅读语文课本上的文言文，父亲为我把钢笔吸满墨水，把铅笔削好，把准考证放好，晚上十一点了，父亲说："好了，利田，睡觉吧，明天考语文。"可是怎么睡呢？小炕只能睡一人。"你睡小炕，我睡桌子。"父亲带着命令的语气说，那个一米高的桌子只有一米三长，六十公分宽，身高一米八的父亲蜷缩身子竟然在桌子上躺下了，头下枕了一摞课本。

平时睡眠不好的我，躺在小炕上辗转反侧，不知过了多久才慢慢入睡……

啊……一声尖叫，惊醒了我，紧接着听见咚的一声。我急忙跳下地，拉着灯，只见父亲已从高高的桌上掉到了地下。我赶忙上前扶父亲，先就地坐起，父亲难为情地说："唉！梦见爬山了，从山顶滚下来了。"脸上流露出一丝不好意思的微笑，但脸色是苍白的，惊恐的阴霾还未散去。我的两只小手扶着父亲宽厚的脊背，这才发现父亲肩膀被蹭破了两大片皮，呈粉红色，上边还被刷上一层灰黑色的泥土。"爹，起来活动一下，看摔着哪儿了。"没事，裹着被子掉下来的，不高，碰不着，唉！把你惊醒了，快快睡吧，不要胡思乱想，明天还要高考。"父亲边说，边在我的搀扶下慢慢爬了起来，活动了一下四肢和腰身，说："好了，没事，睡吧。""爹，你睡小炕，我睡桌子吧，我个子小，掉不下来。"我反复恳求父亲，父亲坚决不肯。我把荞麦皮枕头让予他，他又推给我，并把装挂面的纸箱并在那摞书旁，加长了"枕头"，又睡下了，长长的腿依然蜷缩着。

我躺在炕上，不禁簌簌地流下了眼泪，怕父亲听见，我轻轻地将被子蒙在脸上，泪水不断地将被子打湿，我又一次感觉到了父亲的刚毅与慈祥，同时我也感悟到了我的责任和压力。"若要富，子强父！"我默念着父亲常告诫我的话。

夜静静的，父亲的鼾声渐起。我的心怦怦然，担心父亲会不会再掉下来，于是悄悄地把衣服丢在父亲落地的那片地上以充"垫子"。

我深思，父亲望子成龙，我今年必须来个漂亮的鲤鱼跳龙门……

叽叽喳喳的喜鹊叫声，把我吵醒，我立即扭头看桌子，桌子已被收拾干净，我穿上衣服，跳下床，寻找父亲，原来父亲怕吵醒我，早将煤油炉搬到屋外一角落，做起了早餐，锅里熬着小米粥，笼屉里蒸着四个馒头和两个鸡蛋。父亲看我起来了，向我投来关爱的目光，对我说："睡好了吧，爹听见你睡得很香，快出去跑跑步，回来吃早饭。"

我从小养成了长跑的习惯，不管风霜雨雪，总会持之以恒，今天我照常去跑步，手里还拿着一卷时事政治学习资料，边跑边还看上一眼。

迎着灿烂的朝阳，迈着矫健的步伐，和着和煦的清风。清新的空气沁人心脾，驱散了我的紧张与烦躁。

跑完五公里路程，我又回到父亲身旁，父亲把饭端在我面前，硬让我把仅有的两颗鸡蛋吃完。

吃罢早饭，父亲陪我一同向考场"进军"，走到卓资中学大门口，方止步，我回头深情地望着父亲，他冲着我说"沉着冷静"，并送给我一个微笑，殷切的目光透露出对儿子的支持与鼓励；那和善得不能再和善的面相又一次给我带来无限的温馨，令我觉得心软软的；他那带着棱角，代表着正直、坚定的国字脸所体现的精神，如脊梁，支撑着我顽强的毅力，使我浑身充满了正能量。

语文开考了，我认真、仔细、冷静地答着题，题答得很顺利，尤其是作文发挥得特别好，我还利用所学到的唯物辩证法原理进行论证，最后以"改革开放的春风吹绿了祖国大地，祖国处处充满了生机与活力"来结尾。最终我的作文得了高分，差满分仅1.5分。

铃声响了，题已答毕，我奔出考场，笑脸上绽放着笑容，迎着那上百双饱含期望的同学父母的眼神，我又感受到了可怜天下父母心的情感。我羞涩而又兴奋地搜索着父亲那企盼的目光，只见灿烂呈现在一向不爱笑的父亲脸上。父亲对我说："不要大意，下午争取把政治考好。"我坚定地点点头。

下午，考政治，我感觉答得很好。当年教政治的张洵老师把课讲得深入浅出，将题押得有的放矢，高考政治均分多年居内蒙古第一。

第二天上午考数学，我感觉题很难。父亲鼓励我不要气馁，下午好好迎战物理，并说："中午听几位家长说，喝上葡萄糖注射液，心亮，有精神，父亲给你买了两盒。"我一连喝下三支，确实感觉"心亮亮"的。但是父子俩都忽视了一个问题：葡萄糖的利尿作用。

　　刚愉快答题半小时，我便感觉尿紧了，想去上厕所，但又怕监考老师怀疑我作弊，跟踪我，只好憋着。我的手在微微颤抖，掌心冒着汗，握笔的手指在打滑。尿依然层层紧逼，我心想："不，我要举手，申请如厕。"然而我又想："不，不要耽误时间了，要坚持，要有毅力。"紧张、焦虑、矛盾、自责的气氛笼罩着我，像蟒蛇一样死死地缠绕着我……

　　时间到了，还有一题没做完，我恋恋不舍地走出考场，着着急急地上完厕所，强作笑颜。父亲似乎看出了什么，安慰我说："你平时物理学得好，即使没考好，成绩也不会太差，要有足够的信心。"

　　七门课（语文、政治、数学、物理、化学、生物、英语）的高考结束了，这短暂的三天半就像在独木桥上完成了一个漂亮的三级跳，使我的人生经历了一场大的变革，正如我大姐当年劝我学习时，常说的一句话："人生很漫长，但关键时仅有几步。"

　　半个月后，我第一批接到了全国重点大学——中国地质大学（武汉）的录取通知书。全家欢喜，邻居齐来祝贺，母亲欣欣然为我缝制蚊帐，父亲从商场棉花包上拆下木板，请木匠为我打了一个书箱，并亲手调制淡蓝色油漆刷了箱外，又用报纸裱糊好里子。

　　我要去报到了，旗下营火车站的月台上站着父母、姐弟、同学、邻居。母亲拉着我的手，带着欣慰、欣赏的神情，仰望着瞬间长大的儿子。我用力握了一下母亲的手，母亲的大眼睛里不住地闪烁出晶莹的泪花……

　　蒸汽列车响着长笛启动了，载着童年的梦想，怀着祖国的希望，我第一次跨过了黄河，越过了长江。喀喀的节奏声伴随着怦怦的心跳声，从未有过的激动、愉悦与自豪涌动在我的心房。

第二年，父亲又陪弟弟去高考，依然挑着煤油炉，依旧租住在那间简陋而吉祥的小凉房。弟弟考入了西北纺织工程学院。

高考对我一生成长的影响具有十分重要的意义：是磨砺，是洗礼，是励志，是转折，如赞歌；而在父亲陪伴下的高考又被赋予了更深一层的含义：是责任，是鞭策，是教育，是守望，如戏剧！

腊八的红腰子

又逢腊月初八，童年的往事浮现在眼前。

1977 年的腊月初八早上五点，一盏油灯闪烁着微弱的光芒，火红的灯光照亮了母亲的脸庞，母亲盘着腿坐在炕头上，红色的棉布铺在眼前，一针针，一线线，母亲正在为姥爷、姥姥缝制红腰子，那年姥爷、姥姥都 63 岁了，适逢九年，传统孝道讲，父母逢九年，女儿要为父母缝红腰子，最好选择腊八凌晨开针，而且要在煤油灯下亲手缝制，以真挚地表达女儿的孝心。难怪母亲没有开电灯，煤油灯下，母亲精心缝制，心灵灵的，手巧巧的，开裂的手指戴着光亮的顶针，明亮的双眸闪动着智慧的光芒。

撕棉花，絮棉片，裁布面，熨褶皱，缝边边，掖沿沿，调里里，翻面面，绾疙瘩，绻桃扣，母亲认认真真，勤勤恳恳，忠心耿耿，欢欢喜喜，时而哼着晋剧小调，时而回头看看熟睡中的双儿双女，时而热泪随着针线走，母亲的思绪又回到从前，想起姥爷 1956 年从太原钢铁公司调到武汉，支援武钢建设，想起姥姥 1958 年如何带着 11 岁的姨姨从山西崞县迁到武汉；又想起来刚大学毕业的姨姨每月将 15 元准时寄给母亲……

天亮了，母亲养的公鸡开始叫鸣了，父亲喊话："娃娃们！今天是腊八节，要早早起床，不起床的孩子，眼睛会变红的！"

话后父亲烧水、洗枣、下米、煮豆，拉着风箱，令火慢慢地烧，烧呀，烧呀；红枣、黄米、红豆各显神通，畅游在直径一尺八寸的大锅里尽情地熬，熬呀，熬呀……

大姐已起来抱回柴火，打好炭，生起了火炉，结冰的水缸开始消融，我躺在炕上，睁着小小的眼睛，盯着顶棚，麻纸顶篷上的自然花絮在灯火的照耀下幻化出各具神态的情景：有黛玉葬花，有钟馗打鬼，有哪吒闹海，有李白醉酒……二姐伸着懒腰，露着豁牙牙的大盘脸绽放出俩朵小酒窝，弟弟睁开水汪汪的黑黑的大眼睛，机灵地翻身起床，好奇地洞察着今早的新气象，土豆皮般的脸蛋露出甜美的微笑。

两对红腰子缝好了，十二对红桃扣门门缀好了，母亲撑起红腰子在煤油灯的火焰上烤了又烤，而后，母亲欣欣然地把红腰子贴在胸前，对着镜子照了又照，喜上眉梢！

勤劳加上智慧，一定能把事情做好，孝心加上爱心，一定会有好报，这就是母亲的信念，因而，她吃苦耐劳，以苦为乐，处处想着亲人，她感觉自己是最幸福的女人。

腊八粥熬好了，红豆、黄米、红枣熬成的黏黏的腊八粥与红里、红面、红线缝就的棉棉的红腰子相互映衬，红腰子更红了，腊八粥也更红了，掺进甜甜的红糖，腊八粥的香气在院子里飘荡，又如紫气东来，昭示着王家来年的吉祥和兴旺。热腾腾的腊八粥出锅了，铺着绿油漆布的大炕上摆上了紫红油漆漆过的小炕桌，四边形的炕桌上摆着六双筷子，六只碗里盛满了香甜的腊八粥，饭桌中央摆着一大盘烂腌菜，旁边并着一小盘红糖，里面还有几块核桃仁。弟弟捧着碗，绕着圈，将碗里的粥滚成了绣球。一家六口人围坐在饭桌旁，尽情地享用着入冬以来最美的大餐。

高蛋白的红豆和着高糖的黄米，配上含维生素和无机盐高的烂腌菜，人体所需要的营养成分足矣！再加上补血、补气的红枣和补脑的核桃，这中国特有的腊八粥就是世界上最合理的高营养食品。腊月初八正逢数九天，祛除严寒，补充能量，养精蓄锐，准备过年。腊八粥文化竟然如此科学且富有内涵，正因此它能流传千年。

两碗粥吃下了肚，我的桃红色的脸上渗出微微的汗滴，浑身上下暖意融融，心情特别舒畅。我推开家门，院子里一处场景耐人寻味，在一个粪堆顶上，耸立着一大块冰，在冰上涂抹了一大片腊八粥。粪代表着土地肥沃，冰象征着雨水充沛，粥预示着五谷丰登。我深思：这不正是老百姓的信仰吗？它寄托着百姓对物阜水沛的憧憬和对美好生活的向往。

后来，大姐告诉我，她和父亲在腊月初七去旗下营大黑河采来几块冰，今天的腊八粥就是用大黑河的冰水熬成的。纯净、甘甜、无污染的大黑河水经过结冰的再次提纯，竟成了纯净的矿泉水，这也是腊八粥为什么好吃的原因之一。

腊八过后，父亲从商店捡来一个装过红秋衣的大纸箱，底下装上土豆，中间添进晾干的粉条，上面把红腰子恭恭敬敬地铺平，将纸箱捆绑好，拉到旗下营铁路货运站房，装进开往山西原平的车厢。

大年三十，在红灯笼的照耀下，姥爷、姥姥一起换上母亲缝制的红腰子，扣上桃形扣门门，幸福的老两口互相看着，开怀地笑着，他们充分地感受着母亲的孝心，享受着家庭的温馨，同时也嗅到了口外腊八粥的芳香！

母亲生活的艺术

我时常回忆起童年的小书包，那是 20 世纪 70 年代初期，我上小学时天天背着的小书包呈草绿色，上面配有红心和红麦穗。常有大人问我"哪里买的小书包，又结实又好看"。我回答："我妈做的。"母亲把一双白色帆布手套染成草绿色，沿着手指缝拆线展开，正好呈 16 开本大，然后用红布剪成麦穗和红心，补住手指缝，缝上背带，小书包就做成了。当时我国处于困难时期，大多数同学的母亲为书包发愁时，我的母亲没花一分钱和一寸布票就让我们姐弟四人背上了漂亮的小书包。

帆布手套是母亲在旗下营沙石厂打工时领取的。沙石厂无固定厂房，哪里有石头就在哪里干活。课余时间我们经常帮母亲打石子，从河槽边捡起鹅卵石，用盆端到母亲身旁，母亲用铁锤打击成 4~6 厘米见方。体重不过 45 公斤，身高 1.5 米的母亲凭力量、技巧和耐心，每天能打一马车石子，这比壮年男子打得都多。当时，一马车石子可卖 3 元钱，母亲每月能挣八九十元。不管风吹日晒、数九寒天、雪封大地，母亲总是持之以恒。常常看到在方圆五公里的田野里只有母亲一个人坐在那里打石子，那咚咚的有节奏的击石声响彻四野。母亲近 10 年打的石子能堆成一座小山，至今在包兰铁路的枕木下还留有母亲打成的石子。

当时月薪只有 42 元 5 角的父亲在内蒙古卓资县大榆树工作，家庭重担落在母亲身上。一年四季，母亲早晨给我们做好午饭，匆匆去打石子。天黑收工后，母亲烧一锅开水烫烫开裂的双手，急忙做饭。饭后姐弟四人围坐在小炕桌前，大姐手把手教弟弟写字，二姐读《愚公移山》，我照着被子上的图案画喜鹊登梅。

母亲常常为我们做针线到深夜。全家的衣服都由母亲缝纫，做新改旧、染色翻里、缝补洗烫，花很少的钱就可把我们穿扮得整齐干净好看。母亲做鞋不花一分钱，捡　双旧塑料鞋底，按我们脚的大小裁好，把钢锯条烧红，烫化塑料，粘上鞋跟，缝上鞋帮，这样一双白底黑条绒面的鞋就做成了。条绒布是母亲帮别人裁剪衣服时人家送的。母亲是街坊里有名的"好针线"。

邻居们都请母亲缝纫衣服。那年头帮人做衣服不能收钱，否则会有人揭发"资本主义尾巴"。邻居只好送来莜面，端来黄米。母亲很要强，会理财，从不借钱，日子过得有条有理、有吃有喝，那时就已经有了不少存款。

当中华民族处于困难时期，没有正式工作的母亲通过勤劳智慧，管理、经营了一个不贫困的家庭。改革开放初，父亲调回旗下营商业单位工作，开始租赁承包柜台。后来有了自家的商店，母亲很会算账，帮父亲把商店经营得很好。那时银行存款利息很高，母亲玩起了"储蓄经营"，力争以最大的利滚最大的利。经过几年苦心经营，硬把家里的存款翻了近一倍。

母亲很重视子女的学习教育。恢复高考后，我刚读初一，母亲天天鼓励我们一定要考大学。常讲：外祖父家祖辈出了多少秀才的故事。20世纪80年代中期，我和弟弟相继考入名牌大学。同时供我俩上大学，母亲丝毫不觉得经济紧张。

母亲是热情的、善良的、始终微笑的，与邻里能和睦相处40年。当地有一种习俗：娶回新媳妇需由"全人"陪，全人即有双儿、双女、双父母，夫妻双双。直到母亲60岁外祖父去世前，母亲一直扮演这一吉祥的角色。母亲教育我们要重视亲戚，孝敬老人，常讲："房檐水滴到底，你不孝顺我奶奶，我不孝顺你。"

父亲当年患有老年病，母亲几年如一日精心照料，做饭、喂药、洗脚、搀扶，从不间断，从不烦躁（埋怨），从不表功。她的顽强、智慧、耐劳、谦逊不得不令儿女敬佩，也潜移默化地影响和教育了儿女。我们常回家看看。母亲唠叨：花钱不要大手，见老人喊大娘，不要说自己的孩子好看，让人家笑话，衣服开线了吗？脱下来妈给你缝缝，有鞋垫吗？城里土豆贵，从家里拿点吧！

躺到母亲的大炕上，我感觉到温馨踏实。我深思：倘若没有母亲，这家就没了风水。母亲是家庭的脊梁，可母亲从不夸耀自己。她认定生活本是这样的，心态始终是平和的；她与家庭是和谐的；她与社会是和谐的；她从容、自然、健康而又艺术地生活着，因而她是幸福的。是的，恰恰是她深深理解和把握了生活的真谛，而她只读过三年书。

敬畏自然

——病毒肆虐中的反思

庚子之春，病毒肆虐，染数万众，夺千人命，城镇封，街巷空，车舟无影，援医逆行，民禁出进，困于"笼中"，怯怯也，静静也，仰望苍穹，垂头反思：人类乃万物之灵长乎？然当病毒逞威而致人亡，吾辈须反省：敬畏自然乃人类生存之必需！

自然界由万千物种组成，原始初，人恐于自然力，敬之，畏之，赖之！

《太上感应篇》如是曰："射飞逐走，发蛰惊栖，填穴覆巢，伤胎破卵；败人苗稼，无故剪裁，非礼烹宰，决水放火，用药杀树，春月燎猎，无故杀龟打蛇"等。如是等罪，随其轻重，夺其纪算，算尽则死。又如《文昌帝君阴骘文》所云："禁火莫烧山林，勿登山而网禽鸟，勿临水而毒鱼虾"，则天赐福也！

然自农业社会末，人类遂由"敬畏自然"变为"征服自然，进而改造自然，于是乎，人与自然对立！劈山填海，开荒耕耘，毁森林、减草原、缩湖面，截河流，致水土流失、沙漠化、盐碱化，甚者，视野牲为仇敌，见其便杀，足卜虫蛛蚂蚁亦不留情，空中蝶蛾燕鹰也不放过，捕之、踩之、灭之，快意于此焉！遂生态失衡矣。

忆往昔，1958年，中国"痛剿麻雀"旷古奇观，是年4月

19 日晨，北京市数百万"剿雀大军"投入战争，锣鼓喧天，鞭炮声声，枪声阵阵；老人、孩童、工人、农民、战士、学生皆上阵，手执武器，各尽所能，剿麻雀于天罗地网之中。

20 世纪以来，面对环境污染、能源危机、核武器之威胁，人类社会陷入生态危机之中。恰如恩格斯所说："不可陶醉于我们战胜自然界之喜悦，凡获此胜者，自然界终将报复于此！"

悲哉，物欲横流之人类丧失道德之本，自矜己为高等、智慧之神灵，可擒众生，可胜天地，可驭山川，鄙夷个体小、结构单之病毒！殊不知，细菌、病毒与人类等生物，一起构成生命共同体，众生平等，无高低贵贱、大小老少、美丑之分，其均有生存之权利与本能，发展之责任与法则！人必怜其，其方惜人！

面对自然，吾叹生命之伟大，面对万千物种，吾望其长生也！

敬畏自然，乃尊重生命；顺其自然，人生方安然无恙，自然九久盛哉！

浙江作家薛年勤

【作者简介】

薛年勤，男，中国作家协会会员，中国戏剧家协会会员，著名综艺导演，浙江省传统文化促进会会长，《中华传统文化》社长兼总编辑。

琢玉成华

——写著名青年歌唱家魏小燕

名山出名人，径山飞出小百灵。

浙江杭州径山寺是一座著名的古刹，距今1200余年，是佛教中国化之后的一座高峰，有江南五大禅院之首的名誉，历史上有很多名人、帝王、学者前往参拜进香。

浙江省曲艺杂技总团国家一级演员，著名青年通俗歌唱家魏小燕就是从这著名的美丽余杭径山飞出来的百灵鸟。年轻漂亮满面春风的魏小燕有一双炯炯有神的双眼，在舞台上永远饱满着精气神的活力，满载着艺术的魅力，奉献给剧场的广大观众吸引着观众的眼球，她满腔热情微笑盈盈给人美的享受。她以稳健的台步和热力十足的歌声赢得了观众的热烈掌声。几十年的舞台生涯留下大美大好的艺术形象。她的甜美圆润声腔荡漾在艺术舞台上，留下了甜润悦耳的旋律，炉火纯青、绕梁三日、余音不绝的效果。

我和小燕认识已有近 20 年了，是看着她在艺术的道路上不断成长，不断攀登，不断成功，也是通俗歌唱艺术的上一块难得的琢玉啊！

我自灼然不佩玉，瑶池尽碧亦无双，清风流水辰星易，长空万里皎月光。小燕一双美眸流出来的神采气质是一流的，她的声腔是甜美、温馨、醉人的。

无疑，魏小燕是难得的艺术人才。更可贵的是，她在美声、通俗歌唱艺术上留下了她奋斗的足迹是令人敬佩的。

也是我这个老文化人必须写上此文，激励年轻的艺术表演者给予推动和鼓励，无疑，幸福是奋斗出来的。

淡妆浓抹总相宜，大美于小燕，小燕从小表现出了不同于常人的歌唱天赋。

读小学时，只要广播里电视里经常播放的歌曲，如《洪湖水浪打浪》，她一听没几天就会唱了，爱好艺术的父亲就给她购买音响及琴等乐器、卡拉 OK 等，每每到夏天在院子里乘凉时，过年聚会时，小燕就给乡亲叔叔伯伯婆婆等表演，唱唱跳跳非常热闹，成了左邻右居、亲朋好友的开心果。在小学时她就积极踊跃地参加文艺演出和县里的文艺会演比赛并频频获奖。有一次镇上春节晚会上，11 岁的魏小燕以一首《黑头发飘起来》引起了全场不小的反响，也引起了镇文化站长的注意，文化站长私下里找到了小燕父亲说："你女儿嗓音太好了，唱歌非常有天赋，你一定要好好培养她啊。"

机会不会给一个装睡的人。自我的命运应由自我创造，而且就应绝对排除虚伪和坏事。

良机只有一次，1992 年余杭越剧专业培训班招生，得知此事，小燕的父亲带着小燕报了名，没想到凭着小燕的歌唱天赋和临时抱佛脚的几段越剧，便一路顺利通过了初试、复试。考官都是省里的戏剧界著名艺术家，如汪世瑜、茅威涛、林为林、高爱娟等，当时唱腔考试后，考官问她："练功很苦，你怕吗？"小燕果断地说："我不怕。"就这样魏小燕成了当时30多位学员中仅有的8位正取生之人，从此走上专业的越剧演员之路，走进了艺术之门，圆了她的从艺梦想。

梦想是要经过奋斗才能实现的。1992年7月25日报到前的两天，小燕的父亲发生了严重的车祸，左腿粉碎性骨折，在医院抢救生死未卜。13岁的小燕在叔叔陪同下来到了剧团报到，开始进行两年的封闭式训练。由于余杭政府非常重视要培养自己新一代文武兼备的演员，所以越训班功课排得很满，来授课的全是省里的艺术专家老师，每天天不亮就起来练早功，吊嗓、发声、台步、腿功、唱腔……但是由于小燕对父亲的思念担心影响了学习。学艺术必须要有全神贯注的学习精神，小燕晚上老是做梦，白天学习思想不集中，那个年代也没有电话联系，影响了小燕整个学习状态，作为一个才13岁女儿怀念父亲的纯爱的心灵的素养，是一种孝心的反映。

在一个月业务的考试时，因成绩不理想，被列入退回的对象，当时余杭文化局谭均华老师认为小燕是有艺术潜力的，便与小燕父亲联系，小燕父亲正住在浙二医院治病，知道此事后，不顾众人的劝阻吊着挂瓶，身上绑着石膏，躺在医院救护车上来到了临平培训中心，见到如此模样的爸爸，小燕泪如雨下，父亲心里当然知道女儿学不进去的原因，便安慰小燕说："你看爸爸一天天地好起来了，肯定不会有危险了，你不要担心我。"接着又说，"你如果不喜欢，我们回家念书；如果喜欢，那就要安心地好好学习好好练。爸爸会常来看你的。"小燕擦干眼泪，狠狠地点着头："我要留下来好好学习……"在此后的日子里，每到周末一小时见家长时，妈妈来看望小燕就会带着爸爸躺在病床上给女儿的信，信中满是鼓励的话语和满腔的爱，每次小燕都是背着身流泪看完，并暗下决心，一定要好好练功，绝不辜负爸爸的期望。

书山有路勤为径，学海无涯苦作舟。这深刻地阐明了要想攀登上万仞高峰，必须要有勤奋为基础，奋斗中感受着幸福。幸福是奋斗出来的。

从此小燕似换了个人似的，刻苦训练，从不迟到早退，在艰苦的努力下，她能一口气连翻30个前跷后跷及吊小翻，倒扎虎等形体动作、台步、毯子功成绩前茅，特别是唱腔有了很大的提高和飞跃……在三个月的业务考试时，父亲拄着拐杖来看女儿，看看墙上贴的成绩单，小燕的各科成绩排在前三位，父亲欣慰地笑了……

在之后的日子里，小燕更是勤奋图强、表现优异，在剧团排练的《碧玉簪》《何文秀》《红丝错》等多部大戏中饰主要角色，深受观众的喜爱，尤其在1999年，在新编大戏《杨乃武》中，她饰演的"夏母"一角，一段铿锵有力，绍兴大板的唱腔得到了观众七八次的热烈掌声，就凭一场戏一段唱，小燕获得了浙江省第八届戏剧节演员最高奖——优秀青年演员表演奖。

虽然学习的专业是越剧，平时小燕从未放弃对唱歌的热爱和追求，一次偶然的机会认识了浙江歌舞剧院史崇义老师，史老师把小燕介绍给了谭丽娟老师（浙江著名歌唱家）。谭丽娟一见到小燕就非常喜欢这个有着戏曲功底的学生。谭丽娟老师说："小燕嗓子亮声音宽，而且悟性很强，一点就通。"她开心地说："这个徒儿我收下了。"经过名师的悉心指导，小燕的发声、演唱技巧、情感的舒展有了很大的提高。几个月后，正遇上余杭举办新东方青年歌手大赛，小燕首次参赛便闯入决赛，最终以一首《嫂子颂》一举夺得了余杭新东方十大歌星第一名。从此推动小燕转向歌唱专业迈出这重要一步，更加努力学习声乐。每周无论刮风下雨，都要坐车去谭老师那儿上课，还经常早起一人去公园吊嗓练歌。在每个暑寒假，父亲也会监督女儿曲不离口！

哪里有勇敢的奋斗，哪里就有幸福的留步；哪里有艰苦的奋斗，哪里就有幸福的永驻；哪里有坚强的奋斗，哪里就有幸福的标志。

大凡有作为的人，无一不与勤奋有着难解难分的缘分。功夫不负有心人，随着时间的推移，成绩和荣誉不断涌现。在1999年浙江"祖国在我心中"雄狮杯青年歌手赛中，一举获得金奖；在《钱江晚报》主办的浙江金海岸青春歌舞选秀大赛中，获得青春歌手第一名。2000年获浙江"虎山杯"青年歌手大赛金奖，同年获得浙江省文联青少年"文学艺术新人奖"，与周迅、胡军等一起在浙江电视台领奖。

2000年是特别的一年，更是难忘的一年。魏小燕福建省东南卫视《银河之星大擂台》闯擂八关，在年终决赛时她更以一首《山路十八弯》一举夺得2000年度"歌王"称号。当时担任总决赛评委的著名声乐教育家金铁霖是这样点评的："魏小燕这位歌手舞台表现力特别好，这首歌要是她首唱，出名的就是她，她不是喊，是靠方法上去的高音，让人听了很轻松。表现很投入，形象也很好！"最终小燕经全国观众投票和现场评委投票获得了通俗组唯一的一位"歌王"。

虽然在余杭小百花越剧团，魏小燕有着自己的一片天地，但她做梦都想唱歌，她希望能学习更多的专业知识，登上更高的舞台。2001年，在家人和老师的支持下，她正式向单位提出辞职。虽然领导苦苦挽留，自己心中也诸多不舍，但她还是坚持心中的梦想……

此后，小燕又拜师浙江群艺馆马建华老师，马老师给了小燕很多在流行唱法上的指点和建议！艺术之路无止境，2002年，小燕又赴北京拜师学艺，在著名声乐教育家金铁霖老师和海政文工团胡宝善老师门下上课，同时参加各类比赛锻炼自己。2002 年参加第二届全国"希望之星"电视大赛，她获得通俗唱法"十佳金奖"，还受邀赴广州体育馆参加"希望之星""阳光健康明星"双星颁奖晚会，与戴玉强、张丰毅、黄宏、吕丽萍等明星一起上台领奖。演出结束夜宵时，当小燕高歌一曲后，同桌的韩磊拉住小燕问："小家伙，我没猜错的话，你唱过戏曲吧，一听就是有功底的。"韩磊还私下跟小燕父亲说："这丫头，你砸锅卖铁都要培养她啊！"

2003 年，小燕演唱浙江原创歌曲《香香花为媒》，此作品获中宣部"五个一工程"奖。她曾三次荣获浙江省青年歌手大奖赛银奖和铜奖，其中 2006 年代浙江队赴北京参加中央电视台"隆力奇"杯青年歌手大赛，进入决赛，获优秀歌手奖。2007 年获浙江省"群星奖"第六届音乐新作演唱演奏大赛"表演金奖"。同年，代表浙江省总工会赴湖北参加中国第二届"三峡杯——职工艺术节"声乐大赛，荣获通俗组金奖。

2007 年，由于青歌赛的出色表现，经著名作曲家肖白的推荐，小燕通过三次考试，考入二炮文工团，可当时正值部队大裁员，编制问题暂时得不到解决，时任浙江曲艺杂技总团长的魏真柏先生慧眼识珠，向小燕抛出了橄榄枝，欢迎小燕的加入。考虑到能留在家乡陪在父母亲身边，小燕选择正式加入了浙江曲艺杂技总团，成为该团一名独唱演员。

入团后，领导的器重加上自身的敬业精神，小燕如鱼得水。每年都要参加团内演出 100 多场，由于对专业精益求精，有很执着的追求，在舞台上演出从来都是激情满满、不遗余力，在团里和台中的演出已成为亮点，演出效果及现场反响非常热烈，她的工作热情在全团也是有口皆碑。虽然是一名歌唱演员，但凭着她有过戏曲表演的功底，还积极参加大戏和小品的演出，舞台表现力十足，赢得领导及观众的好评。在服从组织分配方面表现得尤为突出，能够做到以团为家，不顾个人得失，时刻顾全大局，多次被单位评为先进个人。

多年来，她曾参加中央电视台《激情广场》栏目，"中国阳光健康明星"颁奖晚会演出，"西湖国际茶文化博览会""中国茶圣节""中国森林节""中国海洋节"等开幕式，浙江卫视大型抗震救灾直播晚会，浙江省"唱响文明赞歌"优秀歌手展团演出，省政协迎新春联欢会，浙江省交通之声巡演浙江国安、法院、公安、总工会等大型主题活动演出，文化厅"雏鹰计划"系列演出。十八大旗帜阳光、十九大的全省巡演，以及浙江慈善总会各类公益演出。

艺术只要倾情付出，就有丰硕的收获。2014 年 11 月 21 日，在得到团领导吴杭平董事长的大力支持下，由省文化厅主办，浙江曲艺杂技总团承办的 2014 浙江省文化厅"新松计划——燕语莺歌"魏小燕杭州演唱会，在杭州剧院成功举办。

这是一个令人难忘的夜晚，杭州剧院 1000 多个座位坐得满满当当的，有她的歌迷，有业内师长同行，也有从余杭赶来的父老乡亲……舞台上小燕青春靓丽，大气稳重，"好声音"乐队，刘忠虎主持，从原创歌曲《燕子》唱到《天路》，从《万物生》唱到《十八相送》，曲风多变，18 首曲目下来，台下观众听得津津有味。演唱会邀请了师姐北京武警文工团副团长胡晓娥和杭州越剧院梅花奖得主陈晓红等嘉宾加盟，徐鸿道、杨建新、吴天行，省文联、文化厅、省音协等领导和演艺圈内师长也到场观看聆听，并给予了很高的评价。谭丽娟老师上台接受采访说："小燕从小就懂事，很刻苦钻研，而且天赋很好，如今取得这样的成绩我很高兴。"小燕是众多优秀的学生之一，也是唯一跪下来拜师的学生，她印象深刻，她希望小燕子能够越飞越高！此次演唱会也是魏小燕的第三次独唱音乐会。

演唱会同时，推出《燕语莺歌》魏小燕演出专辑，收录了多年来演唱的十几首原创歌曲和一些翻唱歌曲。

曾演唱作品有《燕子》《家门口》《香香花为媒》《西湖风景线》《爱心宁波》《径山之歌》《欢迎你来杭州》《永远的骄傲》《美丽松兰山》《三江如歌》《腾飞》《路长情更长》《你在我心上》等原创歌曲。

最近的一次杭州剧院的浙江曲艺杂技总团20周年团庆演出，小燕在滑稽短剧《前世今生》里面分别扮演"梁山伯"和"白娘子"两个古装的角色，既唱越剧，又唱歌，在曲艺的领域里面也能独当一面。演出结束，不少老师及专家私信小燕，夸她演得好，此剧由于她的演出非常出彩，为此短剧增色不少，并且获得现场观众的一致赞扬。

著名旅欧歌唱家杭州师范大学特聘教授蔡大生，第一次看魏小燕的演出就被她热情似火的表演所打动，因此蔡大生老师接下来的《为您歌唱》系列音乐会每场都邀请她参加，在每一次的合作中，蔡大生老师和大家都能看到她特别甜美的欢笑声和她动人的歌声，看到她美丽的身影，感受到小燕阳光般的温暖。

蔡老师说："魏小燕的通俗流行歌曲在流行歌坛里早就成名了。她一直活跃在歌唱艺术的舞台上，随着她的歌声走进音乐的世界，魏小燕的演唱路子逐渐变宽，能够演唱不同风格的作品，特别是她演唱的各种戏曲经典剧曲目非常到位。"无疑，小燕在这一席上独占鳌头了，展示出了她深厚的演唱水平和功底，最难的是每一场演出，她都能把全场的观众调动起来，跟着她一起歌唱，一起舞动，整个剧场热腾起来，可见小燕在舞台上的魅力！

　　声乐是一种听觉的艺术，她的艺术感染力是以演唱来体现的。而要将歌唱达到炉火纯青、绕梁三日、余音不绝的效果，首要的是有坚定的声腔功底和熟练的演唱技巧。更重要的是小燕以自己的声乐修养、音乐素质、心理素质、文化修养奠定了她在全国声乐大赛获奖的基础，她像一股温暖的风，每时每刻都给大家带来快乐和美好。人生是一首悦耳的歌，生命是一幅美丽的画，事业是一条奔腾的河流，愿生命如美丽的花朵，在阳光下艳丽绽放！

　　在这春色满园、百花争艳的美好新时代，高举新时代中国特色社会主义思想的伟大旗帜，我们要坚持文化自信，以人民为中心的发展理念，文艺为人民服务，为社会主义服务，为新时代服务，弘扬主旋律，传播正能量。西湖碧波钱江浪，浪潮一浪推一浪；小燕歌唱浪打浪，艺术精英有担当。

　　祝小燕子在碧蓝的天空中乘风飞翔，在演艺声乐舞台上，这绚丽多彩的音乐圣殿中展示出她的甜与美的声情，放飞出音乐声腔的美感和美学，达到最高境界的撩人情思！

情系昆韵的洪情

　　原来姹紫嫣红开遍，似这般都付于断井颓垣良辰美景奈何天，赏心乐事谁家院，朝飞暮卷云霞翠……

　　中国昆曲《牡丹亭》影响波及全球，无论在文学音乐词曲和人物的表演上都是中国戏曲之最，是中国戏曲之魁的自豪，中华优秀传统文化的经典之作。该剧是明代戏曲家、文学家汤显祖名著，是汤显祖对昆曲创作思想升华的体现，是汤显祖哲学观点和政治思想集中的反映，是昆曲《牡丹亭》杜丽娘"为爱情而死为爱情而生"的人物思想创新。汤显祖是明朝中叶以来站在古时代前列的进步思想家、政治家（任浙江遂昌知令），堪称中国的莎士比亚。

浙江昆剧团著名昆剧演员洪倩塑造的昆曲《牡丹亭》杜丽娘一角，给观众留下了难忘的印象。洪倩嗓音清亮，唱腔醇厚隽永，悦耳洒脱，柔中委婉缠绵，扮相秀美靓丽，亭亭玉立，展现出古典美的窈窕淑女，可谓是现代版的"杜丽娘"。

洪倩在舞台上所塑造的杜丽娘的"情"，内心透现出的"真情"和"矫情"，这是洪倩从内心对人物的刻画。也是一个演员和表演艺术家对杜丽娘这一人物从内心、内意、内才、内核的体现。人物的塑造是戏剧表演的核心，从理论上深入研究戏剧表演人物艺术形象的塑造，对增强戏剧人物表演艺术魅力和升华意义重大，无疑也是演员在舞台上面向广大观众塑造人物成功形象的体现。洪倩塑造的昆曲《牡丹亭》杜丽娘给广大观众留下了焕然一新，表演高雅脱俗、赏心悦目的印象。无疑是美哉、美哉、柔雅也！

洪倩是浙昆第四代继承昆曲的接班人、传承人，她和其爱人李公律（国家一级演员）是昆曲事业上的一对黄金搭档。李公律是著名昆剧传字辈表演艺术家周传瑛的最后一个嫡系学生，洪倩是著名昆剧表演艺术家昆曲妈妈张娴老师的学生，周传瑛、张娴二位老师是传承昆剧的恩爱情侣。无疑，李公律和洪倩他们俩也是传承昆剧事业的好情侣、好搭档。一个演小生，一个演旦角，正是一对昆曲艺术的夫妻档。在浙江省传统文化促进会一届五次理事会迎春活动中，我邀请他俩展演了《长生殿（小宴）》片段，两口子表演得淋漓尽致。在全国热烈庆祝伟大祖国成立70周年华诞国庆活动中，他俩被邀请在西溪洪园舞台上，数天演出了《长生殿》《牡丹亭》等昆曲节目，吸引了众多游客和观众驻足停留，观看演出欣赏这唯美唯实、百转千回的艺术享受，给广大观众留下了美好的艺术印象。

洪倩漂亮大方，身材高挑，秀清靓丽，百媚千娇。一双炯炯有神的眼睛，靓丽的秀发伴随着她1.68米的身材微微起舞，是当今浙昆的当家花旦之一。曾拜著名昆剧表演艺术家张洵澎、王奉梅等为师，学习昆剧表演，她在昆曲舞台上塑造的昆剧艺术人物，如《牡丹亭》杜丽娘、《长生殿》杨贵妃、《西厢记》崔莺莺、《渔家乐》马瑶草、《白蛇传》白素贞、《连环记》貂蝉等等曾赴台湾、香港地区演出获得了台湾、香港专家学者和观众的好评及赞赏。洪倩所塑造的昆曲艺术人物给广大观众留下了赏心悦目、青出于蓝而胜于蓝，焕然一新的感受。但是，在舞台上要塑造各类不同的艺术形象，对任何一个演员和表演艺术家来说并非一日之功。这是艺术的深造，文化的积累，修养的提升，美学追求的展现。正如洪倩所说："难就难在同中求异。这个'同'就是我担任的众多角色，例如杜丽娘、杨贵妃、白素贞、百花公主、崔莺莺等。"在昆曲中，这类舞台人物同是"五旦"行当，也称闺门旦，作为演员在舞台上表演展示人物艺术形象，必须在"同"中去求"异"，达到塑造不同的艺术形象和人物个性，获得广大观众的喜爱和认可。在我和洪倩的交流中，给我加深了对洪倩的影响，她对昆曲艺术不仅有事业心，重要的是她很有思想，有一种意识的追求。她热爱昆曲艺术，更热爱自己选定的昆曲表演专业。洪倩形象靓丽漂亮，曾拍摄了数部影视，当时杭州籍著名影星邬倩倩几次热情邀请洪倩到其影视公司去工作当影视演员，因为怀有深爱昆曲事业的情缘，她多次婉言谢绝，执着地坚守在这昆曲的舞台上展示自己的艺术才华。无疑，一个优秀的表演艺术家，不仅要有对事业的热爱，还必须努力刻画塑造出独具鲜明特征的各种艺术形象，在艺术上更需要深读剧本，熟悉剧本的创作立意，分析剧中人物内涵和环境，剧中人物所处的规定情景，剧中人物的内心思想和灵魂，再通过唱腔念白和外在的形态动作的手、眼、身、法、步来体现和塑造每个剧中人物不同形象。这绝非几十年之寒啊！

中国传统戏曲在长期实践与发展过程中，积累了丰富的表演技能，再经过历代艺术家和理论家的总结和整理，归纳成了科学的理论，有一套完整的戏曲艺术体系。

一个演员和舞台表演艺术就是塑造好人物，舞台上塑造不同人物的心灵和内心，在舞台上给广大观众展示出不同艺术人物的美感，提升艺术美的境界。

洪倩的表演艺术造诣提升不仅是在舞台上展示塑造的提升，重要的是从艺术理论上的研究总结的提升，这一点非常可贵。2004年《戏文》杂志上发表了她的文章《难在同中求异》一文，我阅后感受很深，15年前的洪倩，才30多岁就在塑造戏曲人物上，重要的是从艺术理论上进行探索，对人物塑造的研究分析总结，是非同寻常的。说明洪倩在塑造舞台艺术形象时非常重视刻画人物内心，雕塑人物形象达到精雕细刻人物的内心动态。洪倩在舞台上不是简单地演戏，不是从老师这儿学下来的，照葫芦画瓢，不是简单地唱曲，不是简单地舞动，她坚持一切要从人物的特性和特定的环境来塑造和展示。

所以她在人物创作方面做了调整，她说："首先从研究和熟读剧本着手，昆曲唱词格律也便有严格之定规，词义大多深奥难解，常常请教老师以获得帮助，一旦理解理会，才觉得其义其意是何等深刻、生动和形象，这便有助于我对整个剧情和人物内心情感理解的深化。"

在《牡丹亭·游园》一戏中，杜丽娘上场，"梦回莺转，乱煞年光遍，人立小庭深院"。接着偶在园中目睹春景，"原来姹紫嫣红开遍，似这般都付与断井颓垣"。良辰美景奈何天，赏心乐事谁家院，洪倩塑造的杜丽娘，以"名门少女，久居深闺，偶睹春色，情思如潮，涌动难遗幽缘不已"这二十四字为其规定情景和塑造刻画人物的基调紧密扣弦而歌的独特情幽，足以鼓动我即创作塑造之激情。

洪倩在昆曲舞台上塑造《长生殿》中的杨贵妃《百花赠剑》中的百花公主等角色，都以不同的人物规定情景来塑造，她坚持一切以人物的特性特点、特定的规定情景来塑造昆曲艺术人物。洪倩对昆曲艺术上的深爱和追求，无疑助力她对戏曲理论上的研究和耕耘，可谓清音幽韵，出凡入胜。她的艺术思想超出一般的境景，这是她表演艺术上的成功所在。

饮水不忘掘井人，洪倩有感恩的情怀，非常感谢前辈老师的关爱和培养，尤其是著名昆剧表演艺术家张娴老师。洪倩说："张娴老师是个和蔼可亲、非常有亲和力的老师，对我像对自己孩子一样，每次大热天去她那里学戏，她就早早等着我，给我茶泡好过滤好凉着，等我到了便可马上能喝，那时候，张老师教我戏有 70 多岁了，虽然她年事高龄有余，示范动作还做得很到位，学《琴挑》时其中一个跨门弯腰的动作，一遍遍给我示范，她的细腻表演对人物感情的把握和人物形体的塑造非常讲究，是我永远怀念的恩师。"中国昆曲有 600 多年历史，是中国传统戏曲中最古老的剧种之一，是中华传统文化的瑰宝，融文学、诗、词、歌、舞、音、乐为一体。现在经抢救、继承、保留收藏的数百出昆剧，有丰富的中华民族优秀传统文化的文学内涵及艺术美学的追求，是百戏之祖、百戏之师，经历几百年的昆山水磨腔（也称昆山腔、昆腔）传承下来。中国昆山是中国昆曲的重要发源地，一个"水"字将昆曲"水"磨腔，临水昆曲舞台，昆曲表演中飞舞的"水袖",是昆曲身段舞蹈的展示得水灵灵的艺术美啊!

昆曲的唱腔是传统戏曲音乐的重要组成部分,是中国戏曲四大声腔之一(皮黄腔、昆腔、梆子腔、高腔)。但是昆曲的唱腔有它的特性和个性,咬字、吐字精确,字正腔圆,抑扬顿挫,缠绵婉转,柔慢悠远而见长。

洪倩在塑造"杜丽娘""杨贵妃""白素贞""百花公主"等等人物上,她嗓音甜美,字正腔圆、吐字精确、掌握抑扬顿挫,以缠绵婉转、柔慢悠远、声情并茂来体现人物的内心和感情,给广大观众以一种艺术美的享受。

一个演员在舞台上"出马一条枪",就是指一个演员一出场、一开口,其一副好嗓子是成功的关键。洪倩以热爱昆曲之心、热爱昆曲之情提高自己的唱腔艺术水平,以昆曲音乐和唱腔来达到表演人物思想情感,刻画人物内心性格,烘托艺术人物的舞台气氛重要艺术手段,完成塑造艺术人物展示。

在昆曲《牡丹亭》一剧中,洪倩塑造的杜丽娘一曲袅晴丝吹来闲庭庭院,摇漾春如线……一个妙龄二八淑女、幼尊妇训、深居闺门对大自然的美景从内心的怀恋柔情显示出来。原来姹紫嫣红开遍,都付断井颓垣良辰美景……洪倩通过诗情画意的唱词和润圆柔美的唱腔将杜丽娘的人物内心展示得淋漓尽致。洪倩不仅从理论上、表演上深入刻画塑造人物内心,还通过昆曲唱腔缠绵婉转,悠扬缠绵地展示给广大观众。洪倩三十余年来,在继承弘扬昆曲事业上锲而不舍、金石可镂。我作为出身昆曲世家的老文化人也要为洪倩点赞。

洪倩给我留下了纯朴和美丽的印象,感受到了她对昆曲事业执着的情感。我微笑地对她说:"洪倩,幸福是奋斗出来的,一个演员在舞台上,塑造人物成功是最大的幸福。"

2001 年 5 月 18 日，联合国教科文组织总部，专家列坐，记者云集，各国代表端坐聆听之间，松浦一郎，微露笑意，眉宇间却更多蓄积了严肃和责任。中国常驻联合国教科组代表团张崇礼大使走上主席台，庄重地接受的那一刻，中国昆曲的历史就翻开了崭新的一页！从此，非物质遗产的概念及其抢救和保护的认识，从此开启了重要的提升。

人类非物质文化遗产代表作，中国是倡导者之一，昆曲是第一个被联合国教科文组织评为世界非物质文化遗产的，是中华优秀传统文化的瑰宝，是中国昆曲的活化石，是百戏之祖。

中华优秀传统文化是民族的根、民族的灵魂。昆曲是中华优秀传统文化之一，弘扬继承抢救昆曲是重中之重！是昆曲人的重要事业，责无旁贷，任重道远。培养和发现昆曲艺术人才是事业发展的必需，浙江昆曲旦角演员洪倩、胡娉等正当年，剧团领导必须从昆曲艺术人才着手给她们平台和机遇，给她们多演出、多展示，给她们在政治思想上多关心。

青出于蓝而胜于蓝，一代又一代传承下去。昆曲事业要为新时代服务，紧跟着新时代，要记录新时代书写新时代讴歌新时代，在中国特色社会主义思想指导下，不忘初心，牢记使命，使昆曲更好地为时代服务为人民服务。祝愿洪倩在昆剧舞台上越走越远，艺术风采灿烂辉煌！

内蒙古作家王有鸿

【作者简介】

王有鸿，曾用名王有宏，内蒙古永昊建筑有限责任公司总经理，乌兰察布市建筑业协会常务理事，中华诗词学会会员，内蒙古诗词学会副会长，包头诗词学会名誉会长。参加各种级别的文学作品创作大赛多次获奖。其作品散见于《中华辞赋》《当代汉诗》《诗选刊》《内蒙古诗词》《内蒙古党史》《风采内蒙古》《包头诗词》《内蒙古日报》《包头日报》等报纸杂志。2016 年 2 月被纳入经典文学名人榜，著有《王有鸿诗文选》。

师魂

2018 年 5 月 26 日，是我此生又一个难忘的日子，这天内蒙古卓资县旗下营中学"圆梦园"落成典礼暨全区诗教先进单位旗下营中学挂牌仪式如期举行，作为内蒙古自治区诗词学会副会长、旗下营中学的一名校友，我躬逢其盛此次盛会。会毕陪同当年的恩师漫步在飞檐翘角、雕梁画栋、古朴典雅的"圆梦园"中，一张张色彩斑斓的图片，一篇篇记忆校史的美文，一首首撼动人心的诗词，撩拨着我久违的思绪，当年在校读书的情景又一次浮现在眼前，一位位恩师的音容笑貌在我记忆的屏幕上绽放着耀眼的光芒，特别是我的化学老师王殿恩师的风采，把我带到了当年波澜壮阔的学习生涯里。握着老人家的手，不争气的泪水从心底汩汩喷涌，撩开眼帘，溢出体外……

1. 勇于担当，绽放青春

　　1965 年一位衣着整洁、干练、聪慧、名叫王殿的小伙子，踌躇满志，带着对美好生活的热切向往，带着对锦绣未来的无限憧憬，从内蒙古师范大学出发来到乌兰察布市较贫穷的山区小镇旗下营，当他兴致勃勃地踏入旗下营中学"校园"的时候傻眼了，几间简陋的破旧厂房教师散发着泥土的芳香，狭窄的校园坑坑洼洼，瓦砾巨石林立，校长和寥寥无几的几位教师挤在一间较大的破屋里办公……这就是我要工作的地方吗？这就是我要施展才华的场所吗？这就是我要绽放青春的沃土吗？这就是我要建功立业腾飞理想的龙渊凤薮吗？一连串的问号鱼贯而入，在他的心湖上荡起阵阵涟漪。夜深了，王殿辗转反侧难以入眠，他躺在租住的小屋土炕上，就像农妇烙焙子，无数次地翻着身。下半夜他索性穿衣起床，百无聊赖地在幽静的小镇上散起步来。小镇正在沉睡，街上没有一个行人，偶尔几声犬吠传来，伴随着王殿复杂的心律，一首悲怆的交响乐在他的心头演奏起来。他仰望苍穹，满天繁星泛着明亮的眼睛和他打招呼，挂在树梢上的月儿含情脉脉地凝视着他。他穿街过巷，一股麦香扑鼻而来，他顺着田间小道漫无目的地向前走着，忽然一条悠悠的河流横在了面前，河水清澈透明，在星光和月光照射下发出粼粼的波光。他静静地伫立在后来才知道名叫大黑河的岸边，任思绪伴随跳荡着激情的河水翻卷，不知过了多久，一声清脆的鸡鸣传入耳际。他抬头远望苍茫的东山，一缕晨曦笑逐颜开地从天边蔓延开来，紧接着一圈又一圈的红晕爬上了东山，眨眼间整个东方的天空变成了橘红色，几朵刚才还是黑黑的密云，一下子被染得彤红彤红，王殿陶醉了，他还没缓过神来，一轮红日喷薄而出，河面的波光更加绚丽多彩，王殿帅气的身姿也被涂上了一层金色的亮光。他一下子释然了，心胸无比开朗，这不正是我金色人生的良好开端吗？环境不好，条件差不正需要我去改变吗？条件好要我这位师大高才生何用？他狠狠地在自己胸脯上打了一拳，你呀，真没出息，他竟然嘲笑起昨天的自己。在哗哗流淌的河水伴奏下，他高声地朗诵起明代兵部尚书于谦的《石灰吟》来：

千锤万凿出深山，烈火焚烧若等闲。

粉骨碎身浑不怕，要留清白在人间。

思想打通了，王殿浑身充满了力量，他脚下生风，一溜小跑回到了校园。面对一穷二白的学校，他把心安了下来，决心在此扎根。

他大学学的是化学专业，当一名合格的化学老师，为国家为民族多培养化学方面的人才是他的梦想。上班后，他带领他的学生利用课余时间和节假日走村串寨，到处收集废电池、废牙膏袋、破暖水瓶胆等。小镇人们丢弃的生活垃圾在他的眼里都是宝贝，他一时间成了小镇上有名的"捡垃圾的老师"，他把捡回来的"宝贝"，用土办法进行提炼，他一边提炼垃圾中的精华，一边给学生讲解要提炼物品的化学性质和化学反应原理。功夫不负有心人，经过一段时间的辛苦，终于提出八斤半铅、铝、锡等金属。同时他还把废旧物品用化学原理进行处理搞出了硝酸银、亚硝酸钠等14种化学实验药品。这些金属和药品填补了当时旗下营中学化学实验课的空白。八斤半铅、铝、锡等金属和14种化学实验药品得用多少废电池、牙膏袋和破暖水瓶胆啊，其间的心血和汗水能用文字表述清楚吗？当时国家处于困难时期，教学经费没有，课本短缺，王殿自编教材，他把提炼"宝贝"的过程编成教材，在课堂上讲解，学生在课堂上学着老师教授的化学方程式，在实践中亲眼看见老师魔术般地把垃圾变成"金子"，茅塞顿开，学业成绩就像雨后拔节的麦苗噌噌地生长。

1964年学校就选了新校址，内蒙古教育厅只给拨了2.3万元建校费，这点可怜的资金学校只建了六间砖木结构的教室。由于资金严重短缺，建校工作被迫停工下马，得知上级部门再不给拨款的消息时，学校召开全体教职员工大会，决定自力更生，自己动手建设校园。1966年5月1日，山村小镇冻土刚刚开化，校长李玉宝便带领全体师生掀起了轰轰烈烈的建校高潮，他们不计个人报酬，不叫苦叫累，仅用了两周时间便脱下17万的土坯，随后雇用了三名泥瓦匠、四名木工师傅做指导，全校师生一起搬石头，垒根基，砌墙，盖屋顶，又用了40多天的时间，34间校舍盖起来了。在此期间，王殿老师没日没夜地干活，由于劳累过度，晕倒在建校工程现场。师生们将他扶下墙，他慢慢地苏醒过来，用布满血丝的眼睛看了看围观的师生，吃力地动了动布满血疱的嘴唇，发出了沙哑的声音："你们别管我，赶紧干活吧，早一天盖好新教室，学生就能早一天上课啊。"在校长的特殊关照下，他奢侈地喝了一碗红糖水，休息了半天，便又投入火热的建校工作中去了。这是何等胸怀、何等人格魅力啊！每当回忆起老校长曾经给我们讲述恩师年轻的故事时，我的眼睛总要湿润。可惜的是，新校园还没有建好，史无前例的那场运动开始了，铺天盖地的大字报贴满了这所山村中学的每一个角落，王殿老师靠边站。学校停课，兴建校园的工作也被迫停下来了。"生活中可能会刮风下雨，但我们可以在心中拥有自己的一缕阳光"，正是心中的这一缕阳光让王殿老师在旗下营中学坚持了下来。

1970年，在王殿老师的期盼中学校终于复课了，可是一大堆难题横在了全校师生面前，办学没有经费，教师工资偏低，家庭困难，怎么办？怎么办呢？王殿深深地知道，一个人，一个团队现在的位置在哪里不重要，重要的是这个人，这个团队将要往哪里去；王殿深深地懂得，知识决定不了一个人、一个团队的起点，但它一定能改变一个人、一个团队的终点。为了渡过难关，为了解决教学经费，学校决定勤工俭学，创建校办工厂，然而对一无设备，二无资金，三无经验，四无人才的情况下，如何建厂，建什么厂，谁来挑这副千斤重担？校长李玉宝犯难了，这位饱经风霜的中年汉子在全体教师大会上，把乞求的目光落在了王殿老师的身上，王殿老师用眼神读懂了校长的心思。他主动请缨，义不容辞地挑起了校办工厂厂长的重担。常言道：有眼界就有境界，有思路就有出路。王殿老师走访了旗下营所有的村村寨寨，他发现农村家家户户有养兔子的习惯，然而兔皮无人收购，他灵机一动，可否在兔皮上做些文章？他用自己所学的化学知识进行推理，用化学药剂染制兔皮理论上是行得通的，然而工艺要求，技术要求，工艺流程的环节呢？他抽时间翻阅了有关资料，当他读完资料，高兴得手舞足蹈。有想法就有办法，这句话用在王殿老师身上太合适了，说干就干，他从旗下营镇土产公司赊购了13口大缸，开始艰难地实验，整整10天，尽管他人消瘦了许多，但在一次次失败中得到了兔皮染制的宝贵经验。干苍的兔皮经过他的加工柔软如棉，兔毛色泽鲜亮，品种繁多。实验成功了，要批量生产了，然而车间呢？设备呢？配料呢？面对重重困难王殿老师没有气馁，没有被吓倒，他就地取材，没有蒸汽锅炉用火炕代替，没有水铲机用竹板代替。他带领同事和学生走遍旗下营周围的所有村庄收集"碱土"，配制芒硝，同时在呼和浩特周边工厂收集报废的酸类，他用自己的聪慧和知识将之配制成可用染制的酸剂，经过32天夜以继日的奋战，终于建成了日产300张兔皮的小型工厂，投产后，他又进行了技术革新改造，用破锅炉改造成土转机，代替工人铲皮，铸铁炉加上盖子在上面修筑混凝土池子，代替原始染缸，如此这般折腾，人工用得少了，而生产效率大大地提高了。产品生产出来，往哪里销售呢？严寒的冬天，王殿老师赶着毛驴车，拉着各色各样的兔皮帽子，走村串乡叫卖，尽管冻得满面通红，他也不舍得将一顶兔皮帽子戴在自己的头上。

威廉·詹姆斯说："每一次努力的背后，必有加倍的赏赐。"王殿老师是一位一直努力的人，随着兔皮染色制作的成功，各种兔皮产品应运而生，经济效益也丰盈了起来，小型作坊已经满足不了他的创业视野了。当时北方农村农业生产主要靠人和畜，作为农民的儿子，他深深地知道农民劳作的辛苦。经过反复思考，他把兔皮制作工作交给了助手，他的主要精力放在筹建农机厂上，没有厂房他亲自带人修建，没有设备他亲自带人制造，没有原料他亲自采购。从模具图纸设计到技术攻关，再到设备改造安装，他带领的团队克服一个个常人难以想象的困难，经过艰苦奋斗，一座集翻砂、烤炉、机械加工、组合装配于一身的四个车间建成了，并开始投产。与此同时，他精挑细选，从社会上，从学生中选出了一批技术骨干，分别严把车、钳、铆、焊、锻、铸六道工序的质量大关。由于他一丝不苟，农机厂很快火了起来，各村镇的订货单排着队涌入农机厂。由于质量过硬，产品经久耐用，旗下营中学农机厂声名远扬。1975年秋，集宁拖拉机厂的领导亲自找上门来，把生产拖拉机离合器总承的任务交给了旗下营校办工厂生产。

人的一生可能燃烧，也可能腐朽，王殿老师没有腐朽，他的创业热情一直都在燃烧着。他总是不满足于现状，农机厂局面打开了，他又带领他的团队研制开办血粉骨粉厂。血粉骨粉的销售渠道是通过内蒙古外贸出口给日本的，因为产品质量优良，很受日方的欢迎。1975年冬通过内蒙古外贸，骨粉厂和日方签订了100吨血粉的生产订单。为了保质保量地完成任务，王殿老师和他的团队春节没有休息，加班加点，仅用了两个月的时间，便把产品交付日方，由于交货及时，产品质量上乘。1976 年通过内蒙古外贸，血粉骨粉厂又和日方签订了每年 350～400 吨骨粉的长期订货合同，内蒙古外贸对肉骨厂敢打硬仗，顽强拼搏的精神给予了高度的评价，为此，奖励了旗下营中学校办工厂一辆日本扶桑大货车。

在王殿老师的带领下，旗下营中学校办工厂风生水起，红红火火，小小的一个校办工厂，十几年累计创收利润 700 多万元。学校把校办工厂赚来的钱全部用于学校的发展和建设上，学校用此钱翻修增改校舍，购买了教学设备、图书。学生可以坐在明亮宽敞的教室里学习了，先进的教学设备，高档规范的实验室、实验器材，汗牛充栋琳琅满目的图书室、阅览室给学生增添了浓厚的学习兴趣。学校还用校办工厂赚来的钱盖起 15 栋 150 多间教职工家属房，彻底结束教师在校外租住房子的历史。由于教师待遇的提高，全区有名的教师纷纷来旗下营中学应聘，凡聘来的优秀教师的家属全部安排在校办工厂上班。教师的后顾之忧解决了，教师们把全部精力集中在教学上，学校教学质量有了很大的提高。

1974 年，全区勤工俭学现场会在旗下营中学举行，与会者参观了旗下营中学校办工厂后，无不惊讶、赞叹，当他们得知王殿老师虽然用他的智慧和辛劳搞活了一所山中庠序，然而他的工资一直是每月四五十元时，从心底油然而生一种敬意。

2. 木铎金声，汗水流芳

山中庠序盛名优，继晷焚膏壮志酬。
六秩津通人气聚，三乡慧畅德行留。
英才茂蔚峥嵘岁，俊彦清芳卓越秋。

木铎声声贤学子，鸿儒浩浩报神州。

1977年国家恢复了高考制度，旗下营中学迎来了熠熠曙光，学校把工作重心转移到了教学上。学校决定把德才兼备的王殿老师调回教学第一线，任命他为教导处副主任。王殿老师虽然当了学校的领导，但他从来没离开过教研室，没离开过课堂，他一直是学校化学课的把关老师。在教学管理中，他和他的同事们进行了大胆的革新，开展了"师徒结对"，以老教师带动新教师的活动。他要求教师积极进取，苦练内功。让教师按时制订教学计划，期末写出教学总结。教师在课前复述教案，上课不带教案；上午考试，下午自习前阅完卷子，返回学生手中，让学生重新审阅自己的卷子找出错题的错误所在。让学生加强记忆，对做对的题寻找更简单的解题方法，拓宽思路。他要求教师自编二基教学方案，班主任接新生班，三天内能对应座位叫出学生的名字，一周内随口叫出学生的名字。每个教研室由特级教师、高级教师、中级教师组成。各学科均有教学骨干和学科带头人。

1977年12月，上级决定在旗下营中学设立考场，王殿老师奔走相告，他鼓励、动员符合条件的曾经在旗下营中学毕业的初高中生应考，结果小小的旗下营镇竟有七名往届青年考上大学，留在校办工厂工作的两名青年考上了中专。1978年7月7日的高考中，旗下营中学首战告捷，50多名应届毕业生有7名同学考入理想的大学。这喜人的成绩，极大地鼓舞了全校师生的斗志，王殿老师和他的同人们，信心百倍，带领全校师生开创了旗下营中学快速发展的良好局面。王殿老师率先垂范，知人善任，一支集知识、学历、年龄、特长的教师队伍建立起来了。1978年秋，上级有关部门对学校进行了多次的考察观摩，经过极其严格的考核、审批，将旗下营中学确定为内蒙古自治区首批重点中学。当时乌兰察布盟辖有十几个县市区,几十所中学,唯独旗下营中学被确定为首批自治区级的重点中学,这简直就是个奇迹。殊不知,奇迹也是在汗水滋润下生长出来的。当时一些兄弟学校的领导和教师心存疑惑,他们悄悄地询问,旗下营中学,一所乡镇学校何以能成为首批自治区重点中学?并且是县处级待遇?当他们带着疑问来旗下营中学参观学习,考察取经时才发现旗下营中学不但教学设施、师资力量过硬,而且领导班子建设,校风、学风等诸方面也是全区屈指可数的。因为这所学校受王殿老师的影响,类似王殿老师式的人才比比皆是。

常言道:有实力就是魅力,有作为就有地位。由于王殿老师在管理上和教学上的突出贡献,上级决定让他担任教导主任,随后又任命他为副校长,主抓教学工作,在他的带领下,又一批中青年骨干教师很快成长起来,王殿老师尽管已成为学校的主要领导,然而他还坚持为两个重点班代课。他带的班学生个个学习成绩优秀,这些学生不但化学成绩好,其他各科成绩也非常突出,这可能与他的耳濡目染有关吧。当年卓资县举办全县中学数理化竞赛,旗下营中学用抽签的方法选出几十个同学参加,结果包揽了全部的奖项名次。由此可见,旗下营中学的教学质量非同一般。由于旗下营中学惊人的教学成绩,从1980年起上级决定旗下营中学可在全乌兰察布盟招生,王殿老师视新招来的外地学生如自己的孩子,他经常找学生谈心,了解学生的生活和学习情况。随着在校学生的迅速增长,校舍、操场严重不足,学校与旗下营镇政府商定用校办工厂赚来的钱征用紧靠学校西边墙的荒地52亩,扩建体育场,使校园的原有面积向西扩展了1.5倍。1981年9月,兴建体育场大会战拉开了帷幕,全校师生2000多人投入火热的兴建体育场劳动中。征用的荒地凹凸不平，最大高差 1.7 米，大多为沙石。将之平整，必须铲高垫低，工程量大，施工难度高，王殿老师在动员大会上铿锵有力地讲："老师们，同学们，由于学校的快速发展，原有操场已经不能满足我们的使用了，我们要建设一流的体育场，供大家锻炼身体，这是一项功在今日、利在千秋的工程，我们要发扬愚公移山的精神，全校师生一起上阵，大干两周，为改变我们学校学生的学习、成长环境，师生们冲锋陷阵吧。"王殿老师和李玉宝校长亲自上阵，身先士卒，和全体师生一起奋战在施工现场第一线，师生们在校领导的带领下，用镐头刨，用撬棍撬，用铁锹挖，人抬肩挑，尽用十天时间，运土石 10000 多立方米，搬运大石头 1400 多立方米，平整出了 200 米 × 150 米的大型体育场。在平整体育场期间，白天全校师生在火热的现场干活，晚上各班学生有序地坐在教室上自习，王殿老师不顾一天体力劳动的疲劳，他一个班一个班地查看同学们的学习情况，精心地进行辅导。

王殿老师在他当副校长、教导主任期间，教研组、年级组定时安排教研活动，经常组织教师到呼市、包头、赤峰等重点中学听课、学习，有计划地安排教师外出进修。经常开展"教学能手""园丁奖"、青年教师"百花奖"的教学竞赛。每学期要评选一次"规范教案""优秀论文"的评选活动。

王殿老师对学生的要求严格是出了名的，上课时各班级从来没有交头接耳、低声说话、互相打闹的现象。在他自己没有课的情况下，他搬一个小凳子听别的教师讲课，他像学生一样聚精会神地听课，并认真做听课笔记，课毕他和讲课的教师交流听课心得，指出该教师讲课的优缺点，使之扬长避短、精益求精。几年下来，他不但精通自己本专业的课程，而且精通其他学科的课程，如哪位老师生病或有急事请假不能讲课时，他问明白讲课老师的课程进度，亲自上阵补缺，从不让因教师的事情影响学生们的学习，因此他得了两个雅致的绰号"百科通""全能匠"。在王殿老师和他的同事们的汗水浇灌下，旗下营中学的莘莘学子一拨又一拨跨入高等学府的大门，1983年200多名考生中有108名同学考上大学，其中29班50名同学47名同学被清华、南开、同济、中国人民、中国政法等名牌大学录取，升学率达到94%（当时全国平均升学率不足4%）。1984年215名考生应考，有135名同学被名牌大学录取。为此，笔者在"圆梦园"落成时写下这样的诗句：

母校当年绣锦章，馨香汗水育贤良。

恩师启迪凌云志，学子匐开远矞光。

似豆油灯通慧海，如船教案起灵航。

村娃立德宏图展，报国声威震八荒。

3. 三年师生缘，一世不了情

我和恩师王殿老师的故事还得从我曾经写的一篇《情忆恩师》的文章中节选：1980年，我以优异的成绩考入旗下营中学重点班，给我班代课的老师都是旗中的名师。王殿老师当时是教导主任，为了把好重点班的教学质量关，他虽然是校领导，还兼代我班的化学课。他是当时内蒙古自治区屈指可数的名师，由于中考我化学成绩突出，虽然我已担任学校团委委员、班里的团支部书记，然而恩师还让我担任了化学课代表。

一天上课铃响了，同学们整齐地坐在课桌旁，恩师健步走上讲台，随着他优美的身姿在黑板前晃动，黑板上出现了一道习题。王殿老师讲课有个特点，一上课，他不先说今天课程的内容和章节的名称，而是先出一道结合当天课程内容的习题，用几分钟的时间让部分同学解答。同学们往往是解答不全面，最后恩师经过一番启发，开始讲课，恩师大声说："为了彻底弄明白这道习题，我们今天学新的内容，×××。"黑板上魔术般地出现了今天要讲课程的标题，同学们的心一下子被恩师抓住了，同学们的学习热情也一下子被调动了起来，同学们带着问题如饥似渴地听恩师讲课，对新内容赞叹、赏识、眷恋。这天恩师用同样的方法出题让同学们解答，当同学们一个个被唤回座位时，恩师把我叫上了讲台，我流利地在黑板上写出了化学方程式，老师满面红光，让我给同学们讲解一下。那天老师讲的碱金属元素的化学性质，我滔滔不绝地讲起来："钠加水等于氢氧化钠加氢气，这是实验室制取氢气的方法……"顿时，恩师得意的微笑僵持在脸上，刚才和蔼可亲的面容马上乌云密布，没等我讲解完，恩师便吼道："下去，回到座位上去！"我羞愧难当，仿佛全班 50 双聪慧的眼睛要把我鹑衣百结的衣服剥光，把我狂跳的心撕成碎片。晚自习，恩师把我叫到办公室："有鸿，今天课堂上老师让你下不了台，是老师的不对，你是咱们班的化学课代表，怎么连化学术语也不懂啊？"我惊愕地看着老师祥和而略带惋惜的表情，"加号在数学里叫加号，等号在数学里叫等号，在化学里能叫加号，能叫等号吗？我的孩子！"我晕了，不争气的泪水溢出了眼眶。我抽泣着向老师坦白了我幼年的学习生涯，等老师把我驱逐出这所内蒙古自治区出类拔萃的重点中学。老师听了我曾经因成分不好，推荐失学，初二未上完，略识之无，农村劳动了三年多，只上了半年初三，所有课程都是靠自学的讲述后，涣然冰释，脸上露出了欣慰的笑容。

云从容，云无私，洒下了绵绵的春雨，勤奋地滋润着万物，自由地俯仰广阔的天地。花从容，花无私，遍野芬芳，无憾香消玉殒，把美丽带给人间。人从容，人无私，可拥有博大的胸襟，宽厚的臂膀，容纳大千世界。

恩师知道我的经历后，不但没有把我轰出校门，反而更加地关怀我、呵护我。每每夜深万籁俱静，我在教室点上小油灯开夜车，恩师总是在教室外面徘徊，他不忍心批评我，多少次来到教室，让我早点回宿舍休息，告诉我别把身体累坏。

那次恩师在课堂上对我发火，知道了我的"秘密"，好像是他造成了我的不幸，总是给我吃偏食，不但关心我的化学成绩，而且关心我其他课程的成绩。他总是教导我："你初中落下那么多课程，靠自学考入旗中，确实不易。但一口不能吃个胖子，你慢慢来，要循序渐进，切记倍道兼行，你一定能考上名牌大学，希望你打开重点大学的校门。"恩师的教诲在我的心头荡起阵阵涟漪，那一幕就像卓越的雕刻家把它雕刻在我的心幕上一样，至今难以抹去。

轻霜易冻单根草，船小恰逢大海潮。上高二时，由于过度熬夜，我这位恩师心目中的龙驹凤雏，不幸患上了神经衰弱症，连续几天睡不着觉，头晕头疼耳鸣，记忆力惊人地减退，学业成绩直线下降。高二下学期，恩师给我做了大量的工作，让我去文科班学习，减减压，也许能减轻病痛的折磨，顺利地完成学业。可是经过半年的时间，恶毒病魔还是纠缠着我不放，恩师看在眼里急在心上，在毫无办法的情况下已经是副校长的恩师动员我休学，我只好带着对旗中恋恋不舍的情结，带着恩师的深情厚谊，离开了我敬爱的老师和我仰慕的学校。

松柏心宽，不改初衷，任凭四季变换，仍然郁郁葱葱。大地无垠，情意绵厚，无论春夏秋冬，总是厚德载物。德人高义，怀瑾握瑜，虽为列鼎重裀，继续播洒大爱。

一年后，我正在家乡搞小鸡孵化和雏鸡饲养，突然收到了已经是校党委书记的恩师的来信，我端详着恩师熟悉的笔迹，阅读着恩师热情洋溢的词彩，一股暖流涌进我的心头，恩师在信中告诉我旗下营中学没有忘记我，老师们没有忘记我，他本人更没有忘记我，他说："如果你身体略有恢复，请回学校复课。"捧着恩师充满关爱和希望的信件我又一次回到了陌生而熟悉的校园。神经衰弱这个万恶的魔鬼又来欺辱我。又一年过去了，我参加高考，意料之中又名落孙山。这一年我很少见恩师的面，因为我复学不久，恩师便调到内蒙古教育学院任教育处处长了。学校新的领导和老师对我这个特殊的学生非常了解，他们对我给予无微不至的关怀和照顾，学校特批让我进补习班，鼓励我明年再战。可是在我复读的第十天，学校组织全校师生上山砍柴，在下午归途中，我不幸出了车祸。听现任校长王维耀老师讲，当时内蒙古医院床位特别紧张，恩师听说我出了车祸，放下工作去内蒙古医院联系大夫、联系床位，在第一时间给了我很好的治疗。在内蒙医院、呼市新城医院、呼市按摩医院住院期间，恩师多次去看望我。一次得知我心情欠佳，有不好的打算，他派人把我接到他的办公室和我倾心长谈，他鼓励我，让我积极配合治疗，让我对生活充满信心，千万不要有轻生的想法。他预言："有鸿，你一定能站起来（当时我下肢瘫痪）。"在恩师的关怀和鼓励下，我又一次扬起了生命的风帆，经三年半的住院生涯，我终于奇迹般地站了起来。

寒来暑往，山川绿了荣了黄了枯了，我的年轮一圈一圈地增加，30多年生活的沉淀积累了我的阅历，但始终没有淡化我对恩师落月屋梁的情缘。30多年风雨的浸润改变了我的容颜，但始终没有改变我对恩师离情别绪的思念。

2015年我原始班的同学聚会邀请我参加，我又一次幸福地见到了耄耋之年的恩师，他握着我的手异常激动，问长问短，问寒问暖，问我30多年的工作和生活状况，问我现在身体怎样，一股又一股的热流在我的血液里涌动、循环、流淌。我看到恩师身体康健，气质高雅，思维敏捷，感到由衷的欣慰。我回味着恩师辛勤育人的身影，耳边响起了恩师当年的谆谆教诲。仿佛又回到了纯洁无瑕的学生时代，品尝着恩师曾经酿制的琼浆，心情激动而酣畅。

鸟儿羡慕雄鹰的坚强和勇敢，因为雄鹰搏击长空，展翅翱翔；小草仰视大树的伟岸和英武，因为大树蓬勃向上，迎风斗雨；河流赞叹高山的巍峨和壮丽，因为高山气势磅礴、魂魄浩荡。我情忆恩师的情怀和美德，因为恩师人生灿烂，大爱无疆。此生有这么优秀的老师青睐我、关爱我，是我前世修来的福。

恩师不但对我如此，他对其他学生也关怀备至，我只是他教过的千千万万个学生的其中之一啊。

4. 老骥伏枥，壮心不已

王殿老师调离旗下营中学到内蒙古教育学院，仍然一丝不苟认真工作，从内蒙古教育学院教务处处长到内蒙古教育学院副院长，他一直严于律己、兢兢业业、任劳任怨。他曾担任内蒙化学学会常务理事，内蒙古化学研究会常务理事。在国家和内蒙古级刊物上先后发表教育和教学论文十余篇，工作业绩载入中华魂杂志社编著的《中华魂·中国百业领导英才大典》。

由于时代的发展，国家城镇化进程的推进，再加管理上的疏漏，在2006年前后，旗下营中学步入低谷，教师流失严重，生源枯竭。王殿老师、老校长李玉宝、王维耀、傅永胜等，他们虽然离校多年并早已退休。但他们仍时刻关心着旗下营中学的发展，看到旗下营中学衰落，他们悲在眼里，急在行动上。2007年10月他们组织了校友基金会，旨在奖优、扶困、助学、昌教，以此想焕发母校当年的光华，他们不辞劳苦、四方倡导、八方相告、募捐金额高达80万元之多。取其奖励有卓越贡献的师生，鼓励师生孜孜不倦而益加奋勉，希望旗下营中学山高流水兮薪火相传。

旗下营中学是王殿老师和他当年的老同事们一手创建起来的，从白手起家到昌盛辉煌，他为此付出了太多太多的心血，难怪他就像爱自己的孩子一样爱着这所山中木铎，他希望旗下营中学为国家为民族培育更多更多的优秀人才。他几十年如一日无怨无悔、默默无闻地奋战在祖国的教育战线上，这种高尚的情怀，难能可贵，令人叹服！

奥斯特洛夫斯基在《钢铁是怎样炼成的》一本书中这样写道："人最宝贵的是生命，生命属于人只有一次，人的一生应该这样度过：当他回首往事的时候，不会因为碌碌无为，虚度年华而悔恨，也不会因为为人卑劣，生活庸俗而愧疚。"我的恩师王殿，一生没有碌碌无为，也没有虚度年华，更没有为人卑劣和生活庸俗，因此他老人家不悔恨、不愧疚，他把毕生的精力投入祖国波澜壮阔的教育事业上，其人格魅力可圈可点。他的人生有精神、有色彩、有味道。他悟性高雅、视野宽广、胸怀博大，不愧为时代的楷模。

瞻仰旗下营中学"圆梦园"建筑群，感慨万千。杜甫由秋风茅屋想到天下寒士，广厦万间；范仲淹由洞庭湖水岳阳琼楼引出庙堂江湖，先忧后乐；苏东坡由赤壁扁舟清风明月感悟到天地无尽的奥秘，以及人生得失之哲理。毛泽东由北国雪景看到了历史长河在奔腾流淌，体会到当今风流人物敢于弄潮、敢于开拓的博大胸怀。我由旗下营中学"圆梦园"感知了一代英豪创业的艰辛和执着的情怀，又一次增添了对他们浓烈的敬仰之情。

祝恩师青春永驻，健康长寿。愿恩师之师魂纵横捭阖，启迪鼓舞后人。

安徽作家胡遵远

【作者简介】

胡遵远，安徽省六安市金寨县委党史和地方志研究室主任、金寨县档案馆馆长，金寨县红军和新四军历史研究会副会长，金寨县政协委员、常委、文化文史和学习委员会主任；六安市政协委员、作协会员、党史教育宣讲团成员；安徽省作协会员、党史教育宣讲团成员、高校优秀思想政治理论课示范课"巡讲团"成员。先后被国家人力资源和社会保障部、国家档案局等相关部门授予"全国档案系统先进工作者""全省理论宣讲先进个人""全省文化体制改革工作先进个人""全省广播电影电视系统先进工作者""全市服务工业发展先进个人""六安市优秀政协委员""六安市五一劳动奖章获得者"等称号。

胡遵远同志长期从事地方党史军史研究和新闻宣传文字工作，先后在各级各类媒体发表新闻、论文、文章近 2000 篇（条）。近几年，有近 1000 篇纪实文学作品在《人民政协报》《中国纪检监察报》《解放军报》《学习时报》《中华魂》《百年潮》《军事史林》《国防参考》《中国人才》《中国档案》等 60 多种公开发行的 CN 以上报刊发表。

老区过年新鲜事　村口门前看大戏

2020 年春节期间，全国著名的革命老区——安徽省金寨县很多地方都办起了"乡村春晚"，乡乡镇镇、村村寨寨响起了锣鼓、舞起了龙狮，歌声震天响、盛世奏华章，全县 3814 平方公里的红色大地上，处处洋溢着欢歌笑语……

金寨，是中国革命的重要策源地、人民军队的重要发源地。近年来，在习近平总书记的亲切关怀下，该县的精准扶贫工作取得了显著成效，2019 年全县贫困发生率下降至 0.31%。2020 年，最后的 1039 户、1846 名贫困人口将和全国人民一道告别贫困、实现小康，顺利实现高质量"整县摘帽"目标。

为了充分表达广大农民群众脱贫致富的喜悦心情，表达广大农民兄弟对党对祖国的感激感恩之情，金寨县根据上级有关要求，决定在 2020 年春节期间，广泛发动、积极引导有条件、有能力的乡镇村举办乡村"春晚"。

"村口门前看大戏""熟人熟事成主角"，广大农民朋友得知乡镇村准备举办"春晚"的消息后，个个举手赞成、人人翘首期盼，有的还积极捐款捐物、献智出力。在广大乡村干部和农民兄弟的共同努力下，南溪、汤家汇、斑竹园、白塔畈等地以乡镇为单位举办了"春晚"，桃岭乡桃岭村、金桥村、桐岗村以及关庙乡胭脂村、张冲乡官田村、青山镇尧塘村、油坊店乡东莲村等地以村为单位举办了"春晚"。

1 月 14 日，全县"乡村春晚"演出活动率先在铁冲乡前营村新时代文明实践广场拉开序幕、精彩上演。该场"春晚"的第一个节目是舞蹈《开门红》，紧接着，少先队员们表演了《张灯结彩》、女青年们演唱了《红茶树之歌》，随后，广场舞《中国歌最美》《经典诵读》、民俗表演《叉年》等近 20 个节目相继登台，"老中青幼"四代人同台献艺，歌舞戏剧、相声小品精彩纷呈，广大农村群众在自己的家门口享受了一道丰盛的"文化大餐"。

同日，桃岭乡桐岗村也举办了"乡村春晚"。相声、小品、说唱、舞蹈、双簧、武术、黄梅戏、广场舞、音乐快板……近 20 个丰富多彩的文艺节目，道出了乡村的巨变，讲述了农民群众脱贫致富的感人故事。其中，音乐快板《移风易俗谱新篇》对大操大办、铺张浪费、相互攀比等歪风进行了严厉的批评，对孝老爱亲、厚养薄葬、喜事新办等正气进行了热情的褒奖。该节目获得了观众的一致好评、赢得了阵阵掌声。整场演出主题鲜明、重点突出，内容健康向上、形式灵活多样，全村近千名群众观看了演出。活动中，还穿插着表彰了10户新时代文明户。

1月23日，笔者有幸参加了古碑镇宋河村的"春晚"。这场"春晚"受到了广大乡村干部群众的热烈欢迎，邻村的"狮子队"也在村支部书记的带领下赶过来"义演助威"……偌大的校园广场上，挤满了父老乡亲、男女老少……

下午2时整，宋河"春晚"在一阵热闹的锣鼓声中正式开始，两条"雄狮"在"领舞人"的指挥下，迈着矫健的步伐、摇响浑身的铃铛，一跃跨上舞台，时而滚爬在地、时而腾空而起，不时地向广大村民拱手作揖、恭贺新年；紧接着，一群还在"牙牙学语"的幼童，迈着蹒跚的步伐、唱着幼稚的儿歌，边唱边跳、边歌边舞……整场演出，有浑厚的男声独唱，有潇洒的女子独舞，有演唱艺术、有相声小品……故事的主人公都是本村的人，说唱的新鲜事都是身边新近发生的事，有脱贫致富的故事、有移风易俗的故事，内容很丰富、演出更精彩，深受群众的喜爱和欢迎。

据了解，这三场"乡村春晚"只不过是金寨县2020年春节期间"乡村春晚"的一个缩影。这些"春晚"具有以下几个鲜明的特点：一是农民当"主角"，均由乡村干部和农民群众自编自演、自娱自乐；二是形式多样化，有歌有舞、有说有唱，古装戏、地方戏，扇子舞、健身舞，相声、小品、三句半……应有尽有，丰富多彩；三是内容健康向上，主题都是歌颂党、歌颂祖国、歌颂社会主义的，有的反映乡村面貌巨变，有的讲述脱贫攻坚故事，有的弘扬新风正气，有的传承红色基因……四是深受群众欢迎，演出的当天，农民群众就像喝喜酒一样，三五成群、结伴而行，兴高采烈地提前来到演出现场……

宋河村杨君琦告诉大家：整场演出上层次、上档次、上水平、上规模，很受群众欢迎。参加演出的付绍霞说：能够有机会走上舞台，我们感到十分高兴……笔者认为：日益兴起、渐成气候的"乡村春晚"，既是"太平盛世"、国泰民安的一种表现和标志，也是广大农民群众抒发喜悦之情和感谢党恩的一种好形式、好方法。举办"乡村春晚"，既可以活跃节日气氛、满足群众日益增长的物质文化生活需求，又可以弘扬革命传统、传承红色基因，还可以凝聚人心、形成合力，加快脱贫致富步伐、提升乡村文明程度、促进经济社会发展，是一件党委鼓励、政府支持、群众欢迎、多方受益的大好事与大实事。

浙江作家吴焕率

【作者简介】

吴焕率，笔名蓝色天堂，浙江台州人，在上海经商多年，现定居上海，空闲时参与做些宗族传统文化事业。

爱好文学，20世纪80年代初曾参加鲁迅文学院、《诗刊》组织的函授学习，时有诗歌、散文发表于期刊，作品也散见于经典文学、中国散文网、短文学等十几家文学平台，并与同好合集出版各类文集十多本。散文《岁月如刀，生死似梦》获得"当代精英杯"全国文学大赛一等奖，散文《吃大闸蟹有感》荣获中国散文网诗歌散文"第六届中华情杯"一等奖。并荣获经典文学2019年度十佳签约作家称号。

那些琐碎的记忆（外三篇）

新德堂是明末建造的四合院，两开檐，两层砖木结构楼房，简约流畅的木雕工艺，道法自然寓意的各种各样吉祥图案，典型的明清时期宫殿式建筑。三进三透九明堂，44间各式房屋，结构严谨有序地串联一起，风风雨雨中已整整度过了400多个年头。在它的正堂前门口，放着一只重达几百斤的石臼，六七十公分高，椭圆锥形的深深臼穴，臼壁已经被舂捣得光滑如精心打磨过。石臼口岸曾经的沧桑岁月，一眼看去，便知是件有些年头的旧物，或许与古宅的年龄不相上下。

从我记事时起，石臼就已摆放在那里，平时供院子里的住户捣麻糍、做年糕、舂米舂麦碎时使用。每年腊月二十四五，便是院子里安排捣麻糍、做年糕的日子，十来户人家，大家便轮流着进行。

把热气腾腾刚蒸熟的糯米装了满满的一石臼，大人们抡起几十斤重的石舂子一下一下仔细地舂捣。石臼边上站着一位比较机灵的人，一边双手蘸着冷水防烫防粘，一边添加翻转着热热烫烫的糯米饭团，有时也用冷水摸一把石舂子头防粘，配合着石舂子来来回回舂捣，一直把糯米饭团舂捣糯了为止。舂捣糯了的糯米饭团便变成了麻糍。

这时候得赶紧把整团捣糯了还热乎着的麻糍抱到筛铺着玉米面的案板上，趁着麻糍还热乎着快速擀开来，擀成一两公分厚度的样子，衬着擀杖划切成二十公分左右的四四方方一块块，上面撒一层薄薄的玉米面，等凉透了掸去两面的玉米粉就收起来，放个三五天，把它浸泡在冰冷的冬水里，就算存放两个多月也不会坏。那时候，农村还不知道什么叫冰箱，只能用这种老祖宗传下来的方法储存麻糍、年糕。如果浸泡在春水里，水就容易长毛发臭，存放不了太长时间，需要三天两头更换干净的清水。想吃的时候便从水里捞出麻糍放锅里加热，使它重新变软变糯，包上各式炒制好的馅料，再两面反复煎烤。这样麻糍就更加香糯可口，使人吃过回味无穷。也可以用红糖、白糖或豆沙做馅，把麻糍制成又香又糯的甜品。

而做年糕用的是粳米，也如此这般手工制作，还可以用模子做成各式各样的图案形状。手工制作的年糕软糯适度，也最好用冬水浸泡保存，只是吃法或蒸或炒或咸或甜，因人喜好而有所不同。

过完年，谁家的麻糍、年糕、馒头干存放的时间越长，就证明谁家的日子越好过，按现在的说法，就是谁家的生活幸福指数越高。有些富裕人家特意把麻糍、年糕存放到二月二龙抬头那天吃，便更显得自家的日子红火与幸福。

在我的记忆里，过年时节好像几乎都是雨雪纷飞的日子，也是一年三九严寒最冷的时候。大人们忙完手头的农活，就开始紧锣密鼓地准备年货。捣麻糍、做年糕、发酵揉面蒸馒头，便是家家户户必修的功课。家境条件好的，还会杀一头过年猪，那就更加热闹了。并且都在年节前这三五天集中进行。生产队在一年的农耕播种时也会特意安排种几亩糯米、粳米的稻子，虽然亩产会相对差一些，但年年必须种，收割了按人口分给每家每户。糯米用来捣麻糍，粳米用来做年糕。

年关这几天，最高兴的就数我们这帮半大不小的孩子。因为样样年货都关系到吃，走到谁家都在做吃的东西，都能多多少少吃上几口。这几天，大人们忙活着备年货，孩子们忙着玩耍嬉戏，大家各顾各的忙，都会在不知不觉中忘掉中午吃饭的饭点。

江南的冬天，最冷这几天真阴冷得如同生活在冰窖里。木结构的四合院没有更特别的取暖工具，所以，很流行手暖炉。普通的手暖炉几乎都是竹篾做的，里面是一个陶土烧制的炉芯，用来存放炭火。外壳用竹篾精心编制而成，像一个小礼盒，小巧精致。是我家乡民间广泛使用的取暖器具。也有当年财主家偷偷留存下来的铜制手暖炉，黄铜铸造而成，油光锃亮，圆鼓鼓的雅致精巧，上面还带一个漂亮有孔的铜盖子，估计在当年价格不菲。炭火装在铜暖炉的肚子里，温暖均匀，既不烫手，又干干净净，还能放在被窝里取暖。盖子上有时还能烤一些方便吃食，如麻糍、年糕、红薯干等。这样的手暖炉当时肯定是专供太太小姐们使用的。

捣麻糍、做年糕、蒸馒头时，家家户户都需要启用大炉灶，蒸熟糯米捣麻糍，蒸熟粳米做年糕，还蒸一笼笼的馒头和馒头干。这时候木柴便会烧出许多炭火来，就成了手暖炉取暖和烘烤馒头干的炭火来源。记得小时候都是穿着单裤过冬，多数时候还光着脚板穿着单鞋，倒不觉得特别冷。但这时候每每要抢着提一个家里仅有的手暖炉，在雪地里玩湿了鞋子可以烘烤一下。或者提着暖炉，围着正在捣麻糍、做年糕的石臼边转悠。碰上相好人家正在捣麻糍、做年糕，便顺手要上一小块，放在暖炉边上烤。看着麻糍或年糕在暖炉里的炭火边被烤得吱吱作响，还像吹泡泡糖般鼓起气来，同时热腾腾升起那股悠悠的麻糍、年糕香味，心里觉得这便是最开心、最幸福的过年乐事，也是平时时时刻刻盼望着的年味。

那时候，新德堂的住户很多，每个门户都住着人，也几乎住满了人。每家每户都有三五成群的孩子，说新德堂人丁兴旺发达，真是一点也不为过。所以，每到年关时节，新德堂的宅院里总是红红火火、热热闹闹。虽然邻里们平时也为一些邻长里短的琐事争争吵吵，但大家很少真正想撕破脸面的。年关时候，在热闹的年节气氛里你来我往，便是家家户户修补关系、和好如初的好时机。

住新德堂时，父亲在医疗单位上班，母亲是农民，我们家属于单职工家庭。那时，我们兄弟姐妹都还小，父亲只顾自己上班，并不在意这些年关准备年货的劳作，所以，每到年关捣麻糍、做年糕、杀猪宰羊时我们都很少能插得上手，就算想帮忙，却连捣麻糍用的石舂子都抢不起来。每每轮到捣麻糍、做年糕时，母亲总是要请些外人来帮忙。多数时候，我们只看着人家家里热闹，自己只有在边上羡慕的份。但这份热热闹闹的年味，却至今难以忘怀。

现在世道变了，世风年味变了，连天气也变了，已经有好多年没有经历纷纷扬扬的雨雪过年了。麻糍、年糕、馒头等年货，超市、菜场里随时随处都有卖，更别说自家养猪杀过年猪了，就连陪我们走过快乐少年的手暖炉也不见了半丝踪影。

农民不再种地，农村不再产粮，古老的新德堂已成了人们旅游参观的古民居。新德堂四合院里长大的孩子们，都住了出去，有的还去了遥远的外地生活、工作，而且大多已成了爷爷奶奶外公外婆。只有寥寥的几位年迈孤寡者，还在厮守着这座日见陈旧衰败的古宅，随同这一动不动还在原地待着的石臼，供游人观赏拍照，见证这满屋子满院的沧海桑田，人事变迁。

在不远的将来，我的孩子们也不再认得这石臼，只能在导游的解说下才会懵懵懂懂知道一些它的用途，但不会再知晓捣麻糍、做年糕是怎么一回事，这些东东大卖场里都有供应。将来的他们，就像我现在欣赏《山海经》里那一张张珍贵彩绘图画一样，认识着我们曾经使用过的劳动、生活、生存原始工具。

劳作，是一种踏踏实实、简简单单的生活方式。人生就像捣麻糍、做年糕一样，其目的并不是光为填饱肚子，或者在无知无觉中延续。日子总是在种种反反复复的折腾中真真实实地经历着、感受着，才会衍生出许许多多特别鲜活的生命意义，才会使你对平平淡淡的生活生发出种种奇妙念想，就如这新德堂，如这曾经人间烟火的石臼。

院子里的那棵白玉兰

过了雨水，节令便近惊蛰，年已经越去越远，新的一年开始做加减法了。近几天外地出差回来，站在餐厅窗台前冲茶水，忽然看见院子里那棵白玉兰花竟然盛开了。明媚璀璨的阳光下，和煦温暖的微风里，墙角那棵芊芊瘦瘦的白玉兰，花朵亭亭玉立，颤颤巍巍地在光秃秃枝头上尽情开放，仿佛在宣泄经年的压抑、忍耐与不平，又好像带着几分顽强坚持后的成功和喜悦。白玉兰花朵朵饱满热情，朵朵坚挺向上，似昂着洁白、高贵的头颅，冰清高节，如脂如玉，纯洁无瑕。真是不愧其魂，不负其名。

这棵白玉兰已经陪我在上海度过了两个春节，前年秋天新房子装修时，它从园林移栽到院子里。刚来时，模样歪歪斜斜，枝条扭扭捏捏，软弱无力，几乎不成正形，好像在园林里时时刻刻被同伙挤对坏了，一副永远都不会成器的浪里浪荡病态样子，令人可怜，又被人嫌弃。我本想把它遗弃了重新栽棵别的什么树，可妻子嫌麻烦，说移都移来了，栽种下去后就看它自己的造化吧。

第一个春节，它躲在墙角落里小心翼翼地生活着，没有妨碍任何人的眼。那种病病歪歪的坚持、天可怜见的羞羞答答，开出来的零零星星几朵病弱不争气的小花，既不炫耀也不争春，只告诉我它还顽强地存活着。平日里妻子也不嫌弃它，与别的花花草草一样，对它悉心照料，给它施肥、锄草、浇水、剪枝，有时也喷点药水杀杀虫。

到了第二个春节的前不久，也就是年前，我刚才给院子水池里的小鱼儿喂食，抬头远望去，突然发现这棵白玉兰光秃秃的枝条已经像模像样地舒展了开来。白玉兰瘦小的腰身也挺直了许多，也茁壮了许多，好像不再如初到时的那种病病恹恹经不起风霜雪雨的柔弱，仿佛一个快长成的处子，挺起胸部，扭动着矫健纤细的身躯，婀娜多姿，充满青春活力和抑制不住的勃发生机。特别是秀气清新的枝条上冒出来的那星星点点的小小花蕾，嫩嫩的，怯怯的，乳白色中略带些许淡淡黄晕，正在季冬的寒风料峭中瑟瑟发抖。像一群站在冰天雪地里翩翩独舞的小姑娘，穿着单薄的裙衫，虽然冻得牙齿咯咯打战，却楚楚可怜动人，让你生发出千般珍爱、万分怜惜。

从此以后，只要我走到院中踱步，便会漫不经意地去多看这棵白玉兰几眼，想早点看见它盛花怒放的模样。但羞羞涩涩的白玉兰花，始终不见它的花苞迎风长大，更不要说突然含羞怒放了。倒是它身边不远处的那棵蜡梅，好像不肯辜负人的恩典似的，清清净净的枝条上黄花点点，带着几分皇家公主娇嫩气息，满眼黄澄澄的鲜艳夺目，在寒峭的冷风中益然开放，春意爆满枝头，既赶上了喜庆的春节气氛，也给了主人家一个莫大的惊喜。

这棵多灾多难的白玉兰花，错过了春节的喜庆，错过了开春时争艳的繁华热闹，却在今天这个最平凡不过的冷冷清清日子里终于怯生生地骤然开放了。

纯白色明艳的白玉兰花，满枝头尽情绽放，花朵朵朵顽强地坚持着向上舒展，花朵朵朵洁身自好，花朵朵朵洁白无瑕。有的敞开自己纯洁坦荡的胸怀，仿佛在向蓝天白云宣告着什么，又好像在迎接春天里的新生，包括生命中的雨露风霜，夕阳和朝霞。有的还在羞怯怯地含苞待放，带些椭圆的花蕾，如一个肥嘟嘟的小女孩蜻蜓般倒立在那枝树梢的尖尖上，在微风中摇曳摆动，开心玩耍。它们不需要绿叶陪衬，更不需要精心呵护、扶持、护卫，那份危颤颤的俏皮，那种毫不掩饰的惊艳和坦坦荡荡的坚强自信，令人深深地感动与莫名地喜悦。

饼筒

2020 年，注定是一个特别的年头。今天是农历正月初九，是这个年节里难得的好天气，再过两天便是立春了。阳光明媚璀璨，温暖和煦如春，一扫这段时间里由于武汉新冠肺炎疫情严重扩散所带来的阴霾，给人一份久别的舒心与愉悦。看样子，没有一个冬天不能逾越，谁也拦不住这春天的脚步。

　　按照往年惯例，现在正是乡下人返城工作的高峰时段。而此刻，小区里却停放着一排排整齐的汽车，微尘蒙面，好像好长时间没有开动过了。四处矗立着的密密麻麻的房子，静静悄悄，静静悄悄得似空无一人，既不见有人出来晒太阳，也不见有人出来散散步。唯独妻子耐不住寂寞，拿一把小锄头在院子里撒气似的忙碌着，为寥寥几棵幼小的风景树锄草，也随便晒晒这既廉价又珍贵的阳光。

　　我背着手，站在这温暖的阳光下欣赏着妻子的别样忙碌，欣赏着小区里别样的安宁，也顺便享受着这份日子里别样的静好。

　　昨天刚从乡下老家回来，回到这座工作、生活的城市，准备着新一年的开始。但人虽已回城，心却还留在乡下，既惦记着浙江老家这次诡异的新冠肺炎疫情，也在乎乡下那份依依不舍的年味，还在心头萦绕不息，成为难得的别样记忆。

　　为了过年，农家与祖祖辈辈的祖宗先人一样，总是早早地做着各种准备，早早开始买东买西准备年货，养猪牧羊好像也是为了凑过年时的这份热闹。仿佛农家的一年忙忙碌碌就是为了过上一个快乐祥和的春节似的。一年最多的话题都是为了过年，都是绕着过年过节展开一年的日子。为了一年能有一个好收成，能过上一个好年头，成了农家一年里一心一意的追求与憧憬。

　　每年都如期回老家过年，今年却很特别。由于新冠肺炎疫情严重，为避免疫情失控，乡村自我封闭得似回到了原始社会。道路阻断，亲戚朋友不相往来，鸡犬也不相闻，既不能安排走亲访友，更没有宴请与玩耍，什么都被限制着不能进行。这个年节，让我最难忘的竟是同学妻子做的简简单单的蔬菜饼筒。一个善良的农村居家妇女，不管在什么年景下，总是想着各式各样的法子喂饱喂好一家人的肚子，这或许是她最想要的愿景。只要她勤劳辛苦付出，家人就能得到幸福美满，家人幸福美满了，她自己也就真正地开心快乐了。

饼筒，本来就是我老家的传统食物。在那个缺吃少穿的年代，饼筒很流行，好多时候是三餐必备的主食，因为它制作简单，冷热都可以吃，又便于送到田头一边干活一边吃，或携带着路上吃。两只软塌塌的蔬菜饼筒，再加一碗能看到碗底的稀饭，算是一餐的饭食了。那时候的饼筒，就是一张张面粉糊的被子，草草卷一些青菜叶子、芋头芋艿等蔬菜做的馅，素素的，没有一丁点儿油腥味儿，只是为了填饱永远都觉得空空荡荡的肚子。只有到了年关，饼筒才会有一些油腥味儿，馅子里加一丁点儿肉末，加一些米粉丝和红薯粉丝什么的，吃起来就已经喷香无比。

可现在做的饼筒就完全不一样，想着法子，翻着花样，加入时代的新意，这正如过去常吃而现在不再多见的玉米糊糊。记得小时候，家乡比较贫穷落后，温饱是人们整天努力奋斗的最大目标。所以，有时一边吃着玉米糊糊，一边想着哪天能美美吃一顿"八大碗"该多好啊。那个时候一年到头几乎没有隔月的余粮，粗粮细粮，什么季节出什么粮食家家户户就基本上吃什么。每到秋季，正是玉米红薯成熟时，就顿顿吃玉米红薯糊糊，没有一丁点儿的油腥味儿，一直吃到你胃里泛酸喉咙难以下咽还不能停止，因为没有别的食物可以接济、替换、调味。现在有时也在大饭店里点玉米糊糊，吃起来却是怎样的美味可口呢？因为它用鸡汤或者骨头汤熬制而成，当然味道完全会不一样，既不油腻，也不太素净，吃到嘴里自然顺喉鲜美。有时难得吃一次红薯，也是调了蜜汁儿的。

许多年前，浙南农村有些地方还有除夕夜吃饼筒过年的。但他们做的饼筒都比较好，也很奢华。馅子有鳝丝的、沙鳅干的、炒猪肝的，再加些红薯粉丝和时鲜素菜，几乎很少是全素的。美食摊上卖的价格也从十元、二十元不等。当一个小小饼筒卖到二十元时，馅子肯定是不简单了。而我们家乡的饼筒却要简约得多，一直保留着传统的样子，馅料几乎都是全素，以各式时鲜蔬菜为主，也有豆腐条做的，就算早点摊头卖也就两三块钱一个而已。

现在生活条件好了，记忆中的食物成就人们最好的回忆。一到年关，杀猪、宰羊、吃肉，已提不起大家很大的兴趣，都想着法子做记忆中的食品。蔬菜饼筒，便成了一个最好的传统食品选项，以改善平日里荤腻单调的口味。就像我同学妻子这次特意做的蔬菜饼筒。

先从自家的菜园子里采来上好的小青菜。灿烂阳光下，肥沃的自留地里，小青菜颤颤巍巍，葱郁油嫩，经过一个冬季的寒冷与霜冻，变得鲜甜柔软，青菜的清香味道十足。它不同于大棚里催生出来的青菜，看上去虽然水嫩漂亮、白白净净，炒出来却淡而无味，需要各种调味品去调味。而自家种的青菜只要用开水烫一下，就显得软糯鲜香，再加一些烫熟了的自家做的米粉丝和红薯粉丝，用些许猪油烹炒调匀，调好咸淡即可。

等调好的馅料凉透后，用事先糊好的面粉被子一只只仔仔细细包得结结实实，样子圆润、匀称、精致，放到鏊盘里用素油把包好的饼筒四面煎成金黄色。这时候，饼筒色泽金黄诱人，香味扑鼻，令人垂涎欲滴。但且慢，这时候别急着下嘴，因为这时候的饼筒里面温度极高，如果急着一口咬下去，一不小心就会烫伤你的嘴巴和舌头。而我却喜欢趁热的时候吃饼筒，一边嘶嘶地呵着凉气保护舌头和嘴唇，一边品尝这大自然温馨、清香、美妙的馈赠。

有时觉得日子很漫长，就如今年正月这疫情中的煎熬，有时又觉得日子很短暂，匆匆忙忙中便年来年去年复一年。岁月似这葱葱郁郁的小青菜，鲜嫩欲滴，但只要经历了阳光晨露和风霜雨雪，它就会有了自己悠长醇厚的滋味。生活既简单又实在，无须做过多的算计、装饰和雕琢，就像这朴实无华的饼筒，虽然简简单单，却实实在在，照样能香喷喷地喂饱你肚子。

皖南小镇的早晨

天刚蒙蒙亮，推开传达室破败的房门，凉凉爽爽的晨风，给了我这个初来乍到的外地人一个深情拥抱，是问候，还是表达欢迎呢？

丘陵起伏，山岗如波似涛，一眼望去，青青翠翠，郁郁葱葱。清晨，云彩在遥远的天边嬉戏变幻，有早起的鸟儿已在蒙蒙苍穹下盘旋高翔，远远近近的各种鸟叫声，在高声附和着鸣叫，它们是互相催着起床呢，还是在互相问候，或者在晨欢？微微清新的风儿，带着丝丝缕缕的睡意，似乎昨晚听到了什么秘密，正在轻声呢喃，又仿佛在传递什么信息。多年没有享受这种酷似早年家乡的神韵了。多么熟悉、多么美好、多么热闹的一天，在大自然乐曲声中开始了。

这是家里收购皖南小镇这家工厂后，我昨晚住进工厂传达室起来的第一个早晨。工厂离小镇有些距离，经济开发区在空旷的原野上好像刚刚开始踏上征途，原生态的丘陵原野，生发出城市所没有的清新安详气息，鸟鸣鸡叫鹅报更，狗吠羊咩人勤快。

从上海一路风尘仆仆赶来，经过江苏，穿过浙江，一路上道宽水长，顺畅无阻。但一出浙江长兴，高速公路就开始从单向三车道变成了两车道，路肩窄窄的，路面也有些许高低不平，路边的基础设施显得陈旧落后，就连道路两边的农村山野景象也有了很大的不一样。一个是由于工业发达，土地变得紧张稀缺，地面的规划整整有序，开发得很充分，但自然环境却破坏严重，灰蒙蒙的阴霾说来就来。一个是工业相对落后，待开发土地充裕，荒山野岭一弯又一弯，但空气清新，风景宜人，还是一片原始处子的模样，给人一种绿水青山便是金山银山的感觉。江浙皖地区差别的烙印，就这样被硬生生地刻画在高速路面上和描绘在高速公路两旁连绵起伏爽爽朗朗大自然的山野间。

劳动密集型加工厂家、低技术含量生产企业，以及一般医药、化工公司，搬离上海是迟早的事。这不仅仅是环境问题，最大的压力还是营运的成本问题，高工资、高福利、高房租和每亩工业用地税收的高回报，让普通企业维持最基本的生存都越来越感到吃力。

我们为了让企业平安离开上海，围绕着上海四周寻找工厂，整整努力了三四年。几乎都是面临环保问题和税收问题，不是由于环保产业政策不能落地，就是嫌弃每年缴税和投资力度太低而不受欢迎。短短十几年，似乎长三角地区的企业一下子都成了高科技企业、高附加值企业和无污染企业。而且政府设定的汽车产业园特别多，好像所有地方政府除了造汽车，什么都不准备干了，好像13亿人口吃喝拉撒睡都不重要了。可我知道汽车制造行业已经是夕阳产业了，产能过剩是迟早的事，就像当年大办钢铁厂一样。

我们挨家挨户寻遍杭嘉湖地区、苏锡地区，就是不想过长江，或去皖北、苏北等地。沪杭苏的城市圈，坐舒服了我们的屁股，也垫高了我们的脚和欲望，更何况长三角企业的产业链和有效生存圈也基本集中在这个范围。很多企业最近几年都去了东南亚各国，好像大多数都没落个好。在长三角核心圈待久待习惯了的企业，很难适应偏远地区的落后，以及落后所带来的产业配套、交通和管理上的不便。

就拿住来说吧，企业到哪里，我们业主肯定就要跟到哪里，那上海的房子就成了摆设。总不至于为了到上海小住几天，享受一下上海的雾霾，而跨越几百公里城乡两地奔忙。可就这样轻易放弃上海都市生活而重回乡下，这又是怎样的一种笑话？更何况要面对交通上的不便利，以及医疗、教育、科技、饮食上的差距。产业配套上的不便就更不用说了，维修设备、采购生产配套用品，等等。

经过几十年的努力奋斗，终于离开了贫穷落后的乡村进城，现在为了事业和企业生存又要离开先进、宜居、舒适的城市，掉头奋斗回既陌生又有几分熟悉的乡下。这是人生的玩笑，还是生活的无常？

万般无奈的情况下，我们试探着来到皖南地区，先从广德开始，沿着江浙与安徽交界边缘，向郎溪、宣城、宁国等地地毯式搜索前进。经过许多次考察与落户失败，它们也一样只要汽车、电子、生物等高科技产业。当搜寻到皖南一个小镇时，总算侥幸落户成功了。

我们每到一个地方考察经济，寻找自己企业生存土壤与环境的标准，第一是产业链，第二是交通运输，第三是民风与环境。产业链特别重要，像我们这些低附加值日常生活用品厂家，客户、业务、运输、产业配套等是首要考虑的问题，必须要面对有效的企业生存圈，既要有配套产业，便于设备维修保养，又要方便原材料采购，更重要的是交通运输有效里程，如果离用户距离太远，产品所产生的利润连付运费都不够，那就算土地白送给你，也会赚不到钱。接下来便是政府服务、人的生存、工作环境等要素了。道路平整宽敞，设施规准，环境优美舒适，这样的地方经济肯定错不了，这个地方政府管理服务能力也肯定错不了，社会风气也应该不会差到哪里。与看人一样，仪表先入为主，算是地地道道的以貌取人吧。

下了高速，到小镇高速出口，检票口狭窄破旧，还是老式人工的检票手段，一下子让人感觉这里好像落后了人家十几年。给人不便就是给自己不便，人工智能的落后，就象征着当地科技的落后和经济条件的落后。就如一家人的家门，如果他家连门面都破败不堪，他家的条件又能好到哪里呢？

还好一路走来，蓝天白云，青山绿水，空气清新，风景优美，环境没有被污染，像一位静静等待出嫁的处子。出了高速，看见道路在修筑、房屋在建造、工厂在施工，一切正干得火热朝天，给人一种繁忙的感觉。一切都在建设中，一切都在改变中，还算不错，眼前呈现出来的一切，跟预计的不相上下，或许赶巧了，来得正是时候。

小镇是个地地道道的移民小镇，几百年前的一场毁灭性瘟疫，当地原住民都几乎死绝。小镇现在的常住人口，都是后来陆陆续续从湖南、湖北、皖北、江浙等地移民而来。所以，人与人之间的融合度很高，没有任何特别的排外意识，就连上海人惯用的腔调"这帮乡下人"的对外地人看不起的情绪都没有，好像大家都一样，对我们浙江人似乎还有高看一眼的尊重。

现在的小镇几乎都是20世纪六七十年代的建筑，按照当初江南农村人的习惯，小镇顺势依靠着弯弯曲曲、高高低低、窄窄小小的省道公路两旁建设。公路就是街道，街道就是公路。既没有像样的历史悠久的徽派古宅老屋，也没有高大上的消费娱乐场所。后来硬划分出来的人行道，也挤不过两三个人。载重货车路过，更是尘土飞扬，行人、电瓶车、农用三轮车夹杂在这车流中穿梭通行，真让人提心吊胆。小镇街道，没留半点发展余地和空间。店铺也就是些零零散散的杂货铺为主，穿插着几间小吃店、电信服务店面和银行分理处。忙碌着的既是员工，也是店老板，只是街面做了一些装修粉饰，显示出公家、集体与私营的不同。新造的高楼，与原来的低矮民房陪衬着，落差显得特别大。皖南小镇，虽然地处长江三角洲的副中心地带，地理条件优越，但地方经济历史上的欠账、交通基础设施、当地产业结构等经济发展硬性基本条件的滞后，无不给当地经济发展带来一定的制约与局限。

但很明显，外地口音的人络绎不绝，流动人口逐渐在增加，街道上开始忙忙碌碌、熙熙攘攘热闹起来。公路上车辆来来往往，特别是外地牌照的大车小车川流不息，原来建造的公路就更显得憋屈了。随着外来人口的陆续增多，农副产品价格也在天天不断上涨。酒肆小店里，大家都在议论着、想象着、等待着，一切好像处在即将变化的临界边缘。是的，一场伟大的变革即将到来。一个偏僻贫弱的落后小镇，要想改造成为现代化的工业城镇，肯定需要几代人付出辛苦努力和心血。

当初的管理者，肯定没有想过小镇会有今天的发展，以及未来更大的辉煌与繁华。或许当年能想象到有今日这样的景象，他们已经尽了最大的努力和心智。有时候，贫穷的确限制了我们更大胆的想象。"不怕做不到，只怕想不到。"毛主席伟大啊，在五六十年前就预知了我们普通人今天的能力与窘迫。

现在还清晰记得二十多年前，浙江一个也很像这里的山城小县，就是我的老家，来了全国第一位美国留学回来的博士县长。新官上任三把火，在规划环城路时，由于当时资金受限，就先以环城南路作为改造起点。新县长坚持要规划双向八车道带人行道和绿化带环城路，五十四米宽，纯美式理念，百年大计，但规划在两会上死活不让通过。那时候，大街小巷上连小汽车都没几辆，大多数人都认为借钱造路，还浪费土地资源，何必要造这么宽的路呢？不是劳民伤财吗？还不如多卖几间房基换钱合算。大家当时都认为这留洋回来的县长有点假大空。环城南路规划被砍了一大半，双向八车道变成了双向四车道，中间还没有了绿化带。可后来事实是仅仅过了十几年，翻天覆地的发展和变化，一切都出人意料。就短短十几年，环城南路上汽车堵得走都走不动了，路两边却被规划造了房子，也就没有了发展的余地和空间，大家只好容忍着城市天天的拥堵。

仅仅十几年，对社会发展来说，也就短短一瞬间，他们身为一地一域的决策者，就连这短短的一瞬间的智慧都没有。贫穷所带来的智慧局限，在辽阔的祖国大地上，那种短视、那种无知、那种只图眼前利益所造成的后果，这是一种怎样的国家悲哀和民族失望？

这两年来，国际形势很严峻，贸易战的刺杀声此起彼伏，国内经济又处于转型阶段，当年牺牲环境发展经济所带来的严重后果，正在艰难修复中。生意本来就很难做，连发达地区都在经济大潮中跌宕起伏，更何况那些偏远落后些的城镇地区。

来来去去，兜兜转转，在小镇上转悠了大半年。小镇虽小，小镇虽然破败落后，但民风还显得很淳朴，安居乐业，环境也算安静优美，没有那种奔波忙碌的紧张与骚动。已落地的企业多数来自浙江、上海、江苏等地，政府正在努力招商引资，企业也正在适应新环境，克服种种不适应的困难，努力奋斗。各种产业配套设施、供应和服务正在逐渐形成中。在零零散散的忙乱中，让人看到了明天的发展与希望。

百鸟齐鸣，催动黎明的晨韵。太阳正在努力爬升，云彩变得越来烂漫，蓝天上盘旋翱翔的鸟儿飞得更欢畅了。风儿唱鸟儿鸣，马路上的马达轰隆隆声，在这热闹、温馨、忙乱的晨曲中，我还是嗅到了那股人间浓浓的烟火味，与时共进、生机勃发的骚动。

这样一个清新愉快的早晨，也是原先想象中的皖南小镇的早晨。

内蒙古作家韩红

【作者简介】

韩红，出生于内蒙古，中共党员，本科学历，工程师，喜读书善思考，于淡雅的文字中行走、优美的旋律中讴歌。代表作有《五代人的百年铁路梦》《父亲的生活品质》《永远跳荡的激情》《他为奔腾的大黑河树碑》《腊八蒜香飘》《拥你入心》《只盼时光慢些行》《最难驾驭的唯有人的思想》《感悟在父母和儿孙间》《父亲的建国70周年纪念章》《宅在家中的沉思——评王利田佳作〈敬畏自然〉》等散文和诗歌，作品散见于、今日头条、《铁马》《内蒙古铁道报》《北方新报》《北国风光》《幽谷乔木》《蝶舞霓裳诗书画》《中华文艺》等各类报纸杂志和文学艺术平台，荣获"当代精英杯"全国文学大赛一等奖和当代散文领军人物称号，有的作品被收入书刊出版发行。

大动脉上的守护者

正值万家团圆，喜迎新春佳节之际，新冠肺炎疫情突然袭来！

正陪着97岁高龄的老父亲准备包饺子的我，接到疾控所关于疫情防控值班和旅客列车消毒命令，立刻绷紧神经，意识到疫情的严峻，遂即丢下手中的面团，离开老父亲家，直奔防疫一线。

铁路是国民经济的大动脉，这个举足轻重的作用自不必言说。疫情期间，大动脉的责任更加重大啊！铁路先行，不仅仅体现在交通强国上，疫情防控，铁路这个大动脉也当仁不让，不甘落后啊！

就在我们铁路防疫人员给站车指导疫情消毒几天后，我看到各个住宅小区都安排了疫情防控人员。我意识到他们守护的只是几百或是几千人的小区，而作为铁路防疫工作者的我和我的同事们守护的则是涉及几百万甚至几千万人的安危。搞好铁路疫情防控工作，不只是全国铁路人的责任，也是全社会的责任，它关乎千家万户和铁路职工个人及其家庭成员的生命安全。

我和我的同事们能做的是要我们值班期间指导消毒过的车站没有一个旅客带病毒进站上车；是要我们指导消过毒的旅客列车上没有旅客和我们的乘务人员染上病毒。疾控人员包保各单位，要努力做到的是不发生疫情借铁路传播；不发生铁路单位疫情流行；不发生职工群体隔离留观事件……

在值班和车上指导消毒期间，我往返于家、单位、指导消毒的车站和旅客列车上，我看到听到的一幕幕真实场景将永久地定格在我心里，成为我日后永远值得珍藏和回忆的记忆……

疾风知劲草，烈火炼真金。情况越紧急，形势越严峻，共产党员越要坚定地站在疫情防控一线，充分发挥先锋模范作用，做到哪里任务险重，哪里就有坚强的党组织，哪里就有冲锋的共产党员。

我看到疾控所交流群里所领导们一大早发出的一个又一个疫情防控措施通知，就想起自己前一天晚上8点多准备上车消毒前，看到领导办公室的灯依然亮着，无疑那个时候领导们又在夜以继日，运筹帷幄，超前预想，积极谋划应对新冠病毒疫情的各种措施。是啊！正是他们和像他们一样的领导干部，为大动脉的安全畅通，筑起了一座座防控疫情、守护安全的坚强堡垒，成为干部职工的"主心骨"。而鲜为人知的是，此次新冠病毒疫情防控，是我们呼铁疾控所继鼠疫疫情解除没过多少天后，所领导带领广大干部职工投入的又一场没有硝烟的紧张战斗。

我听到去年身体欠安至今尚未完全康复的包头分所所长郭来有，除夕夜顾不上吃顿年夜饭，亲自接送急需的医疗防护用品，为的是保障前线防疫战士的生命安全。在疫情面前，这位党员领导干部，完全将自己有恙的身体和生命安全置之度外，彰显了"平常时候看得出来、关键时刻站得出来、危急关头豁得出来"的党员本色。

一时间，同事们在群里纷纷为这位身材弱小却有责任担当的小姑娘点赞加油道辛苦，更有甚者悄悄给她拍了照，真实地记录了她工作时的模样，照片上还附着"工作认真负责，电话手机呼叫不停，我学习的榜样，加油！""这孩子真能干，很棒"等字样。瞬间的定格，成为印刻在我和同事们心中永远挥之不去的记忆……是啊！有哪位同事不佩服她对工作的履职尽责，严格审核把关？又有哪个做父母的看着和自己孩子年龄相仿的这位姑娘为了报表的准确无误和及时上报，一直坚守岗位，废寝忘食地工作而不心疼不动容呢？

我看到办公室的老同事、退役军人武友，疫情期间每天晚上7点半到11点半左右，全副武装，不辞辛苦，坚持不懈地开车接送为动车所动车消毒的同事和恒诺人员，没有丝毫怨言。他说自己2003年经历过非典，今年就要退休了，又赶上了新冠病毒疫情，在这个非常时期，能为疫情防控尽点微薄之力，站好最后一班岗，退休后回忆起这些事来，也不枉自己是一名疾控人，更不枉自己曾经是一名军人。是啊！军人的天职就是服从命令听指挥，而这名普通的老党员、老同事，就是发扬了这种优良作风，不忘军人和共产党员的本色，用他的行动诠释了"疫情就是命令，防控就是责任"的使命担当。

我看到每当我晚上近 11 点上车消完毒，怯怯地走在只有我一个人的小地道里，迎面射来的那一束我所熟悉的灯光时，我便不再害怕，那是先生特意为我打开的车灯，为的是给我驱逐黑暗，照亮我回家的路。

是的，心中有爱就是最好的初心，心中有责就是最大的担当。疫情期间，我们是大动脉上的坚守者和守护者。无数个铁路工作者和我一样，都意识到责任的重大，都在尽着自己的责任。而家人们则成为我们最有力的支持者和最坚强的后盾。有了他们的理解和支持，我们才能更加踏踏实实地、义无反顾地、全身心地投入疫情防控工作中。

不仅仅看到了我们卫生防疫人员的铁肩担道义，我也看到了被抽调负责具体消毒工作的恒诺人员，他们上车消毒，并未因为只是一个小门把手就放过，也不曾因为厕所门没打开就绕过，而是主动要求列车员打开厕所和乘务室的门，恨不得把每个角落都喷洒到位，不敢有丝毫虚假和懈怠，还时不时地提醒乘务人员做好自我防护……就这样给一个车底十几节车厢消毒下来，他们早已是汗流浃背、气喘吁吁了。可刚刚走出出站口不远，看到地方防控人员为下车的旅客登记信息，他们又毫不犹豫地给这些工作人员的桌椅周围开始消毒……我在想：难道他们不知道此时已是晚上 10 点半多了吗？难道他们真的是钢打铁铸的吗？难道他们真的不害怕吗？

这是一种怎样的情怀？他们自己都还处于危险中，却忘不了去关心素昧平生毫不相干的其他人。此刻，我真正体会到了对工作的负责，就是对生命的负责，这才是真正的人间之大爱啊！

虽然我负责指导他们消毒，但是因为彼此全副武装，直到现在都不识庐山真面目。也许疫情结束后，我们依然只是路人，但他们的言行却早已深深地印刻在我心里，必将永远激励着我……在聊天中得知他们中好多人也和我们许多的防疫人员一样，从消毒那天开始就没回过家了。大家都是上有老下有小的人，都担心自己稍有不慎将病毒带给家人，可在这本该是万家团圆共度新春佳节的日子里，距家甚至只有几百步之遥的逆行者们，也只能反复地演绎着大禹治水的故事，坚守着自己的岗位，而对家人别样的思念却从未曾停止过……

太多太多的感人场景，无不令人一次次泪目。大家只有一个目标，那就是勇敢地扛起肩上那大动脉的责任，舍小家，顾大家，重保障，顾大局，在新冠肺炎疫情防控紧要关头，化身为最美的"逆行者"，为大动脉，为大中国的平安聚力前行，夙兴夜寐，忘我奉献。

眼睛向内看到我们铁路干部职工勇挑责任的同时，外部的人和事也带给我不一样的感受。在车站，我看到旅客们似乎比平时更加自觉了，主动伸出胳膊配合客运人员测量体温，这是以前很难看到的。以前，感觉旅客和我们的车站服务人员似乎是敌对关系。那时旅客过安检，常常处于被动被检状态。我曾看到听到过有的旅客面露不满神色，嘴里嘟嘟囔囔，嫌我们的客运安检人员太麻烦，认为有什么可检查的？现在却变成了默契关系……所有这些，让我看到了全民素质的提高，也看到了面对疫情时彼此都主动承担起的责任。

我深深地体会到，特别在疫情当下，大动脉的安全靠的正是全路乃至全社会的共同努力。只有扎紧篱笆，严防死守，万众一心不畏难，众志成城齐抗疫，我们才能打赢疫情阻击战，早日与亲人朋友再团聚。

尽收眼底的这一切，让我看到了曙光，看到了希望。只盼着疫情早点儿结束，小区尽快开放，所有的交通都解封，大动脉依然畅通，一切都恢复了正常。

是的，没有一个冬天不可逾越，明媚的春天就在眼前。待到山花烂漫时，我们与全路、全国人民一起在丛中笑！

江苏作家陈志原

【作者简介】

陈志原，笔名：陈志源、行万里路。江苏南京人，工程师。曾与人合作出版过48万字管理书籍。文学作品荣获"当代精英杯"全国文学大赛现代诗歌一等奖、小说故事一等奖、古诗词曲赋三等奖，以及"蝶恋花杯"（国际）华人文学大赛奖，入编《"蝶恋花杯"（国际）华人文学大赛获奖作品精选》《新时代文学人物作品精选》《当代文学人物大典》《当代文学先锋人物大典》等文学选本，获得2019年度经典文学网十佳签约作家称号。

火红年代的野泳岁月

人类从浩瀚的大海中走来，蜷缩在母体胎盘里出生，自小就有游泳习性。每年夏天游泳的男人们聚集在水岸边，或狗刨于浅塘，或蛙行于泳池，或蝶舞于长江，总会引来不少美女俏妹的驻足和羡慕。

1975年的夏天非常酷热，许多老人抵不住高温酷暑过世了，连惠民河的鱼都受不了——"翻塘"了，半死不活的鱼只只斤把重，漂浮在污浊的河面一动不动。街坊一传十、十传百，纷纷赶到河边卷起裤脚下水捞鱼，收纳这上天的馈赠——免费的晚餐。

我和小胖迅速从家里搬出一个长椭圆形木质澡盆，放在岸边就同大人一样下河捞鱼。惠民河的水连接长江，表面看似平静其实水流十分湍急，不时水会打着漩涡，缠着枯枝烂叶从我们身旁穿过。大人们常说：被漩涡卷住，会水命都没有。翻塘的河水土腥味十分浓烈，甚至有些冲鼻孔，会水的汉子扑通扑通打着水向深处游去，兴抖抖地在中央拣着大鱼扔向河岸；不会水的我俩只能站在屁股深的浅水中，收拾着三四两重的，居然也捡了十来条鱼。

不一会儿，大妈大嫂有端脸盆的，有挽菜篮的陆续赶来，卷起裤腿在我们前后左右忙着逮鱼，情形倒像生产队组织稻田插秧一样。连平常不出门比我们大三岁的邻居小红也来了，她拿着小脸盆不敢下河却在我们的澡盆里抓去了两条。

人实在太多，我们只得收工，空的澡盆就重，有了鱼和一点水就更沉，我们费了很大的劲才把它搬回家。我浇了些自来水在盆里，居然还有几条喘过气翻转身游动起来。

小胖爸下班回家先是诧异，细问明白后，连搓着小胖的头说："胖儿能干，帮老爸挣了一周的工钱！"小胖记忆中老爸从没有今晚这么高兴，小胖感觉自己像个小英雄。倒是小胖妈立马泼冷水地说："儿子不能再下惠民河，忘了巷口小强子就淹死在那河里！"

贫穷的年代没有空调，没有电扇，连蒲扇也不是每人一把，但这难不倒生活在火炉城里的人们，随便找个小方硬纸板穿上小树枝，戳几排孔再捆扎些铁丝，扇子便制作好，风力还挺大。

家庭条件好的人会不一样，经常手持白色的鹅毛扇，扇子中央绘着简单的图案，或手拿短小的折叠扇，扇面印着各式水墨画，哗哗打开或合上，像玩魔术般吸引一堆小屁孩跟腿。

傍晚家里闷热难待，消暑最好的方式是游泳，江滩一号到四号码头密密麻麻全是纳凉的人群，男女老少都有，有些游着泳，有的濯着足，有的看热闹。那时在农村不少村落没自来水，许多男人和小孩光着腚下野塘扑腾一会儿，游泳、纳凉、洗澡三样全完成了，有些人游泳没人教，学了四五年只会狗刨式，不会换气拼尽全力只能游两米远。

在省会城里裸体还是有失大雅，一旦裸体游泳被公安或民兵发现，弄出流氓罪摊个牢狱之灾不值当。比我们大几岁的少年忒聪明，没钱买游泳裤，就用领巾围住下体，在河中扑腾一会儿，身子清凉了也没人说闲话，领巾薄干得特别快，游完泳走不到家就风干了，家里人也不知道。

游泳对人有很多好处，能增强心肺功能、舒缓工作压力、提高免疫力等，但老人们常说：淹死会水的。我们生活的地方前有大江，后有宽河，很多父辈是船工、渔民、码头工，所以年轻人都喜欢野外游泳，但对野泳的风险经常熟视无睹，他们游泳按地点有四类。

第一类"搏击江海"型，他们胸肌发达，水性好、不怕死。

邻居王小二，老爸王老汉是跑码头的水手。王老爷子夏天喜欢穿件黑色贴身皮背心，对我们小孩讲得最多的一句话就是：坐船不要进船舱。民国时期长江运输小船多，江上风大，货主和旅客经常到船舱里避风休息不出来，而他喜欢在舱外抽旱烟，遇到诸如撞礁、两船相撞、恶劣天气、激流漩涡等意外，应对处理逃生快。

有一次，王老汉在三层高的长江铁甲游轮上打工，竟然还遇到日本战机的突然轰炸，他大喊一声就跳进江里，其他人还没及反应整个船都被炸沉了，算起来他死里逃生七八次了。

二十岁的王小二继承了他爸的秉性，畅游长江如平地。有一天，王小二突然对我们小孩说，他再也不下长江游泳了。我们好奇追问了多遍，他才告知缘由：就在前一天傍晚，他在长江顺势向下水处游时，突然水中有一个巨大的黑影朝他扑来，他感到情况不妙，加速向岸边游去，在水里他回头瞅了一下，一个头像猪一样的怪物，张着大嘴追了他十几米，离他越来越近。

他听老爸提起过长江里有一种凶猛罕见的吃人兽"江猪"，但它不吃死人肉。赶到江岸肯定来不及，王小二索性屏住呼吸装死，江猪赶到他身边来回两三次，还拱了他屁股一下，看他一动不动，便去寻找新的猎物去了。王小二吓得魂不守舍，匆忙游上岸，衣服都忘记拿了往家跑。一路念叨说："见鬼了，见鬼了！"

不过古话说得好："大难不死，定有后福。"还真灵验在王小二身上，数年后他果真考上了清华大学，毕业后没几年还当上了一家大型企业的总工程师，这是后话不提。

楼下老李家生有三女一男，独子李铁，二十二岁好游泳，自称"浪里白条"，常约人横渡长江。有一次江潮汹涌，偏遇体力不支，不仅对岸没登上，李铁被浪一直冲到十几里远的大桥桥墩上，也亏得他水性好，死死抓住桥墩自救。结果被守卫部队巡逻艇擒获并交由公安局处理。

"一个人晚上抱着桥墩做什么？"公安开始怀疑他要搞破坏，便拘押了起来。

好在他爸老李是厂里工会副主席，地方上人头熟悉，公安局总算给了他面子放李铁回家由家长教育。他爸就这根独苗，恨铁不成钢，当晚李铁被打得"叽里哇啦"鬼叫，整栋家属楼的人都听到了。

小胖他爸和李铁经常在长江游泳算是泳友，实在听不下去，下楼好一阵劝说，老李这才放下棍子，嘴里还不停骂咧着："小炮子！"此时一根棍子已打成三节，李铁被打得皮开肉绽，估计再迟会儿，李铁的腿就要被打废了。至此，李铁对小胖他爸非常感激。

自从上次下河摸鱼，我和小胖看到许多大人像鱼儿般在河水中游弋很是羡慕，扬子江上每天都有劈波斩浪的好汉，岸上聚集很多围观者，小孩们都把他们看成英雄。

"我们要会游泳就好了！"我对小胖说。

"江边人哪有不会水的旱鸭子？"王老汉笑话地说。

小胖回家后就和他爸去说，他爸当时没吭声。没想到过几天，他爸给我和小胖每人一个礼物——自制救生圈。那是利用废旧小轿车内胎做的，黑色肥大，浮力十足，小轿车内胎直径小，特别适合我们小孩，头钻进去放胸前双臂一卡严严实实的，游泳时人和圈不会分离，波浪起伏也不会呛水，能经得住两个人的重力，引起很多小伙伴的嫉妒。商店里的救生圈好看买不起，质地松软浮力小容易呛水，如果孔径大，游泳时人和圈分离，容易产生危险。

小胖他爸在江上为我们找到一个天然游泳池。那是利用码头永久停锚的船坞与江边形成的二十多米宽、五十多米长的长方形空隙，水不深浪很小，坡势缓无水草的一块区域。从此，我和小胖经常下江划水，都是和小胖他爸同去的。我们或划水前行，或蹬腿击浪，既避暑又锻炼了身体，还学会一些基础的游泳本领如憋气、换气、手臂动作、水面打腿，甚至蛙泳。

一次在游泳时听到小胖他爸说：他的一位同事出差到北方，自恃泳技好下海，非得往人少的深处去，被小鲨鱼顶了肚皮，昏迷溺亡了，单位朋友和家里人痛哭不已。

第二类是"纵行河汉"型，他们水性好，表演欲强，不知危险。他们大都龙行于长江支流，惠民河、三叉河一带，由于水势比长江稍有平缓，来往的机帆船少，江豚也没有，因此相对安全，吸引很多游泳水平尚可的青壮年到此戏水。

但事情往往具有两面性，有些年轻人觉得不过瘾，为显示自己的能耐，炫耀游泳实力，不知什么人起头先在六七米高的拱形中山桥中央石头扶栏上向河里扎猛子，一路潜泳在四五十米处才浮出水面。

围观者拍手叫好后，竟会招来许多跟风者并乐此不疲，每天白天晚上都能看到排队从桥上向河里扎猛子的人，只见他们双手合掌向前伸展，头朝下俯身，双脚用力一蹬扶栏，如饿虎扑食般向下扎猛子，憋住气要潜水很长距离，如果谁水花小，一口气潜得远，就算胜者，旁观者会稀稀拉拉地响起几声掌声，或吹个胡哨以示点赞。

但惠民河底水情复杂，有很多淤泥和水草，每年总会有个把不走运的或水平不高的游泳者扎猛子陷入淤泥中不见踪影。等到过一两天尸体浮出水面被打捞上岸，交由家人认领。当时穷每家小孩也多，便草草火化了事。出事的大都在晚间，桥上路灯微弱，桥下黑漆漆的，其他人也不知发生了什么意外。

每年九月小学开学典礼，胡校长站在黄泥堆成的简陋台子上，第一句话总是满怀悲情地说："同学们，又有一个学校×××同学在河里溺亡了！"接着他会拿下老花镜用嘴吹一下，戴上补充道，"你们要珍惜生命，不能再下河了！"

他的眼睛热泪在打转，拿着讲稿的手还颤抖了几下。女同学听得都低下头去，洗耳恭听表示悼念；男同学则东张西望，暑假玩散的心绪还未收回。

那时每家小孩多难得管，家长文化程度又不高，基本靠散养，要管也是胡乱打一顿，没什么太多道理讲。孩子主要靠学校教育，因此校长和老师对学生的感情胜过父母，很多老校长新中国成立前家庭困苦不堪，靠着社会的救济和免费的师范教育才有了立身之本，他们知道老百姓的清苦，知道教育的崇高和纯真。学生中有调皮捣蛋的，有招惹是非的，有刺头娇惯的，在学校都得隐藏改造本性。尽管是其他学校的溺亡学生,大多是中学生,胡校长读起名字来感情深沉,像在主持追悼会。

我和小胖除了那次翻塘摸鱼下过惠民河,就再也没有下去过。因为街坊小强前两年溺亡在此河里,小胖他妈不准他再下惠民河,小胖他爸经常说那河底有沼泽,能吸住人腿不得动弹。

第三类是"荡漾湖塘"型,他们中水性有好有差,有男有女,一般会结伴前行。野湖塘不要门票,水势较江河平稳,水性好的在深水区施展身手,初试水的浅水处扑腾几下。但野湖塘水情复杂,深浅无规律,水温相差较大,水草缠绕茂盛、淤泥陷足也是十分危险。

邻区的三个初二男学生,一天暑期中午在旧城墙周围玩的时候,发现一个公园废墟,里面还有一个废弃的游泳池,长年的雨水积成一个池塘。三人都不会水,个子最高的王姓同学提议下塘游泳,吴姓和张姓同学只好附和,三人先在浅水池扑打一会儿,感觉不尽兴,王姓同学就向深水区走去,并不停地向他俩招手会合。

张姓同学赶了上去,吴姓同学较文弱,在水中步履较慢。王、张同学会合后又向深处走,刚迈一步只听两声大叫:"救命啊!"两人便猛烈扑打了几下,一起淹没在水里没了踪影。

吴同学不敢相信自己的眼睛,受了惊吓三步并两步跑出泳池,衣服不换湿漉漉地沿着大街往家跑。他刚出泳池一百来米其实就有行人,呼叫的话兴许能救活。但他以为遇到水鬼吓得一声未吭,其实王、张同学是被池底青苔滑进了深水区。小吴只顾低头继续往家跑,到家后蒙头大睡还哇哇大哭。到了晚上家长下班回来发现苗头不对,再细问才得知详情,通知老师和派出所为时已晚。

同样,南边有个花神塘,原先是一个废弃水库,直径一百来米，水性好的横渡一下很轻松，但该塘底呈V字形，离岸一米处水就深七米，水温相差很大，小腿容易抽筋，经常有人溺亡，塘边竖起一块"不能游泳"告示牌，但偏有不信邪的野游泳爱好者前来。一天晚上，来了两个黑人留学生前来畅泳，他们在非洲险恶的湖泊游得多了，结果两人抽筋溺亡第二天才被发现。

要说那时省城野泳最著名和惬意的地方，非东郊紫霞湖莫属。紫霞湖藏于山野林海之中，因紫霞真人得名，汇聚紫金山泉水，湖水清澈，面积五万平方米，周围林木翁郁，风景秀丽。最初到此野泳的人极少，还曾有人裸泳，逐渐游泳的人多起来，也没人见到过。但紫霞湖在野泳爱好者中声名鹊起很快传到李铁耳里。

李铁自被他爸打后，没再敢下长江游泳，便把紫霞湖的消息告知小胖他爸。小胖他爸也听同事说紫霞湖游泳如何好，可惜一直没有伴去，两人当下合计周日去。

星期日的中午骄阳高照，李铁和小胖他爸各骑一辆28永久自行车，带着我和小胖向紫霞湖进发。市内柏油路两旁高大浓密的法国梧桐树遮阳挡雨，偶尔有风吹过时体感阴凉，老人干脆摇着扇子在树根处下棋乘凉。我们骑在自行车上也不感到燥热。也不知拐了多少弯，上了一段蜿蜒且坑坑洼洼的小山路。骑了一个多小时，才到达紫霞湖。

"嘿，果然一处好风景！"小胖他爸望着青碧如玉的湖水说。

小胖他爸和李铁赶忙将自行车靠在湖边一棵树下锁住，偌大的湖面此时只有十来个人游泳有些奇怪。恰好此时，路上又骑来一列自行车队，男男女女有二十来人，领头的前车架上插个三角小红旗，头戴草帽，约四十五岁的男子，黝黑的手臂记录着他野泳的经历。

"游泳人不多嘛！"小胖他爸忙上前打探问道。

"以前多得像下饺子一样，前天淹死个不会水的老头儿，有些人吓得不敢来了。"戴草帽的领队答道。

"我们游不游啊？"小胖听到人死了惊慌地问他爸。

"跑这么远能不游吗！"小胖他爸看了看我和小胖，又叮嘱道，"你们俩在我们身后游，救生圈不要脱！"

如何换游泳衣一下成了问题，小胖他爸和李铁犯愁了。我和小胖游泳裤临行前已穿在大裤衩里，小胖他爸和李铁骑车怕热没穿。若平常在江边游泳离家近，游泳裤都穿在裤头里，到江边一脱就下水了，游完泳也不急于换衣服，走几步到家冷水冲后再穿上裤衩。

而紫霞湖居然连一间男女厕所都没有，也没什么帐篷、洞穴、空屋之类的，周围全是不浓密小树林。

"我们在山上换吧。"李铁建议道。

"好。"

我们便往山上走了一段，见到一处有几株较密小松树的地方。

"就这里吧。"小胖他爸指着说。

小胖他爸刚放下行李包，李铁游泳裤才取到手上，就见上方走下五六个穿泳衣的美女拨开树枝进来，边说边笑地打我们身边经过，丰满的胸部和肥臀泳衣根本包裹不住，下山时乳房一抖一抖地撩人，也顾不上看我们一眼，习惯性地向湖边走去，估计她们是常客，在上方林子里刚换好泳衣下来。

"这里来往人太多了，我们再换个地方。"李铁说。

我们继续向山上爬了一段，快到山顶四周人烟稀少，看到一处冬青和几株小槲树相对密实些的树林。

小胖他爸指了指："我俩这里换泳衣吧。"

小胖他爸蹲下身在包中拿着泳裤泳帽泳镜，李铁性急游泳裤拿在手上，刚脱光衣服正准备换。

只听"哇——哇——"的两声乱叫,闯进两个湿漉漉的美女,她们肩上披着毛巾手上拎着包,泳衣还在滴着水,正找地方擦身子换干净衣服,全身美丽女性曲线都印在泳衣上,连乳头都隐约可见,看见小李赤身裸体,扭头大叫向山顶跑去。

"见到你们换衣服,一定骂是流氓!"李铁捂着下体高声地向两位美女愤愤不平地喊着,他还没谈女朋友,车间里有人戏称他为"处男"。

换好了泳衣我们向紫霞湖走去,我和小胖每人挎着特制的游泳圈神气极了,紫霞湖的水柔绵清澈、清凉爽滑,水的味道还有一些淡甜,不像游泳池的水有一股明矾味,也不像江水有一股沙水的淡腥味,更不像河水那浓烈的鱼腥草腥味。

紫霞湖游泳还是有风险的,湖里水草浓密,壕沟纵横,温差较大,水情复杂。最深处有十七米深,你站着的地方一米深,迈一步可能就三米深,水面的温度二十五摄氏度,深水温度只有十几度。初泳者多因腿部抽筋,水草羁绊溺亡,还有一些会水的因体力不支、踩到深水区惊慌呛水溺亡。老泳客只游熟悉线路,新泳客到处乱窜,稍不留神就会被水草缠住。

我和小胖戴着救生圈,游着蛙泳向湖心游去,阳光晒得湖面云蒸霞蔚,照得脸上火辣辣的,确实有的地方胳膊热大腿暖,小腿却冰凉的。前方小胖他爸和李铁比起了速度,两人都是自由泳向对岸冲去,只见身体扭动,手臂飞舞,水花四溅,像蛟龙翻腾在深潭,像巨鲸跳跃在大海,两人不分伯仲,小胖他爸稍领先。

天色近晚,此时紫霞湖凉风习习,波光粼粼,霞光潋滟,云山倒映,靓女嬉闹,小鱼衔草。抬望眼,紫金山脉层峦叠嶂,松林苍翠,繁花妖冶,山雀啁啾……

我们在紫霞湖流连忘返,直到天完全黑下来饥肠辘辘才想起回家，湿漉漉的泳裤没及换，外面套件大裤衩，赤膊骑上车子，游泳裤很快就捂干了，一路上都忘记了疲惫。

第四类是"泳池濯足"型，大多是家长带着小孩玩水纳凉，或学生学习游泳，大多水性不好。

泳池中有的在练习用腿打水，有的在浴足，有的狗刨式笨重地向前行，没两步便秤砣似的向下沉呼呼地呛水，深水区有些水性有好的，蝶泳、自由泳体姿煞是漂亮。人不多时三米跳台还允许跳水，许多人入水角度不对，"嘭嘭"肚皮被水打得红彤彤一片辣辣的疼痛。于是，大家又改为"冰棍式"跳水，即脚朝下头朝上，眼一闭并腿垂直入水，有些人嘲笑为"跳崖"式跳水，但由于简单易学，许多人还是排队上去"跳崖"几次权当娱乐。

我拉着小胖上跳台他不敢。游泳池场内防止有人溺水，设有专门负责救生的工作人员。如果看到小孩上跳台会吹连续的哨子制止，毕竟下面是一米八的深水区。我躲在小胖他爸后面跳过一次"冰棍式"，没有什么特别感觉，跳台上水多容易滑倒，咚的一声入水后，脚底有些麻感，两眼会冒些星星，睁开看有许多晶莹的小圆水珠会向水面穿，落水后还要迅速靠边，防止有人跳水栽到你头上。

区级公共的游泳池就一家，经常人满为患比澡堂还拥挤。白天每小时一角钱，晚间每小时二角钱的门票，要每天在此游泳不是多数家庭能承受的，况且一小时在游泳池几乎没感觉，这也是青少年下河游泳的原因。

小胖他爸单位也有个游泳池，利用废旧热处理车间改造而成，面积比正规的泳池小些，下午至晚上开放，有家属证费用要省一半，我和小胖都办了家属证。工人上班泳池人就少，我和小胖经常工作日下午去。

　　区里的游泳池水淡蓝淡蓝的十分清澈，水底瓷砖白晃晃的，这里水底只用水泥打底灰乎乎的，很短的一截浅水区，其他都是一米八的深水区。淋浴房十分狭小简陋，同车间洗澡堂差不多，以至于经常闹笑话。走神的工人冲完淋浴，未穿游泳裤赤身裸体出来，准备下大池泡澡，外出一看人人穿游泳衣，方知不好，大叫一身回房去穿游泳裤。当天新闻就能传遍全厂成为笑料。

　　厂里游泳池由工会篮球队后卫老朱管理，主要是打扫卫生、现场救护、安全防范等。老朱部队转业，四十二岁，黝黑的方脸，匀称的中等身材，十分壮实，篮球穿插跑位十分灵活，远投定点投篮十拿九稳，传球控球两把刷子，游泳更是一把好手，人称"浪里白条"。大家都提到他泳技好，见过的人不多，小胖他爸也只说："市里组织横渡长江，老朱负责过救护。"

　　每次在泳池见到他，他一脸严肃地坐在泳池边两米高铁架焊接的救生台上，头戴宽边草帽，眼戴副墨镜，嘴里含个口哨，晒得黑红的肩膀上搭着一条长浴巾。但凡有人在水里打闹嬉逐，他便会跳下救生台吹出急促的哨音，在泳池边指着对方加以警告，许多人都惧怕他。

　　有一次他带着六岁的儿子来游泳，让我们长了见识。六岁的小朱水性已很好，中间不休息来来回回游了两百米。老朱还不太满意，而很多大人一次游二十米都气喘吁吁。

　　见识老朱的水性是在一个周五的下午。游泳池在工厂生活区，游泳池两米高墙外就是唐山路。唐山路人员复杂，有闲散待业的，有刑满释放的，有插队偷偷回城的。时间一长就形成惹是生非的团伙，看谁不顺眼就结伙打谁，一般人能绕道就不去那条街，所以这帮活闹鬼胆子更大。

　　这天下午三点钟游泳的人不多，张混、李混两个混混翻墙想来免费游泳，骑在墙头刚准备跳下，被老朱发现大声训斥，两人只得怏怏地在墙上转身折回。可没想到，两个混混回去搬救兵了，喊了膀阔腰圆六个小纰漏（不务正业的小青年。），一共八人前来教训老朱。

他们这次没翻墙，领头的一脚便把大门上的小木门踹开，进门后二话不说，把老朱围在中央准备一阵痛打。为首的黑老大有一米八五高，满脸贼肉长得像蒋门神一样，对着老朱的脸就是一拳，老朱煞是机灵头一低闪过，双手将他身边的张混一推，张混块头小猝不及防，踉跄跌倒闪出一个空当，老朱顺势一个猛子扎进泳池里。

黑老大会些拳脚和水性好哪肯罢休，一个飞身跨栏从水中的我和小胖头顶越过，跳进水里追打老朱，喽啰们也接二连三跳进了水里，向深水区的老朱追去。

突然发生的状况，十几个泳客受了惊吓，他们大多是暑期的男女学生，赶忙爬上池岸也不淋浴，拿着衣服都跑开了。

我和小胖一点不怕，厂里的民兵营十分厉害，拿着武器经常操练，中间还有女子机枪连，不要说七八个混混，就是几百个都得趴下。我和小胖爬上池岸站在墙边观看，那边已有门卫打电话向对街的生产区领导汇报。

八个混混游到深水区没找到老朱正在发愣，老朱却已经一个猛子回头，在水下拖住最后面的李混往水下拽，李混啊的一声大叫，头便从水面消逝，咕噜咕噜地喝着池水沉了下去。

老朱则冒出头高呼："我在这里！"

黑老大已游到对岸发现没人，忽听李混一声大叫，又见老朱站在浅水区，气急败坏连忙指挥混混们回头救援。混混的队列一下拉开了，给了老朱机动作战的机会，只见他一会儿在东、一会儿又在西，就像在旱地拔葱一样，先后又将六个混混沉入水里，水面上只听到六声惨烈的"救命"！

最后剩下急红眼的黑老大，这时他见老朱又在水里冒出头来，还伸出手指羞辱他，黑老大恼羞成怒，一个猛子穿过去。老朱见他来势凶猛，不和他过招，径直向对岸游去，黑老大加速追过去，眼见还差一脚距离，老朱一个鲤鱼翻身，双腿一蹬池边，一个猛子深潜，从黑老大身下一米处返回，黑老大向下猛地一抓，只抓到老朱一顶游泳帽。

黑老大改用拿手的自由泳追赶，人在水面上轻灵得像划橡皮艇似的；老朱则拿出蝶泳看家本领，双手双脚四溅水花，恍惚人在水面上飞似的。等到黑老大快到时，老朱又一个猛子向对岸深水区游去，黑老大气得牙直颤，站着挥挥拳头，又改用蛙泳追上去，这时老朱已守株待兔，当黑老大追到的时候，老朱猛憋了一口气，一个深潜绕到他身后，双手紧抱着黑老大的腰部向水底猛拽，黑老大此时体力有所不支，正大口喘着粗气，两人一下子同时沉入水中，一点水花都没有。

我和小胖赶到深水池边，只见水中两个模糊的黑影扭打在一起，看不清谁是谁。此时，两人在水下龙争虎斗，仿佛一个是浪里白条张顺，一个是混江龙李俊。

我和小胖正在焦急之时，老朱右臂夹着黑老大的头一下又游到浅水区并站起来了，老朱精神焕发，黑老大脸色土灰。老朱把黑老大拽上池岸，黑老大嘴唇紫白还不停口中流出细水来，肚皮胀得像小球一般，人在昏迷中。在场四五个看客不约而同地鼓起了掌，老朱像英雄一样像我们挥了挥手。

老朱并没有闲着，忙着打扫战场，他把混混们一个个拖上岸，排在一起，还对昏迷的黑老大和李混做着心肺复苏和人工呼吸。不一会儿，两人才有了知觉，黑老大眼角流下几行不知是池水还是眼泪，其他几个混混肚子也都胀得像小球，痛苦地在地下打滚呻吟。

游泳池的大门忽地被打开，齐刷刷进来二十多个武装民兵，每人手握一把带三棱刺刀步枪对准他们的头部，亮闪闪的刀尖在烈日照射下格外显得寒气逼人，受伤最轻的张混吓得躺在那里尿了裤子。

"把他们带到公安局去！"又进来一个全副武装腰别盒子枪，当官模样的中年男子，朝黑老大屁股上用皮鞋狠狠踢了一脚，命令道。于是，两人押上一个，拖上一辆停靠在游泳池门口的黄色解放牌汽车上，向公安局里开去。

从此，附近的混混知道老朱的厉害，都不敢再来游泳池惹事。消息传开，游泳池的泳客越来越多了。

游泳是人类面对大自然恶劣环境顽强生存的本领，是一种全身性的运动健身，是一种娱乐休闲，是一种职业技能。但在那火红的年代，游泳更多功效是洗澡纳凉，人们享受着游泳的乐趣、洗澡纳凉的快意。那时游泳馆是大江大河，游泳地点漫山遍野，游泳花式千奇百怪。

回顾漫漫的野泳岁月，像是一杯经年老酒悠长浓烈，让人感慨万千。"千山倒空青，乱石兀崖堵。我来恣游泳，浩歌怀往古。"郑板桥的一首《派水》诗，让我感悟出野泳者的最高境界。

福建作家王小艾

【作者简介】

王小艾，福建省知名女作家，福建省报告文学学会顾问，福建省作家协会会员，南平市建阳区弘贤书院党支部书记、院长，福建省南平市建阳区文联副主席，福建省自然科学协会会员，福建省南平市建阳区女子书法家协会副主席，福建省南平市建阳区戏曲家协会副主席，经典文学签约作家、《中外名流》期刊编委。几十年笔耕不辍，在全国各报刊上发表散文、小说、杂文、诗歌等数百万字，多次荣获文学作品奖。在新华出版社出版有小说《爱情》、报告文学《我的感动》。作品朴实无华、简洁生动、清新自然、雅俗共赏，深受广大读者的喜爱。

故乡的地瓜

朋友从大老远给我送来了一袋地瓜，这些带着新鲜泥土的地瓜，充满乡间朴素的味道，让我蓦然惊觉，又到地瓜的收获时节了！在老家的情景，如放电影一般，一幕幕幻化在眼前。

在我孩提时代，那时冬天的清晨，太阳还没有出来，天空瓦蓝瓦蓝的，头顶不时飞过几只欢快的雀儿"啾啾"的叫声。薄薄的轻雾浮在空荡荡的原野上，随着一声清脆的鞭响，老牛使劲地拉着笨重的犁铧，鼻子里"哼哧哼哧"地冒着白气，把泥土翻成一垄一垄的，像滚动的波浪起起伏伏。扶犁的村农"喔喔""吁吁"的赶牛声犹如伴奏的乐曲，那情景真的美不胜收。

村民们把土地翻犁后，在春天来临时，就会把藏在地窖里的红薯刨出来，培植在翻犁过的土地里。清明时节，几场雨水过后，那地瓜苗便长得枝繁叶茂葳蕤一片。这时，就用镰刀把那地瓜苗齐根割了，再用剪刀把叶剪掉，留些枝枝杈杈的根茎和叶茎，又把那一米多长的藤剪断成四至五截，在起好垄的地上，隔尺把挖个坑，每个坑里插放上一枝嫩绿的地瓜秧苗，在根部培上土，培成饱满的馒头状，然后再踩一脚踏实。栽植时，如果遇上雨天，土地湿润，直接栽在地瓜垄中即能成活；如果遇上旱天，就在插它的地方浇一瓢水，过一夜便能欢快地活过来，缓过劲来的地瓜秧子如迎风旗摇，煞是好看。随即便摇头晃肩，舒枝滋蔓，交给大地一片葱茏。

到了夏天，地瓜的藤蔓已经长得郁郁葱葱，密不透风地匍匐在地上。站在田埂上，极目四望，啊！那一条条长长的绿带，绵延成了一片绿色的海洋。地瓜花开的时候，密密的叶上浮现出千万朵紫色或白色的花儿摇曳生姿。这时候，奶奶常常吩咐我和大哥，"去地里掐点地瓜藤回来撕一撕当菜"。翠绿的地瓜藤，配上些许的红辣椒丝，起锅装盘后，红绿相间，清香可口。正如胡秉言的七绝《地瓜》中描绘的："逶迤藤蔓陇间爬，翠叶垂荫掩地瓜。吕宋始发成万历，生烹炸煮烤均佳。"

霜降前后，那茂盛的地瓜藤下，便长出了硕大的果实。有的地瓜大得都要把土撑裂了，这时地瓜就得挖回来了。田野里到处是扛着锄头、手拿镰刀、挑着箩筐、推着板车的人。挖地瓜要先用镰刀把地瓜秧的蒂割断，再把整垄的瓜秧卷成团抱出地外后，才开始用锄头挖。也有省事的办法，套上牛用犁子耕，后面的人把耕出来的地瓜拾到筐里，拾满后把地瓜倒在地上堆在一起，很快一个巨大的地瓜山就呈现在人们面前。接下来的任务是分地瓜，生产队的会计按照生产队的劳力数和地瓜的总量计算出每户人家应分得的地瓜分量后，就分给各户。家家户户拖儿带女，兴高采烈地用扁担、箩筐，或者木板车把属于自己的那一份运回家，把地瓜分门别类，捡一些大小适中的放在家里留着冬天吃，还留一些放进窖子待第二年春天的时候再拿出来吃或做种子。

那时我家没有劳动力，自然分不到地瓜，但是乡亲们总会你几个，他一篮地将地瓜送到我家，使得我家也不缺少地瓜。写到这，我的心情格外激动，真的非常感谢乡亲们的深情厚谊。

村上的人，家家户户都有在野外的山边建地瓜窖子。乡亲们一般都会选择在清晨，打开窖子上的木板，清理一下窖子的浮土，铺上一层稻草，用竹筐装着地瓜一趟趟运进去，然后用木板将窖口盖严，用泥巴封实。地瓜窖里温暖如春，即使在寒冷的冬天，穿薄薄的秋衣秋裤也不觉得寒冷。

剩下的地瓜趁着天气好的时候，用手工刨成丝，清洗后过滤出来的水会变成淀粉，放在太阳下晒得雪白雪白的。这时便有人带着家什来到村子里，将淀粉加工成粉丝。晒干后的粉丝可以用来煲汤。地瓜刨成的丝呢，晒上三五天就变成地瓜米。晒干后的地瓜米，则作为食粮，每天煮饭时，将地瓜米掺上些许大米放进锅里煮到五成熟，捞起倒进饭桶中再放到锅里蒸，约半个小时工夫，便可以闻到令人垂涎欲滴的香气了，那种甜香，我觉得是当时最好的人间美味。

地瓜收获的时候，是我和小伙伴们开心的日子。收地瓜时，总难免有一部分地瓜在拉拔的时候脱离了藤而被误埋进泥土里。小伙伴们欢呼雀跃地会扛把锄头到田里翻掏地瓜。目不转睛地瞅着翻动的泥土，一看见翻出来红色的地瓜，便会马上扒开松散的泥土把地瓜拾起来；有时看到一点红红的根须，用脚一踢，埋在泥土里的地瓜就会滚了出来，捡起那带着泛黄的沙性泥土的地瓜，用手拍拍一下，便放进竹篮里，那种喜悦的心情真的无以言表。

还有个高兴的事，那就是在野地里烤地瓜吃。烤地瓜是一件有趣的事，先是用锄头在地上挖出一个不宽不窄的坑，将地瓜放进坑里烧到七八成熟后停火，然后将烧过的地瓜连火带灰一同埋进坑里，封上先前开挖的泥土，一会儿工夫便可以吃了。这时小伙伴们高兴地聚拢过来，找来一根木棒，把里面的地瓜挑出来，你一个，我一个，小心翼翼地捧在手心，在左右手间来回倒腾着，吹吹上面的灰，等到稍微凉点了，就坐在树下，开始剥掉番薯皮，呈现在眼前的就是那黄澄澄的肉了，软绵绵的，丝丝缕缕的，喷出诱人的清香，吃得津津有味。那时，绿树掩映，树风朗朗，树叶扶疏，鸟叫虫鸣，地瓜飘香。那真是一幅带着诗风词韵的田园水墨画，仿佛从宋人的画册里穿越到了现代。

历史的车轮跨进了 20 世纪 80 年代，实行了联产承包责任制，人们的生活水平提高了，家家户户富裕起来了，地瓜的产量多了，家里的地瓜除了人吃以外，还用来喂猪。如果人畜吃不了，就会拿去卖，在我的印象中，那时的地瓜才几分钱一斤。

后来，在富民政策的号召下，乡亲们投身于经商办厂、创汇增收的经济大潮中去。富了的乡亲们在村里修了水泥路，装上了路灯，用上了液化气。每天都像过年似的，顿顿都有大米、白面、鸡鸭鱼肉。于是，红薯又重新摆上了人们的饭桌，当作调剂生活的美味佳肴，成为富裕的象征。

往事如烟，儿时的乐趣不再拥有了！可是飘香的地瓜却永远留在了我的记忆中。对于我来说，并不简单地是为品尝地瓜，而是对生命中那段难忘岁月的打捞，回味那曾经占据我那段生命的时光，那段虽然苦难但却温馨的岁月，细细重温一会儿来温暖自己的五脏六腑。

山东作家初玉成

【作者简介】

初玉成，1967年出生，山东青岛人。青岛市即墨区作家协会主席，《即墨历史文化丛书》副总编辑、《即墨民间故事》主编、30集动画片《马山狐狸》编剧、戏曲电影《牛》编剧、微电影《海岛医生》编剧。著有长篇小说《走过冬天》，小说集《初玉成中篇小说选》《初玉成短篇小说选》。现供职于青岛市即墨区文化广电新闻出版局。

难忘的农村大集

一说到赶集，生活在城里的人应该是淡漠的。城里已经没有集可赶了，即便是生活在小县城里的人，赶集那也是早年间的事情。集，这种交易场所在城里已经退化了，取而代之的是商场，而集的特色已经彻底改变，这些场所天天定时营业，不需要像赶集那样相隔五天才能赶上一回。

但在农村，集与每一个人的生活都是息息相关的，或者说，生活本身就离不开集。赶集，是乡下人生活中的一个重要部分。人们从集市上几乎可以买到所有东西，又可以把自家出产的东西拿到集市上交易。而一些头脑聪明的人又把集作为自己赖以生存的场所，在这里买卖各类货物。正因为集与人们的生活密不可分，所以乡下的集便一直保存着集的形式和风俗，虽历经几十年或者上百年的演变，但集的那种特有的文化风俗却始终不变。

我曾经在乡下住过很长一段时间，对于集是再熟悉不过了，赶集也自然成为我生活中的一个重要内容，虽然现在已经过去了几十年，但集的影子却一直深深地烙在我的脑海里，时常想起，倍感亲切。

我生活过的村子，周遍几里、十几里，或者二三十里的范围内，遍布着近十个大小不一的集，在这些集中，我印象最深的是王村大集。

王村大集不近规模庞大，而且历史悠久，民俗文化十分浓厚。历史悠久，是因为王村大集在明朝万历年间就已经成为即墨十三乡集之一；规模庞大，是因为它处于丰城、王村、田横三镇中心，又因为王村大集是以经营海产品为主要特色，于是其辐射范围达到海阳、莱阳、平度、胶州等地。而尤其著名的是在清朝中期至民国期间王村大集曾发行过"王村岛里"市场通币，这足以说明王村大集的繁荣，以及良好的信誉。

早年的王村大集依河而居，沿着王村河东西方向绵延而去，人们蜂拥在河床及河的两岸，密麻麻的一片人海。众多商铺如雨后春笋般应运而生，如今，人们依旧能够记得诸如"吉兴""福盛店""天合昌"等老字号。王村大集，在历史的长河中，历经风雨，却依旧能够延续和繁荣下来，靠的不仅是优越的地理位置和旺盛的人脉，而那经过几百年的积累和沉淀形成的独特的民间风俗和具有特色的地域文化，才是王村大集的生命源泉……

时光转眼间又过了几十个年头儿，在一个春暖花开的季节，我再一次走在王村大集上，心头不由得有了一些感触。王村大集已经从王村河搬迁到开阔的平地上了，周遍商铺林立，赶集人出入方便。可我的心底深处却依旧对老集存着一丝留恋，挥之不去。带着这种寻根的心情，我还是去了一趟老集。临河而建的大片民居几乎还是老样子，灰瓦青砖石头墙，偶尔还能看到一两个木棱子窗；河的两岸已经修整过了，平整便于通行。河床里的草长得十分茂盛，只是这个时节还没有完全返青，黄黄的，一下子我说不清心里是一种怎样的滋味儿。

我恍然有了一种隔世的感觉，我想，用不了多久，这一河床黄黄的颜色就会变成满眼翠绿了。

四川作家董颖

【作者简介】

董颖，女，毕业于四川外国语大学，现居成都，供职于西南石油大学，英语副教授。爱好文学艺术，各类作品发表于报刊及网络。2018年在经典文学之百强作家百强诗人评选中，荣获百强作家称号；2018年在全球华人爱情文学创作大赛中，荣获现代诗歌一等奖，作品散见于报刊。有小说、散文、诗歌等作品入编书籍出版。2018荣获经典文学网十佳签约作家称号。2019年，入选"西楼文苑"实力诗人作家年度人物榜、百强榜、杰出榜，荣获亚军。

曾经的回忆（外两篇）

读大学时，我们班有个女生很可爱，说话挺有特点，嘴巴嘟起，一噘一噘的，很吸引人。多年后想起，仍然历历在目，可惜再也没见过她说话的样子了。

前几年，我们几位同事经常约起打麻将。有位麻友长得挺清秀，不了解的人根本不知道她竟然会打麻将，而且，麻瘾挺大，几乎天天下午都要打麻将。她虽然爱打麻将，但麻技欠佳，打得很差。在整个麻将的过程中，总是不停地自责："我真笨，竟然把那张牌打出去！"然后把手举得老高，重重地敲打脑袋。如果好不容易赢了，她便把两只手蒙住脸，哈哈大笑。开始大家觉得怪异，太夸张，有点不习惯，慢慢地也就习惯了。等到习惯了，她又走了，搬到别处去了，不再和她们搭档打麻将了。她们几个常常怀念她，怀念她那与众不同的动作，敬佩她输赢不计的牌风。她就这样从她们眼里消失了。

多年以前，我们住校的单身老师较多，大家打打闹闹、嘻嘻哈哈，最喜欢的一个活动就是在高架桥下，围坐一圈，吃麻辣串串香。当时学校比较偏僻，串串香就是最美味的佳肴了。有位老师胖胖的，她吃串串香来去无影，没看见她动手动嘴，瞬间，她的面前就堆放了一大把竹签签，大家都不知道她是怎样把美味吞下去的。现在我们一吃串串香，就要想起那位胖胖的老师，说她不知道怎样把一堆串串吞下去的。

单身的日子快乐多多，我们几位老师经常约起上街去买衣服。一位瘦小的老师特爱试衣服，并叫大家给她参谋。有一次，她试了一件睡衣，问怎么样。一位老师如实地说："太暗了！"她立马不高兴，回敬道："你皮肤才暗！""好好，我皮肤暗，你皮肤亮。"这位瘦小的老师是开玩笑，她接受了那位老师的意见。从此，这位瘦小的老师买衣服就买浅色的衣服，亮！她现在很感谢那位老师，教会了她买衣服，她穿上浅色发亮的衣服年轻靓丽，很洋气。

王老师是学校的骨干，她对学生极负责任，热爱学生。她常常和学生谈理想、谈未来，她教导学生多读名人传。但她也很伤感，她说："校园里、石阶上，常常有我和学生谈笑风生的身影，我时时怀念和他们在一起的时光。他们毕业了，走了，我会想起他们，他们的音容笑貌像天上的月亮，时隐时现，但永远不会消失。"

我们三姐弟考上了大学，父母扬起欣慰的微笑，年轻的脸上洋溢热情。我们放假从学校回家，爸妈剁鱼宰鸭，精神焕发，神采奕奕。转眼间，爸妈老态龙钟，步履蹒跚，脸上布满老年斑，眼睛混浊，耳朵失聪。

多少美好远离我们，多少人不再相见，曾经的岁月已成回忆，过往不再回来。趁我们还未老去，珍惜每个人，珍惜每件事，珍惜当下！

牵着太阳散步

大而化之、没心没肺的我突然隐隐约约觉得：你，在放弃生命！一种担忧感、恐惧感油然而生，心里如打翻的五味瓶，横竖不是滋味。

你已是糖尿病晚期，肾功能衰竭，全身浮肿，身体散发出一种异味。中医在给你保守治疗，嘱咐你每天走一走，锻炼一下。而你不听医嘱，整天坐着。医生强调道：不锻炼，不仅病治不好，还有生命危险。你还是一动不动地坐着。我一直大意地以为，你只是懒惰，不想动。现在我恍然大悟：你，是在有意放弃生命！

你是我的前夫，2016年离婚，至今为止已经三年多了。我很遗憾，我不该同意和你离婚。不然，你的身体不会像霜打的朵儿，耷拉着脑袋，极力忍受痛苦的煎熬。

曾记否，我们曾经充满活力，荡漾着春的气息，你牵着我，我牵着太阳，在草色青青的绿色原野上散步；晚上，我们腰上系着用星星编织的彩练，引吭高歌。你声音浑厚，音域宽广，赢得掌声阵阵。

曾记否，我的衣扣掉了，你穿针引线，为我密密缝上。眼里、眼角全是爱意；脸上、嘴角笑容暖暖。这一幕，在我内心深处已定格成永恒的印记。

曾记否，我多次生病，你心急如焚，忙里忙外。外出买药，端水服药。我发高烧，你把大蒜捣成蒜泥，敷在我脚底的涌泉穴，睡一觉起来，烧就退了。你细心的呵护，不需要想起，永远都不会忘记。

曾记否，有次过十一，小区"客服中心"请业主到会所过节，送业主一份礼物，先到先得。你早早地就去排队了。等我到达会所时，你笑眯眯地示意我已领到一份美食，我一看：哇，一盘奶油蛋糕、一盒爆米花。爽呆！我赶紧坐在你的旁边，端起蛋糕就开吃，嘴唇、鼻尖都粘上了奶油。一会儿工夫，吃了个底朝天。然后，三下五除二，把那盒爆米花也下肚了。这时，好像才回到现实，抬头一望，你正看着我，带着微笑，但笑容里含着淡淡的忧伤。我心里咯噔一声，后悔来不及了：我竟然没有给你吃一口，我太自私、太粗心了。但我又娇嗔你："为什么在我吃的过程中，不说一句话呢？"你说："看你吃是种享受。你吃得那么欢，我怎忍心打扰你？"

现在，你病了，病了一年多了。你的脚疼痛难忍。一双脚竟然混合着几种痛法：一种是针刺般疼痛，一种是冰冻般疼痛，一种是热痛，冬天热得不能盖被子，晚上起夜十几次。非人的折磨压垮了坚强的你，你渐渐有了轻生的想法。你知道吗，我的心有多疼！你是那么热爱生活，那么乐观向上，对这个世界有着太多的眷恋。我希望你勇敢地活下去，活着，就是胜利，就是上帝恩赐你的最好礼物！你的幽默、风趣让多少人快乐，带来多少笑声！希望病中的你，仍然给大家一个欢乐的氛围，同时，让欢声笑语中的人为你祈祷，祈求病魔逃离你的身体！

爱与不爱

当今，爱，打折降价了。没有了爱得死去活来，没有了衣带渐宽终不悔，没有了非你不嫁、无你不娶，没有了动天地、泣鬼神的梁祝之爱。现在的爱情深浅是以金钱来衡量的，女孩的价值高低是以彩礼多少来决定的，而不是以多少真情真意来敲定嫁娶的。现在的爱好像演变成了泛爱与博爱，专一笃定的爱似乎不存在了，就如歌曲里唱的："你到底有几个好妹妹""你究竟有几个情哥哥"，泛爱的结果：妹妹枯萎、哥哥憔悴。那么，真爱彻底消失了吗？好在我们可以大声说：没有，这是相对而言的！虽然真爱成了奢侈品，但毕竟还有市场，否则，不爱何附之焉？拿什么做参照物？因而，只要人类还存在，爱与不爱就是永恒的主题。

一个人是否幸福，与他（她）所爱的人有关。所爱的人甚至可以影响他（她）的心情、面相、事业成败、人生轨迹。爱什么样的人，就会有什么样的生活。如果你爱的人同样爱你，那么他自然忠诚、专一，当你为宝，成天牵挂你，你怎会不开心快乐？如果你爱的人不爱你，他肯定拈花惹草，视你若草，成天躲着你，久而久之，你会变得神经质，长出一张苦瓜脸，感觉生活为何那么苦涩。虽然爱情不是人生的唯一，但却是人生的支柱。有了这个支柱，你会变得勇敢、自信、乐观、阳光；反之，你会成为一个胆怯、自卑、悲观、阴暗的人。可见，爱的力量是多么巨大、多么神奇！

女人如果爱一个男人，你就得学会温柔、理解，告诉他："我懂你！"这样，男人才会更爱你。男人如果爱一个女人，你就要拥有一个广阔的胸怀和坚强的臂膀，告诉她："我在！"这样，女人才会更依恋你。女人对爱情的理解和期望就是："长相守！"男人对爱情的理解和期望就是："在一起！"肯在你身上花钱的男人不一定爱你，但愿在你身上花时间的男人肯定爱你。

爱也好，不爱也罢，最好自爱。

湖南作家于成艳

【作者简介】

于成艳，女，笔名米薇蓉，湖南人。喜爱文学，善于创作，作品散见于报刊和网络媒体。在当代华人爱情文学创作大赛中，荣获一等奖、三等奖。获奖作品已入编书籍出版。

清明哀思

奶奶，我正在你的坟前。这座丘陵的山头，春意正浓。天空飘着些细雨，地上有些泥泞，杂草灌木已经清理。

奶奶，二〇〇四年十二月十日（农历十月二十八）的晚上十一点钟，你闭上了眼睛，离开了留恋的这个世界。我随家人一起将你护送到桃源乡下，将你安置在青山绿水间。你的身旁躺着的，便是二〇〇四年四月中旬先你而去的爷爷。

爷爷过世后的第一个晚上，也是他在家的最后一个夜晚，你挨着他冰冷的身躯，陪伴他直到天明！你的哭声那样凄厉！你用你的手，最后一夜牵着爷爷已僵硬的手，依偎在他的身边，这让我多么震撼！

那夜，我在一旁，轻弄着你的头发，抚摸着你的脸庞，凝视着你失明的双眼，无限悲伤！

第二天清晨，开路的法师和抬灵柩的老乡们，接走了爷爷去乡里做法事并安葬，你因为失明和腿脚不能走动，悲号着惨别了爷爷！

　　而只有半年，奶奶你也追随而去了。我控制不住，跪在地上，伤心欲绝！

　　奶奶，不知你生于何年何月。你姓魏，喜欢大家叫你魏氏。你是个苦命的女子，二十岁上，你夫君死于矿难，年幼的孩儿也夭折，人生大苦难你一人扛。二十四岁，爷爷用一黑色小木桶猪肉，就把你娶进了门。爷爷是亡妻再娶，膝下有一个六岁小儿，就是我未来的父亲。不久，爷爷被抓去当壮丁，几个月后逃了回来。一年后，抓壮丁的又来了，爷爷就用针扎瞎了左眼，血淋淋的面孔才让他躲过了国民党的又一次抓壮丁。日本鬼子进村时，你们躲到另一个县有山隔开了的村子里得以幸存。爷爷的弟弟三爷爷来不及跑，背部被砍了三刀，捡回一条命，只能一直弯着腰驼着背。

　　你和爷爷生养了一双儿女，都因贫病交加没能保全。你尽心抚育我父亲，直到他后来读上大学。父亲有了小孩后，你坚持亲自抚养孙辈。你把全部的爱都倾注在我们身上。再后来，待家中条件稍稍好一些，父母就把爷爷和你接回城里一起住了，一家人其乐融融地相处了十五年。遗憾的是，后来的五年你的眼睛看不见了，腿脚也不灵便。

　　奶奶，我从小爱静，冬天怕冷，整天坐在火坑旁，你袒护我，从不把我使到冷风里去玩耍，而是把柴火烧得旺旺。在火旁，你做着针线活，我只静静坐着，看你一针一线纳鞋底，一线一线地拉紧，时而用针尖在头顶头发里刮一下，说这样针好用一些。机会好的时候，我会听到你讲自己的故事。我那时说，我长大后把你的故事写出来，让别人看。你感动地说："好啊，乖孙女。"只叹读书后我数理化还可以，作文常常却写不成句，逻辑顺序也会颠倒。读了文科后，终于能正确回答老师的提问这篇文章能分几段、每段是什么意思。后来又去学英语了，起色也不大。

　　奶奶，你知道吗，你用你非凡的热情与口才，吸引着我们愉快地跟着你上山拾菌子、砍柴火，下田插秧、割谷、拾稻穗，下地种棉花、种黄豆、种花生、栽红薯……

　　奶奶，一提起捡红薯，我的心里就甜滋滋的。每到秋天，队里集体用牛耕红薯地的时候，你会带上我们跟在大人们的后面。男人们用牛耕地后，地里土就翻了起来，露出大个的红薯，这个画面总让我感到特别喜悦。大人们捡起红薯往肩后丢进背篓，装满后就交公。小娃娃们就不一样，在你们捡过一遍的地里，我们用棍子、用手刨土，偶尔见到一个中等大小的红薯，会尖叫道：我逮到一个啦！这红薯就归谁啦。那种获得战利品的快乐，可真是无以言表。

　　奶奶，我好喜欢你准备的年饭。大年三十凌晨三点，你就围着灶台忙碌。锅中猪头肉的香味那么喷香诱人，锅外总有率先尝肉的我们。清晨五点半钟准时开餐的年饭桌上，十二样菜，样样诱人。鸡肉，猪蹄，猪肉，猪耳朵，猪肝，豆腐，花生米，鱼，白菜，萝卜，蛋汤，酸豆角，哪样没有先被我们尝个够呢？

　　如今，你躺在冰冷的墓穴里，咫尺之内，阴阳相隔。泪水模糊着我的眼睛，我看不到你的身影，你会听到我的哭声吗？

　　奶奶，想起你及你们那一代人的一生，我心悲戚……

内蒙古作家吕沛

【作者简介】

吕沛，毕业于内蒙古师范大学，中学语文教师，呼市语文教学能手，呼市赛罕区语文学科带头人，中华诗词学会会员，内蒙古诗词学会会员。擅长语文课堂教学改革、深度作文教学。爱好游泳、乒乓球、摄影、写作。曾在《东方青年》《内蒙古林业》《北方新报》及网络期刊上发表作品，在国家级刊物上发表作品《爱的力量》《中学语文阅读教学浅探》等。

杏黄黄（外三篇）

"黄绵杏儿，十元三斤！"小区院里小贩悠长的叫卖声把我的思绪拉回到百里之外的那个小山村。那里是我真正的故乡，那里有我真真切切的童年。在我的记忆中，童年最美好的事情莫过于在麦熟时节吃上一捧又甜又软、金灿灿、香气诱人的黄绵杏儿。

我的家乡在和林格尔县一个偏僻的小山村，那里有许多沟沟岔岔，每一个沟岔的山坡上都长满了杏树。每到春暖花开，远远望去，盛开的杏花把坡前梁后染成了一团团紫色的云朵，杏花的香气随着春天的微风飘荡得很远很远。每到这个时候，母亲就会拿出那件洗得有些发白的蓝色大夹袄，对我说："去吧，给你大姥爷送去吧，他又准在山沟里转上了，他胃不好，风又大。"母亲对我所说的大姥爷，是母亲的本家大爷，人长得高大魁梧，可惜终身未娶家室。上了年岁,就由这些本家侄儿侄女照顾照顾,而在这些侄儿侄女当中,母亲是照顾他最多的一个。

由于他没有家室,又上了年岁,村里就让他看管村子里的杏树林。在我的记忆里,大姥爷不苟言笑,又极其认真,乱蓬蓬的胡须遮住了半张黑黑的脸,黄眼珠,中间夹杂着极小的黑眼仁,显的威严而又滑稽。春夏两季,一顶洗得发了灰白色的黑毡帽盖住了他花白的头发,一件褪了色的蓝色大夹袄,贴在他的身上。而这件蓝色大夹袄正是母亲每年为他浆洗的。每当我把这件大夹袄送到大姥爷手上时,他总会说:“你母亲是侄女当中最孝顺的。”每年我都要把这句话转给母亲,母亲听了只是淡淡地一笑,从来不说什么。

转眼,割麦时节到了,村子里的杏儿也该熟了。这是一年中大姥爷最忙的时间,既要看管杏林,又要帮村子里出售杏子。每当这时,大姥爷就不能回家了,白天晚上都吃住在山里,这个时候,我便又多了一项任务,每天中午,给大姥爷送一次饭。这当然也是我一年中最乐意做的事情,因为每当我把饭盒双手递到大姥爷手中时,他总会说一句话:“自己捡着吃,那边有熟好的。”我便像卸掉了千斤重担,撒着欢儿向一大堆一大堆金灿灿的黄绵杏儿奔过去,不过,还没跑几步,大姥爷准会喊上一句,“可不许上树摘,怕摔着”。我头也不回随口应一声径直朝杏儿黄、堆儿大、香气浓的那一堆奔了过去。随手抓起一把金灿灿的杏儿,杏儿散发着诱人的香味,有的杏儿还有一块红红的小脸蛋儿呢,我也顾不了那么多,顺势在裤腿上一蹭,连杏儿带核儿一起塞进嘴里。有时,我能一气同时塞进嘴里三颗人黄杏呢,这也是我最引以为自豪的一点,总要和小朋友们说上一阵子。大姥爷的盒饭也吃过了,我也差不多吃得够撑的了,仿佛肚子里再也盛不下一颗杏了。临走时,大姥爷总要张罗着给我提一袋杏儿,但每每被我拒绝了，因为我在家临出门时，母亲再三叮嘱，绝对不允许我从大姥爷那儿带杏儿回来。

那一年，大姥爷带着无限的留恋离开了这个世界，记得母亲很伤心。临末，母亲说了一句话："你挑着吃杏的日子也到头了。"母亲说得对，杏林管理员马上就被补上了，但我能去送饭吗？

大姥爷走了两年之后的一个春天，母亲不知从哪儿弄来一棵小树苗栽在我家老屋后面。母亲告诉我，再过两年，你又可以尽情地吃杏了。记得吃自家的杏是我上初中后的一个周末，我们那里初中生都要到乡镇里住校上学。我刚把自行车停好，母亲兴冲冲地端出一个小盘子，盘子里放着三颗大黄杏，金灿灿圆滚滚的杏皮上，小小的红脸蛋闪着油亮的光，我来不及多想，一口气把三颗杏吃了个精光，然后略带遗憾地问母亲，怎么就三颗，母亲微笑着，略带沙哑地说："咱家老屋后那棵树上的，头一年挂果，只结了五颗，另两颗熟得早，没注意掉下来让小鸡啄了，就剩下三颗了。不过，明年就好了，会结很多杏儿，到那时让你这个小馋虫吃个够。"听着母亲的絮叨，我突然下意识地看了母亲一眼，母亲刚下地劳作归来，头发有些蓬乱，发梢上还夹带着不少的土屑。母亲嘴唇干裂，看来还没来得及喝一口水。细碎的皱纹悄悄地爬上了母亲的脸，两只粗糙的大手端着空空的盘子站在小院中央，微笑着看我一口气吃下三颗大黄杏。我十分后悔，没给母亲分享一颗她自己的劳动成果。

在以后的许多年里，我总能在麦熟季节吃到母亲自己种树挂果的大黄杏。

去年夏天，我带着妻儿回老家，母亲把孙儿搂到身边，微笑着征询孙儿说："邻村的杏儿熟了，奶奶带你摘些鲜杏吃，你愿意吗？"儿子高兴地挣脱母亲的手说："愿意！愿意！当然愿意啦！我可以上树玩喽！"母亲下意识地看了我爱人一眼,忙说:"可有一条,不许上树,只能在下面等着。"我看他们真的要走,忙解劝道:"妈,路又远,你又腿疼,我看别去了,想吃明天到乡镇里买些就是了。"母亲听了我的话,没有说什么,讪讪地走开了。

母亲的神情我看在眼里,我真的后悔了。

听着楼下小贩的叫卖声,我下定决心,今年麦熟时节,一定要带着母亲,领着儿子到邻村摘回杏儿……

二叔

工作这么多年,每年我都要带着妻儿回老家过年。每个正月,我都要去看望二叔,每次二叔、二婶都要准备一桌地道的农家好饭招待我们一家三口。

今年的看望和招待要比往年沉重得多。因为去年的腊月底,是我姑姑去世的三周年。不由得又谈论起往事,在座老少禁不住又伤心一回。爷爷有三个子女,姑姑、我爸,还有二叔。姑姑离世已经三年,父亲退休在家也将近五年,只有二叔还算年轻,还整天在地里忙了春种忙秋收。

在我的记忆里,二叔是最亲我的长辈。小的时候,父亲在县中学教书,工作忙,二叔那时刚成家,没有孩子,我便整天缠在二叔身边,和二叔一块儿下地。二叔营务庄稼,我在田间地头玩儿。当然,二叔出门到姑姑家帮农活儿,我也不会放过这一大好机会,缠磨着二叔要一同去。母亲不放心,但又拗不过我,最后只好叮嘱二叔:"路上千万小心。"我战胜了母亲,当然高兴。最高兴的还是和二叔出趟门儿,因为,二叔是远近闻名的驾车好手,而且我家有一辆最受人瞩目的马车,还有二叔亲手调教出来的两匹好马。那个年代,最好的出门工具是二驾马车，当地人叫大胶车，由两匹马或骡子拉车，牲口一前一后，其中一匹老实卖力的马驾辕，另一匹马拉套。马的头上，都戴着长长的红缨穗，像两只红色的大触须，在马头的大脑门儿上，马笼头再系一块红绸子，马走起路来，一抖一抖的，煞是威风。马的脖子上挂着金黄金黄的铜串铃，马一动，串铃叮叮当当，清脆悦耳响个不停，是特别响亮的乡村交响乐。马车是木制的，车辕是选用当地经年历雪的老山榆，特别结实耐用，车厢是老树锯开的厚实木板。为了耐用，车辕车厢再用黄油漆刷上三五遍，毫不夸张地说，这样的马车在农村是可以传辈数的。父辈用完，子辈接着用。车轮是乡镇上出售的最耐磨的黑橡胶轮胎。黑色的轮胎，金色的车厢，在配上枣子红的高头大马，火红的绸饰，黄金般的串铃，二叔一声悠长的"嘚嘚"赶马吆喝声。长长的马鞭梢，在空中划出一道优美的弧线。这样的马，这样的马车，这样的驾车人，路过哪个村，都是一道最亮丽的风景线，都会传来村民们啧啧的赞叹声。二叔的幸福，便在脸上荡漾开来，脸微微发红，嘴角上扬，目光坚定而又自豪地注视着前方，吆喝赶马的声音也更响亮了。

记得那次在姑姑家玩得很开心，表哥还带我到河里抓了一回鱼，但最难忘的是从姑姑家返回。

返程的时候，二叔从姑姑家拉了满满一车麦秸秆儿，散发着麦香的金黄色麦秸秆儿，被二叔一层一层，装上了大车，二叔是驾车的好手，更是装车的把式。农忙时节，总有许多人找二叔学装车，二叔也从不拒绝，耐心地教给了他们。二叔说，装车最关键的技术是压个子，一捆一捆的庄稼穗子朝里，整整齐齐，紧紧地挤着横排满车厢的两边，这是第一层。第二层就是装车师傅显示本领的关键一层，这一层要把捆好的庄稼个子压到中间，把第一层的装家穗压实压紧，第三层、第四层照旧，这样一层一层往上装，一直到装完为止。这样装好的车，在行进的过程中，才不会有庄稼撒落在地上，或庄稼从车的两边分裂开。二叔装好麦秸秆儿的车，像一个金色的大城堡，方方正正，漂漂亮亮，既好看又结实。最让我高兴的是，二叔在满满一车的麦秸秆儿顶上，还给我建了一个小窝，实际上是二叔顺手在麦秸秆上刨了一个小洞，我像小猫小狗一样钻进去，刚好容身。

闻着麦子的清香，看着朵朵白云向身后飞去，天那么蓝，听着二叔悠长的赶马吆喝声，品着姑姑给我带的小吃，在摇篮般的马车行进中，我带着甜美的微笑睡着了。

突然一阵狂风将我吹醒，我睁开睡眼，想看看发生了什么，可是眼睛睁不开，天空一片浑黄，沙子打在脸上硬生生的疼，我的第一反应便是大声哭喊二叔，二叔缥缈的声音从车下传来。原来，浑风太大了，二叔早已把马车停靠在了路边安全的地方，一个人在车下避风。我继续大哭，二叔从车下钻了出来，蹬着车辕，费力地爬了上来，"满不怕，满不怕，二叔上来了"。满，是我的小名，二叔大声安慰我道。我发抖的小手紧紧拉着二叔粗糙有力的大手，一刻也不敢放开，直到半个多小时后，浑风退去。那一刻的感觉如今想来，二叔的手依然是那么有力坚强，是我人生路上最可靠的后盾。

二叔一身手艺。做过毡匠，赶过大车，贩过大牲口，养过羊，种过地，老来还要帮衬着弟弟搞工程项目。二叔一生勤劳朴实，乐观豁达，做营生，不紧不慢，干一件成一件，样样求精，样样能精。

弟弟娶妻，妹妹上学那儿年，二叔家里比较紧困，于是便自己营务起一群羊，有300多只。二叔从此每天与羊为伴，早出晚归，不论风霜雨雪。每一只小羊羔都是他亲自喂养，饮水添料，割草放牧，听二婶说："只要二叔一出现，所有的小羊羔都会向二叔奔过来。二叔走到哪里，那些小羊羔便跟到哪里。"看来这些小羊羔把二叔当成了自己的第二个妈妈。在十里八村，二叔养羊也出了名，他营务的羊羔成活率最高，长势也最好，当然所得收入也最丰厚。

二叔对村里的事务也是实心实意。当年，村里只有一口浇地的水井，可需要浇的地分布在河沟两岸，这就需要一根跨过深沟的硬实水管。当时，村里的条件极其有限，想找这样一根水管更是难上加难。乡亲们知道二叔走南闯北，经见过世面，就把这一任务落到了二叔的头上。二叔几经周折，终于打听到有一个乡镇要卖一根水泥电线杆，二叔听说了这件事，连夜骑马找到了那个乡镇的负责人，搞定了这件事。当空心水泥电线杆改装成跨沟浇地的水管那天，全村人像过节一样高兴，二叔却赶着他的那群羊，悄然上山放牧去了。我想，那天二叔在山里一定是高兴的、自豪的，因为他为村里办了一件大好事。

二叔虽然没有读多少书，但二叔最懂尊兄孝亲的道理。父亲上了大学，又成了光荣的人民教师，又是兄长，所以二叔许多事情都听我父亲的，其实，二叔在社会上闯练多年，比我父亲要更懂社会，但在我的印象中，二叔从来没有顶撞过父亲，虽然有些事在我看来二叔是对的，但二叔还是沉默着让兄长做主，二叔的涵养修炼之高，今天看来也令我钦佩不已。别的乡亲们，只要弟兄各自成家，便分门别户，各过日月光景，而我家和二叔家总是相互帮助，其乐融融。

爷爷生病那段时间，姑姑、我父亲、二叔，三人轮流照顾爷爷。姑姑家里有事，经常是隔几天就回去一趟，父亲也因为教书的工作，常在学校，其实照顾爷爷的重担主要落在二叔的身上，喂饭喂水，给爷爷翻身，给爷爷洗衣洗澡的事情，大部分是二叔做，但从没听二叔抱怨过。记得爷爷去世那天，二叔哭得特别伤心，搂着我的腰，含着眼泪说："满，从今天开始我没有父亲了。"伤心透骨的话，怎能不令人潸然泪下，其实二叔已经尽孝了。

二叔老了，以前二叔最爱喝两盅，所以我每年都要送二叔两瓶好酒，可今年正月，二叔的家宴上，二叔对我说："让你弟弟陪你喝两盅吧，二叔今年就不陪你喝酒了。"我听了又是一阵默然，但在我心里，二叔永远是那个身材高大、两眼有神、走南闯北、乐观豁达的二叔。

台阶

二龙什台国家森林公园的 700 多个台阶既不是公园游览路线的起点，也不是公园游览路线的终点。

当我们沿着登山步道一路走来，游山玩水看风景，体力也消耗得差不多的时候，700 多个台阶像 700 多名手拿兵器、列队整齐的士兵挡在我们的面前，是用尽全力冲上去，还是原路返回？

利用休息的时间，我召集全家开了一个短会。最后达成共识：向前冲。

我 8 岁的小外甥诺诺首先发言了："大舅，如果你能帮我把水壶背上，我就能爬上 700 个台阶。"我说："好的，大舅可以替你背，但你不许中途反悔。"其实，我们一家人最担心的就是他。他几次出行，都是开始最积极，中途作难，最后在大人们的帮劝下勉强成功。今年小诺诺又长大了一岁，行动又最积极，小嘴说话就像开打的机关枪，我心里当然高兴。儿子也发言了："爸爸，如果你能帮我把背包背上，我一定第一个爬过 700 个台阶。"儿子刚好 12 岁，正是充满活力的青春美少年，在以前的几次出行中，从来没有掉过队。而且，爬山也是儿子最喜欢的运动项目。我的妻子也发言了："孩儿他爸，如果你能帮我把照相换用的衣服包背上，我就能爬上大山。"说完，妻子笑了。妻子爱臭美，每次出行她都要带一大包衣服，每到一处景点，总是打开衣服包，提起这件放下那件，换来换去。虽然我的摄影技术很一般，但妻子每每夸我照得好，还封我为"御用摄影师"。我则挥舞相机，乐此不疲。我家小妹也发言了："哥，如果一会儿爬山过程中，我口渴了，你能把背上水壶里的水给我喝一口，我饿了，你能把背包里的小吃给我吃一块，我就一定能爬上大山。"我大笑，妹夫也大笑，可两个小孩子异口同声否定："不许这样。"最后还是我和妹夫各自分担了一部分所带物件，然后说说笑笑地开始向这700多个台阶进发了。

秋天的二龙什台公园，黄绿橙红，层林尽染。阳光透过树叶像一根根银亮的针直射下来，森林里空气微微润湿，700多个台阶次第排开，每一个台阶都被游人踩踏出两个清晰的大脚印，角落里，苔藓嫩绿鲜亮，惹人喜爱。形态各异的五彩树叶撒满了台阶两边的土山，像一幅幅浓艳的油画，让你的想象在这五彩的世界里任意驰骋。

诺诺和丁丁在前面开路，两个小家伙力量十足，争先恐后地向上跑去，诺诺嘴里还不停地数着："一、二、三……"其实，登山也好，走路也罢，要诀就是：不怕慢，单怕站。人生之路又何尝不是如此呢。我背着干粮包，衣服包，还有我最钟情的相机，稳稳当当，一步一个台阶。妻子和妹妹一边爬台阶一边还要选择称心的景点。当然，我还得时不时停下来给两个爱臭美的亲人照相。妹夫年轻，小跑着照看两个孩子。200个台阶爬过，我大汗淋漓，气喘吁吁。妻子和妹妹喊我照相的声音渐稀。最细心的还是妹夫，给两个小家伙从台阶旁边的枯树上捡了两截枯枝，每个孩子一个简易手杖。两个小家伙爬得更欢实了。

路程还不到一半，前方传来了呼叫声："大舅""爸爸"。"我要喝水""我要吃干粮"。我、妻子、妹妹相视而笑，两个小家伙没有掉队的意思，一切都好办！看着两个小家伙狼吞虎咽的样子，我们的高兴是发自内心的。

回首望去，300多个台阶像300多只小绵羊匍匐在脚下。远处的山坡上，一大片一大片白桦林的叶子金黄灿烂，树干发出柔和的白色光泽。灌木丛的叶子红似火焰，密匝匝染红了整个山坡。樟子松参天挺拔，老山榆苍劲道道，山楂树艳果鲜红，沙棘果色味诱人。心旷神怡之感顿生。

我登过卓资县烈士墓碑前的百级台阶，那是对烈士的瞻仰情怀；我登过小井沟的健身步道，那是周末脱离城市喧嚣的放松；我也曾全程往返步行登临过张家界风景区的顶峰，那是年少轻狂对自然的挑战；而如今，妻儿相随，亲情相佐，这又是怎样一种和谐与幸福相伴的自然闲适？

稍息之后，我们又向着山顶进发了。空气新鲜，景色绝佳，全家欢喜，一起努力向前进。

最艰难的是爬最后的一段台阶，喊累的声音不绝于耳，两个小家伙几乎是手脚并用，真正在开始"爬"台阶了。妻子和妹妹早已经是手挽手相互搀扶着往上爬，而且距离我们前面的大部队越来越远，一度遭到两个小家伙的嘲笑。我更是挥汗如雨，头重脚轻。只有妹夫像刚刚爬山一样，左手拿着自制的简易手杖，右手提着装有诺诺捡摘来的各种野果的袋子，背上大背包，脚下运动鞋，显得轻松自如。我知道，此时此刻我们每个人都在努力，都在用尽最后的力气去赢得属于自己的胜利——不论大人还是孩子。当我们感到胜利就在眼前的那一刻，我们的心是多么激动，但我们仍然要坚持走过这一段最难熬的漫漫长路。

君子兰花开

"君子兰,别名剑叶石蒜,属石蒜科多年生草本植物,原产南非南部,观赏花卉。忌强光,为半阴性植物,喜凉爽,忌高温,喜肥厚排水性良好的湿润土壤,忌干燥环境。"这是"百度百科"对君子兰的介绍。

从"百度百科"的介绍就可以看出养君子兰具有一定的挑战性:忌强光、忌高温、忌干燥,还忌水分太多。这个度的把握得下一番功夫去体会和拿捏,这种挑战也给了养花人无限的乐趣。

君子兰叶片肥厚宽大,一对一对并列长出,整整齐齐,排列开来,像一双双坚强有力的手臂向两边自然生长,仿佛要托举出一个伟大的惊喜来。肥硕的叶片,宽阔、饱满、圆润,充满了生机和活力。叶面上有网格状明黄色金丝脉纹,显得雍容、华丽、大气。

到了腊月或正月开花季,叶片一双双争着剑挺向上,努力托护起从叶腋中抽出的花葶。花葶亭亭玉立,含苞待放,风姿绰约。漏斗形的花序,直立向上,承接天宇。数一数,一个花序里有十朵小喇叭一样的鲜艳花朵。花色橙黄的花瓣由底部到顶部,颜色逐渐变深。花骨朵像一个个害羞似的小姑娘推推搡搡长了开来,不由得让人想起南唐中主李璟的名句:"菡萏香销翠叶残,西风愁起绿波间。"这是写荷花落尽,香气消散,让人愁上心头的句子,但此时的君子兰花却葳蕤生辉,生命的活力才将绽放,又怎么能相比呢?李璟作为南唐中主,可谓是富贵天下,却也有"香销叶残"的忧思。寻常百姓,花开,日子红红火火;花落,感念自然万物,日月流转。

养花和育人有着天然的相似之理,不能急功近利,更不能揠苗助长。栽下一棵花就是种下一颗希望的种子,土干了,就去浇水；叶黄了，就去施肥。诸葛孔明用"年与时驰"四个字来说明年轮与时光的关系，养君子兰又何尝不是在岁月的年轮上刻下鲜活丰富的印迹呢？君子兰要长出七对叶片才会开花。一棵小苗，两三对叶片，每天看看它，摸摸它，再用鼻尖轻轻地贴近嗅嗅它，似乎每天都没有变化，又似乎每时每刻都在发生着变化。教书育人，一个字、一个词、一个式子、一个单词，似乎每个孩子每天都一样，又似乎每个孩子每时每刻都在潜移默化地改变着。

这期间，也许通风不良，长虫子了，你会心急且又从容地施以药粉。看着君子兰一天天恢复了生机，叶片又坚挺起来，你会默默为它扛过这一劫而祝福。也许由于光照太多，它的叶片泛起了焦黄，你会轻轻地把它移到较为凉爽的客厅角落。它更像一个可爱的孩子，一颜一容都牵动着你的心。工作之余，茶闲饭后，你会不由自主地移步到君子兰旁边，伸出食指，拭拭花土是不是干了；摸摸叶片，是不是坚挺依旧；翻起叶底，看看是不是长了小虫子。嗅嗅花的气息，浮躁的心绪渐渐平静下来，工作中的烦恼，生活中的不如意，便渐渐消退了，紧绷的心弦会慢慢放松，自然万物，花开花落。

今年春节，和我结缘五年的两盆君子兰终于开花了，看着推推挤挤的十朵橙黄色的小花，我的惊喜之情难以遮盖。妻子也看出我的高兴非比寻常，下厨为我做了一餐美食，又亲自给我满满斟了一杯酒，把君子兰也请上餐桌，一家人围着君子兰边饮醇香的美酒，边品妻子做的尚佳美食，对两盆君子兰花二十姊妹的光彩夺目大加赞赏。

其实，这五年来，培养君子兰的个中甘苦，只有我知道。

湖北作家丁清海

【作者简介】

丁清海,男,1953年8月生,汉族,湖北宜昌市住建委退休干部,自由撰稿人。在《解放军报》《中国建设报》《中国信访杂志》《四川绵阳报》《宜昌日报》《三峡晚报》《三峡文学》等报纸杂志发表过多篇散文作品。代表作品有《平凡人》《老九新传》《余热》《二十年前我从这里走过》《老家的小镇》《清明寄哀思》《一张珍贵的老照片》《邂逅川妹子》《探访野马峡》《宋山小记》《一个女孩的故事》《老顽童》《宜昌东山》《青藏高原亲历》《坝区拓荒》《高原打狼》《元佑温泉散记》等。

登宋山散记

在湖北宜昌市所辖宜都市的高坝洲镇境内,有一座古老的名山,山名叫宋山,又称香山或长寿山,相传此山名为宋朝太祖皇帝赵匡胤游此山时恩赐。

宋山风光景色独具特色,现今山顶主峰上有四大奇特景观保存完好,供世人观赏:

一座千年古刹——法泉寺庙,一棵千年古老银杏树,一棵百年古桂花树,一棵百年古茶花树,另加十万亩原始松涛林。

猎奇心很强的我早已被宋山奇特的景观诱惑,决定亲身去访探。

去年十月金秋一日,我与家住宋山脚下的朋友杨兵取上联系，直言不讳告诉他，想和几位朋友上宋山看看四大奇景。小杨没有推诿，十分爽快地答应当向导，陪我们上宋山一日游。

第二天大清早，我们一行四人驾车四十分钟左右到达高坝洲镇宋山脚下杨兵家，杨兵一家人热情接待了我们。稍息片刻后，我们决定弃车于杨家，步行进山。

我们跟随杨兵抄近路穿越"三八八"工厂区，径直插入宋山山门。

到达山门时遇见了分别来自荆州市和宜昌市城区的二十多名年轻男女的旅游队伍上山。小杨告诉我们说："他每年都会陪外来宋山游玩的朋友们上几次山，从山门到山顶主峰法泉寺十多公里路程，上山道路有主道和小路两条，主道是拜山人们常常走的路，较为平缓。小路曲折陡险，穿行在一片茂密的松林带，平常走的人少许，主要是驴友们探险所走。"我们一行人都是热爱野外的驴友族，选择了走小路上山、由主道下山的登山行动方案。说走就走，我们沿着山下冲沟旁的一条弯曲的羊肠小道向宋山主峰登去。

冲沟山泉从山上直泻而下，一线流水清澈见底，不时发出叮咚、叮咚的声响，偶尔见到有小鱼小虾、小螃蟹在水里欢快游动。

靠冲沟两侧岸边清一色的褐红色坡积物岩层，大大小小的圆状、扁平状砾石遍布山坡，砾石上长满绿色青苔。漫山遍野的灌木藤条、油绿绿葱葱茏茏、厚厚实实、一片生机勃勃。各色无名小花小草散发出一阵一阵扑鼻的清新香气，沁人心脾。

茂密的松树林莽莽苍苍、遮天蔽日，望不见尽头直伸向天边，阵风吹过十万亩松涛林哗哗作响，倍觉好奇，雄伟壮观。脚下幽静的云海小路，犹如一条有灵气的小白龙驮着我们在山林中盘旋飞舞，人行走在松林小路上，脚步轻盈，心情愉悦舒畅，好不快活。

一路上，我们一边走一边观风景，走走停停，说说笑笑，悠哉乐哉。到达半山腰后，时间已是下午1点钟。此时，我们正离开先前冲沟路线变道山脊小路，继续往山顶登去。

在快接近山顶时，我眼前突然一亮，近处身旁出现一藤缠树的奇特景观吸引我驻足欣赏。

一棵碗口粗的白桦树和一棵同样粗细的不知名的藤树，鬼使神差地紧紧地缠连在一起，模样儿似一对恩爱的情侣在热情拥抱，有血有肉，活灵活现，相交相依，融为一体，直入云天。

这奇特景观，让人越看越入迷，越看越叫绝！在我有生来游山玩水的记录中，从来没有见到过树藤连体合欢、紧密相缠的美妙奇景。此时此刻，我真的好激动，感到很荣幸！感到无比欣慰！由衷地称赞大自然的力量真是太神奇伟大了！

当我还倚在树藤奇景旁如迷如痴不能自拔时，山顶上传来了杨兵向导催促上山的呼喊声，我好不情愿地离开。

我登上山顶极目眺望，山顶成一长方形状的场坪坝，一座古寺庙建在场坪坝中央，古寺内外显得安静、庄重，在夕阳普照下熠熠生辉。

寺庙前一棵四五人都难围抱的粗大的千年银杏树，树叶金灿灿的，格外引人注目，它由近旁处一棵百年桂花树、一棵百年茶花树左右相伴护下直插云天。眼前这三棵名贵古树名副其实是法泉寺庙镇山之宝。古树树身上虽花朵尽落，但枝叶葱绿茂盛，树叶树身浓浓余香犹在。

进入古寺大雄宝殿内，一尊塑金佛像满脸慈祥微笑着向我们欢迎致意，佛像神龛下香茏里烟火缭绕，檀香味阵阵扑鼻，一位年轻的道人闭目盘座在神龛旁，手中有节奏地敲打着木鱼，口中念念有词。

住持道人很热情地接待了我们一行人。出于对住持道人的礼貌，我们分别请他各测了一卦，预测自己的前程灾祸福事。

住持道人给我测卦说："丁施主好人，好人有好报，事业遇贵人，爱情有桃花，家庭和睦美，老了享福贵。"我听了住持道人吉言后，免不得一阵心情愉悦。

后又与住持道人闲聊一会儿，得知他是湖北荆州市松滋人氏，佛学院毕业后来到宋山法泉寺当住持已经数年。当我以怜悯之心，半开玩笑半当真地询问住持道人说，古寺寒山生活清苦，人又孤寡寂寞，住持为何不早日下山还俗娶妻生子，享天伦之乐，过平常人家庭幸福生活呢？住持道人朗朗笑道："丁施主，我在寒山古寺生活确实清贫也有点苦，人时感寂寞又孤寡，但我能在这里普度众生，救人于苦海迷津，这也是不为常人所知的一种人生快乐。"我想住持道人这般话也在理，人各有志，各有不同信仰，无须过多解释强说，由人去吧。

在我和住持道人谈笑声中，夕阳西下，暮色夹着一阵一阵浓雾袭来，渐渐笼罩住宋山。

我们一行人登宋山观四大奇特景观目的已达到，加之天黑后怕被山雾迷困在山顶，于是大家立即起身告辞了法泉古寺住持道人，沿着青石块铺就的一米见宽的山间主道，急匆匆下山。

陕西作家黄星婷

【作者简介】

黄星婷，陕西西安生，湘南人，国企员工。好胡思乱想，寻找意义。自认生活的愚者，雾里看花，后知后觉。也因心有千千结，故愿去解生活之谜，发现其中隐藏的美，说与旁人听。

舌尖上的父爱

"吃了吗？"这是当年中国人最温暖、最亲切、最常用的一句问候，而当人们解决了温饱之后，这句问候似乎不常听到了。这个春天，与往常不同，突如其来的新冠疫情使我们成了"宅家一族"。前几天，姐姐打来电话，问道："吃了吗？"我顿时感到特别温馨，我快意于姐姐在特殊时期送来的这份关爱，也想起了常问此话的父亲。

父亲出生在湖南省宁乡县，小时候家里穷，没饭吃，七八岁的时候，他曾带着妹妹去讨饭。十六岁那年，他跑上山，加入了游击队，后来跨过鸭绿江，奔赴朝鲜战场。转业后，他志愿支援大西北，光荣地成了一名国家地形测绘队员。

父亲的工资和野外津贴比较高，但生活依然很俭朴。他要求我和姐姐穿着朴素、简单、干净，不要花枝招展，而他更愿意把钱花在吃上，希望我们吃得好，长得高，身体棒，学习好。同学的爸爸每次出差，总是带回漂亮的衣服，而父亲从来不给我们买衣服，但他每次出差回来，总是要带回一大堆吃的，从新疆带回哈密瓜、葡萄干、杏干，从内蒙古带回羊肉、牛肉干、奶食品，从湖南老家带回竹笋、腊肉、熏鱼等。20世纪七八十年代，人们生活都比较困难，有的同学还吃不饱饭。但是我们家里总会有肉吃，甚至还有龙虾、河豚。

在旧社会挨过饿的父亲不想让生活在新社会的我们再受苦，看到我们吃得好，他就高兴。他会时不时领我们出去吃"好的"。他曾领我们去当时最高档的西安饭庄吃馄饨，去老字号东来顺吃涮羊肉，去最有名的西安烤鸭店吃北京烤鸭……

由于受传统湘菜技艺的熏陶，父亲很善于做饭，但为了让我们吃得更好，他专门买了一本《烹饪学》，边学习边实践，练就了一手高超的厨艺。每逢过年、过节，父亲都会请很多叔叔阿姨来家里，由他亲自做一大桌子好菜。大家都交口称赞："老黄做的菜比大酒店的名厨还好。"

母亲是个小学教师，工作繁忙，早出晚归。父亲怕母亲劳累，只要他在家，做饭、料理家务都是他的事儿。即使父亲出差在外，也会给母亲打电话问："吃了吗？给孩子做好饭了吧！"

记得小学毕业那年暑假，母亲出门不在家。父亲天天试着各种花样，给我和姐姐做不重样的饭菜。几样简单的食材经过父亲的妙手，魔术般地变换出多种很好吃的食物。每当我和姐姐吃一碗不够，要吃两碗，甚至三碗时，他就开心得不得了。暑假快结束的时候，父亲带我们姐俩出门买东西，碰上一个熟人，她夸赞父亲说："哟，这两个女儿都吃胖了！"我和姐姐都有点不好意思，可是父亲听了却满面笑容，掩饰不住一脸的骄傲。

我和姐姐上中学后，父亲每个月给我俩每人一块零花钱。那个时候自己能有一块零花钱，就能买不少好吃的东西，我就拿它买我爱吃的糖葫芦、冰棍。开家长会的时候，老师告诉父亲：

"经常看见你女儿在外面买东西吃，不知你女儿的钱从哪儿来的，希望你能关注一下这件事。"父亲很自豪地说："那是我给她的。"

我上高中的时候，父亲得病了。临近高考时，父亲正住在医院，但是，我没想到高考第一天，他拖着虚弱的身躯，特意从医院赶回家为我做饭。他问我想吃什么，我随口说："糖醋鱼。"于是他为我做了一大锅糖醋鱼，除了鱼，还有一大碗糖醋，我低着头，独自一个人吃了一大条鱼，还吃一大碗糖醋。看着我吃完后，父亲便匆匆赶回医院，然而，遗憾的是父亲从此再没有回来，也未曾亲眼看到他梦寐以求的我的大学录取通知书。

直到今天，我常仿佛看到父亲俊俏的脸庞，他那含着笑意的大眼睛射出关爱的目光凝视着我，慈祥而亲切，那浓浓的爱沉淀在那满满的一大碗糖醋鱼里……

父亲曾对姐姐说："你一定要学会烧菜，爸爸总不能陪你一辈子。"姐姐比我大一岁，因为父亲常出差，母亲上班远，中午回不来，父亲有意教姐姐做菜。他不在家的时候，姐姐负责做饭。如今，姐姐也拥有了一手好厨艺。

父亲不善言辞，对我和姐姐很严厉，我们做错了事就会被惩罚，为此，我曾常常暗自疑惑：父亲到底爱不爱我？他也从来没有对我们说过"爱"，父亲总是在为生活打拼，操持着我们这个家，还要赡养老家的奶奶、外婆等许多亲人。生活仿佛是一个沉重的大锅压在他的身上，让他不得喘息。在他活着的时候，我们交流很少，现在我才明白，父亲一直是在用他最擅长，也最重视的吃，默默地表达着他的爱。在那个物资比较匮乏的年代，我和姐姐从来没有因为生活发过愁。父亲一个人承担着生活的艰难困苦，留给我们的是丰衣足食。

父亲没有上过几年学，他说不出"天行健，君子以自强不息"这样的话语，但是他常激励我们要做生活的主人和强者。他让我们懂得了规矩，享受了生活，他不懈地前行，留给我们坚强的背影。

年仅 58 岁的父亲走了，但我知道他的爱留在一日三餐之中，驻在生活的点点滴滴里，他的爱一直在……

长大后，我和姐姐靠自己的能力生活得很好，有着承受人生逆境的勇气，始终蓬勃向上。我想天堂里的父亲一定能看见且感到欣慰。父亲用他理解的爱，把热爱生活当成礼物，送给了我们。如今，我和姐姐也学着父亲，把爱传递给家人，将其蕴含在精心营造的美好生活之中。

今天，我终于认识到"吃"是中国人感悟世界的最好方式，民以食为天，我们在吃文化中感受着生活的真谛。

感谢父亲！这舌尖上的父爱温暖并教育了我，更令我在一日三餐后，回味无穷！

世上最温暖的问候：吃了吗

——读黄星婷的散文《舌尖上的父爱》所想

作者：王利田

民以食为天，食物是人类生存发展的根本，吃是人的本能需求。然而，世界上并不是每一个国家的每一个公民都能完全吃饱饭。中国人从汉代到改革开放之前这两千多年来，一直没有完全解决温饱，而现今世界上还有些国家的人民挨着饿，因此"吃了吗？"可以称为世上最温暖的问候。

"吃了吗？"也是我们生长在 20 世纪六七十年代人的共同记忆：那个年代邻里之间相遇，总会笑盈盈地向对方问"吃了吗？"，对方回答："吃啦！你吃了没？没吃的话，来我家吃哇"
这是多么亲切的问候啊！

这一声问候，是一项礼节，是一种尊重，更是一份关爱！
这关爱如一缕春风，给邻里身心的舒畅；这关爱似一场春雨，
予邻里心田的滋润。

当年，许多人家同在一个大院里住，亲如一家，谁家做"好
吃的了"，总要把做好的吃的挨家挨户送到邻居家；谁家的孩子
生病了，邻居都来看望；谁家的孩子上大学了，邻居齐来祝贺。
人们夏天在屋檐下一起乘凉聊天，冬天在大院里一同铲雪扫院，
和睦相处，其乐融融。

作家黄星婷正是以"吃了吗？"这句最温暖的问候开头，
亲切自然地把读者带到了那个尚未解决温饱的年代，又以舌尖
上的父爱为主题，娓娓道来，回忆了父亲以"吃"表达爱的方式、
意义、作用和目的。

正如文中所述，"在旧社会挨过饿的父亲不想让生活在新社
会的我们再受苦，看到我们吃得好，他就高兴"，父亲让姐妹俩
吃好的目的是"希望我们吃得好，长得高，身体棒，学习好"。
但是父亲并不是在娇惯俩姐妹，他把钱花在了"吃"上，却让
她们穿着简单朴素，而不能花枝招展，并对她们很严厉。然后
父亲又对姐姐说："你一定要学会烧菜，爸爸总不能陪你一辈子。"
这是一句催人泪下的话语，这正是对女儿最好的教育。

作者不光写父亲对两个女儿的爱，还写道："母亲是个小学
教师，工作繁忙，早出晚归。父亲怕母亲劳累，只要他在家，做饭、
料理家务都是他的事儿。"又写道："父亲还要赡养老家的奶奶、
外婆等许多亲人。"以此说明父亲是个尊老携幼、疼爱妻子的好
男人，作者有意讲："我常仿佛看到父亲俊俏的脸庞，他那含着
笑意的大眼睛射出关爱的目光凝视着我，慈祥而亲切。"这样的

描写使父亲的形象更加完美。

父亲在病重住院期间，拖着虚弱的身躯返回家中特意为正在高考的作者做了一顿糖醋鱼，又匆匆返回医院，从此再没回来，也未看到作者的大学录取通知书，年仅 58 岁的父亲就这样走了，这一特写令作者遗憾，读者也遗憾，父亲感动了作者，也能够深深地感动读者。

作者深表遗憾地说："但我知道他的爱留在一日三餐之中，驻在生活的点点滴滴里，他的爱一直在……"父亲不仅把爱留在了女儿的心间，而且也把精神传承给了女儿。正如作者所说："长大后，我和姐姐靠自己的能力生活得很好，有着承受人生逆境的勇气，始终蓬勃向上。"又说："如今，我和姐姐也学着父亲，把爱传递给家人，将其蕴含在精心营造的美好生活之中。"

最后作者又进一步深化主题："今天，我终于认识到'吃'是中国人感悟世界的最好方式，民以食为天，我们在吃文化中感受着生活的真谛。"

尾声，作者讲："感谢父亲！这舌尖上的父爱温暖并教育了我，更令我在一日三餐后，回味无穷！"

分析此作品，可见作家黄星婷高超的写作技巧。

"回味无穷"一语双关，既是对生活真谛的寻味，又是对父亲的无限缅怀，借此清明节之际发表此作，以寄托女儿的哀思！

内蒙古作家宋淑英

【作者简介】

宋淑英，1971 年生人，企业职员，热爱文字，一直期待进入文学的"桃花源"。半世漂泊，经风历雨，愿意执笔，记述我心。

白杨树下（外一篇）

我一直喜欢白杨树，我喜欢它的高大挺拔和阴凉清爽。每当看到白杨树，我就会感觉到一股清流，在我的血脉里流淌；我就会感觉到一束冬日暖阳，温暖着我的人生；白杨树下，那依旧站着的身影，那依旧微笑的面庞，至今不忘，此生不忘，他就是我的恩师周常富老师。

1983 年，我从村里来到镇小学上五年级，周常富老师是我的班主任，当时的周老师四十多岁，但是他就像一个孩子头儿，和我们开心地玩在一起。那时候没有很多的玩具，跳方格子，跳人墙，玩自己缝制的小口袋，这些都能给我们带来无穷的乐趣。有时候，周老师走过来，还没有响起上课铃声，他就会捡起布口袋，站在线外，抛向两条线中间的人群，我们越发兴奋，玩得不亦乐乎。要是谁不小心把布口袋扔到了房上，我们的周老师就会蹬上椅子，用扫把帮我们够下来，然后继续和大家打成一片。我想，如果不是周老师用生命热爱着他的工作，热爱着他的学生，他哪里会每日那么和蔼可亲，他哪里会依旧童心不泯？

上课的时候,周老师会立刻严肃起来,用他巧妙的教学方法,一遍又一遍不厌其烦地给我们讲解着知识。那时候的我们学习的积极性特别高。老师讲完例题会出几道作业,然后问谁会做?谁愿意上黑板来做?我会把手举得高高的,我还会用胳膊肘急切地敲着桌子,想引起周老师的注意,我太想告诉他:"我会做,我会做。"可是周老师偏偏不叫我,他总是把机会留给其他人,我就以为是周老师不喜欢我。那时候的大队长胳膊上是要戴三道杠的,小队长也有一道杠,不知什么原因,独独我这个中队长是没有袖章的,急得我在家里直想缝制一个。因为没有袖章,我越发觉得周老师不喜欢我。如今回想起来,真是小孩子的心思。袖章是正好赶上没有了;周老师其实心里清楚,他知道我会做了,他是把回答问题的机会留个那些似懂非懂的人,因为他爱着每一个孩子,他不想每一个孩子落下功课。这也在无形中教育了我:做人要低调。

最有趣的当属我和同桌的小把戏了。老师出几道题,大家做完后并不交上去,而是同桌互相判分,老师来订正答案。如果我的同桌是因为马虎,我一定会偷偷地帮她改正,给她一个高分;当我因为不该错的原因而丢分的时候,也会用祈求的眼神望向我的同桌,她就很意会地帮我改正,判个高分。当老师问:"得满分的请举手。"举起手来的,总少不了我们两个。语文课,老师要求我们把握作者的意图,理解文章的主旨,要把文章分成段落并说出段落大意。那时候的我们并没有那么强的理解能力,就在课前偷偷地把留级的同学的语文书打开,匆匆扫上几眼,因为他们的老课本上全部写好了答案。当老师问:"这篇文章分成几个段落呀?"我和同桌就会高高地举起手来,并会说得很准确。当时觉得自己像小偷一样,心里头总是别扭的。但现在回想起来,这大概也是一种自学的方法吧。有时候早早做完作业，我和我的同桌会给讲台上判作业的周老师画像。那时候的周老师，右侧额头有一缕白发，就是这缕白发，难住了我们俩：该怎样用黑色的铅笔画出这缕白发呢？

1984年春天的时候，我们迎来了植树节，周老师带着我们参加劳动，每个人都必须栽种一棵白杨树。紧沿着院墙，有工人挖好的两行树坑，周老师先做示范，教大家怎样将树苗扶正，怎么填土，怎样浇水。我和我的同桌组成一组，在学校的东门口进来左手边的第一行的两个树坑里，相互帮助，栽上了两棵白杨树。当时，我和我的同桌都担心：小树太靠近大门口了，哪个调皮捣蛋的学生把这两棵树撞伤了怎么办？所幸的是，等我们小学毕业离开那里，两棵杨树长得有模有样，像年轻的卫士守卫着学校的东大门！

我和我的同桌以班里数一数二的成绩分别进入了县里不错的学校，开始了各自的初中生活。初中三年的每个寒暑假，我和我的同桌都要相聚，都要一起去拜访我们敬爱的周老师，总要问问周老师："那两棵杨树可好？"

时光荏苒，转眼我离开了老家，来到了百里以外的县第一中学上高中。那时候的我，开始纠结爸爸和妈妈不可调和的矛盾，百思不得其解，甚至把罪过都归到了自己的身上。小妹妹因不得照顾得了百日咳；爸爸也积劳成疾，喘作一团，不能再干重体力活儿；此时的大妹妹就成了家里的主心骨，可是大妹妹也是直到七岁才会走路的。当时的家里穷得叮当响。我想，即使我考上大学，家里也是供不起的。我越来越意识到身上肩负着很重的担子，以至于不能够安下心来学习，成绩时好时坏，也丧失了继续学下去的信心。

我开始想，如果我能够工作，而不是伸手向家里要钱，岂不更好？于是，我想到了当民办老师。我拿起笔给周老师写了一封信，告诉了他我的苦恼。很快，周老师就给我回了信，信中直截了当地说我不能放弃学业，当民办教师不是不可以，就是太可惜了，他叮嘱我一定要坚持。

一周后的一个下午自习课，有同学告诉我说外面有人找我。那时候的我是最寂寥的，无人关心少人问候，会是谁找我呢？走出教室，并没有看见谁。在前一排教室的房后，两行粗壮的白杨树，似乎在讲述着县一中悠久而光辉的历史。再仔细看，白杨树下，站着我的周老师！曾几何时，周老师在我们的心目中不光是慈祥可亲的，更是高大伟岸的，而此时的周老师，在高高的白杨树的映衬下，看上去有些瘦小，他依旧微笑着，看着我。我跑过去，心里满是惊喜，我甚至想：周老师会不会告诉我，我可以回老家当民办老师了呢？等我跑到周老师面前，他突然严肃起来，沉着脸，第一句话竟是："我真想踹你一脚！"只一句话，我的眼泪便扑簌簌地落下来，我无尽的委屈，如开闸的流水，奔泻出来。我带着周老师来到我的宿舍，不知是因为激动还是因为虚弱，我的手怎么也打不开宿舍的门，周老师见状，接过钥匙，只一下，宿舍门就开了。周老师话不多，他只是一再叮嘱我：要坚持，要争气，要考上大学，再不许放弃目标，再不许三心二意。从此，我便开启了全力以赴奔高考的学习模式。

人生旅途中，关键的也就那么几步。当你在人生的路口，不知是向左还是向右，感到迷惘彷徨的时候，那位能够勇敢地站出来，为你指点迷津，为你引渡的人，就是你的此生贵人，我敬爱的周老师就是这样的人。

20世纪90年代初的高考，并没有多少家长意识到要到学校陪伴，而我再一次听到同学说有人找我，这次，是一位年轻的女人，她手里拎着桃子，她向我解释说，是周老师派她来看我的，原来她是周老师的儿媳妇。此时的我才知道，远在百里以外的周老师依旧关怀着我、惦记着我！

我如愿以偿考上了大学，周老师说要送我到北京，爸爸最后同意了婶子去送我，周老师不再争。每个学期，我都要和周老师通信，问候周老师，向周老师汇报我的学习和生活情况。周老师在回信里，除了鼓励我要好好学习，还提醒我，别忘了问候他的妻子李老师，此时的我才意识到自己的疏忽。周老师是在教我做人的道理呀！周老师在老家的集镇上，也会向我的亲人打听我的一些情况。他甚至来到我的家里，和我的爸爸聊天、下棋。每次开学前，周老师都会给我塞上五十元钱，嘱咐我照顾好自己。

那是我大二的一个五一假期，我回到老家，在集镇上遇到周老师，他说："临走前，来我家里一趟。"等我到了周老师家里，他告诉我说："我想认你当干闺女。"我有些吃惊，稍做迟疑，不太理解干闺女和这样的师生关系有什么分别，便没有作声。等我回到学校不久，就收到了妹妹的来信，走在大学校园的林荫路上，我打开信封，看到"周老师没了"的字样，我一下子跌坐在树下。路过的校友们纷纷围过来，有人试图扶起我，我却一点也站不起来，悲从心生，泪流不止。仰面朝天，高大粗壮的白杨树飒飒作响，老师当年在县一中校园里的白杨树下的身影再次浮现，老天怎么如此不公，为什么夺走这么好的人的生命？我还没来得及报答他老人家，我还没来得及满足他的愿望呢，其实，我是多么有幸能成为您的干女儿呀……在众多认识或不认识的同学面前，我用哭泣来肆无忌惮地表达着自己的悲哀！

暑假，我一如既往地来到周老师家。李老师痛定思痛，讲起了周老师因心肌梗死而去的过程。周老师才四五岁的小孙女在摆放碗筷时，无意中多摆出了一双碗筷。此时的我，正如默默地面对着我的恩师，起初哽咽，接下来，我便夹起了饭菜，放到多出的那个空碗里，我想说："周老师，我是来看您的，我在心里已经答应了，我要做您的干女儿！"

我的李老师很好，我的哥哥嫂子也很好，我的侄女敬轩学有所成已成家立业，我的侄子子轩聪明懂事。周老师，我也很好，请您放心吧！

虽然，我和老同桌一直没有回到老家小学校园，但我想，那两棵栽植于心的杨树也一定很好！

世事沧桑，记忆斑驳，唯有我敬爱的周老师，他依旧站在白杨树下。他不能再走向我，我也不能再跑向他，但他的笑容是那样温暖，他的目光是那样慈祥，他的爱是那样清晰！

爬大山

大半生了，我很少爬山。总体来说，我是不喜欢运动的。高中的时候体育课上狠拼着去跑，结果吐了，手背和鼻尖全是瘀紫，至今也不知是啥原因，从那以后，一改自己活泼爱动的性格，慢吞吞起来，文静起来。

1997年结婚后约了另一对新人，去黄山游玩，爬山时我一路是他们的累赘；再美的夕阳，因为我而滞留在山窝里不得远眺。黄山景致固然美好，但最大的感触是：自己找罪受。

2015年8月，单位组织来到阴山山脉里的小井沟进行拓展训练，我们二十多人，分成五组，我被推为组长，在领队老师们的组织下，开始一系列的游戏，大家讲分工配合，群策群力，我们组几乎项项第一，这让我们很荣耀。活动的第二天，要爬山，我开始纠结该不该请假。后来，作为组长的我，一种责任感油然而生：我应该起到表率作用。

我决定挑战自己。

领队张老师对我说："我们选择的这条登山路比较陡，既然你说自己爬得慢，你就做爬山队伍里的第一个吧，我们需要你这样的稳稳的队员。"

从驻地到山脚下，再到最初爬坡的几十米，我还是能坚持的，我们的爬山队伍还算有形。可之后，我就吃力起来，喘着气，脸通红，目不斜视，专注于脚下的每一步。渐渐地，年轻的，年长的，都像兔子一样，一个个从我身边闪过，我便干脆停下来，说："你们冲！我来殿后。"

我喘着粗气，看看这爬山队伍，已经三五一伙地散落在白桦林中。三个领队，最能爬的带着一拨人已看不到踪影。我后面还有一拨人，一位领队殿后。我在中下游，跟着领队张老师。

我吃力地坚持着，问领队："张老师，我能爬上去吗？"我是希望得到他的鼓励。"肯定能，只要你想。"

"可是我快二十年没爬过这么陡的山了。"

"从体力上说，你会接受很大的挑战，但是我们的目的是爬山，而不是比谁快慢，坚持爬上去，你就是胜利者。"

我几度累得说不出话来。"张老师，我曾经因为体力透支，出过一次意外，那次是跑步，我的手和脸都瘀紫了，人也吐了。"我喘着气断断续续地说。"那是太急了，没事的。我们上体育学院的时候，也有同学发生过这样的事。"

我们就这样交谈着，从他的学校，他的公司，他的孩子，到我的工作经历，渐渐地，我们的交谈隐没在了山林中。突然领队的对讲机响了："我现在下山，送人回驻地，你们先行，我随后赶到！"

我赶紧停下来，依稀看见离我不近的山腰处，殿后的领队带着三两个人下山了，他们好像把我的精气神也带走了。我的腿一下子软下来，心想，我也要回去。"咱们休息会儿吧。"领队说，"咱们已经走一多半了，你有没有体会到，爬山就是和自己较劲？"

"是啊，人为什么和自己较劲呢？"

"无限风光在险峰呀，到了山顶你就知道了。"

我们再次出发，没走几步，我的腿就抖起来，领队说："我们都是在抵抗地球的重力，你看这一步步，要匀速地慢慢地往上升，不要这块石头大，你踏上来，下一脚又踏到更低一些的石头，这也是能量的浪费。"道理懂，但在实际中，就只有习惯了，哪能记得理论可以指导实践呢。

"张老师，我的腿在抖，我要坚持不住了，你能告诉我前面还有多远吗？我们爬了几分之几了！"因为能力差，我和领队"计较"着距离。

"停下来，我给你揉揉。"领队放下随身的包袱，我发现里面有我的东西。我竟不记得自己的小包袱和遮阳伞啥时候给领队了。只见他揉起我的小腿，然后是大腿，左右腿都揉到了。除了父母和老公，还没有人这样碰过我的腿，我害起羞来。可他是专业的拓展老师，做着最专业的动作，持着最专业的表情，好像教练员在给中场休息的比赛运动员做肌肉放松一样。其实他也汗涔涔的，他哪有那么多义务来如此帮助我？

我赶紧说："老师，可以了，您也休息会儿吧。""走走看，是不是轻松了？"

"嗯，好多了。"我的确感觉大腿轻松了一些。

可惜好景不长，我的腿又像灌了铅似的，挪动每一步都困难。忽然，领队老师在后面直接把手放在我的脚踝处，他用手端起我的腿走路！"坚持，快到了！"

我真的好感动！我们听到有人在山顶上高呼了。我们马上要到了！在一个极窄极陡的坡前，有好兄弟向我伸过手来。有人在说："宋姐，我们队是第一个爬到山顶的，我们还是第一！"

我的眼泪差点掉下来，不为这登顶队伍第一的消息，为的是伙伴们的可爱，为的是自己终于实现了自己的目标。小井沟的北山山顶真是特别，我们见过低洼湿地处的草甸，没想到这山顶上也有如此丰茂的草原，大片地延展着，从这个山包到那个山包，各种颜色的野花迎风怒放着，翩飞的蜂蝶招惹着我们，看着坡下大片的像是来自地下的白桦林，看着远处落在草甸里的白云，我要停留，我想放歌！

我们跳起来，跑起来，做着各式有趣的动作照相，像极了撒欢的野马！

我看到大坨的风干了的牛粪和黑色颗粒般的羊粪，竟生出感叹，这牛儿这羊儿也有这么好的体力登顶，也有这么好的福分来领略山巅风景。

我们，不是，是我自己，为途中想打退堂鼓而感到惭愧。

一片白云飘过对面的山头，是牧羊人赶着几百只的羊从山后翻过来！慢慢地走下坡去，这情景仿佛在草原歌曲中听到过，仿佛在梦境里遇到过！我们选择了另一条缓坡路下山，一路上，白杨树茂密丛生，林中笔直的，白色的树干，亭亭玉立，一棵接一棵，进入无人探索过的森林深处，留些许神秘在身后。白桦林的下面，是各种野生的树木，有枝头满是晶莹剔透多汁的"红果果树"，也有叶子色彩丰富的"彩树"。在这彩树前，你仿佛换了时空，来到了秋季。继续往下走，在河沟的对面，会看到许多巨大的石壁，让你能体会到一种经风经雨依然屹立的力量，也像是某处石林遗落在这里。

时光总是匆匆，两天的拓展训练在疲累与兴奋中结束了。

俗话说，凡事"欲"则立，不"欲"则废，正是因为我想爬山，所以我就有了登顶的机会。在爬山的过程中，有快有慢，慢的人不急躁，不气馁，凭着毅力、恒心，锁定目标坚持，才有望到达顶峰。一路上，我们也会动摇退缩，身边有个正能量满满的陪伴者非常重要，就像我们的恩师、伙伴和朋友，鼓励我们坚定地走下去。走在你前面的人会让你气馁，走在你后面的人，也会让你懈怠，而只有一直陪伴你的人，给你指引，给你勇气。没有比脚再长的路，没有比人更高的山。到"山高我为峰"时，你会发现，愿望、恒心、毅力和友谊如凝聚了洪荒之力的种子，它们会送你到山顶，你只管静候花开！

辽宁作家于淑清

【作者简介】

于淑清，笔名雨花石，辽宁本溪人，中共党员，大专学历，高级政工师，现已退休。《作家前线》签约作家，《文学艺术苑》特约作家。曾获"当代精英杯"全国文学大赛散文组一等奖。作品散见于杂志和网络媒体，并被收录于《当代文学领军人物大典》《"当代精英杯"全国文学大赛获奖作品精选》《四十年文创成果精品选粹》等书籍。

春之心语（外一篇）

春天，应该说是一年四季当中最美好的季节。大地开始温和，小草悄悄地从地里钻出来，嫩绿嫩绿的；让人看了可真是养眼。各种花木也都开满了鲜花，争芳斗艳，而且遍地野花万紫千红。大小蝴蝶翩翩起舞，还有那叽叽喳喳叫个不停的鸟语，真是好一派春意盎然的景色。温和的春风微微吹来，和着小草与各种野花的香味扑鼻而来；散步在这开满鲜花的公园小路上，感受着风土气息，那真叫一个享受！此情此景，我，美醉了！

春天，正是人们舒活筋骨、锻炼身体和准备播种的最好时节。所以，人们也都愿意走出家门参加唱歌、跳舞、打球、练太极、旅游等各种有利于身心健康的运动。每天清晨起来散步，是我必不可少的运动。一年四季最佳时节在于春。所以，人们也会充分利用这大好季节开始春耕芒种，等到了秋天才有个好收成！

喜见硕果累累，那才真叫一个美啊！

是啊，因为时间宝贵，逝去的昨天再也无法追回。春天大好时节不抓紧时间播种，秋天怎么过？等着喝西北风吗？就好比人生在花季年龄不珍惜时间，不下苦功学习拼搏，不好好给自己充电，等到了人生的秋天，留下的是诸多的遗憾与悔恨。很多人因青春年少时的迷茫，没有目标的追求，到头来，理想都化作了泡影。面对墙壁思过，收获的是一大堆眼泪。

我很羡慕那些仕途看好的学子，收获的都是自己的理想。那些画家、书法家、歌唱家、舞蹈家、企业家等社会名人，这一生是真叫没白活呀！当然，他们成名的背后有许多为人不知的辛苦与汗水。功夫不负有心人，收获和汗水总会能成正比的。所以，很希望我们的下一辈，能够珍惜时间，珍惜青春年少，早做打算，抓住自己的喜好，努力钻研拼搏一把，也算此生没白来过！

美丽文明城市深圳

——值得你信赖

因为儿子工作选择在深圳，生活在北方的我，来来回回看儿子已有十多个春秋了。后来儿子在此成家，我们也住进了这座城市，每年南北两飞。开始对深圳生活不了解，只是觉得这座城市很美丽，到处是高楼大厦、花木草坪，来过深圳的人说她像个大花园。环境没的说，优雅、漂亮、高品质。在饮食文化方面，深圳人讲生活质量。少而精，偏甜而清淡，吃东西刚刚好即可。在餐桌上基本上看不到大盘子甩起来，吃不了一扔造成极大的浪费现象。

深圳的文明程度让我由衷地敬佩。说起她的文明事很多，比如走在街上，几乎看不到随地吐痰的；坐在公交车上，你会经常发现年轻人给老人和小孩让座；节假日中各大游园，尽管人较多，但从未发现拍照有争抢位子现象，有谦有让；如果你走在街上迷了路也不要紧，在问路过程中，你会享受到温暖热情负责任的回答；到商场购物更不用说，那种热情到位和琳琅满目的丰富物质，让你有非常想买的欲望。

在深圳我所经历的故事都让我很感动。以前我也曾提到过深圳的文明及感人的故事，今天再列举两例来夸夸咱深圳这座城市。比如儿子领我们逛商场，我很喜欢墨镜，在一家大商场的专卖店里挑选，服务员非常热情主动，递过来拿过去的，来来回回试了好几款，选了半天，最后也没有确定下来买哪一款；大概是花样繁多挑花了眼，我们准备再走走看，货比三家再确定。

挑了半天没买，我们自己都有点不好意思往外走了。可服务员却看出了我们的心思，便主动走过来说："没关系的，你们可以再走走比较一下，选不到合适的，欢迎您们再回来。"就这样我们离开了，又走了几家店，看来看去，最后感觉都不如第一家店。所以，我们又回去，最终还是买了这家店的墨镜。离店时，我们真诚地向店主及服务人员道声谢谢！因为该家店服务态度好，说话亲切和蔼，服务主动热情，百问不厌，百换不烦，让我们很感动。所以该家店得到了回报，我们也如愿以偿买到了自己喜欢的货真价实的物品了。

这第二件事也如此让我们感到惊讶。有一次，我们带小孙子出去玩，马虎大意地把手机放在小区中心地段的一条长椅子上，走时忘了拿。回到家里因忙着做饭吃饭，等忙完，一个半小时过去了，当要拿起手机时才想起手机没有拿回来。坏了，这一个多小时都过去了，这么长时间还能找到吗？我们基本上不抱啥希望了。

　　但还是不甘心，便来到了原地找下，到了原地一看，哇哦，手机仍然在原处未动。当说这大白天小区里人来人往的，而且是小区里的中心地段，怎么会没人动呢？由此看出这里人的素质及文明程度。事过一个多小时后，手机还会在原地不动给你完好地保留着，实在是觉得少有的现象。所以，美丽文明的城市深圳人——我要赞美你！我看到了您的纯洁，您的善良，您的可爱！向您致敬！

河南作家王文松

【作者简介】

王文松，男，1958 年出生于黑龙江省通河县，1975 年高中毕业于黑龙江省兴隆林业局子弟中学，同年参加工作；1986 年调入河南省清丰县工作，现已退休。

现为中国楹联学会会员，荣获"当代精英杯"全国文学大赛优秀奖，多篇诗歌、散文入编《新时代文学人物作品精选》《实力派诗人作家文选》等书籍。

南瓜花儿开（外一篇）

我国的南瓜，原产于北美洲，在哥伦布发现新大陆后，将其种子带回了欧洲，后经日本、东南亚等国，传入我国，最先落户于我国的南方，后在全国大范围内普遍种植，所以，人们习惯性地将其称为南瓜。在我国的东北地区则叫作倭瓜，也有叫日本瓜的，但是形体上却和内地的南瓜有着根本的区别，东北地区的倭瓜呈圆球形，颜色以黄、红、黑为主；中原地区的南瓜则是两头大中间细的那种蜂腰形，其特点是肉多瓤少，颜色多以青、黄色为主；而现在超市里出售的南瓜则以南方产的品种为主，呈橄榄球形，色泽橙黄，子多，其优点是口感好，易煮熟。在湖南常德一带，也有将南瓜称为北瓜的。还有一些角瓜、西葫芦之类的瓜，其实也是南瓜家族的一种。南瓜自明朝时传入我国已经有六七百年的历史了。

　　南瓜全身是宝，它的茎、蔓、子、花均可食药同用，而南瓜植株的精华就是南瓜花，它含有丰富的蛋白质和多种维生素及钙、铁等矿物质，其胡萝卜素的含量也是非常高的；而南瓜花的营养价值最高的部分就是南瓜花的花粉，它含有人体所必需的多种氨基酸、维生素 B 和酶，南瓜花又可以做成多种美食。

　　我在退休之后，找了一家食品公司打工，空闲的时候，将厂房后面的荒地重新开垦起来，种上一些南瓜和其他的农作物，接下来就是耐心地等待，盼着它发芽，看着它成长。你瞧：这南瓜苗，它头戴着桂冠从泥土里拱出来，然后张开两片胎叶，你用手抚摸着它时，手感肉乎乎的，很是招人喜爱。其实，任何植物都是有灵性的，只是你不太注意而已。农作物和人类是可以进行情感沟通的，也有少数的植物能理解人类的语言，只是你还不会和它说话。比如这南瓜苗，因为先期种子点得多而出苗率也高，瓜苗挤在一堆，争先恐后地长，但是一个瓜埯上只能保留一株苗，最多两株，多余的那些就应该拔了去，或者连泥带土挖走，再栽到别的地方去，但是，被移走的那些瓜苗，它们不容易成活，不论你怎么经管，它们还是有一部分会死去，勉强活下来的也是萎靡不振、病歪歪的样子，绝不给你好脸子看。这是为什么呢？其实你在移植它们时，不只是动了它的胎气，伤了它们的根，而且是伤透了它们的心，既然已经伤透了心，那棵瓜苗还会好好地活着吗？对它来讲，活着已经没了意义。不相信吧？请你再看看那些保留下来的瓜苗，活得非常快乐而又健康，嗖嗖地没几天的时间，它们就已经长大了许多。为什么呢？是因为你的偏爱，使它们感受到了无限的温暖，所以，这是它们给予你的回报。又过了两天，这南瓜苗又节生出两片、四片大朵的叶子来，时而匍匐前行，时而挺胸昂首，张开了翅膀想要飞跃一般。到了夏季，如果雨水充沛，它们就像冲锋的战士，雄赳赳气昂昂，一瞬间，瓜地里那些原本疯狂的野草便萎缩了，溃散了逃得没了踪影。我在南瓜地的边角，还种了些玉米，也是棵棵健壮，直直地站立着。此时的南瓜秧悄悄地越过边界，袭将而来，伸出瓜蔓，卷曲，紧紧地抓住玉米棵，如同抓住俘虏一般，并借力就势，噌地一蹿就骑在了玉米棵上，好不威风。看这精神这劲头，如果你给南瓜秧搭一副云梯，它敢蹿到天上去摸一摸月亮，再顺手摘下几棵星星呢？我想它会的，因为它有这个愿望，它有这个决心，它也有这个恒心。如果春天不走，夏天不去，那么它一定会成功的。

那么我们人类呢？其实，只要我们树立了奋斗的目标和人生的信念，抱着持之以恒的决心，坚持不懈地努力，那么，这目标、这信念就终将会实现！比如我们中国的航天人，不正是经过了几十年的努力，坚守着信念，最终攻克了一道道的难题，实现了嫦娥奔月、漫步太空的远大理想。而今天的中国航天人，仍将继续拼搏，向着更高、更远的伟大梦想前进，并一定会成功。

此时的南瓜花已经开着了。从春天到盛夏，再到深秋，它陪伴着南瓜秧，风里雨里，一路走来，它感受着南瓜秧的呵护与疼爱。初时，南瓜花开在根基上二十公分左右的地方，这时开的南瓜花是谎花，花朵不是很大，好几朵挨在一起，间接着开花，在蒲扇般的叶子的衬托下，火红火红的很是艳丽。南瓜花的花朵呈冠钟状，边缘反卷，呈五角星形开裂，有雄花雌花之分，但又雌雄同株，其谎花为雄花，果花为雌花，除了下雨时，每天都会有蜜蜂飞来传授花粉，否则雌花就不会坐果。随着南瓜秧不断地向前伸展，这南瓜花也是一步一花、先开了的那朵花败了，后面的那朵又继续开放，有如战场上冲锋的勇士，前赴后继。

　　清晨，太阳重新升起在东方，大地又是一片清新。你看那一朵朵的南瓜花争抢着露出笑脸，它在向你招手，向你问候着，热情而又端庄大方；那些躲在瓜叶下面的南瓜花儿，则带着一丝羞涩涩的笑容，偷偷地望着你，默不作声，好像在等待着你的到来，等待着你的赞美。而那几朵站在一人多高的玉米棵上张扬地盛开的南瓜花，又如大家闺秀一样，高傲地挺着胸膛，扬起头来迎接着曙光，欢呼着、翘望着新一轮太阳跃上东方。

　　这是怎样一个激情绽放啊，它给人一种力量、一种精神鼓舞。

　　到了深秋，那片土地已经完全是南瓜的领地了，硕大的成熟了的南瓜，肥墩墩地伏在地上，等待着你去收获。而这时的南瓜秧，依然顽强地向前努力，好像还有未竟的事业，需要它去做最后一搏，而伴随着它一生的南瓜花，不离不弃，紧随其后，在这已经寒冷的深秋，顽强地张开花瓣，朝着太阳，露出最后的一丝微笑。

　　这是一种什么精神？这是为追求理想而勇敢献身的精神，这是一种崇高至上的精神。

　　我愿做一株南瓜秧，积极进取，永不退缩。

　　我愿是一朵深秋的南瓜花，同这深秋的阳光一色。

冰凌花礼赞

　　在祖国的东北地区，初春的三月，寒风依然凛冽地呼号着，冰雪还没有完全融化，但是，在那山坡、路边或地头，却有一种生命之花，以其顽强、坚韧的性格，冲破冻土坚冰，悄然盛开了。金黄色的花朵，鲜绿的萼叶，洁白的冰雪，在这三月春阳的照耀下，分外妖娆。

　　它就是冰凌花啊，可爱的冰凌花。它在第一时间把春天的喜讯报告给人间；它把人们对美好生活的希望带给人间；它把欢笑和温暖带给了人间。

冰凌花啊冰凌花，你素有"林海雪莲"的美称；你不卑不亢，超凡脱俗，沁香入骨；你冰清玉洁，而又娇艳欲滴；你柔弱的身躯，却比兴安岭上的青松更加坚强；你高贵的品德，胜比梅花。你不与玫瑰争妩媚，你不与牡丹争富贵；你独树一帜，昼开夜合，在冰雪中绽放。你是那样顽强；你是那般美丽；你的青春如此辉煌；你的生命如此伟岸！

冰凌花啊，我可爱的冰凌花。你就开放在我的故乡，盛开在我的心中。

在三十多年前的那些冬天，黑龙江省兴隆林业局富乡林场的工人们，和往常一样，冒着零下二三十摄氏度的严寒，踏着一尺多深的积雪，天还没亮，就已经上山工作了。林场有十几台集材拖拉机，每台车配有一位驾驶员、一位助手和一位集材员。当初冬的冷空气钻进山里的时候，林区的冬运木材生产工作就开始了繁忙。集材工作更是艰苦劳累，凌晨天还未亮，工人们开着拖拉机到达指定的作业地点，微弱的车灯照在黑黢黢的山坡上，集材员手拉着六七十米长的钢丝绳，肩膀上扛着十多根捆木锁，艰难地向山坡被采伐倒的原条行进，脚踩在尺多深的雪地里，一步一滑。当集材员用捆木锁牢牢地捆在树干的一头，再用主绳串联起来，然后向拖拉机挥挥手，拖拉机便昂起头来把木材绞集在搭载板上，而后轰鸣着向山下的林场驶去。这时的集材员摘下了安全帽，用手擦了把额头上的汗珠，一头秀发飘洒下来，散落了一肩。嗬！原来这大小伙子一样的集材员却是一位漂亮的姑娘，她就好像这初春的冰凌花一样，在你的眼前豁然一亮。

集材拖拉机的轰鸣声，已经把这大山唤醒了。当冬天的太阳懒懒地升起来的时侯，群山和这雪地也慢慢地光亮了。在通往伐区的森林窄轨小火车道上，姗姗走来几十位姑娘，她们本是如花似玉、个个娇艳，窈窕的身姿包裹在工作服里，美丽的脸颊也被围巾遮掩着。姑娘们的工作就是在采伐迹地清理林场，她们挥舞着斧头，弯把子锯，把大枝的树冠砍断，堆成一垛一垛，以便有利于春季造林。寒风袭来，姑娘们的脸蛋冻得像一个个熟透了的红苹果；雪花吹来，姑娘们又像是仙女下凡。她们从不怨悔，从不喊苦和累。她们的心灵纯洁而又美好，如这冰凌花一样鲜艳。

当三月的春风吹来，姑娘们卸去冬装，啊！你看：姑娘们个个美如鲜花，她们不正是在这冰雪中盛开的冰凌花吗？是的，她们就是那一朵朵美丽可爱的冰凌花。

自从祖国东北林区开发建设至封山育林，近七十年的时光，我们有多少英雄的林区儿女，把毕生的精力和美好的青春年华交给了大山，为祖国的经济建设、繁荣富强，为祖国的伟大复兴，贡献青春和力量。我的父母亲，我的姐姐和妹妹们，还有众多的可爱的林区人民，他们一冬又一冬，一年又一年，艰苦地工作、生活，战斗在林海雪原、白山黑水之间。他们斗严寒、战风雪，把春天带给人间。他们的品德如这冰凌花儿一样高贵；他们坚毅的性格如这冰凌花儿一样顽强；他们的青春像这初春的冰凌花儿一样辉煌；他们的人生如这冰凌花儿一样，丰富多彩。

冰凌花啊，我为你骄傲，我为你自豪，我为你歌唱！

敬佩之余，赋诗为赞：

静卧北国修傲骨，玉龙帐下养精神。

春来我不先开艳，哪棵野草敢发芽？

啊！冰凌花，我可爱的冰凌花。

陕西作家胡淑花

【作者简介】

胡淑花，女，《铜川文化》主编。陕西省青年文学协会会员，铜川市作协会员，铜川市人大代表。理论研究成果《关于社区文化建设的思考》荣获陕西省群众文化论文一等奖，《家庭文化建设的路径与思考》等论文荣获国家级奖项 10 余项。小小说《挑食》《意外》收入《中国四十年文创成果精品汇编》，诗歌《无题》入选《中华诗词歌赋文学精英大辞典》。在《延河》《百花》《陕西日报》《西安晚报》等报刊发表小说、散文、诗歌 100 余件。

烟雨陈炉

烟雨中，我走近你，似与心中的女神初次相遇，悸动与欣喜，让我情不自禁地张开双臂。你婀娜的身姿宛如湖中的涟漪，柔软得让人心醉。行走在青瓷的故乡，世界沉静得那么纯粹，只听到土与火匀称的呼吸。

烟雨中，瓷片在脚下延伸，真不忍心踩上漂亮的牡丹富贵、鱼戏莲、石榴花开……这里，有"炉山不夜"的传奇胜景，有陶人薪火相传的钟情专一。每一枚瓷片，都记录着一段浪漫的瓷缘。即使陨落，也要把最美的容颜还给大地。每一份图案，都是陶人最虔诚的皈依，刻下的是心情，托举的是希冀。

烟雨中，陶泥在泥池中苏醒，在陶工的手心里欢跳，被揉捏、被整形，勇敢地从陶坯中站立，然后从容地踏入窑炉，经历炼狱般的烧造。从陶土到泥坯，从模具到瓷器，有沉默不语的发酵，有千刀万剐的雕琢，更有凤凰涅槃的惊喜。

烟雨中，我似乎听到了陶人欢呼的欣喜，我似乎看到了他们喜极而泣的拥抱。每一枚瓷器，都是一件用心雕琢的宝贝。他们的身体里，流淌着陶人的热血与青春；他们的光泽里，映照着陶人豁达与智慧。仔细端详，那晶莹的眼眸何尝不是一个女神的灵魂。

站在窑炉前，内心只有膜拜与敬意。真不敢想象，你来自泥土，却出落得如此标致精美。你在窑火中重生，肉体与灵魂幻化成圣洁的仙女。手捧一枚青花瓷，我似乎嗅到了公道杯里，世人虔诚的香茗，杯盏中缓缓流出公平与正义，多少爱恨情仇在这里把手言欢，越过千年、万年，生生不息。我似乎看到了倒流壶里，世人善良的芬芳，让人心的刻度拿捏得如此精妙绝伦，水满自溢让人的胸怀如大山般挺立。

你看，站立的罐罐墙，穿越时空的隧道，把岁月雕刻得古朴典雅，一双温情的眼眸凝望着炉山的过去与未来，让陶人的智慧盛开在"一带一路"的春天里。千年的高岭土，跨越希望的河流，用四季的芬芳记录窑山辉煌的过往。精致的青花瓷，牵手千年的窑火，把儒雅嵌入时代的眼眉。

烟雨中，多想亲吻你，与你邂逅一场浪漫之旅。多想与您一起，燃烧在窑炉旁，唱一首不老的歌。多想陪同"一带一路"，同站立，彼此凝望，芳菲一个世纪。

辽宁作家郝佳颖

【作者简介】

郝佳颖，女，辽宁省葫芦岛市人，现就读于渤海大学管理学院。喜欢唱歌、写作，曾获当代百强签约诗人称号，作品散见于《参花》等报刊和网络媒体。

我渴望一种真谛

真谛是人们都向往的，人们善于寻找真谛，而什么是真谛呢？我认为"舍得"便是一种真谛。很多人不理解，为什么"舍得"是一种真谛呢？顾名思义，舍就是放弃，就是心无杂念，体现出人的一种觉悟，就是对一切事物不计较、不在乎，毫不挂念的心，一种顺其自然的乐观心态，而得就是获得，就是回报的意思。事物都存在两面性，有舍便有得。

人生转世经过六道轮回，人生下来吃五谷杂粮，恋红尘往事，想富贵荣华，妄长生不老，而人无完人，人生来便有缺陷，逃也逃不掉，说白了，人来世上就是赎罪的。

我既然来到人世，也不必有太多抱怨，怨天尤人只是懦弱的表现，真正的强者是能在红尘中感悟人生、感悟心灵，从而焕发出自由的心声，对红尘一笑而过，不种下恶果，感激生命，感恩父母，感谢一切，感动这个世界。

有人问恒述法师为何出家？她答道：我在年轻的时候，感觉自己想要找到永恒的快乐，而红尘中没有永恒的答案，所以选择出家，不贪恋红尘，反而心中生静，在安静中得以安宁，在安宁中得到忘我的永恒。所以，你虽是凡人，不过上帝给了你重新选择的机会，给了你思想，给了你智慧，给了你生存的能力，还给了你一颗纯洁的心。

我为何只想着荣华富贵，只想着贪图享乐，为何留下一个虚荣伪装的自己，为什么不能做真正的自己，从红尘中觉悟点什么，留下好的回忆？放下吧，放下我永不满足的心，记住"知足者常乐"，遏制住无休止的欲望，静想一下，用自己的心灵去聆听一下这个原本属于安静的世界，你的一生到底想要得到什么？到底是为了什么？你的欲望有多大，你的梦想在何方？也许很多人不相信这些，他们太过于现实，只看到眼前的现状，被人间的"俗语"所蒙蔽，他们忘了自己是谁，他们过着苟且偷生、贪图享乐的生活，他们为了多得虚荣心，像臭虫一样啃噬着自己的大脑，他们享受着天上掉下来的馅饼，可是大脑总有被掏空的一天，"馅饼"总有被吃完的一天，他们的生活就被这些外物所击败，甚至永不翻身。

清醒点吧，不要太贪心，要知道"拿得起，放得下"的内涵，人生本来就是一场梦，过眼云烟而已，何不洒脱一点活着呢？

要知道"舍"，那么冥冥之中的"得"，也会不期而至，慢慢地融进你的生命之中，记住"有舍便有得"，这才是人生之道，也是我渴望的一种人生真谛！

江苏作家黄婷婷

【作者简介】

黄婷婷，女，平凡的人，出生于秋季，喜欢与自然对话，热爱与文字独处，提笔洒落一串忧伤与美，习惯在时光里追忆时光，喜欢在流年里说流年；人生路漫漫，一路赏景，一路领悟。作品散见于报刊和网络媒体。

爸爸

与爸爸的关系一直很奇妙，有种想亲近却很难跨越那一步，在我很小的时候，为了生计爸爸就离开了家乡，刚出生的我由于计划生育的缘故在姑姑家生活了几年。

与爸爸的相聚仅有春节那几天，而这几天时间又要分散给家里长辈亲友和邻里，共处的时光少之又少。

几年前幼女刚出生，孩子爸爸按着医生嘱托带去常规检查，楼上楼下的距离，结果一去半天，躺在床上的我发出微弱的担忧声："怎么那么久呀？"孩子爸爸放下幼孩轻声回："我怕惊着她。"看着眼前熟睡的幼孩，瞬间强大的保护欲油然而生。

在我回家后不止一次地在饭桌上，重复着产后的父女情深，爸爸只顾夹菜吃饭一言不发，我只好继续吃我的饭；次时饭间，我再一次自说自话地重复着，这次爸爸接话了："是啊，这就是父爱。"我微抬头目光扫过爸爸。次次时舅妈在，吃饭间我再一次重复着陈词滥调，舅妈忽道："你爸怎么不疼你啊，非得天天挂在嘴边说就叫疼呀。"一直以来舅妈的话对我有着很重要的影响，所以这次后我没再重复以往的陈词滥调。

某日，我带着孩子回去，爸爸送我去坐车，我一手牵着幼孩一手拉着行李箱，上了台阶转身道别，在转身的瞬间看到爸爸的双眸里，流露出岁月的痕迹、时光的悠远。目光把我的思绪拉回几年前，大姑娘上花轿头一回，怎么说就怎么做，一早便待在屋里没出过门，也一直没见到爸妈的身影，在来来回回人群开门时总会留意一下，在几次落寞后，房门再次打开的瞬间，看见爸爸站在斜对面的位置与我回眸的目光相对。

在上车的那一刻，在门前看见了系着围裙的妈妈，姑姑与大姨上前同我嘱咐了两句。

"结婚有什么感觉呀？""没感觉呀。""等下就有感觉了。""为什么呀？""没有为什么，我身边的同学都是这样，刚开始都挺开心的，后面就哭了。"与妹妹先前的对话在车子启动前奏了效，爸爸那双深邃的目光投映在我的脑海。

有言父爱如山，坚实而有力量；也有言父爱是灯，照亮迷茫的路；而我言父爱在你目光所及处，如暖阳流淌在每一处清浅的时光里。最是那一双无言，勾勒出一位爸爸内心深处对子女最深沉的爱。

福建作家张荣

【作者简介】

张荣，退休教师。近几年以写回忆录来打发时间，作品有《沧桑老人的童年故事》60篇，以及其他散文、小说40篇，其中多篇作品在全国散文大赛中获奖。

我也能当"总司令"

——沧桑老人的童年故事

小时候，我最爱玩"工兵拔旗"的游戏。它的游戏规则，和两人对弈是大同小异的。比如，军衔的大小、总司令"牺牲"要降旗、地雷与军旗不能走动等规则都一样；不同的是，棋子抓在小朋友的手里，不受"棋盘路线"的限制，可以自由奔跑；地雷、军旗没有固定的位置，不易判断。这种斗智斗勇的游戏，既给争强好胜的小朋友们带来胜利的喜悦，又能激发他们不甘失败的斗志，可让他们越玩越兴奋，以至于乐而忘返。

玩"工兵拔旗"的游戏，我这个身材瘦小、脸色苍白、胸骨条条露出的孩子，在没有"崭露头角"之前，要说有多狼狈就有多狼狈。对垒双方，没有一方会乐意接受我，都把我当皮球踢来踢去。如果去掉一个裁判员，总人数为奇数的话，我就成了一个"坐山观虎斗"的人；如果是偶数，我还可以勉强被一方所接纳，但从来没有什么"官衔"，连排长也当不上，指战员不是给我"地雷"就是"军旗"，每次都像泥菩萨一样坐着不动，根本感受不到游戏的快乐，心里真的不是滋味。

我出身贫寒，可人穷志不短，总想自己有"一官半职"，因此就想方设法，逼自己"活出人样"，不断地给指战员献计献策，以期引起大家的注意。起初，他们都不屑一顾，反而取笑我"自作聪明"；后来，他们在"四面楚歌"之时，抱着试试看的思想，偶尔用上了我的点子，果然出奇制胜，我得到了战友们的好评。我在危急关头，多次判断准确，反败为胜，救我"军"于危难之中，也因此身价倍增，在以后游戏的人员选择上，我不再是"皮球"了，而是"香馍馍"，大家都抢着要，并且还有人提议，让我当"总司令"，只不过火候不到，还没有一个指战员敢任用我这个"小不点"为总司令。

其实我并不比其他孩子聪明，只不过想让自己也能当上"总司令"，比别人多动一点脑筋而已。有一次，我方已"溃不成军"，根本无招架之功，指战员也无计可施，方寸大乱。"乱世出英雄"，在这危急关头，我立马向他建议，我们先派出一两个"飞毛腿"，佯装要抓对方趾高气扬的几个，以转移他们的目标，使其疏于防范，然后再乘其不备，我们发动突然袭击，一举攻下他们的"堡垒"。指战员在此生死存亡之际，采纳了我的"作战方案"。他派出三个工兵，在战友们的"火力"掩护下，以迅雷不及掩耳之势，分别抓住我指定的三个"菩萨"。果不其然，他们当中真有一个是"军旗"。对方还没有反应过来，军旗已被我们拔掉了。像这种声东击西的战略战术，是我的拿手好戏。此后，我还用过类似于虚张声势、欲擒故纵、调虎离山等计策来"克敌制胜"。

我的这些小九九，都是用心观察对方的"战略部署"而想出来的。我知道，小孩子往往会把情感的变化写在脸上，表现在行动上。如果让他当地雷或军旗什么的，他就会闷闷不乐，一动不动地呆坐在大家的中间；如果让他当一个重要的角色，他就会喜形于色，总想立功受奖，跃跃欲试。因此在每一局的开战前，我都会认真观察对方角色安排的反应；开战后，我会根据对方各个角色的表演情况，对他们的总司令、炸弹、军旗等重要角色做出初步判断，然后告知指战员，以供参考。在"工兵拔旗"的游戏中，由于我判断的准确度较高，作战方略常常被采纳，而且战果显著，成了一个名副其实的小"军师"。我因此在小朋友们当中脱颖而出，威信与日俱增，"官位"像坐电梯一样，平步青云，时常被任命为"总司令"。

我的这种不安于现状，总想尽其所能改变自己命运的性格，在以后的人生道路上，也表现得淋漓尽致。上山下乡时，我通过自学成了一名赤脚医生，为农民解决了看病难的问题；到中学当民师时，我学会了制造文化用品的技术，为学校办起了文化用品厂，不仅为学校创造了财富，而且还解决了学生的学工基地问题；上大学时，我勤工俭学当上了学校的水电工，方便了学校水电设施的修护；走上了工作岗位后，我不管从事什么工作，都会尽量让自己活出生命的精彩。因而我的人生之路，铺满了鲜花与掌声。

感悟源于生活，不论是"工兵拔旗"的儿童游戏，还是我的人生经历，都无不表明这么一个道理：人生成败，皆决定于性格，好的性格会成就你的一生，坏的性格会毁掉你的一生。

湖南作家向明海

【作者简介】

向明海，笔名酉水河畔，湖南龙山人，供职于县医疗保障局。中国现代作家协会会员，湘西州作家协会会员。文观"游乌龙山间，看酉水云烟，记人生百态"。散文、诗歌作品发表于多家网络平台及报纸杂志。

洗车河古镇（外一篇）

——湘西地质公园里原生态民俗博物馆

慢慢地舒展，色彩斑斓的湘西地质公园景观分布地图，洗车河古镇几个字眼，深深地吸引了我的眼球。千百年来，沧桑的岁月创造了瑰丽神秘的土家文化，淳朴民俗风情，使古镇素有"原生态民俗博物馆"的美誉。

古镇坐落在洗车与猛西两条大峡谷河流交汇之地，汇合的河流历史上称洗车河。这条河流，当地俗称大河。水系发源水沙坪，流经西湖（也称比沙沟）、红岩溪进入洗车河大峡谷，穿越古镇奔腾前行。另一条河流称猛西河，俗称小河。水系来源洛塔地质公园岩溶台地的地下水，流入猛西大峡谷汇入洗车河流域。打开《龙山县志》，淡淡的油墨味道，丝丝缕缕扑鼻而来，闻着墨香查阅了记载："洗车至隆头河段，是龙山进出口物资唯一内河水道。"洗车河是酉水流域一级支流，沿途不断接纳猛西河、靛房河、贾市河及沿岸沟壑诸多的溪流,在南端的隆头注入酉水。丰富的水资源、十分发达的水路,已成为当时龙山境内外货物运输黄金生命线。早在"汉代时期,就已经建有不同规模的码头。龙山涉及洗车、隆头、里耶等码头",凸显了古镇特殊的地理位置。

龙山地形东西窄仅三十二点五公里,南北狭长却有一百零六公里,北有新县城,南有里耶历史名镇。洗车河古镇是一条明显的南北分界线,位居县城与里耶古镇中间,历史上早就有"北半县,南半县"的说法。忆往昔,交通闭塞的龙山,在曾经流逝的岁月,货物运输完全靠肩挑背驮的马帮、不辞劳苦的挑夫,穿行在崇山峻岭。

"担担山货洗车去,布匹盐巴山外来",古镇便成为进出货物的重要集散地。县域内的运输也有水路和陆路,商贾走水路只能使用小型货船逆流而上。一条线路逆行洗车河经红岩溪抵达西湖起岸,另一条逆行猛西河至猛西湖皮匠潭起岸。陆路运输货物以古镇为中心呈放射状,曾经有五条商道。一条由洗车至猛西、贾坝、招头寨、芭蕉垇(古官道)至川鄂;一条由洗车至干溪、洛塔、茅坪至县城;一条由洗车至干溪、耳洞、曾家界(原称云龙山)至马蹄寨;一条由洗车至梨子坳、他沙、农车至永顺;一条由洗车至官坪、拉犀洞、贾市、桂塘去四川。

在清朝雍正六年,即1728年,清代朝廷不断强化掌管地方政权,针对少数民族地区彻底实行大规模"改土归流"政治革新。废除禁锢千百年的土司统治制度,推行流官制,朝廷委派官员下到地方轮流执政,解除画地为牢的条令,"蛮不出峒,汉不入境"的规定,打开了存封若干年的少数民族地区山门。常德等不少外地汉人客商,如雨后春笋,陆陆续续进驻洗车河古镇投资经商。区域经济得到迅速发展,基础设施逐渐完善。沿河修建多个居民生活小码头，建造多个客货大型码头，沿河三岸建有几条石板街道。一条沿山街道，命名坡子街，长约五百米，拾级而上直冲云霄；一条河西湾子街道，长约三百米连通坡子街；一条猛西河出口右边的小河街道、长约四百米；另一条东边沿河幽长的一千米东平街道。古往今来，大小多个码头，石板街道点缀着古镇，铸成特殊的洗车河古镇人文美丽景观。自给自足的土家族人生活方式，随古镇的繁荣正悄悄地发生变化，男耕女织的土家农耕文化泛起了涟漪。呈现了"雾朦曦光琼楼间，风拂柳岸人未闲。河孕古镇码头忙，渔舟唱晚润心田"的美景。

古镇与众不同的狭窄地形高低不平，沿河房屋的保坎，此起彼伏参差不齐。小河沿途其至还有十分壮观的悬崖峭壁，沿河三岸形成独特的人文与自然景观，诱人眼球，令人惊叹！从明清以来，居民建房依山傍水，沿河、沿街、沿山修建。多年来，土家族群居的古镇，房屋修建涵盖了多个土家族特色元素。尤其土家吊脚楼，还有古朴幽静的四合院，商号和会所。鳞次栉比气势恢宏的庞大古老建筑群历历在目。时至今日，多数房屋完整无损，屹立的一栋栋木质吊脚楼房，别具一格。沿山修建的吊脚楼，吊楼前置或设置正屋两边;沿河或沿街修建的吊脚楼，吊楼后置，悬建在河道上空，犹如空中楼阁，非常漂亮。临街道一层多为商铺，悬空吊脚楼待客之用，卧室在楼上。毗邻户间，高高地耸立着防火墙，且在一定距离范围内，建有两米宽的户间巷道，或通河道，或通街后居民区。长期被风霜雪雨侵蚀，街道石板路面也磨蹭得油光发亮，房屋瓦面黝黑反光，房屋的木质板面暗淡无光失去原本颜色，早已变成灰褐色或深褐色。远观近看，屋顶造型的飞檐翘角，栩栩如生美观大方。迈步街头巷尾，空中不时飘来远古幽深的气息、古朴的韵味，不停地轻触灵敏的嗅觉，享受原生态土家民居的古韵风情。

美丽的仲夏迷人的古镇，人文的景观与自然风光融合，勾勒人们的思潮滚滚。当夕阳一不小心滑落西山时，金色的光辉洒满古镇，宛若披上金灿烂的衣裳。荡漾的河水金光闪闪，西向的房屋木板或墙上涂抹了色彩斑斓的印记。袅袅炊烟慢腾腾地渗透出瓦面，似雾似纱变幻着追寻夕阳。河道里洗澡的人，沐浴着晚霞，人头攒动发出的喧哗声，惊扰了码头上纳凉的人群。无限美好的夕照，迎来黄昏柔情缠绵的诱人画面，令人沉醉。夜幕下的古镇灯光辉映，街边悬挂的大红灯笼，在河风的轻吻下不停摇曳。灯火阑珊的沿河三岸房屋，倒映在清澈见底的河水里，陪伴着依稀可见捕捞的渔船。"一轮明月万家灯，灯火交辉映古镇"，呈现了小桥流水人家的夜色画面，十分温馨，醉了古镇、醉了游人。月夜的古镇，习惯了慢时光的节奏。皮肤黝黑的彪汉在街上三五成群、袒胸露背地围在一起，或打牌，或下棋，或喝酒猜拳，驱散白天劳累疲惫的身心；一曲曲悠扬动听的弹唱声，从商号、会所传出，喜好者静坐院墙旁闭目聆听，自我陶醉；一群群老者、围坐在店铺前手持蒲扇轻摇慢晃，漫无目标地闲聊逗乐，不时发出开心的笑声；活蹦乱跳的孩童追赶嬉闹、情趣正浓玩起了捉迷藏的游戏……"十里帆樯依市立，万家灯火彻夜明"，呈现了古镇繁荣昌盛、欣欣向荣的画面。

旧时洗车河古镇赶墟场是相当热闹。沿河三岸的渡口忙忙碌碌、摆渡的艄公头戴斗笠，唱着土家山歌，不停地撑船摇橹。古铜色的皮肤渗满汗珠，一颗一颗不停地向卜跌落，渡船也不断地来回穿梭。河道里船来舟往、从水路来赶场的人，接二连三地在河边码头下船上岸拥向街道。走陆路来赶场的人川流不息，从境内外土家山寨纷纷涌来，熙熙攘攘地挤满街道。商品交易十分火爆，多种吆喝声、器具碰撞声、言谈声交织融合在一起，宛如一首首悦耳动听的土家歌谣，慢慢地引人入胜。这一漂亮的人文景观增添了古镇无穷魅力，使洗车河古镇赢得了"小武汉"的美称。"赶洗车河场"便成为人们的口头禅。古镇发达的经济、旺盛的人气、超强的购买力，是居地商家、流动客商、山寨村民时刻向往的，也虔诚希望赶场这天瞬间即到。久而久之，在洗车河流域成为佳话，传诵至今。

　　凉亭桥爬满了古镇沧桑的足迹、撰写了跌宕起伏的风雨历程。拜本地一位长老的赐教，有关凉亭桥的故事娓娓道来。早在清代乾隆期间，一位名叫肖家霖的本地人，聪明和蔼又拥有爱心，经常乐于帮助别人，大多数人都得到过他的帮助。一次一个外地客商来洗车河购物，怀揣的银圆不知在哪儿弄丢，流落洗车河街头一天了，肖家霖知道后，为他准备了回家的盘费。次年，肖家霖家收到一块精致的横匾，书写着"天地人和"四个嵌金大字，邻居们竖起了大拇指啧啧称赞。擅长经商的肖家霖坚守诚信又懂经营管理，生意做得红红火火，在这一带家喻户晓。一个良好的习惯，成就了肖家霖如日中天的事业。每天晚餐后，他坚持风雨无阻，沿河或街道散步，尤其喜欢接触各类人群，在聊天中发现商机，准确把握时间节点，在商场上不断调整更新项目，发挥得淋漓尽致，成了洗车河流域富甲一方的商人。有一次，他带领伙计出门约有两月之久，回家后，妻子告诉他，最近发生了诸多的事。河对面田二毛妻子凌晨快生产了，午夜两点冒着暴雨直奔渡口过河请接生婆，因河水猛涨波涛汹涌，渡船无法摆渡，其妻因难产母子俩丢失了年轻的生命。还有邻居……肖家霖打断了妻子的话，径自来到河边站立许久。看着隔河渡水仅靠渡船，特别遇雨天涨水无法过河。肖家霖看在眼里痛在心里，暗下决心哪怕倾其所有也要修建一座桥，彻底解决摆渡过河的问题，将这一想法与家人商讨，贤惠的妻子说："钱财乃身外物，支持你做一件流芳千古的事，切记！质量要搞好。"在1780年，肖家霖修建了洗车河凉亭桥，横跨大河的凉亭桥气势雄伟，接通大河两岸街道，距今已有二百三十九年。摆渡已成历史，这道美丽的人文景观，在人们视线中已经消失。随着时间的推移，在1887年，清朝光绪十三年，距今一百三十二年。易得新，本地乡绅，召集诸多姓氏族长、各行业商家代表，按照少数民族习俗，在易氏祠堂组织募捐大会，募捐的善款用在猛西峡谷出口的河道上修建小河凉亭桥，接通西边湾子街和小河出口右边小河街，贯通了沿河三岸街道、巷道、码头。美观雅致的两座凉亭桥镶嵌在古老建筑群，又是一道漂亮的人文景观，使古镇的古朴韵味更浓，令人驻足不前，流连忘返。

远古的洗车河流域，给考古工作提供了历史的见证。在洗车河古镇挖掘发现旧石器、新石器文化遗址，出土世界稀少的"虎纽金"，古时汉代时期的大量"汉五铢"古钱币，令人惊叹！让人浮想联翩。已流逝的岁月，诠释了远古时代洗车河地区的繁华和兴衰。1967年，洗车至隆头公路建设，美丽漂亮的小河凉亭桥迫不得已撤除，架设一座公路桥。此后，小河凉亭桥从人们视线里消失，在诸多老者记忆里，留下一段抹不掉的回忆。1997年，修建洗车至他沙公路时，一座气势宏伟的多孔石拱桥，"洗车河大桥"横卧在河道之上。三桥横卧两河的人文景观，众多古朴典雅的土家建筑群，"洗车八景"的自然风光交相辉映，一幅民族风情素描画面呈现至今。

若干年来，居住在洗车河古镇山旮旯村寨的土家族村民，创造了灿烂的土家文化。虽没有文字记载，但语言交流已传承许多年。众所周知，土家族村民在长期躬耕生活中，经常使用土家族语言交流（俗称讲土话）、唱土家族歌谣抒情相亲、跳土家族舞蹈庆丰收，留下历史的印记。在洗车河流域源远流长，辐射周边的干溪、他沙、靛房、坡脚、苗儿滩、隆头土家族居住地区。土家族人们遵循祖训，战胜自然、感悟生活，独创了土家族特色的民俗风情，土家哭嫁、哭丧、守岁、祭祖。农闲时开展喜闻乐见、丰富多彩的土家族民俗活动。端午、春节等重大节假日期间，开展赛龙舟、舞狮子灯、闹花灯自娱自乐的活动。

远去的清代时期，洗车河地区遵照土家族民俗文化的习俗，早就建有土家摆手堂，赐名"三月堂"。每年农历五月，是土家族举办"舍巴节"盛会的日子，摆手舞是必不可少的内容。旧时的洗车河举办盛会，洗车河地区境内外土家山寨众多的土家村民，穿着漂亮的土家族服饰、不约而同地汇聚洗车河摆手堂——"三月堂"，参加声势浩大、锣鼓喧天的摆手舞盛会。"福石城中锦作窝，土王宫畔水生波。红灯万盏人千叠，一片缠绵摆手歌。"这是清代诗人彭施铎挥墨书写的土家诗。描述土家族人用古老、独特的方式开展民俗活动，如祭祖、庆丰收、相亲等。土家族人们用原生态器乐，表演土家打溜子舞，咚咚喹吹奏土家歌谣，土家语唱起了土家梯玛神歌，土家村民矫健的步伐、优美的身姿跳起原生态毛古斯和摆手舞，淋漓尽致地展示了土家族村民农耕生活，张扬了粗犷豪迈的山野个性和民族特色，再现土家族人爱国、勇敢、团结、孝道、好客的家国情怀及传统美德。现在的洗车河古镇弘扬传承悠久的土家族历史文化，多次举办魅力十足的土家族民俗特色文化活动，积极为湘西地质公园申报助力，不断完善古镇原生态民俗博物馆的保护。

"曾经沧海难为水，除却巫山不是云。"这里休养生息的土家族人们，祖祖辈辈恋上奔流不息的这条河，恋上白云深处的这个家。在高山之巅、峡谷之中、河流之畔。厮守着洗车河古镇原生态民俗博物馆远古的这份神秘。让淳朴的古老韵味飘落湘西地质公园，渗透到亿万年前地质里慢慢熏蒸出一个世界级的名字来。

古老中华解甲寨

峰峦叠嶂的武陵山区，横卧着风光旖旎的乌龙山大山脉。宛若一把禁锢的大锁，紧紧地封存逝去久远的历史，留下了沧桑岁月的痕迹，爬满了隐藏在山旮旯的古老村落——解甲寨。

"解甲寨"？百思不得其解，在脑海里一团雾水。边远偏僻的龙山县洗车河镇老洞村，一个少数民族集中居住的古老村寨，孕育了一代又一代中华民族的土家族儿女。难道古寨的先祖们真是"解甲归田"或"隐居"，躬耕于此？

古寨75岁的老者谢宏昌回忆说，时值懂事后常与父亲、祖父、曾祖父等多次了解建寨定居及谢氏家族发展史，知道很多。早在《永顺府志》就有记载，洗车河、老洞属永顺土司上溪州管辖。传说在700多年前元代时期，谢氏先祖们早已定居在老洞境内白虎山下，居住在俗称"白虎抱子"的地方。历史资料记载，"白虎"是土家族人心目中祭祀神灵，家族保护神。这样的地方，正是土家族人千年难寻的风水宝地。在湘西地区，关于土家族崇拜"白虎"的民风民俗广泛流传。在古寨里随时可见，土家族村民家里神龛旁，挂着已失去本色而泛黄的"白虎"画像，或在神龛里摆放精致的白虎木质雕像。民间谚语娓娓道来"白虎当堂坐，无灾又无祸"，意味着土家族人寄托"白虎"辟灾驱邪。古寨的前面，一条汹涌澎湃的洗车河绕寨流过，宛如护寨河，恰似一道天然屏障，时时守护村寨。古寨的房屋修建依山傍水、坐西朝东，村民过着悠闲的田园式农耕生活，代代繁衍生息，当时的寨名"谢家寨"。

具有超强记忆力的谢宏昌老人，继续绘声绘色地讲述。据祖父谢声煊（已故）传说，早在400多年前，明朝嘉靖三十三年至三十五年期间，倭寇侵犯闽浙沿海一带。时任永顺土司宣慰使的彭翼南领旨抗倭，征集兵勇集训出征，两次亲自带兵三千人开赴抗倭前线。第一次各寨接到应征兵勇的通知已是腊月，按照土家族的习俗，腊月正是土家族人忙碌杀猪宰羊，打糍粑，磨豆腐，置办年货准备过热闹年的时候。族长叹息！无可奈何，只好召集族人祠堂议事。众多的族人围绕抗倭是国家大事保家卫国，过春节则是小事家事。议定挑选了身材魁梧的谢氏四兄弟应征兵勇，不但个个体力好会武功，而且拥有过硬的狩猎本领，战场上绝对不会吃亏。又议定在这特殊的情况下，提前过年为四勇士出征送行。打破土家族过小年的习俗，全寨张灯结彩，在祠堂里摆长龙宴，安排四天时间，从腊月二十至二十三，全族人集体过小年欢送。在抗倭战斗中，谢氏四兄弟英勇善战，多次立功。平倭后永顺土司彭翼南班师回乡，亲自奖赏四勇士的同时"谢家寨"也得到奖励。族长按土家族习俗，在祠堂设庆功宴，全族人参加为凯旋的勇士庆贺。此后，谢氏四勇士解甲归田躬耕，谢氏家族在洗车河流域享有盛誉。谢氏家族因四勇士而感到自豪和骄傲，为记住四兄弟的功劳，主动将"谢家寨"更名"解甲寨"。

古寨前面河道上空，悬挂着一座跨河木吊桥，随河风悠闲自在地轻轻摇摆，不厌其烦迎地送过往行人。岸边几棵古树下，静静躺着暗淡无光、年久失修已上岸的老渡船，偶见几名孩童围绕孤独的老渡船，追逐嬉闹，开心玩耍。闲置的古老渡口周边杂草丛生，一丛丛小草在微风中摇曳身子，宛若不停地讲述古寨诸多逝去的故事。码头的旁边，停泊了几条很小很旧的三板船，经过风雨浸渍的船板演变成了深褐色，随波浪摇摆动荡。好似与河水窃窃私语，耐心地等候古寨的捕鱼人到来。河岸竹林深处，断断续续传来女人的谈话声，由远渐近，飘出竹林。只见三五名穿着土家族服装的村姑，一路谈笑风生，径直来到河道古老的生活大码头洗衣裳。一甜甜的笑声洒满河道，乐得河水欢快地哗哗哗流去。

弯弯曲曲的户间道路，路的两侧配置了大量栅栏，连接古寨每一栋房屋，给人一种温馨、舒适的感觉。据谢海涛村支书介绍说，古寨房屋世代相传，现存古老木质房屋152栋，已拥有100多年历史。木屋瓦面鳞次栉比，形成一个庞大的古老建筑群，渗透缕缕幽香，沁人心脾。远观近看，催人精神振奋，惊叹不已！从古寨村民房屋的大小、造型而言，奇迹般地发现，村民家庭贫富不均。谢海涛村支书现居住的房屋，是曾祖父谢声煊修建，传承谢海涛就已有四代，完好无损。当时谢声煊是生意人，古寨的首富。修建房屋占地面积约480平方米，五间木质正屋，左边配置转角楼，右边配置吊脚楼，中间坪坝铺了青石板。整栋房屋气势恢宏、高大雄伟壮观，让人赞不绝口。房屋选择了上等木料，工匠手艺精湛，雕刻技术娴熟，门窗廊道白虎青龙、花鸟虫鱼图案栩栩如生，十分漂亮。寨中家庭困难户，建房时三间正屋无配房。也有家庭条件上等水平，建房时除正屋外还配一个吊脚楼或转角楼。村民在房屋修建时，宅基地基础处理是相同的方式，全由石块浆砌筑成，排水系统完善功能齐全，南方多雨潮湿气候，山高坎多依据建设需求，保坎高低各异，入户建有岩石阶梯，十分美观。

古寨房屋前，至今还保留着成块连片的旱土和稻田。我们询问古寨谢宏昌老人，这些怎么未被建房吞噬？谢老回答，据祖父传说，老祖宗立下不成文的规矩，"子孙建房不许侵占房屋前耕地，只能沿后山发展"，世代传承至今。驻足田间小道，感慨万千，老祖宗们都懂得珍惜和保护耕地，后人应该做得更好。眼前这片耕地，在脑海里不断浮现季节交替的不同景观。春来一片金黄色油菜花，嗡嗡的蜜蜂花海飞舞；夏季寨后鸟鸣山涧，屋前蛙声一片，陪伴怡然自乐的古寨村民；金秋硕果累累，稻浪翻滚；冬季莜麦、蔬菜一片墨绿，偶遇严寒雪花飘飞，恰似一幅四季风景图，点缀古寨。

游走品赏古寨，房屋看似拥挤但不乱，房前屋后干净卫生。古老的房屋挂着红灯笼、张贴着春联、喜联充满了喜气洋洋的氛围。好客的土家族村民笑迎客来，热情相邀入户做客，彰显了土家族人纯朴、直爽、憨厚的性格。随处可见古寨的土家族人劳动时的生产工具及用品：犁耙、锄具、蓑衣、斗笠、背笼、扁担、篾箩筐。还有生活必需品做豆腐的石磨，打糍粑的木槌、石槽。这些物品闲置时，有的摆放在屋檐下，有的挂在转角楼木板上，还有的摆放在吊脚楼下，井然有序。目睹古寨诸多的土家族元素，油然而生一种"乐不思归"的感觉。

在村支书谢海涛的陪同下，来到古寨清代四合院和元代祠堂残址。残址现仅留下残缺不全的古老石朝门、古天井、古院墙，古老岩坪坝及祠堂的断墙残瓦。谢书记说，在清朝时期，族人谢文举经商做生意，以营销桐油、木材、山货为主收购运出山外，购回布匹、盐巴运进山来。多年坚持诚信经营理念，带领谢氏族人经商，组建了家族式的商业营销模式，谢氏家族不断得到壮大和发展。谢文举也就成为洗车河流域的富商，变成了永顺、保靖等各个土司王府的常客，也曾经得到朝廷官员的好评。在古寨修建了四合院，老百姓俗称的"印子屋"，多次捐款整修了谢氏祠堂、倡导办学等公益事业。从此，谢氏家族在洗车河流域声名远扬。谢文举为谢氏家族光宗耀祖，为家族振兴不懈努力。全族人感恩戴德、寨名又改称"谢家寨"沿用全今。

古寨，在沧桑的岁月里凝聚着土家族人智慧和汗水，在四季轮回里慢慢熏蒸出灿烂的土家族历史文化，不断完善和发展。

山东作家高广鹏

【作者简介】

高广鹏，枣庄山亭人。热爱文学，喜欢写些诗歌、散文、随感等，有数十篇（首）散文、诗歌、随笔等发表于报纸杂志及网络媒体。代表作有获奖诗歌《共和国之恋》《你在微山湖，我在抱犊崮》《风，从远古吹来》等，散文有《冬韵》《深秋，来香山看红叶》《翼云山下的石头部落》《待到春风十里桃花笑》《思念故乡》等。

翼云山下的石头部落（外两篇）

清晨，万道霞光洒满翼云山下。晨钟伴着鸟鸣，叫醒熟睡的石头部落。小村又开始了新一天的喧闹。

石头部落，名字很古老，古老得让岁月不堪回首，容颜却很年轻，年轻得让人触不及想。

游走在清净的石街上，石板铺的街道，石块砌的围墙，石磨、石碾、石盆、石槽随处可见。家家门前有石墩，供人休憩；户户屋后有石婆——泰山石敢当，祈求平安降福。水井的井台也是石砌的。旁边有一水槽，供人洗衣洗菜。再向前走，有一石炮楼，连水漏也是石条做的。一切皆与石有缘。仿佛置身于岩石的世界，穿越到了石器时代。

登上一段石阶，绕过石塔，穿过石亭，与飞天石雕来个亲密拥抱，拍一张真实的人生彩照，不负此行。漫步在小石桥，低头看鱼翔浅底，举目仰望蝶鸟翻飞。人在石上走，清泉石上流。美了心情，惊艳了时光。

推石磨，滚石碾，把繁重的心思碾成尘埃，抛到九霄云外。在石桌旁，坐在石凳上，尽情地品味鲁南第一汤——羊肉汤，找回丢失了的记忆。

青石板上布桑田，人们早已种豆得瓜。以前的石板房村，叫穷命庄，九石一分田，人们靠微薄的收入维系着生命。现如今，政府的移民工程惠民心。村民整体搬迁到平整地段，再加上精准扶贫，都已过上了富裕的生活。只有几户人家舍不得生于斯长于斯的故土，留了下来，也在旅游业的带动下，开了农家乐，走上了另一条致富路。

不知趣的雨，贸然造访了石头部落。我们猝不及防，着急慌忙地躲进石屋避雨，檐下一排听雨的燕子，呢喃低语。雨水顺着屋檐或如注，或滴答，依然恪守着穿石的信念，亘古不变。

雨来得快，去得也疾。一阵山风吹过，顷刻间乌云散去重见蓝天。信手折一树枝，在石板上写下一片阳光。

静下心来，拂去浮华，看云卷云舒。享一片静谧的时光，细赏花、草、树、虫、鸟以及多情的石头。大口呼吸着新鲜的空气。淡淡的花香弥漫在负氧离子极高的空气里，让人心旷神怡。顿感所有的思念和期待都瞬间羽化成蝶，翩飞于明媚的岁月里。就像在农家乐里点的那道地道的鲁南名菜——辣子鸡，虽辣却又不甘放弃诱人的美味，妙极了！

夕阳西下。

在部落的村口，牵一串鸟鸣犬吠，看落日余晖。

冬韵

忽如一夜春风来，千树万树梨花开。一场寒流，大地便银装素裹了。

冬，天依然是那么蓝;地，更显得空旷。洁净、单纯、清瘦、简约，是冬的真实写照。

素描涂白,是冬惬意的杰作。柔弱的阳光力求涂染冬的沧桑，无奈西风烈，更是雪上加霜。

万径人踪灭，人都宅在暖暖的家中，围在融融的火炉边，煮一壶雪，沏一杯诗，吟"窗含西岭千秋雪……"

冬，单纯得让人遐想无限。没了春的生机，夏的激情，更无秋的成熟与富有。

千山鸟飞绝，昆虫冬眠，销声匿迹。就连往日欢快的流水，也秒变睡着了的冰。心如止水，唯时光在不停地运转。

冬，是一个孕育的季节，冬藏孕万物。冬，是一个暗流涌动的季节，一切都伺机而动，只待东风劲吹，一声春雷，便喷薄出一个生机勃勃、万紫千红的春。

深秋，来香山看红叶

一叶知秋。

当万山红遍，层林尽染时，方知秋深深几许了。

才过植物园，就远远地看到一片丹霞落香山，又像一匹彩缎罩山峦。大红大紫中，总有片片的绿、条条的黄，点缀、穿插其间。红黄交错，红绿相间，红黄绿相融，分外养眼。

山脚下，仰望顶峰，丹霞、彩缎点缀着湛蓝的天，像极了一幅妙不可言的彩色画卷，展现在你眼前。令人感慨大自然这位丹青能手，一方调色板，总是浓妆淡抹总相宜。你的技艺让人惊叹，你的构思可圈可点。

拾级而上，山道旁，岩石边，簇拥着丛丛枫树，或朱或丹，或深或浅。山风吹过，哗哗作响，好似多情的主人夹道欢迎造访的来客。多情的枫叶忘情地欢呼，以至于拍红了巴掌，感动了季节，醉了游客，令人不思往返。

"霜叶红于二月花"在此被诠释到了极致。现如今，我们的生活多像这满山的枫叶啊，红红火火。

溪水淙淙，曲折蜿蜒，断崖处，携几片红叶跌入深潭。红叶点缀碧潭，美不可言。这一潭秋水呀！何时才能看穿？

总有生命力顽强的蝴蝶，嬉戏于红叶间，飞旋于碧水青潭。蝴蝶翩翩，落叶翩翩，思绪也翩翩。

席岩石而坐，潭边小憩。仰望天空，天高云淡，却断了南飞雁。

一架银鹰分割蓝天，划出一道美丽的弧线。信手摘一片枫叶藏于心间，置人生这部书中作书签。

下山的路上，偶遇一群叽叽喳喳的孩子追逐于枫林间，鲜艳的红领巾映着红扑扑的脸蛋，融入火红的枫叶。我忙举起手中的相机，抢拍了这最酷最炫的秋天。

贵州作家薛维

【作者简介】

薛维，男，仡佬族，1964年3月出生。贵州省作协会员，遵义市作协会员，现任贵州省凤冈县文联主席，凤冈县作协主席，有长篇小说《仡佬香魂》和中篇小说《那年》等作品出版，有近100件其他作品在各类杂志发表。

茶女

——一个山村茶女的脱贫故事

2019年这个深秋的傍晚，她的茶馆的外面下着细雨，凄紧的凉风被关在外面，潇潇飘落的树叶也被关在外面，室内有暖气盈袖。

她的这个茶馆停留在这个小县城的角落里，连同她辛苦走来的脱贫的创业的路。

我是慕名来到她的茶馆，现在已经有很多人慕名来到她的茶馆。她的茶馆以炭火炒老茶为特色，牵动着、勾引着小城温厚的茶客和茶界温润的男女。这是一个吸引诗人的环境，可以在里面想象窗外静穆的龙潭湖，茶香老让湖边送来的水草香冲淡了原有的浓重，这是开着茶馆的门窗的时候，比如夏天。冬去春来，她在这里已经度过了四个春秋，也就四年时间，炭火炒老茶散发出的香味鼓荡了这个小城的茶的销魂；也就四年时间，她的老家那老山里倾斜的老林里的茶树叶子，因为她的茶艺而走进县城，走向江湖，陪伴城里人无数春风沉醉和秋风萧瑟的傍晚。

茶馆设计得温馨别致，前头是大厅，周围有几间茶室。大厅正面是茶女用来操作炒烤老茶的一个笨重的茶台，台上炭炉、炒锅、茶壶、茶杯一应俱全，橙黄的灯光温柔地洒下来，抚摸着茶台的每一个角落。茶桌的正对面是七八张茶桌，半围着展开，每一张茶桌以长方形为主，可坐四人，茶桌和椅子精巧搭配，高矮宽窄和色泽搭配舒适得让人走进了古老的乡愁。

茶女始终坐在她的茶台前忙，炒烤好的茶叶会被煮成嫩黄的茶水，有穿着嫩绿的轻衫的几个小女子送到每位茶客的桌上，一杯茶或者一壶茶就是一轮，一轮茶大约两个小时，每轮茶收费 50 元。

茶馆的右后方的角落里有一个暗黄的小平台，一个三十六七岁的娴静的小妇女就坐在那里，轻柔地翻来覆去地玩弄她的那把古筝，那是一支染着古老的忧愁的曲子，曲子里掩不住诱人的风情。这是一个志愿者，四年来，她坚持每天傍晚来这里练琴。

茶女在每一轮炒茶开始前都会用柔弱细长的手举起那个土罐子，罐子里是在老家已被老乡们制作好了的茶叶。她找寻着古筝飘来的节奏，轻曼地让罐子旋转，然后倾斜开来，那茶叶就从罐子口掉下来，一片、两片、三片……飞舞着飘落到她茶台上那个冒着烟的小铁锅里，小铁锅架在燃烧着炭火的炭炉上，那是一个可以调节火焰的大小的小炭炉子。掉进铁锅的茶叶有嘶嘶的轻爆的声音传出，浓重的茶叶的香味就会在茶馆的空气中弥漫开来，那香味载着大山的深厚和小城的占老。随着茶女手中的小铁铲的炒动，茶客从那古筝音乐的空隙中会听到茶叶们在铁锅里快乐地跳跃和幸福地欢叫，它们为生命走向价值而荣耀地欢叫。

炭火炒老茶技艺是对常规手法制作出来的茶叶进行二次加工的一种制作方法，将茶叶的别样香味通过炭火炉炒烤，提炼出来。这是一个传统的工艺，炒烤时在于铁锅火候的把握和铁铲对茶叶翻动的拿捏，需保证焦而不煳；煮茶时在于水温和茶叶数量的恰到好处，需保证茶水的浓淡适宜；一炉通红的炭火，一壶嫩黄的老茶，蕴韵深厚，回味悠长，唇齿留香。

茶女四年前来自山里的一个贫困家庭，县脱贫帮扶的文艺界给她张罗的这个茶馆，她带着老家的几个小姐妹来到县城，带着老山里千百年传下来的炭火炒茶技艺来到县城，得到了县城茶文化界真诚的呵护，四年里，她们的茶香成了小城茶香的坐标，爱茶的人们从当初以喝茶帮助她到后来变成以喝茶扶强她，到现在变成了喝茶依赖她。那个在这里坚持了四年的练古筝的少妇，弹奏着艺术真实的梦想。

浙江作家林少洁

【作者简介】

林少洁,女,笔名雁君。浙江温州人,自媒体写作,温州市社会福利企业协会秘书长。从小因病致肢残,虽折翅但思想仍有翼,爱好写作,热爱艺术,编剧微电影等。

父亲和鱼

七年前的那个秋天,一向健壮的父亲突发脑梗死,一病不起,在他瘫痪卧病的这七年里,他的大脑一点点地萎缩,记忆一步步地模糊,他依稀记得我们兄妹几个小时候成长的片段,和在那个饭都吃不饱的年代,无父长子的他撑起整个家的艰苦岁月。

然而,只要他那双眼睛还能看着我,喊出我的名字,我就还能感受到父爱,在这个世界上,我依然是有父亲的人。

小时候家乡的那个村子,因为靠海,村民们大多以打鱼为生,父亲也是。

印象中,父亲的手掌特别大,因为长年打鱼撒网、补网、做农活,父亲的手显得更加粗壮,也因为这双手,撑起了一家人的生活,也帮助几个兄弟姐妹成家立业。

父亲的手艺极巧,他会编织很多的农具:扫把、畚斗、竹筐等,手艺活在村里很有名气,然而比手艺活更出名的是他的脾气。小时候,父母会因生活琐事经常吵架,一吵架,父亲就会扔东西,盘子、椅子、碗，屋里的摆设都想拿来出气，父亲生气时的脾气是极坏的，母亲终于有一天离开了家去了外地工作，那一年，我10岁，弟弟4岁。

母亲不在家后，父亲脾气更坏了，常常一点小事对我们发火，打鱼回来，如果我们还没把米饭煮好，他会把整个铅锅盖扔在地上用脚猛力踩扁，若有一边缘仍有凸着的，似乎就像他的气未出完，直到踩到扁平为止。以前做饭不像现在方便，是土灶的，柴火慢慢煮，还得控制火候，大火、小火煮透三次，才能吃。那时候，我和妹妹因为年纪小，没控制好火候，常常把米饭煮烟掉，心里很害怕父亲回来又扔东西发脾气，我们就会藏在父亲找不到的地方，等父亲赶码头的时间到了，他前脚出门，我们后脚回家，通常是饿得饥肠辘辘，回家啃啃烧烟的锅巴饭充饥。

现在回想，记忆中的柴火饭依然是香的！

打鱼的时间有潮涨潮落，父亲回来有时是深夜，他会喊我们起来，和他一起把打来的鱼一种种分类好，第二天早上好拿到菜场卖，有时碰到冬天夜里特别冷，我们姐妹几个会在暖暖的被窝里拖着不肯起床，他就会拿着扁担在木楼板上使劲地敲，大声地喊着我们的小名，"起来不起来、起来不起来……"父亲的大嗓门，似乎全村的人都要被他喊醒。

那时候，我们不理解父亲，也很怕父亲，直到今天我们自己做了父母，才明白生活的不易，那些一小筐一小筐分好的鱼，上早市卖的钱，都是我们几个姐弟上学的学费。

父亲不发脾气的时候，他很热心，他会把编织的农用品送给村里的老人们，会把前几天发脾气摔坏的竹椅修好，把踩坏的铅锅盖一点一点地敲回去……

补补修修，也许就是父辈们对劳苦生活的宣泄与和解。

母亲去了外地后，卖鱼就落到我们姐妹身上，过了早集市的时间，我们就要去村里叫卖，常常是我提大篮子，妹妹提小篮子，两个10岁出头的小姑娘不敢喊出声，两姐妹就商量轮流着数次数，我喊几声、她喊几声，我和妹妹提着篮子就在村里的小路上来回地走着，喊着稚嫩的声音："卖新鲜的鱼、有虾、有小螃蟹……"

印象最深的是，每年的夏天暑假，都会是包头鱼收获期，包头鱼头很大，烧起来腥味重，所以卖不了好价钱，我印象中是最难卖的一种鱼之一。

记得那年，那天的父亲一网整整收了两大箩筐的包头鱼，因为他还要撒一次网，他让一起打鱼的阿丘叔叔带了回来，让我和妹妹拿到四公里外的大菜市场去卖。两大箩筐的包头鱼放在自行车上，我们怎么也拖不动，好心的阿丘叔叔帮我们把两大箩筐的包头鱼一起送到了大集市。我和妹妹骑着自行车，瘦弱的我们不甘掉队，紧跟在后面，外衣被风吹鼓鼓的，追得气喘吁吁的，终于把叔叔赶上。

夕阳的晚霞把大集市的大门口映得通红明亮。

因刚好快到傍晚菜市时间，很多的人在那里等渔夫的新鲜鱼，阿丘叔叔把我们送到菜场门口就赶船去了，走的时候还不忘帮我们大声吆喝了几句："新鲜的包头鱼到啦……"

菜场口围来好多人，"小姑娘！这鱼多少钱一斤？挺新鲜的……"

糟了！我忘了问父亲多少钱一斤了！

平时一块三的，今天就卖一块好了！

我猛说："一块钱一斤，一块钱一斤。"心里想着已是傍晚，便宜点卖得快……

一下子，来了好多人，我称重量，妹妹收钱，然后又拥来好多人，莫名全都在那里抢，我和妹妹都慌了，都不知道怎么称了，一条好大好大的包头鱼，放在杆秤上，秤杆都是猛地跳起来，然后都说是一斤、一斤！

拥挤中，我看到有人拿走了还没给钱的，我拿着杆秤朝着去追，人群中我听到有好心人帮我一起喊住那个没给钱的人，在人群中拥挤着跑回来的我，心里特别感动……

每每想起这段往事，我的眼里依然会噙满泪花！每个人童年里经历过的，都是我们心里最深情、最纯真的回忆。

人群渐渐散去，两箩筐的鱼全部卖完了，我和妹妹蹲在落满了鱼鳞片的箩筐旁数钱，妹妹的马尾上粘了许多的鱼鳞片，两大箩筐的包头鱼，我们只卖了四十几块钱。

天已渐渐漆黑下来，初夏柔和的风一阵阵吹过，摇晃着梧桐树繁密的树枝末梢，哗哗作响！

卖少钱了，怎么办呢？

我有些想哭，心里很害怕、又难过，觉得对不起父亲的辛劳！

回到家，父亲刚回来不久，他问我卖了多少钱，我说："只卖了四十几元！"

那一次，严厉的父亲居然没有对我们发脾气，只是轻轻地说了一句："吃饭吧……"

小时候，总是特别羡慕同学，他们可以不用卖鱼，可以到处疯玩，我们比起同龄人过早地承担起生活里的各种角色。但是生活锻炼了我们，从小在艰苦的环境里学会吃苦。

小时候的父亲是严厉的，我和妹妹曾想象着逃离，但终究未逃离。

每个人的童年都是一本书吧，就好像每片白云都有着它的故事！

尽管父亲是严厉的，但我们依然有着很多的快乐。我们常常吃到软壳的螃蟹、大虾，新鲜到还能叫出声的小黄鱼，现在这些东西在现在可是"稀有珍品"，现在也很难吃到了，父亲常常用农家的老酒炖起来，每个人分一些，剩下的老酒给这个女儿喝一点、那个女儿喝一点，结果我们这几个姐妹的酒量就这样给锻炼起了！父亲看着我们一个个红扑扑的小脸蛋，就笑得特别开心，那时候是我们和父亲最开心的时候。

记忆中，父亲最爱喝老家的自制的米酒，经常抿得唇间嘶嘶作响，眯着眼，回味那股醇香、那份表情神态，脑海中仍清晰。

仿佛只要他抿着那酒香，一切的辛苦都能过去。

前些年，父亲还健壮时，每次去看他，在车里远远地就能望见他站在村口，脸朝着我车子开来的方向，望着一辆辆车子经过，等得那么有耐心。忽然间，我看到那个曾经脾气暴躁的父亲变得安静慈祥，然后心里总想着，对自己说，等有时间再充足些，就带他多去外面走走。

然后，世间并不是什么事情我们都可以等，健壮的父亲说倒下就倒下。

记得他多次跟我说，要多去看看老家，那是祖祖辈辈留下的根。

现在车子偶尔经过，望向那是曾是故乡的地方，因村迁移，已是一片废墟，满目萧然。

我感受到了，有回不去的故乡和来不及孝敬的人，顿时热泪盈眶。

"父母在，人生尚有来处，父母去，人生只剩归途。"

而今，我已是大人，父亲却成了小孩。

我望着病床上的父亲，一双粗大的手耷拉在被角上，已没有了当年撒网打鱼时的威力，眼神再也没有当年发脾气时的犀利，扎针、吃药会哭得像个孩子，有时候会哭着说，那个他当宝贝的农具用品，藏在某个地方了，千万不要扔了呀……

他在回忆生命里重要的东西，又似乎在跟他生命里重要的东西，一样样地在道别。

然而，我是多么希望他能像以前一样在我身边走来走去，哪怕是对我发脾气，让这辈子的父爱再久一点、再久一些。

内蒙古作家白志福

【作者简介】

白志福，男，内蒙古太仆寺旗人，呼和浩特市伦一机械有限责任公司总经理。

父亲的教鞭（外三篇）

父亲初中毕业便回到了农村，因为爷爷年迈有病。爷爷本想让父亲参军入伍，然而父亲身边我的一些长辈担心父亲走后爷爷成为负担，便将本应属于父亲的参军名额关照了他人，因此父亲与军旅生活失之交臂。当时那个年代农村没有多少文化人，父亲便在三尺讲台度过了近40个春秋。

父亲没有太多的豪言壮语，也没有过慷慨激昂，简单几句话告诉你做人尺度，处事准则。教鞭就是他的人生态度，曾记得学生帽子戴歪都要受到教鞭的关爱，父亲的言行举止折射出他的人生价值取向。往事的点点滴滴，记忆犹新。

我的小学生涯是在父亲教鞭的爱抚下成长的，被抽过多少次已无法记起。

然而，铭刻于心的是每当和同学发生矛盾时，无论在理与否，父亲总是先教导我。当时我无法理解，也不敢说，只能悄悄地告诉妈妈。父亲说："要管好自己。"这句话是父亲内心深处的一种处世哲学，管别人先管好自己。也是对我的鞭导，凡事要先自我反省。

"严"贯穿了父亲大半身的教学生涯，同时也教会我认真、勤勉的好习惯。父亲说："读书识字要整齐；做人、做事也要整齐。"也就是这样简单而平凡的心路历程让我受益至今，并影响着下一代。

流光易逝，与父亲的教鞭挥手告别，与父亲厚重的教导依依不舍，从容地步入初中生活。

岁月更替，沧桑巨变。教育改革日新月异，法律也不允许"教鞭"的存在，但我依然怀念父亲的那根教鞭，正是这根教鞭抽醒了我对人生的理解、探索、追求及感悟，也正是这根教鞭抽醒了我对教师的崇敬。

如今，父亲已退休。不！父亲没有退休，父亲的教鞭依然激励着我，包括他鞭策过的学子，依然激励着我们怀着幸福的向往，继续前行。

母亲的微信

母亲已花甲有余，却有自己的微信圈，时常感怀过去的艰难岁月，也感恩如今社会的进步与和谐。

——题记

（一）

读书那个年代，偏远的山村交通不便，通信滞后，到城里读书都要步走到乡镇乘车，母亲每次都要送我走出村口，一直看着我走过弯弯的山路，直至浓缩成点，然后消失。

每当回望母亲，总是站在村口，我望见母亲被风吹乱的头发。但母亲依然望着我单薄的背影，我懂得，我的背影写满了母亲远方的期待。

再次扶起我的背包，很重。粗糙的背包依然有家的温暖，并且装满了母亲对我一路的关爱。

希望的路伸向天边，伟岸的山高低起伏，又一个充满希望的春天，母亲虽不善用华丽的语言来表达，但我明白，她内心告诉我，生活不只眼前的苟且，还有诗和远方。

（二）

母亲没念过几天书，因为干了一辈子农活的姥爷认为那都不是事儿，后来母亲嫁给做教师的父亲并受我们影响能认识一些字，至少出入公共场所母亲能夷然自若。

但母亲仍然认为自己"瞎"了一辈子，坚信读书才是一生的至关重要。

上学那会儿，只有通过家书才能向母亲诉说自己的喜怒哀乐，后来又到更远的地方去读书，更谈不上打一个电话。家书抵万金。每次收到来信总是急切地让父亲念给她听，远方的思念顺着笔尖的温暖流淌在母亲的心间，在书信淡出人们视线的今天，愈显弥足珍贵，也充分证明了曾经的书信是多么慈祥地温暖着人们的心灵。

（三）

世间万物，舞尽繁华，终将退出历史的舞台。

后来出现了传统意义上的座机电话、BP机，直到今天的智能手机。尤其时尚、新潮的微信软件的出现，改变了我们的生活。母亲的生活也再次刷新。

母亲已花甲有余，却有自己的微信圈，时常感怀过去的艰难岁月，也感恩如今社会的进步与和谐。母亲在闲暇之余发微信，告诉我们家里发生的一些大事小事，她说这样还省话费。发图片、聊语音、发红包游刃有余。

岁月，把美丽的花朵、丰收的果实揉进生命的脉络；时光，看似年年依旧，却从来不是重复的风景。每当黄昏，母亲总要细致地问一遍儿孙的工作、学习和生活。日复一日，母亲就这样用微信遥控着远方儿女平凡而幸福的生活。

祝愿母亲安康！祝愿全天下的母亲安康！

我的青春岁月

生命，一条永无止息的长河。当夜晚阑珊，月光遍地，尘封的记忆便拉向那个所谓的青春时代。

青春如梦，稍纵即逝，所以请珍惜青春。青春犹如一首歌，它的内涵需要你用如火的精力唱出它的生命；青春如一幅画，靠你每一笔去绘制，在学习、生活中，编制着自己的青春，品味青春的滋味：酸甜苦辣，体味人间善恶美。

我们的青春是在那个贫寒的校园度过的。如果说极贫极弱也许有些过分，但饥寒交迫似乎是家常便饭，而时间的沙漏沉淀着无法逃离的过往，记忆的双手总是拾起那些明媚的忧伤。

北方的冬天极度寒冷，或许更钟情于我们这些寒门学子。

记得中学时代是寄宿生活度过，冬天学校发给学生的取暖用煤是定量的，如果不节省着用是不够用的，再说管理又不完善，反正总是缺少温度。早晨起床，枕头两边结霜是常有的事儿，所以就得想办法去"偷"，有一次"偷"煤，为防止被发现时跑得慢，我把眼镜放在宿舍，却偏偏被发现，其他同学都跑了，不戴眼镜的我看不清楚，跑到后勤主管的身边，我被那个主管踢了两脚。冷也快乐着！冷伴随着我们度过了无数个夜晚。

当一个社会去主动关爱弱势群体时，才更能彰显社会的进步与文明。如果受伤的总是弱者，那么这个社会是不健康的。

时间在流逝，生活在继续。还记得挨饿那段时光，当时从家里带的都是最好的白面，然后交到食堂，却没吃过一个像样的白面馍，因为食堂做饭的师傅用他家的劣质面调包了。而且饭也是定量的。

后来，母亲想让我吃得好一点儿，想方设法给我做一些干粮，但带得再多到校后总是一顿光，因为还有离家远的同学，得一起分享。当时家里也不是很富裕，意图给家里减轻负担，但母亲总是强烈要求我多带一些，有一次我将母亲给我的一大包重重地摔在地上！这是我平生第一次伤及母亲，如今想起内心充满自责与惭愧。

青春本不忧伤，却被我们演绎得如此凄凉。

时光似水，风雨兼程。1992年，步履沉重地步入大学生活，虽清贫一些，但这是人一生最美的时光，放飞梦想，激情燃烧，肆意享受青春最后的张扬。

然而，为了事业抑或生活，我们不再自顾怜惜逝去的青春。众生路，亦无谓被带往何处，成长让我们童稚的年代晦涩地隐没。

回首，尘埃落定，多少事，不再重逢。唯独青春岁月永垂不朽！

站台

北方的大地又过早地进入了秋季，秋风吹来苍凉的气息，早晚携带丝丝凉意。

今天，驱车城市的外环路上，点点秋雨敲打着车窗，车载收音机播出——长长的列车载着我短暂的爱，长长的站台，漫长的等待；喧嚣的站台，寂寞的等待……是杨坤忧伤的歌声勾起我"站台"的记忆与无尽的遐思。

儿时记忆中的站台，只是门前那根小路，这根窄窄的小路，有时还略显泥泞，是母亲目送我远去和盼望我归来的站台。寒来暑往，留下母亲迎送我太多的记忆。

父亲送我远方读书，渐行渐远的那一刻，带着父亲的嘱托，载着父亲的期望奔向远方。

爱，越是深沉就越遥远，直至彼此心里都只剩下站台上模糊的身影，又拉长了思念的无奈。

人来人往的站台，呼啸而过的岁月，演绎着一场又一场的悲欢离合。

一个个站台的过往，都是生命中一段精彩的留白。恋人深情的回眸，儿子稚嫩的小手传递的拜拜，妻子无尽的叮咛，还有亲人聚散的眷恋。

其实，我不喜欢别人送我，只想一个人默默地走，那样亲近的人就看不出我的悲伤。

人生犹如站台，前面是生活的奔波，后面是冷暖自知；前面是生机的艰难，后面是家的温暖；前面是儿子的未来，后面是父母的期盼与过往。桩桩件件都得像模像样，不畏惧，抬起头，走下去。

人生要经过好多站台，曾目睹过亲人的病痛与离去，可恶的病魔带给人们的往往是无尽的伤痛，不仅是身体上受到摧残，在人们的心灵上也会深挖一刀。在这个生离死别的站台上，让多少人无望、无助与悲悯，还有揪心的痛。

但愿人长久，千里共婵娟。

好多人或许会面临抉择的站台，工作的抉择，生活的抉择，甚至交友的抉择。混沌的世界，稍有不慎，都会让人心力交瘁。但相信这个世界，有阴暗，也有美好。但无论生活有多么不易，那些细小的善意与感动总能支撑着我们度过无数的孤独。只要心怀善念，生命的曲谱总要为我们歌唱。

　　后车的汽笛声，打断了我短暂的思绪，雨停了，秋高气爽！一团白云向东南天空漫卷而去。

湖北作家梁春云

【作者简介】

梁春云,湖北省枝江市人,枝江、宜昌、湖北省作家协会会员,枝江市关庙山文学社副秘书长(文学社杂志和公众号编辑),拥有"惟孜"个人公众号,擅长散文、通讯、报告文学、文学评论等,出版有散文集《惟孜》《楷瑞》,多篇文章在地方刊物上发表。

春满岭南赏金花(外一篇)

自女儿在南宁参加工作后,我便经常选择节假日来南宁。记得第一次来,就是在南宁过的春节。那是2011年。女儿下夜班后,尽管一夜未合眼,却硬是带着我逛。逛的第一站,便是金花茶公园——全国首家以种植"花族皇后"金花茶为主的茶花园。春节前后,正是金茶花盛开之际。这是它馈赠南宁人新春佳节的尊贵礼物吧,还是我们国家馈赠友好邻邦的重要礼品之一呢,在某种程度上,金茶花像"国宝"熊猫一样珍贵!

我印象最深的是,南宁市区的道路名儿很有趣,净是以"园""湖""竹"命名,如平湖路、园湖路、长湖路、安湖路、滨湖路、望园路、广园路、方园路、长园路、茶花园路、园艺路、厢竹路、竹溪路、竹塘路、新竹路……

我们行走在"竹"林之间,"湖"堤之上,"园"艺之海……

走着走着,走到岁末年尾了,听得到新年的脚步声了。

挂满黄灿灿橘子的橘树盆景，在南宁遍地可见。一些小区、单位门前，都是大红的灯笼下，摆了一对，盈满恭贺新春的喜庆和祥瑞。"橘"与"吉"谐音，屈原赞橘树有"横而不流""受命不迁"的美德，现在寓意"吉祥如意"。如万象城、广西中医药大学一附院门前的橘树盆景，竟高达两米多，吸引了不少人与这品格坚贞、被誉为天地间最美好的树合影。城区主要大道上挂灯笼，挂国旗，春风送暖，喜气洋洋，一派万物迎春的气象。

我边走，边想，"国宝"金花到底长啥样……时间在无限憧憬、无限向往的思绪中过得飞快，不知不觉便来到了茶花园路，来到了金花茶公园北门。一棵享受着花坛规格、有着特殊待遇的古榕树矗立于门内，恭迎或礼送八方来宾。径直往里，右拐，直奔金茶花生活居住的位置，那里融观赏、生产、科研为一体。我感觉，从北门进，金茶花园是位于整个公园的最里端，很幽深，很宁静。也许是"国宝"身份的高贵、典雅，"贵族"气质使然。

高过头顶的金茶花树，一根根密集的分枝交错，盛花期时，满树金黄，金光闪耀。"哇，金花，满树的金花，这就是金花茶树！"看到眼前如金子般铺满全树的妙镜，整个人一时热血沸腾，竟然在金茶花树下飘起来了！

一个个金色骨朵是椭圆的，"鼓鼓囊囊"，缀满枝头，在微风中摇曳，好似足金的"金坨坨"，在冬日暖阳中栩栩闪烁着一道道亮光。啊，可以捧在手心里掂量，但舍不得摘下的"金坨坨"，一个无价的"金坨坨"！

金花的花梗、花托、花被（包括花萼、花冠）、雄蕊群、雌蕊群……反正都是无尘无染，华丽高贵的金色，美得无法形容的金色。让你身处其中，能消除任何杂念的金色。

有无数朵酒盅口面大的金花，便是拍客的"眼中钉"了。且特有仪式感。只见很多游客穿行于茶树枝丫缝隙里，或踮脚，或昂头，或猫腰，或下蹲……无论何种姿势，观赏，拍照，都是悄悄地进行。是不是特敬畏这一特殊"国宝"啊！

偶尔窃窃私语："我拍的这朵最大！""最精神！""角度最好！"

有的金花"害羞"，很"扭"，把漂亮的脸蛋缩到叶下。有的侧着脸蛋，在枝丫缝里。细心，又有怜悯之心，也很"扭"，很执着的拍客，觉得这样的金花"出生"的位置，决定了它在绽放的过程中，要付出"常人"多得多的努力，它有一种坚韧不拔的意志力，哪怕稀少，却愈加难得。既要拍到好的角度、好的效果，又不能影响金花的自然形态，拍客只有小心翼翼。用手轻轻撩开枝叶，指尖扶着花托，让垂着的脸蛋昂起来。咦，这个姿势好，好。于是，"咔咔咔"，连拍多张。

女儿告知，据说市场上没有金花茶植株售卖，仅供研究、观赏，作为国之馈赠佳品。

真是"物以稀为贵"啊！更要护佑宝贵的金花"毫发无损"。我心里就是这么想的。

有的拍客专拍金花骨朵。大的，小的，一个，两个，多个，初生初长的，含苞欲放的……

遇到飞舞的蜜蜂在花间跳跃，更要屏住呼吸，以免惊扰。蜜蜂无声无息地采集自己所需，拍客无声无息地拍出蜂迷蝶恋的俏姿，那可是值得骄傲的"珍藏"版了。

人说拍客有点"痴""呆"，一点不假。我在神龙架大九湖五号湖观景台，目睹了两位摄影师，盯着三脚架上的单反相机镜头，大半天一动不动，原来是在观察远处高山上云层的瞬息变化。"功夫不负有心人"，摄影师终于拍到了"万丈霞光倾泻在连绵的山体上，一会儿如柱体刚劲有力，一会儿如丝丝水帘缠缠绵绵，而且光束的颜色也随时在发生变化"（摘自《相约天上九湖登高致远》一文，此文辑录《惟孜》一书）。摄影师拍出了梦幻云彩云游高天的"神韵"和"气场"！

拍客有点"痴心不改"，在此是深深迷恋于、专注于拍摄金花，我算是领略到了这份"痴劲儿"。一位男性拍客，立着三脚架，长镜头对准一朵正在开放的金花多时了，一连好几个小时盯着长镜头。听说有的甚至一整夜都守候在相机旁。他们是在寂静的夜晚聆听金花花开的声音？还是在捕捉金花缓缓张开花瓣的神韵妙趣？还是在静悄悄地等待灵感的到来，拍出惊人的大片去参加什么"摄影展"？也许是，也许都不是，他们像"钉子"一样"钉"在金花树下，"盯住"金花的金身玉色，肯定都拍出了金花的"金色年华"和"金色世界"的"大片"。

在此祝福他们！

一个山茶家族中雍容华贵、温良贤淑、绝色倾城的"皇后"，一个为国争光的山茶家族"皇后"，一个值得中国人景仰的山茶家族"皇后"，我们"爱你没的商量！"现在每年春节都要来看你，一次，两次……

永恒的朱槿花

南宁人引以自豪的国际会展中心，雄踞主体建筑首端的穹顶，是一朵设计独特的白色朱槿花，"地球人都知道的"，这样说可能夸张了一点，但南宁市的老老少少都知道，可一点不假，这是广西著名的地标性建筑，是中国东盟博览会的永久会址。一朵凝聚东盟各国的友谊之花，似日月经天，如江河行地，永恒闪耀在邕城的上空，熠熠生辉。

据资料显示，这朵美丽的花是以南宁市花——朱槿花（又名扶桑花）为造型结构，直径 60 米，重达 800 吨，12 片白色的"花瓣"，象征着广西 12 个少数民族，是会展中心的灵魂。

一年一度的东盟博览会，在会展中心举办，赋予展览的主题特色，开展文化的、经济的等多层面交流活动，促进了中国与东盟更进一步的交流与合作。

会展中心位于南宁市青秀区中心地带。这里山势很高，主体建筑位于山顶而超出城市天际线，登上会展中心高处，可以俯瞰全市美景，俯拾皆是的朱槿花，在主干道绿化带上，在公园里，在小区里，吸收了南宁特有的地三宝——"水火风"，也吸收了天三宝——"日月星"，长出了植物界的花三宝——"精气神"。

朱槿花植株四季葱绿，郁郁苍苍，被园艺师造型后，呈现为球状、带状、铜鼓状（铜鼓是中国国宝之一，代表广西主要历史文化及广西综合艺术精品特色）、n状（南宁拼音的声母）、S状（壮族女人飘逸的裙摆）……使得这朵市花更接地气，更体现南宁这座城市的文化底蕴。

朱槿花四季有花，盛开有大红、橙色、粉色、白色等主题色，花朵大，有的零零星星，点缀在重重叠叠的绿叶中；有的集中连片，尤为亮眼。几年前，在广西民族博物馆内的广西民族村里，竟然发现了少有的成片绽放的金黄色朱槿花，既欣喜，又大感意外。植物真奇妙也。

有人说，会展中心穹顶的这朵朱槿花，那是广西壮族少女的裙子，圣洁，纯真，精致，典雅，彰显出壮乡女孩美丽、善良、勤劳、勇敢、热情的品格。

有人说，这是一朵坚固而柔韧的花，衬托出壮乡男人坚强、沉稳、质朴、敦厚，犹如大象般宽厚，谦和，豁达，诚实，可信，有担当，有智慧，有安全感。

有人说，这朵花形似洁白的大碗，盛装白花花的大米饭，还有鸡肉，猪油，以及多种下饭菜，佳肴美味，令人垂涎欲滴。

寓意壮乡人民五谷丰登，丰衣足食。难怪，朱槿花有很多别名呢，如白槿花、桐树花、大碗花、篱障花、清明篱、白饭花、鸡肉花、猪油花、朝开暮落花等。朱槿花贵为南宁市花，它寓意形象，它遍及大街小巷，它花开四季，它给人们带来祥运。手捧这个碗，吃百家饭啰。正应了广西人的一句名言："吃百家宴，纳百种福，享百年寿。"

朱槿花晶莹璀璨、光彩夺目，如红蓝宝石。驱车往返经过会展中心，总要多瞅几眼，并透过车窗拍下它星光闪耀的尊容。无论天晴天阴，皆是如此。

朱槿花玲珑剔透，如奇珍异宝，如古玩文物，令人赏心悦目。远距离观之，如天造地凿的天然美玉，大可捧在手心里，悉心把玩，爱恋有加，爱不释手。

朱槿花恢宏壮观，气势磅礴，成为民歌湖天天演水上舞台的实物背景图。从会展中心民歌广场延伸到民歌湖水景，水中舞台，水中倒映，水中浮游生物，朱槿花闪耀其中，如梦如幻，艳丽照人。一幅生态文明祥和的壮景图在民歌湖绚丽铺开。壮乡的民歌因此而走向全国，走向世界。

朱槿花洁白无瑕，肤若凝脂，是拍照、制作宣传片最上乘的背景图。记得关庙山文学社去年底召开年会，我不能赶回，女儿说，会展中心最有代表性，就在那里拍一段视频，祝福年会顺利召开吧。于是，女儿陪我来到会展中心，站在广场一角，以这朵花为背景，录下了一段祝福语。那天，情深深雨蒙蒙雾蒙蒙，可谓是"沾衣欲湿杏花雨，吹面不寒杨柳风"的感觉，雨雾中若隐若现的朱槿花，似乎与我一起回到文学社这个大家庭的怀抱，一起见证年会盛大启幕，备感温馨和自豪。

每一座城市都有市民景仰的市花。朱槿花是南宁市民景仰的市花。我心中也有一朵朱槿花，至今仍然留在记忆深处，令人景仰。

小时候，我的老家也有朱槿花，至少与南宁的朱槿花是同科属的花，因它"一插就活"，且活得有模有样，精精神神，我们便俗称它为插荆条花（土名儿），农村人说"很蛮"，意思是适应性很强。那时，它的实用性大于观赏性，主要用来做园田篱笆。因为家家户户都是散养的鸡鸭，园内都是父母把人粪尿、烧的火土肥、饼肥用肩挑，一担担挑到田里做底肥，种植出了"绿色生态"蔬菜、瓜果、豆类等，那是父母辛勤劳动，换得了一家人的主要生活来源之一，稍不注意，便成了那些鸡鸭的口中食。所以，木槿花又有"篱障花、清明篱"之美名，可能是根据此意得来。它不能辜负此名，便以全身解数，密密匝匝地长，郁郁芊芊地长。又不能任其生长，过高造成遮阴，会影响蔬菜的光合作用。大约控制在 170 厘米以下，我常常看到父母用镰刀割掉植株上部的嫩叶，俗称"打顶"。

老家的朱槿植株叶片呈现绿色、灰绿、深绿、嫩绿。花开大朵白色、粉色、淡紫色、紫红色等，植株茎秆瘦瘦的，但结实，精壮，茎秆枝叶自下而上都有花，花蕊上有厚厚的白粉、黄粉。可能是生长地域的气候环境不同，土壤酸碱度差异，水分供养赶不上南宁，也赶不上南宁的人工精心栽培等多种原因所致，基本上是它自由生长的模样。

无论是土名儿插荆条花，还是洋名儿朱槿花，叫什么名儿无所谓，关键是它围成"篱笆墙"，保住了我家父母辛勤劳动的果实。特别是在饥荒年月，还拦住了小偷前行的脚步。所以，这朱槿花篱笆已然成为我心中的一道"足金篱笆"，也是当地农民心中的"足金篱笆"，而成为时代印记。

老家的朱槿花，与南宁市花朱槿花一样，是心中永恒的"篱笆花"，它是时代的，也是民族的，更是世界的。

愿东盟各国的友谊永恒，长存！

河南作家叶恒青

【作者简介】

叶恒青，男，汉族，河南古陈州人。酷爱舞文弄墨。曾用笔名古阳、叶子永远青。常在广播电视、报纸杂志及网媒上发表作品。曾有作品入选《中国当代诗歌散文精选》书籍。目前经营一家传媒公司和一家装修公司。

心意谁晓

曾几何时，总感觉有一种异样的东西在心间，犹如一个网，罩住了心房，使我不能感受轻松，只能透过网眼的空隙互换外界的空气。

在换气呼气的当儿，忽儿明白那网绳原来是根根的情丝。内心的每一次感动都溢出了些许的液体，凝固了，便成了丝。感动多了，丝也就多了，且是纵横变错，横七竖八的。于是乎，一个大的网也就成形了。

网，对于渔夫来说是极妙的。而对于我，那偌大的网毕竟罩住的是我的心！心居然在跳，可它总跳不到网外。在此无奈的境地，你定会感到沉重，是啊，因为那每根丝的尽头都系着一个铁团！这仅是铁团吗？

这分明是一个梦，一个真实的，忆在眼前而又美好的梦。无论哪一个梦，都有自己的身影，都有一个人邀你合演。或者应该说是一段多彩的往事。

心在低低地、轻轻地诉说，有一系列的情愫在萦绕着它。说不清是难过还是激动，心儿快哭了。触到了心间的水滴，你便明了，那是怎样的一种情丝！它又代表了何等高的一种情愫！要不怎敢惹心儿滴水？

如果说思念是美好的，那心雨是因激动而降。如果说思念是痛苦的折磨，那心雨之下当属难过之表现了。

有了剪不断，理还乱的情丝，就能让你的精神仓库饱满。闲暇时，你总爱去梳理一下，尤像每天起床后要梳理头发一样。想剪断，你试着去剪。剪不断的你还要去思去念。

剪断也好，剪不断也好，我们总要庆幸，庆幸自己有那根根的"丝"，有那段段的往事，以及由此而成的富裕的心仓，可以心存慰藉地当个仓库保管员。

内蒙古作家张贺民

【作者简介】

张贺民，男，汉。1987 年 9 月生，国企职工，内蒙古赤峰人，毕业于西安科技大学。诗赋中华网 2020 年度优秀诗人。自幼酷爱诗词歌赋，善演讲、写作，尤为擅长绝句、楹联、宋词、散文。

酒赞

酒，乍一提起，顿然想起一句古语：以酒会友。一樽樽美酒，一幕幕情境。

仙风道骨，醉态自现，把酒泼墨，洒脱释然，贪杯而呼。五花马、千金裘，呼儿将出换美酒。

一代枭雄，长歌当啸，豪气冲天，傲视群英，指点江山。天下英雄，唯使君与操而。

长髯赤面，义勇当前，霸气外露，自信安然，请缨去战。愿往斩华雄头，献于账下；酒且斟下，某去便来。

美艳娇妃，宴前急盼，懊恼怨望，放浪形骸，情难自禁。丽质天生难自娟，承欢是宴酒为年。六宫粉黛三千众，三千宠爱一身专。

酒，能让英雄好汉，血脉贲张，忠肝义胆。

酒，能让文人雅士，闷骚释然，文思如泉。

酒，能让得志之人，驱寒应暖，奋勇高攀。

酒，能让迷途羔羊，悔恨肠断，回头是岸。

酒，能让同窗挚友，互诉衷肠，亲密无间。

酒，能让层级辈分，距离缩短，相见恨晚。

如果说，音乐可以让彼此高山流水话知音，我相信，美酒亦可让彼此觥筹交错换真心。

一段优美的旋律，可以陶醉你的操守，也会带给你无尽奇妙的感受。一杯醇厚的琼浆，可以熏染你的头脑，也会带给你崭新的人生启迪。

邀一杯美酒，伴一丝烛光小酌，杯盏触碰间，望着举杯的爱人，也许你会发现，酒在杯中，爱人在酒里，微微小酌，与爱人融在一起。

邀一杯美酒，对一轮明月畅饮，觥筹交错间，细数举杯的兄弟，也许你会发现，酒在杯中，兄弟在酒里，杯杯畅饮，把兄弟喝进心里。

寂寥时，举一杯美酒，吟一句：葡萄美酒夜光杯，欲饮琵琶马上催。醉卧沙场君莫笑，古来征战几人回？

团聚时，举一杯美酒，唱一首：兰陵美酒郁金香，玉碗盛来琥珀光。但使主人能醉客，不知何处是他乡。

爱邀上三五好友畅饮，也爱与父母宾朋细品的我，每每微醺之后，总想释放自己的心灵，让思绪遥远地狂奔，畅想未来的美好，吟唱那首挚爱的《赏花》：赏花归去马如飞，去马如飞酒力微，酒力微醒时已暮，醒时已暮赏花归。醺醺睡去，直到醒来，去迎接第二天初升的太阳和崭新的世界。

在喝酒的时候，竭力地劝酒，以怕宾朋没有喝饱，不够尽兴，劝着劝着，也就带起头来，酒到兴处，也就分不清你我了，贪杯地去享受酒的芬芳和含在酒杯里面浓厚的情谊。每每醉后，显然苦了肠胃，倒也不曾后悔。借用诗仙李白的诗句，给予自己满满的宽慰："天若不爱酒，酒星不在天。地若不爱酒，地应无酒泉。天地既爱酒，爱酒不愧天。"

酒，历经千百年技艺传承，吸取天地日月之精华，浓缩感情与寄托的琼浆玉液。每每饮起，就忍不住想着为它写上几句溢美之词。但挖空脑海里面所有的辞藻，总感无以全面的表达对它的热爱。唯有多喝上一杯，以报答与它相遇的缘分。

斟满美酒，举起酒杯，赞歌一曲：美酒飘香啊，歌声飞，朋友啊请你干一杯，请你干一杯，胜利的十月永难忘，杯中酒满幸福泪……

天津作家贾旭

【作者简介】

贾旭，男，1959年9月生人，天津市作家协会会员，天津市摄影家协会会员，中共党员，大本毕业，天津高新区原宣传统战部调研员、原新闻中心主任、《科技先导》报原主编。自1980年开始在《天津文学》《天津日报》《青年文学家》等天津及全国报刊发表小小说、短篇小说、散文、随笔、报告文学400余篇，多次获奖。出版个人小说集《平衡》。

童年忆趣三题

父亲：吃饭很重要

民以食为天。父亲小时候有过吃不饱、穿不暖的经历，因此，父亲对吃饭非常重视，就连休息日的早点都非常上心，经常跑很远的路去给全家买早点，用我妈妈的话说："你爸爸为嘴伤身。"意思是说，为了吃，不怕受许多累，这可能也是天津人的特点，难怪天津人见面打招呼，第一句话都要问："吃了吗？"可见，吃饭在天津人心目中的重要性，民以食为天嘛。

记得我小时候，我们一家三口住在河东区李公楼前街武德间。每天晚上，父母把我从郭庄子闫家台外祖父那儿接回家要步行半个多小时。曲曲折折的窄胡同，两边是或开或闭的大门，以及从大门里面映出来的光亮，昏黄的路灯，把我们三口人的身影一会儿拉长一会儿压扁。父亲经常一手拿着装有晚上要吃的饭菜的饭盒，一手抱着我，父亲总是对我说："来，跟爸爸顶个鼻儿。"我就搂着父亲那又粗又短又凉的脖子，用我的小鼻子去顶父亲的大鼻子，每每这时，父亲的脸上总要绽出满足的、幸福的微笑。每天晚上父母接我回家路过李公楼中街时，都要经过一家糕点铺和小人书铺，那暖暖的灯光令我十分向往，因为父母在那儿都要给我买上一两点心，租两本小人书回家看，使我的物质精神双收获。回到家，父母一人去胡同口公共自来水管处接水，一人生炉子，我则坐在一边静静地吃着点心，看着小人书。当时还没有电视机。

记得我弟弟也和我们一起去过李公楼前街武德间。后来到我六七岁大时，父亲早晨经常带我到郭庄子回民食堂吃早点，我们大多是喝面茶，七分钱一碗，还有炸果子，八分钱一两。每每喝面茶时，父亲经常讲大胡子老头喝面茶时把胡子也喝进了嘴里的笑话，常常引得我们父子俩开怀大笑。吃完早点后，父亲步行穿过老地道，过解放桥去坐落在和平区赤峰道的纺织局上班，我自己则回郭庄子闫家台外祖父家，而每次吃完早饭父亲大多让我松松腰带，怕勒着我的肚子。

父亲很重视吃，节假日或星期天经常给我们做饭，他是连买带做，很少让别人帮忙。特别是父亲20世纪70年代作为中国财务专家赴阿富汗巴格拉密纺织厂经济援助回来后，经常给我们炸春卷儿，他自己和面、切菜，自己包，自己炸，非常细心。我们都非常爱吃父亲做的炸春卷儿，又脆又香，因为外面很少有卖的。

如今，吃上饭早已不成问题了，人们更加关注怎么吃得更营养更健康。父亲把吃饭看得非常重要，这里更多的是关心、关爱和关怀。今天怀念父亲，更能感受到父亲对家人、对我们子女那份无私的爱，那就是伟大的父爱，我要永远铭记。

生死游戏

儿时经历的许多事情今天想起来，觉得幼稚可笑，非常荒唐、恐惧甚至是罪恶，因为那个年代发生了那些不堪回首的故事。

我七八岁时，我们这些同龄的孩子还没有上学，白天我和外祖父相伴在河东区郭庄子那两间大平房里，我时时感觉寂寞，有时就趁外祖父不注意，悄悄溜出家门，与邻居家的小朋友们一起玩耍。我们玩儿的游戏有捉迷藏、打杂、弹球、撞拐、爬墙、上房等，最危险的当属和邻居小朋友李建华等在他聋哑大哥的带领下，一起跑到复兴庄铁道那挑战火车，事后我称之为"生死游戏"，就是我们四五个孩子，在聋哑大哥的带领下，站在铁轨上，面对疾驰而来的火车，比胆量，比定力，惊心动魄之中，看谁最后一个跳下铁轨，谁就是英雄好汉。

当火车拉着长笛从远方疾驰而来时，在聋哑大哥的指挥下，我们几个小朋友手挽着手，肩并着肩，彼此鼓励着，面对疾驰而来的火车屹立在铁轨当中，争取最后一个逃离铁轨。我当时心里想火车离我还远着呢，它撞不着我，等它快到我跟前时，我一转身就能跳出铁轨，跑下路基。因此，我们都坚守在铁轨当中，火车鸣着汽笛、喘着粗气在刺耳的刹车声中一步步向我们逼近，三十多米、二十多米、十多米，同伴们纷纷逃离铁轨，我也赶忙跟着跳出了铁轨，耳边只觉轰的一声，火车呼啸着擦身而过，受到惊吓的火车司机马上就排出热气水喷向我们，像是警告、惩罚乃至报复。有一次我的头发和上衣都湿了，我们几个孩子兴奋地笑着喊着，又等下一趟列车的到来……

一次，我无意间把这个"生死游戏"的事情告诉了外祖父，外祖父用专门惩罚我的"木板子"打了我一顿。他警告我，今后不准再和他们一起玩儿。儿时懵懂的无知、鲁莽无谓的勇敢、藐视生命的幼稚，成人之后的我为此时时感到自责、羞愧和后怕，以至于我一直没有勇气提起此事。珍惜身体，珍爱生命，不仅是对自己负责，更是对你爱的人和爱你的人负责。草成小文，是为了忘却的回忆。

正直做人

正直是一个人的优良品格，特别是在面对最强大的敌人——自我时，显得尤为重要。我小时候是跟外祖父长大的，外祖父在居室墙上自己的大照片旁写有一副对联：严于律己，正直不阿。他在时时提醒自己，也让家人监督他。外祖父对自己一向要求严格，在生活中只要是因为他的原因出现失误，他就勇于当众承认错误，这里不仅有勇气的因素，而且折射出外祖父为人正直的性格。

我刚上小学一年级那年，一天放学时，因出校门拥挤，我和一个同学打了起来，我一迈进家门，外祖父就发现了异样的我，衣扣掉了，一脸汗水和泥痕。

"跟谁打架了？！"外祖父有些愠怒。

外祖父问明了情况后说："走，跟我到那个同学家去赔礼道歉。"

"我不去，多难看啊。"我抗争着。

"就得去！"外祖父急了。

在忐忑、慌乱、羞怯中，在众目睽睽之下，我吐出了"对不起，请原谅"。

"没关系，小孩子打架还道嘛歉。"同学的奶奶拉我坐下。外祖父也说了一些赔礼的话，具体是什么，我一句也没听进去，只觉两颊发热，恨不得找个地缝钻进去。

"做人要严于解剖自己……"从同学家出来外祖父说。

我当时还不能完全理解其间的含义，但我感到做错了事敢于当众承认错误是需要胆量和勇气的。

对于发现对方的错误或失误敢于直面提出，也是外祖父的风格。只是他在提意见时更注重语境和语气的把握，使对方更容易接受。而那天让我当面指出对方的错误对于还是少年儿童的我来说，真比登天还难。外祖父特意安排了一个让我提意见的机会。

那年我上小学二年级，一天我和外祖父到郭庄子大街买东西。外祖父指着路旁一个化工门市部玻璃橱窗里的书法说，错了一个字。这是一幅用毛笔书写的毛主席诗词《七律·长征》，其中，"五岭逶迤腾细浪"中的"迤"字的走之写成了三点水。外祖父让我进门市部告诉他们橱窗里的字有一个写错了。一个小孩儿向大人提意见，又是没见过面的陌生大人，我不敢去，也不愿意去，我把握不了那个场面。我要求外祖父和我一起去，外祖父还是坚持我一人去。见我不愿意去，外祖父有些恼怒，他推了我一把，我身体不由自主地向化工门市部方向趔趄了几步，我终于鼓足了勇气，推开了化工门市部的大玻璃门。柜台里有一位中年男售货员，我抬起头，向他讲明了我的来意，并将正确的字用手指写在了玻璃柜台的台面上。男售货员惊讶、惊喜般地看着我，我没听清他说了什么，也没看清他的模样，转身逃出了门市部。外祖父看着满脸涨红的我，满意地冲我点着头。我感到十分兴奋，就像刚刚打了一场胜仗，因为我战胜了拘谨、战胜了怯懦、战胜了自我。外祖父常说，看见错误的东西要敢于指出，男孩子遇到事要勇敢，不能是书呆子。外祖父的这种教育，为我后来在学生时期当班干部、团支部书记，以及在毛纺厂担任厂团委书记和在高新区负责新闻宣传工作奠定了基础。当然，正直不是唯我独尊，勇敢不是无所顾忌，做一个有正义感的正直人是外祖父对我的教诲，也是我人生不懈的追求。

福建作家赖维斌

【作者简介】

赖维斌，福建龙岩人，中共党员。1984年7月毕业于厦门大学中文系，在桂林冶金地质学院任教一年后，调至党政机关，现在深圳市工信局，职级正处。获《深圳特区报》"沙头角通讯"一等好稿、深圳市政府优秀信息员一等奖、深圳年鉴优秀作者、深圳市第六届哲学社会科学优秀成果（调研报告）二等奖、第四届"中华情"全国诗歌散文联赛金奖（《工人日报》《麓上桃花源陶潜族人地》）、第六届"相约北京"全国文学艺术大赛一等奖（中工网《瑰丽如仙境奇异出世外》）、第六届中外诗歌散文邀请赛一等奖（中国散文网《春晖成冬日感恩宜早行》）、第五届"中华情"全国诗歌散文联赛银奖（《工人日报》《寻芳大西南》）。获授"全国文艺创作精英""中外诗歌散文领军人物"。

《深圳商报》《深圳特区报》厦大人专题报道其科、创成绩，称之为"我市6年来企业服务活动唯一获奖成果"，"铭刻生活记录时代"，"创作力喷涌一发不可收"，"成为深圳文化事业蓬勃热潮中的一朵浪花"。

内刊信息获省、市领导批示24次，各体文章被人民网、新浪网、地方网、今日头条、中华诗歌网等47家媒体刊登、转载、展示。其中，6篇游记在《工人日报》登出（被中工网重点推荐2篇，人民网强国论坛收入1篇），4篇散文入选中国文化出版社作品集出版。2012年2月毕业于深圳市德修武术馆，学会少林五项全能（拳、棍、刀、枪、剑）及散打基本技术。获第十一届深圳市传统武术比赛七星拳第一名、"感恩杯"第十届香港国际武术节男子M14棍术第四名，曾为深圳市武协会员。

大地葱茏 蓝山叶红（外三篇）

——生态澳大利亚之多彩悉尼

晨曦照临舷窗，唤醒夜航乘客。

窗外，云朵洁白如绒，缀在蔚蓝天幕，云层浩瀚似海，披满金色霞光，云团矗立成峰，搭起天上宫阙；翼下，大地翠绿如翡，沐浴初升朝阳，江河蜿蜒似带，穿行峻秀群山，村庄错落像玉，嵌在锦绣幽谷。

"澳大利亚到了！"经九小时远航，客机终临南太平洋最大岛国上空，向着悉尼直进。遍地绿野，令我忆起飞越浙江、福建之满目葱茏。澳大利亚东南部，恰似中国东南部，地处温带，两面临海，紫气东来，熏风南来，植被繁茂，生态优良，山清水秀，宜居宜游，都是所在国地域精华，魅力充沛。

若言差异，与中国东南人烟稠密不同，澳大利亚东南村落不多，确显地广人稀。临近悉尼，建筑逐渐增多，却不密、不高，散落在万绿丛中，自然、疏朗，观之了无障碍，心旷神怡。该国土地较多，资源丰富，但规划部门仍有序开发，合理用地，以人为本，精心设计，注重建筑与生态协调，体现人与自然和谐，方便游客观光，优化市民生活。

悉尼，4万年前，人类即生息于斯。1770年4月，英国船长库克航海经停此地后，其文明进程加快，并如春潮涌至各地。因此，它有"澳大利亚发源地"之称。如今，这座"澳大利亚第一古城"焕发青春，不但其所在的新南威尔士州大多数人口集聚于此，而且不少跨国公司地区总部、澳大利亚企业集团、金融中心、著名大学等都汇集于此，使之成为南半球的"纽约"、国际主要旅游胜地、二十世纪福克斯大型电影制片厂所在地、第 27 届奥运会举办地。

在游轮上观赏悉尼港壮丽风光时，我探寻这座城市的魅力之源。区位优越、气候温和、物产丰饶、文化多元，使其得天独厚。湾区海水流贯东西，深绿如墨；海港大桥飞架南北，凌空似虹；歌剧院落排列海岸，开放像梨。这些珍贵自然资源、先进桥梁技术、优秀人文景观，是悉尼立市之本、强市之基、兴市之策。悉尼港西承巴拉玛特河源头活水，东连波涌浪卷的南太平洋，港内海水洁澈弘深，意境优美，水汽氤氲，沁人心脾。澳大利亚先民遂临水而居，并以此为"心"，向南向北拓出一城。海港大桥、海底隧道把两个半城融为一体。悉尼歌剧院颠覆传统的创意设计，吸引全球游客慕名而来，争睹这一世界文化遗产风采，有力促进澳大利亚与各国经贸合作、文化交流。

看游轮穿梭往来，卷起千堆雪，听海燕掠水欢歌，响穷九重霄，我深感：美丽催生繁荣，繁荣反哺美丽，两者相得益彰，共擎城市文明。

悉尼大学主楼，内外都现大片绿地。如茵草地与古典建筑相映生辉，捧读学子与徜徉白鸽和平共处，悠然入画，令人流连。我与家人从主楼西侧出来，穿过古树繁茂的校园，走到整洁安静的教工宿舍区旁，在一家西餐馆坐下，一边品味咖啡，一边"百度"这所澳大利亚最古老大学。校训为"繁星纵变，智慧永恒"的悉尼大学，与时俱进，英才辈出，仅在技术领域，毕业生就发明了心脏起搏器、B 超、黑匣子、CPAP 呼吸机、人工耳蜗、真空玻璃、Wi-Fi 无线网技术。

与悉尼大学古色古香、秀丽自然、游人如织、鸽群醒目迥异，同在一城的新南威尔士大学建筑时尚，布局工整，广场、运动场错落有致，学子朝气蓬勃，藤屋绿意盎然。悉尼大学似古典小夜曲，舒缓、柔曼；新南威尔士大学如现代交响乐，明快、奔放。秉承"实践思考出真理",这所后起的大学也"秀"出独特的风采,拥有世界首款纯硅量子计算机芯片、2016年世界最高效率光伏太阳能电池、卫星 UNSW-EC0 等。

我注意到两所大学均无围墙。据悉,澳大利亚大学都不设围墙。这一"奇"景不仅还绿于民,体现亲和百姓,而且展示开放,彰显安全自信,需基于严密法治和良好社会条件,因此多出现于发达国家,在发展中国家则难"复"制。

澳大利亚居民乐享原生态,也欢迎游客分享原生态。当我和家人入住蓝山一木屋时,高大的森林成了无言的邻居,但鸣啭的群鸟打破了沉寂,它们列栖枝头引吭高歌,齐齐唱出"迎宾曲",使我顿感鸟儿友爱人类,人类应善待动物。几对鹦鹉追逐、嬉戏,左右穿行,上下翻飞,如入无树之境,欢声笑语响彻林间,柔情蜜意洋溢空中。秋日把森林照得通红,仿佛新娘披上红装;气温骤然升高,恍若村姑脸上飞起红晕。这是瑰丽的场景,也是幸福的时刻。然而,不做万里远游,哪有如此收获?世之"非常之观",常馈"有志者"。秋风萧瑟林间,白云舒卷碧空,空气格外清新,精神为之澡雪。此时,我理解了木屋主人以森林为家园的初心。尽管后来他们迁至城市,出租木屋,但屋内家具一样不缺,用品齐全,方便各国游客完整体验澳大利亚山居。当我弹奏钢琴,琴音悠扬,飞至林中,不知城里的房东能否听到。愿青鸟捎去我和家人对屋主的感激。

蓝山风景区,视野极开阔。触目皆是火红的枫树林,把百里原野"烧"成红霞一片。我见过神农架斑斓秋景,那是高山的"盛装",需翻山越岭才得以领略;蓝山枫树林却生长在较平坦的旷野上,"织"出大地的"彩衣",便于游人随心观赏。从蓝山观景台瞭望,远处几座雄伟的大山连绵开去,似断实连,不时呈现蓝色的景象。令我不解的是,一处蓝山,竟有红枫与蓝景并存。

多彩悉尼，彰显澳大利亚魅力，蕴藏地球奥秘。

绿野平旷　雅舍温馨
——墨尔本农庄春游

每见深圳花红草绿，我总想起去年国庆期间游墨尔本农庄的情景。

因南北半球季节相反，10 月鹏城层林尽染，墨市却百花齐放，和煦的春风吹绿了郊野，金色的阳光照亮了翠林，平旷的草原漫涌向远山，笔直的道路遥指着南极，我的心仿佛飞越农庄，驰往更远的地方……

不过，那片凝寒的大陆不是本次旅游的目的地，于是我收回心来细察两厢：

蓝天白云映照下，原野风光旖旎，古桉树影斑驳，青草茵茵发亮，未见牧童横笛。牛低头吃草，一嚼一嚼，品味甘甜；羊体毛绵密，咩咩叫着，满山寻觅；马甩甩尾巴，竖竖鬃毛，迎风站立；鸟啁啾灌木，穿越树丛，振翅碧空。扛过冬天的动物，倾情大自然怀抱，尽享春日的欢欣，活泼远甚植物。

从墨尔本国际机场，到该市南郊农庄，车行约一小时。车主即农庄主，健硕的体魄使来客不敢相信他已 79 岁。驱车转行几段郊区公路后，他手指远方一抹蓊蓊郁郁的森林，不无自豪地说，他的农庄在那附近。

穿过柏树侧列的夹道，来到一座方正、典雅的民宅。车从宅后碎石铺就的停车坪开过，缓缓驶入宽敞的车库。一位 70 多岁的女房东笑声朗朗地迎了过来，此时我恍若见到撒切尔夫人。原来，庄园主夫妇均系英格兰后裔，家族移居墨尔本已传数代。

放下行李，两家游客即在房东热情引导下，兴奋地观赏了农庄大院。大院颇具规模，涵盖东南北域，围墙有实有虚，可睹远山风采，花树盛放满园，桌椅配置雅致。细心一看，大院侧门还披挂红花绿叶，洋溢浓情蜜意，使人如临婚纱摄影基地。

此宅坐南朝北，呈王字形结构。南北各有两房，均连会客室；中部餐厅、厨房各二，其一摆放一台木质钢琴，另一置放一橱家庭组照；会客室、餐厅均设壁炉；长廊笔直，贯通南北。客房居南，为抵挡南极刮来的寒风，在南院之外砌了砖墙；主房居北，为接纳赤道吹来的暖气，房外不砌围墙。宅东大花园木栅虚横，铁门镂空，尽纳紫气；宅西停车坪柏树森严，列成厚屏，足抵烈风。谁能不认为这是高雅、温馨的理想居所？

午餐，吃英格兰风味食品（如炸鱼薯条等）。房东的饮食习惯，延续了祖籍国的传统。外来移民带来不同的饮食习惯（如意大利比萨、美国烤鸡、中国火腿、日本料理等制作和食用），使居民的生活情趣更趋丰富。墨尔本现有233个国家、地区的移民，使用180多种语言。海纳百川，使该市文化异彩纷呈，服饰、音乐、电视、电影、舞蹈等均领潮流。

"你见过袋鼠吗？"女房东问。看我听不懂她的话，她就弯下腰往旁边一跳，一跳。我恍然大悟，急忙答："没有。"于是，农庄主驱车几十公里，把两家游客带到袋鼠公园。此地，天空格外蔚蓝，白云悠然飘过，碧湖春波荡漾，古树映日生辉，但我一心寻觅袋鼠，不太在意如画春景，终于在疏朗的林木下，在泛青的草地上，始见袋鼠真容。袋鼠像一只特大的老鼠，但可单腿独立，育儿袋可容一只幼崽，行走一顿一顿，喜欢趴在草地晒太阳，这时远看又像羊、狗。见我们走来，袋鼠抬头观望，神情惊恐，胆小的大步"顿"离，胆大的原地不动。

公园游归，再探庄园。房东领我们去看未至的院场。沐浴夕阳余晖，南院美景尽展：

　　金橘挂果青枝，红瑰掩身绿叶；青松夹道成荫，弱柳垂地为丝。郁金香含苞欲放，君子兰摇曳生风；油菜花灿若繁星，夜来香润物无声。

　　我以为这个农庄就一宅三院，附停车坪。房东驾越野车载客人去赶羊回圈时，我方知庄园连着浩瀚的牧场。几平方公里的青青牧场，绿锦般铺展在平坦沃野，棋盘似网格为十块区域，与茁茁茂树、郁郁远山、悠悠碧空，立体成画，意境高远。由于栅栏区分，农庄主每至一域，都先下车打开栅门，在牧羊犬的辅助下，让400多只羊有序通过，后关闭栅门，鹞子翻身上车落座。耄耋老人身手敏捷，管理有方，使客人无不惊叹！

　　我不禁沉思，这对老人儿孙满堂，又有国家高福利保障，本可迁居城内，安享晚年，却扎根远郊，勤耕荒原，不惧寂寞，不辞劳苦，为社会创造财富，让自己诗意栖居，使我想到搏战深海巨鱼的倔强老人，又使我想到醉心田园风情的出世诗人。

暾出晓云　澜起碧海

——黄金海岸穿越体验

　　银鹰在墨尔本上空转了一个弯，向着布里斯班飞去。秀丽的城市、湛蓝的大海淡出视野，多彩的原野、黛青的远山映入眼帘。航班在布里斯班落地后，旅行团转往黄金海岸旅游。

　　凌空御风，赏心悦目。凌晨4时，四野漆黑，万籁俱寂，旅行车悄然驶向黄金海岸热气球飞行点。45分钟后，在昆士兰热带雨林一处旷地，热气球飞行点赫然呈现：一个巨大的红色球囊侧放在宽阔的草地上，一套完备的加热器正向球囊之内喷射白炽火焰，一辆结实的指挥车紧紧牵引着加热器。随着形体渐趋丰满，球囊逐渐矗立起来，颇似一个硕大灯泡，玲珑、彤红，照得草地一片辉煌，在墨黑树林、暗蓝天空的衬托下，格外醒目。技师一声令下，20多名肤色各异的游客，都迅速进入气球下藤制吊篮，分别就座四个舱位。气球脱钩而起，凌空直上，留在草地的指挥车越看越小。蓦然回首，忽见一无人机悬挂空中，紧随气球，实施全程摄像，乘客顿感夜空不寂寞。在技师熟练的操作下，气球御风而行，掠过山峦环抱的城镇，俯瞰河流蜿蜒的村庄。由于得到逐渐明朗的曙色辉映，地上风物渐显清晰：半亩圆塘一鉴开，长河岸树列两排，绿茵草地披锦绣，红顶民居焕赤彩。远处的黄金海岸高楼如木，疏朗有致，托举一轮朝日喷薄而出，把橙黄色的阳光染遍东方的天空。当我亲睹城镇和村庄，在晨光的召唤下，从睡意蒙眬中渐渐醒来，感到勤勉有益，大自然公平对待人类，人生应只争朝夕。

激浪旋艇，惊魂动魄。上午10时，黄金海岸，快艇列阵金沙码头，如骏马扬鬃渴望驰驱。有"海上轻骑兵"之称的喷射快艇，果然身手不凡，在波涛汹涌的大海上如履平地，纵横驰骋，畅行无阻。无论是凌波起伏喷射顿挫，还是尾部甩出大滑移，甚至是360度连续回旋，它都应付自如，游刃有余。波浪一片一片掠过快艇，乘客一阵一阵爆发惊叫，但见驾驶员娴熟操控，沉稳如磐。在完成多个回旋之后，驾驶员熄火快艇任其悠游，笑问乘客"痛不痛快""再来一次"？仿佛此时不在波涌浪卷的瀚海，而在居风和日丽的闲庭。喷射快艇驾驶员都经严格训练，考证上岗，其高超艇技、过人胆识在大风大浪中同步练就，宽阔的海面成其巨大的砺石，壮丽的港湾为其出彩的舞台。冲浪、快艇，作为惊险、刺激的运动项目和旅游体验，迸发出人类创造的活力，凝聚着现代科技的成就，风格雄奇，形象峻美，在世界各国优美近海如花绽放，然而，若论规模之盛、声誉之隆，澳大利亚堪称一流，无愧其全球最大岛国的地位。令人惊喜的是，在快艇疾进的征程中，竟有海豚相伴！在艇边一米处，它跃出海面，凌空前行几秒后，落入海中，不见踪影。正当乘客失望之时，前面一只海豚忽然跃起，像先前的海豚那样演示一番。如此情状，三次出现，使乘客不能不信，海豚对人类是友善的。如果大海真是人类的故乡，那么海豚就是人类的旧友。

漫步濯足，沙黄水清。下午2时，旅行团来到黄金海岸的中心——冲浪者天堂，延续我们与海的前缘。天空蔚蓝，大海湛蓝，潮水清澈，沙滩浅黄，一幅色彩分明的风景画展现眼前。多国游客纷至沓来，欣赏此"画"：漫步金沙，游目骋怀；濯足浅水，神清气爽；投身碧海，心潮逐浪；卧体沙滩，沐日观云。此时，大海开始涨潮，碧波澎出层层雪浪，彩旗卷起缕缕春风，轰鸣之声不绝于耳，清凉之水漫溢沙滩，仿佛载歌载舞盛情欢迎五洲宾朋。游客们欢呼雀跃，庆幸圆梦……这是精美绝伦的海岸，世界著名旅游胜地，为实地体验此境，多少人倾其所有！然而，万里远游的收获，岂止岸水之乐？沙滩洁净无比，海岸畅通无阻，从中不可管窥东道主法治严密，规划科学，甚至立意高远，格局宏阔？窗外世界，精彩频现，可学可鉴，黄金海岸即为范例。反观我国一些海滩，虽拥背山面海之位，却无洁沙净土之境，甚至素称"东方夏威夷"的魅力海滩，一夜之间被五星级酒店独占专享，令前来透气、观光的市民、游客都大失所望！鉴于海岸为稀缺、珍贵的国土资源，国家有关部门应严令禁止企业对其掠夺性开发和垄断性私享，并立法严格保护，使之成为大众共享的美好世界。

登高望远，城阔岸长。因受气流、温度、地形等条件的限制，热气球只能于晨、夕两个时段在郊区凌空，乘客也就只能早、晚看到村镇景致，但登高却可随时一览城市风貌。下午3时，旅行团乘梯直上黄金海岸Q1大厦（寓意昆士兰第一高楼），在

322.5 米高的顶层观景台，环睹城市绝美风光，成员无不心旷神怡。该市内河矫若游龙，蜿蜒多姿，滋润了两岸空气，带起了一路繁华。在灿烂的阳光照耀下，黄金海岸的古老民居与现代建筑分区并存，似泾渭分明：前者房舍较小，多桥相连，水汽氤氲，波光粼粼，恍若澳大利亚威尼斯；后者琼楼高耸，间隔有度，紧邻碧海，时尚新颖，崭露都市之盛景。黄金海岸全长 42 公里，立于 Q1 大厦之巅，观南望北，都不见尽头，唯见碧海蓝天一线牵，高楼大厦驻其间。

一座城市，多个景区，固未足奇，但能提供空中、海上穿越旅游，使游客见闻丰富、体验深刻，则值称许。黄金海岸，就是这样一座城市。它因岸沙金黄而得市名，又因岸线漫长令人神往，不负得天独厚，无愧游客期望。

波涛飞雪　雨林滴翠

——热带城市凯恩斯览胜

凝碧的波涛澎湃出雪浪，含翠的雨林滴灌出幽潭。

鲜酥的牛肉飘逸着浓香，袖珍的小岛隐藏着墅院。

凯恩斯，热带风情浓郁。仲春时节，许多地方春寒料峭，它却暖如初夏，触目皆是树木的青翠，满耳都为雀鸟的欢歌，空气中弥漫着芬芳的气息，街道旁错落着纯白的酒店。入住邻海酒店，夜闻街道对面演艺厅劲歌热舞，晨见客房窗外一屋顶如砥如茵，至楼道看蕨类植物崛起中庭直插云天，出酒店赏热带雨林葱茏海滨遥接远山，我分明感到：作为澳大利亚东部最北城市，凯恩斯靠近赤道，早迎春暖，早出夏意，热带城市名副其实。

上午 8 时，旅行车行进在通往道格拉斯港的海滨大道。大道朝北，全程 70 公里。东望烟波浩渺的大海，西看山势逶迤的群山，我的心如沐春风。因坐左边车位，尽览郊区风光：雨霁云收，山明野秀，林茂宅端，田平物阜。甘蔗金黄耀眼，等待收割，叶随风起，如在招手；成林成片，方正呈现，似在列阵，接受检阅。蔗糖、水电，是凯恩斯在商业、旅游业外两个重要产业。当我憧憬甘蔗丰收时，路边两辆坦克猛然入目，像要横冲过来，使我暗吃一惊！定睛一看，它们原是旷地展品。然而，两辆坦克炮筒昂起，炮口一致，高低成阵，迷彩浓重，仍显威风凛凛，引人注目。"忘战必危"，国防教育应常抓不懈；"好战必亡"，战争狂人都玩火自焚。当地政府建此景点，正如在凯恩斯公园矗起纪念碑，旨在警醒世人保卫祖国、珍爱和平。二战期间，盟军曾以凯恩斯为前方基地，进行太平洋战争。硝烟散尽，情怀依旧，这座城市值得尊敬！

道格拉斯港到了。我没看到它壮阔的全景，但已一览其清丽的一隅。一艘艘游艇排列在宁静的水面，如一条条琴弦横陈在秀美的琴体。琴弦应激旋律顿起，空中可闻悦耳天籁；游艇应召驰骋而去，海上可睹动魄奇观。蓄势待发，贵在有备；此时无声，已蕴绝响。

旅行团乘船出海。两小时后，阿金考特大堡礁呈现眼前。以各色礁盘为底，海面异彩纷呈，恍如玻璃铺于画桌，光彩照人。阳光越来越强，大海越来越美。蔚蓝的天空翩飞着海燕，凝碧的波涛澎湃出雪浪。全团成员都入半潜艇，观看水下世界。鱼在舷窗扑闪，双目注视乘客，而后摆尾游离；海藻舒展长袖，起舞弄出清影，龙宫若现嫦娥。海上平台构有三层，顶层用于观光，中层提供餐饮，下层设置泳场。犹豫以后，我终于鼓起勇气投入泳场。与海联通、生生不息的一汪碧水，犹带寒凉，却很澄碧，不但令人沉醉，而且富有情趣，大小不一、颜色各异的海鱼游弋其间，不惧泳客，甚至与人擦肩而过，显示海洋世界的热闹、人与动物的和谐。开放包容的世界生机勃勃，封闭保守的地方死气沉沉，大自然以泳场的形式启迪我们，路该怎么走，人该怎么做。

凯恩斯自然景观优美，生态旅游兴盛。大堡礁凸显海之瑰丽，热带雨林展现山之葱茏，双双成为世界自然遗产，吸引各国游客慕名而来。当我胸中尚在澎湃南太平洋的碧波雪浪，眼下却又摇曳最古雨林的青枝绿叶。空中缆车向着山峰行进，右瞰棕榈湾背山面海，华宅平整，旷地金黄，风光旖旎，就想再来此城时，到这度假胜地一游。在红峰站下缆车后，凯恩斯华人导游王昱星引领旅行团至步道观光，她手指一棵参天大树，介绍树上多种动植物共栖一巢，让游客大长见识。此处树木高大，气根发达，青草茂盛，有的草还生在树上，已显奇特，鲜花难觅，则更费解。或许参天大树遮天蔽日，对花生长不利。当旅行团换乘续行缆车到达拜伦站，成员个个兴高采烈，直扑开阔的观景台：对面山上瀑布飞泻、层层跌落，峡谷深处积水空明、处处幽潭。瀑布旁边，复古火车停车坐看山水盛景，恍如一道彩虹飞悬山间。我庆幸是在春天来，又值天晴时，见到此瀑柔软、洁白的身姿，瞰到此涧宁静、澄碧的潭水。假如是在夏天来，又当暴雨后，此瀑、此涧会是怎样一种状态？在往终点站库兰达的缆车上，目睹一望无际、郁郁葱葱的热带雨林，我的思绪像拜伦河般绵绵不绝……这是世界最古老的热带雨林，有 1.5 亿年的历史，在漫长的植物进化历程中，它经历多少岁月的风雨，又遭受多少野火的焚烧，无从知晓，然而，其生存毅力之顽强，其生命活力之充沛，却是可感可知的。而其与湿地吸收二氧化碳，释放氧气能量，净化地球，美化环境，泽被万物，造福人类，更具卓越功勋！人类是万物之灵，也是森林之子。因此，我们应摆正与森林的关系，感恩森林，敬爱森林，保护森林，培育森林，永远与森林同呼吸、共命运。

中午在一处风景秀丽的牧场就餐。旷野栅栏外，几十头牛在悠闲地吃草。当鲜酥的牛肉香飘大厅，我明白佳肴的出处。澳大利亚重视发展畜牧业，羊群似烟霞弥漫山峦，故该国有"骑在羊背上的国家"之称，而"酷牛"也是其推广的品牌。

下午 3 时，我乘坐直升机俯瞰大堡礁。坐船两小时抵达之境，乘机 15 分钟即可领略。从空中瞰到的大堡礁景致，不及从海上亲历的优美。交通方式不同，旅行效率就不同，这是容易理解的，然而，审美感受也随之各异，却是出乎意外的。倒是之后一袖珍小岛上，茂树围裹一四合院，令人惊艳！笔者曾记游麓上桃花源，现该览胜海上桃花源了。

黑龙江作家吕敬奎

【作者简介】

吕敬奎,黑龙江省大庆市肇州县高级教师,黑龙江省诗词学会会员,肇州县作家协会理事。喜好文学创作,酷爱古典诗词、现代诗歌和散文创作。多篇作品散见于网络文学平台和文学期刊。潜心驭文字,握笔写生活。

斑斑小路串串情

年逾不惑时常留恋过去,回忆中有美好也有苍凉,有幸福也有悲伤。只有童年的乐趣迎着日影落霞,绕过青杖篱笆,欣然而至。陌野千景记,庭院百象新。片片图景映出,历久不散。男孩子的童年就是在跑跑跳跳中度过的。我的童年里有这样一条小路,陪伴我来来往往,反反复复,跑过春夏秋冬,走过花开花落。小路很短,亲情悠长。

这长不到五十米,宽不到两米的小路,一侧是高一点院墙,另一侧是矮一点院墙,连通的是我家和爷爷奶奶家。我家在前院,爷爷奶奶家在后院。自姗姗学步开始,我就在这条斑驳不平的小路上跑跳着成长。从看不到园内景色,到高过土墙半头,这里的点点滴滴都让我记忆犹新,永远留在我灵魂的深处。

春季里伴随着卷起漫天尘沙的朔风,跑过小路。路上留下串串纳底鞋的小脚印儿。来到奶奶家,用手撑住炕沿儿,双脚向上一跳,膝盖勾住炕沿边就上来了。躺在热热的火炕上,温暖舒服，除去了初春的寒冷。奶奶总是问我："冷不冷啊，吃饭了吗？"我总是回答："不冷，吃完了。"奶奶做什么都好吃，当然在我的跑跑跳跳中什么都没少吃。最想吃的是奶奶做的炖豆腐、茄子酱和豆角炖倭瓜，用大铁锅烧柴火做的菜都是舌尖上的饕餮，味蕾上的佳肴。

奶奶家有一只白底黄花纹的老狸猫，是个捉老鼠的能手。院里院外，左邻右舍，屋内仓房都有它灵活的身影，锋利的爪子擒鼠无数。这里是它的领地，它就这样无声无息地守护着。大家对它都很好，我就更喜欢它了。躺在炕上，它总是躺在我身边，懒洋洋的。我也喜欢逗它，用笤帚疙瘩假意打它，它则用它的爪子回应着，也不跑，就躺在那儿，任由我挑逗。我最喜欢将它四脚向上平躺着，用手不停地抚摸它的下巴，它就更加温驯地一动不动了。

我是一刻也闲不住的，躺一会儿就跑着出来了，奶奶总是喊着："没一会儿消停的，又跑了，慢点，别摔着。"

小路上的每一处土我都再熟悉不过了，墙根底下，把土聚在一起，堆出各种形状。在小路上和小伙伴们玩扎鱼、弹溜溜、弹杏核、下五道等各种游戏，每项游戏都是那么让人着迷，和现在每天宅在家里玩手机的孩子比起来，这些都是最健康的游戏。

我爱先跳上鸡窝，再跳进院子，每次向我招呼的都是那条摇着尾巴示好的大黄狗，因为我有什么好吃的都不会忘记它，它也忠实地看护着家里的一草一木。

夏天雨水会将小路浸泡，泥泞难行，可是这也不能阻止我的来往。由于路上水太多，跑是不可能了，只能用手攀着墙头上的篱笆杖子，小脚沿着墙根一点一点地挪动，走过之后布鞋也就湿了大半，身后留下一串整齐的横脚印儿。有时稍不注意就会掉到水里，弄得鞋上都是泥，脚上全湿了，幸好没有袜子，脱了鞋一会儿脚就干了。

在小路上玩蚂蚁别有一番情趣，用细草秆儿捅蚂蚁窝，看蚂蚁贩蛋，把一只蚂蚁用土圈起来，看它能否找回家，玩得不亦乐乎！

经过小路跑回家时，我还会到牛棚拿青草喂牛，我喜欢那个老黄牛，从不凶人，我就把草喂给它吃，即使用草捅它鼻子，它也不急，只是甩甩头。不喜欢那个黑牤牛，脾气暴躁，总爱打架，它在屯子里是出了名的顶架高手，几乎没有对手。有一次村里一户人家新买来一头大黄公牛，在放牛时和它打了一架，它被打败了，回来后几天不爱吃草，父亲急坏了，给它的草里加了很多玉米面和麦麸子。没过几天它俩又打了一架，这次黑牤牛完胜，把那头牛的一只犄角都给撞断了。

有时我会径直地跑到奶奶家的里屋，看哑巴三爷爷吧嗒、吧嗒地抽他的旱烟袋。他也会把烟袋递给我，让我抽几口。我只需抽一口就咳嗽不止，呛得满眼是泪，他就会哈哈大笑起来。哑巴三爷爷干了一辈子农活，爱喝酒，脾气不是很好，但心地善良，手也很巧，只要你用手语夸他，他就什么都给你做。他的剪纸可以说大师级的，我最喜欢他剪的猴子家族，一张纸一剪子下去，打开一看，老猴牵着小猴，大猴抱着幼猴，形态各异栩栩如生。他编的东西更是好玩，用谷草拧鸡窝，用柳条编筐，用榆树条编各种生活用品都很精致，尤其用麦秆拧的蝈蝈笼子，像玲珑宝塔，甚是好看。

秋天的小路上铺满了落叶，有杨树的、榆树的、柳树的各种叶子从园子里，房前屋后飘散到小路上，每次跑过踩在上面沙沙作响。我总爱从中选一些好看的叶子留起来，还会捡一些粗壮的叶梗和小朋友们拉叶梗比赛。从园子里伸出的李子树结满了甜甜的李子，果树结满了酸酸的沙果，这是最诱人的零食。那时的果子你就随意摘着吃都不会有虫子的，真可谓是纯绿色食品。

每天午饭的时候我吃得最快，吃完飞快地跑到爷爷家，躺在火炕上看他喝酒，这对我来说是一件很享受的事。爷爷原来的牙没几颗，基本都是镶的牙，却最喜欢啃骨头。什么鸡爪鹅掌、猪脚羊蹄、马脸牛头、各种杂鱼，任何难啃的骨头，他都能啃得干干净净。那种牙齿敲击骨头、咀嚼脆骨和咂巴鱼刺的声音，咯咯吱吱、细细碎碎的，让你的耳朵感觉到痒痒的舒服，再抿上一口烧酒，这种听觉享受远胜过视觉的冲击，堪比任何抚慰心灵的舒缓音乐。以至于我参加工作后，也要买些他喜欢的呇兄呼气的吃食儿，躺在炕上听他喝酒。这可能是童年时留下的瘾吧，让人欲罢不能，回味无穷。

每天中午十一点半都要和爷爷一起听收音机播放的评书联播。从评书里我知道了单田芳、刘兰芳、袁阔成、田连元，知道了《封神演义》里骑着四不像的姜子牙，《白眉大侠》里手持金丝大环刀的徐良，《三国演义》里六出祁山的诸葛亮，《杨家将》里大破天门阵的穆桂英，《水浒传》里的及时雨呼保义宋江。知道了上古大仙太上老君、元始天尊、通天教主和十二上仙；知道了一吕二赵三典韦四关五马六张飞七黄八魏九许褚周瑜排在第十位；知道了三十六天罡星和七十二地煞星的一百单八将；知道了七郎八虎、八姐九妹、烧火的丫头杨排风；知道了武圣于和于广源、八十一门总门掌普渡、长发道人雪竹莲、金灯剑客夏遂良、万年古佛、白老白衣子白衣小剑魔、飞天魔女龙云凤……

各种文官武将和仙侠剑客的名字熟烂于胸。有时收音机信号不好，杂音太大，就要不停地调整收音机的位置，因为落下一回，都会感到特别懊恼和遗憾。如今在网上可以随意听，可是再也找不到那种感觉了。

冬天的小路光秃而干裂，没有生机，只有落上厚厚的积雪才变得好玩起来。穿着面包似的布棉鞋，踩在上面留下一串串深深的脚印儿，我总是留下第一串脚印儿，也是留下脚印儿最多的那个人。鞋后跟和前尖上会形成个冰疙瘩，走起路来一歪一歪的，穿上买的大头鞋就不会这样，但那是很奢求的愿望了。堆雪人、打雪仗，在雪上画图画也是很好玩的，虽然根本不会画什么，但那是童年头脑中的最美画卷。

我最怕家里的大公鹅，这家伙真是六亲不认，只要进入它的领地，就一定追着你，长长的脖子贴着地面，嘎嘎嘎地叫着，扑棱着翅膀，用嘴啄你。搞得我每次看到家里这几只鹅都绕着走，那也被它袭击过好几次。每次我哭喊着让母亲杀了它，母亲总是劝我说："鹅蛋多好吃啊，没有鹅哪来的鹅蛋啊。"有一次它把我的鼻子上的皮都啄掉了，这次父亲真的杀了它，吃着香喷喷的鹅肉，我还在想："要是能多有几只这样的鹅，是不是可以天天吃鹅肉了？"用这个法子，我还吃过几只大公鸡的肉。现在感觉那时的想法好幼稚，但不管怎样，在那个困苦的年代能吃上一次肉是最幸福的事了，有这种想法也不为过。

童年的场景里，父亲和母亲总是在不停地忙碌着，早出晚归。忙着一家人能吃饱饭、穿暖衣。我有时也能帮母亲烧火，坐在小板凳上领着弟弟妹妹。记得母亲就用灶坑里的余火给我们烤土豆吃，记得父亲在火炉的炉盖上给我们爆玉米花吃。日子虽苦，但无忧无虑，一家人在一起温馨幸福。可是时光不能倒流，这种美好再也回不去了。现在每每给女儿讲起那时的困苦生活，她总是一脸茫然，似听天书，这就是时代不同产生的文化认知吧！

一晃四十年过去了，如今的小路已经不复存在，只见参差不齐的树影和破旧倒塌的老屋。和我最亲最近的几位亲人也都逝去多年了。再无温驯懂事的大花猫，再无摇尾示好的大黄狗，再无哞叫觅食的老黄牛。再也闻不到三爷爷呛人的旱烟味了，再也见不到爷爷喝酒的样子了，再也听不到奶奶亲切的唠叨了，再也感受不到母亲的爱了……

这短短窄窄的小路留下了我无尽的思念，将我童年的美好定格在这串串脚印之中，轻轻浅浅，越发清晰。如今每天都要走在路上，或行色匆匆，或驻足观望，但再也没有那份童趣了，再也没有那份纯真了，也许只有在梦里才能走向那条小路，也许只有在梦里才会走近那条小路，也许只是也许罢了。

云南作家王丹

【作者简介】

王丹，哈尼族，出生于中国普洱茶第一县勐海，现为勐海县作家协会理事。爱好文学艺术，业余时喜欢烹一壶茶，聚三两志趣相投的挚友，在茶香中听壶寻味，穿梭字里行间体悟百态人生。

勐海之秋（外四篇）

世人总叹素秋带殇，厚了金色薄了葱茏。寒风借来的枯叶成了秋最醒目的素材，装典出别样的清凄，云蒸霞蔚秋晖灼灼。眨眼春去着笔秋来，随处可见零零散散春的遗梦。择一处海，轻舟和帆向着无际蔚蓝漂荡。

勐海的秋，中庸到让人容易略过，没有夏的棱角与冬的威风。勐海的秋，我眼中未完成的画作，怀旧色的画风混沌且花哨。

勐海的秋，频繁的雨不经意地助力摇曳风中待落的"知秋"们。若用形状来比拟四季，我想秋定是圆的，中秋的满月光照人间团圆夜，春时播下的希望此季也已瓜熟蒂落，圆满地又轮了一回。

落叶与风和鸣，讲述着禾苗与火的故事。沸水与茶相遇，传递着苦涩甘甜臻味之道。一缕暖暖的斜阳，一堆实实的收获，一杯淡淡的清茶，一份浓浓的乡愁。品着品着，拿起也能放下，走着走着，回眸也目及前方。

风的吻痕

顺风之吻，卧短草无数，乱细碎如剑，风中摇曳寒灯微盏，风疾瘁倒无援孤寡。我吻逆风，举步维艰，前路混沌，撕开逆风的嘴穿过阻力，一切生机藏于风后，擒风捉浪，风停浪息，万物归宁。

中国红

初春的江山俨然一幅生机勃勃的美卷，高山顶上开满红艳艳的花，在中国人的传统认知里，红即是喜。

年年红、岁岁红、本命年红、喜结良缘更要添红增喜。红包包裹着长辈的祝福、春联墨染出新年愿景，爆竹驱赶走旧岁浊运，大红灯笼高高挂，张灯结彩慰藉初春的寒凉，一派浓情唤醒寅月的猛虎，在华夏厚土上步步生威。

那醒目的红把一次次节日渲染得格外喜庆，如果用一种颜色代表中国，我想亿万炎黄子孙的脑海中必然飘过一抹正红，大气且激情，神秘且祥泰，显然中国人约定俗成地相信红色能庇佑苍生，退恶迎善。

春运期间操着各种口音的国人挤破头皮也望能踏上回家团圆的路，散落在九百六十万平方公里乃至海内外的七魂六魄将归心一处，带着浓厚的思念与乡愁，如归巢的鸟儿飞奔回红红火火的家。

再过几天祖国大地将一片红装素裹，最隆重的大年将至，那一抹红韵与黄皮肤交相辉映出艳惊四座的气场，红情绿意装点出新春最耀眼的繁华，予那早春萌萌的绿，两情相悦的暖。

看今朝，穿新衣、大鱼大肉的饕餮盛宴早已不是春节的专利，我们这代人更是在衣食无忧中成长起来的，对于年的喜点大多不再来自几件新衣与美食。反倒是一家人围在桌前唠唠家常，暂时放下手机，沏上一壶普洱茶，共同品鉴时光，在苦涩甘甜里复盘一年的得失更加让人深感愉悦，同时也在为自己积蓄来自亲情的能量，更好地应对处世的不确定性，这些或许才是年的真义。

忆往昔，湛蓝的天空下飘扬的五星红旗承载着一段激情燃烧的岁月，先烈们的一腔热血曾肆染我们脚下的净土，革命的星星之火燎烧杂草的干脆与果决，才换回如今的太平盛世，红色基因传承着一代又一代的赤诚，续写着一章又一章辉煌，勇攀一座又一座高峰，太夺目、太深远、太不敢轻忘。

如今举世瞩目的中国红已酿成国人心中共同的梦，成为盖在心间的印章、凝聚骨肉的青塚，摆渡灵魂的扁舟，映红了每一张黄色的脸。在只争朝夕不负韶华的时光里，愿我们一起守护着心中的信仰，忠诚印寸心，浩然充两间，余年安好，常喜常红。

甜蜜的负担

一口好牙吃嘛嘛香，吃遍五味三江。几颗蛀牙念嘛嘛伤，无味头疼心伤。关于蛀牙的梗，上点年纪的人可能都会想到那句耳熟能详的"都说牙疼不是病，疼起来真要命"。是啊！要命啊！要命！

由于小时候我特别喜欢吃甜食，比如什么蛋糕啊、各类糖果、巧克力啦，简直就是无甜不欢。甜品确实能完美地诱惑到我，因此我便有了几颗甜蜜的负担——蛀牙。

我们对蛀牙俗称虫牙，还记得第一次牙痛，半边脸肿得像含着个鸡蛋咽不下去，我当时就想，那些可恶的小虫子是怎么到我的牙齿里开疆拓土建巢安家的？带着这个疑惑我对着镜子反复拉近特写地看啊看，就是始终只见其开垦的痕迹确不见其虫影。自证无果，我便直接问我妈虫牙里怎么没见虫？我记得我妈当时回答我要用显微镜才能看到，她老是苦口婆心地督促我要认认真真按时按量地刷牙。于是乎在我心里暂时就把只要认真刷牙就能多吃糖画上等号，导致后来不得不常到牙医那报到。

小时候对医生和医院的味道是敏感且恐惧的，和后来的白衣天使、妙手回春、救死扶伤简直不沾边。最怕就是给我打小针的医生和牙医，他们总是和颜悦色地慢慢靠近你，试图打开你的心理防线，手持利器却满嘴的软言慰语："乖！来，我一定轻轻的，就像小蚂蚁咬了一下，一点都不痛。"说时迟那时快，话音未落已进入实操环节，我看到一个小电钻正向我靠近，医生熟练地为我"除虫"，小电钻在我的蛀牙上神速地自转起舞，医生的神操作三下五除二熟练地为我制造着所谓的"蚂蚁咬的痛"，至于我的感受嘛，反正张着嘴也不太好哭。最后医生为我敷上一种难闻的药把洞口封上，好像武侠片里触碰了某种机关，石门瞬间死死地堵住了，洞里的出不去、洞外的进不来。那药的味道直到现在我也记忆犹新，那是爱吃糖的代价。

长大后"小虫们"复活造反过一两次，被镇压后就再也没兴过什么风浪。时过境迁，那种茶不思饭不想的痛总会提醒我，一些甜蜜确实是需要付出代价的，比如蚂蚁想要吃蜜罐里蜂蜜，就要承担着被蜜汁淹没的风险、管不住嘴又迈不开腿的人要承担发胖和不健康的风险。但那又怎样，蚂蚁见到蜂蜜肯定义无反顾，这世上愉快的胖子也不在少数。

成年人的世界总是需要更多的约束与隐忍，生活与阅历教会我们主动克制自己的欲望，不去过度地消耗自己、为难别人，有边际与底线地活。特别是知道甜品吃多了对心脑血管和皮肤都不好以后，我甚至改变了自己的口味偏好。好身体让我们的灵魂能创造更多有趣的事，成为我们见证春夏秋冬的资本，尽力维护好身体也算为了稀罕我们和我们稀罕的人尽一点责任。

这或许就是成长，我爱但伤我者，偶尔亲近之不过度依赖便可。浅尝辄止，依然很甜！但不让甜蜜再次成为负担。

童年的山谷

寻着阳光蒸发出的花香，低着头踩着被风左右的树影，慢慢被花团锦簇温柔地簇拥着，仿佛这山谷记录着童年的回忆与欢畅。

折一束初绽的樱花，或戴在头上，或遮住半张被骄阳灼出红晕的小脸，赤脚奔跑出尘土飞扬的朦胧小道，尽情地在天地间撒野。

逆风跑累了，连呼吸都有泥土的清香，此时抬头看天，风以云作画，时而策马奔腾，时而烟雨行舟，时而妩媚妖娆，时而随笔云书。

仰视久了也累了，低头身旁便是及膝的小池塘，清澈得能看到脚丫子撩拨着水底的碎石和水草，小鱼肆意地吐出一串串水泡花，在阳光下透着五颜六色的彩。稍不留意，小鱼更顽皮地从我双腿间游过，得意地摇着尾巴。我的到来打破了小池塘的常态，打破了山谷往日的宁静，那双和着池底稀泥的小脚印，也随着回忆深深地刻进我心底。

一群孩子在天地间大声地唱着山歌，歌声撞到山谷的同时也奏响了宛若天籁的多重乐章，层层叠叠、余音袅袅。看向远山，那些本需勇气与毅力才可到达的顶峰，此刻正被我稚嫩的小手轻而易举地游走着。

看着吃饱的牛群慵懒地眯着眼，牛背摇篮驮着放牛娃漫不经心地摇走在回家的路上，此时太阳正望着我一步步不舍地后退，羞红了霞，渐弱了光，我，又长大了……

山西作家韩喜申

【作者简介】

韩喜申，笔名哲夫，山西省稷山县太阳村人。毕业于稷山县中级农职校。在稷山县质量技术监督局工作，中共党员，工程师，公务员，现已退休。新闻报道、小说、散文百余篇散见于报刊、网络。曾多次被评为《山西日报》《山西农民报》《运城日报》《小学生拼音报》等报的模范通讯员。在报刊、网络发表新闻报道、小说、诗歌、散文百余篇，多篇获奖。

童年的罩子灯

20世纪50年代前，农村晚上用的大都是落后的豆油灯。无论是牛院还是家里，穷家还是富家。灯具几乎没有多大变化，可谓千年一律吧。那时的灯是用铁铸的，下面大称为灯座，中间细长，上边是加油器的灯盏。先把油倒进去，边上放一根细线拧成的粗线穿入铁皮蕊，放进油里，下部的油捻将油渗上来，一点即着。新中国成立后，随着石油的开采冶炼，生产出煤油。灯的形状也有了改进。材质是用玻璃制作，盛具上放一个灯芯即可，简单好用。煤油灯是家家户户的必需品。没有灯，黑灯瞎火什么也干不成。何况农家儿女白天在地里头顶太阳劳作不止，播种耕耘收获。晚上妇女们还要纺花、缠穗、织布、做针线活儿。尤其是春节前，更是忙碌。必须把织好的布染、漂、裁，做成新衣，灯具更显重要。

由于受当时的条件限制，煤油、布票、肥皂等日用品，全是凭票证供应。因此，人们都是精打细算，十分节约，防患于未然。我母亲更是勤俭，掰着手指头过日子。晚上，她一个人在家的时候，从不点灯。黑着在家纺花，大家回来了才点灯，停止纺花换成纳鞋底。

上小学的时候，到了三年级才有晚自习，用的还是煤油灯。一间教室里放几十盏煤油灯，人一走动，火苗忽闪忽闪的，影响学习不说，教室里熏得乌烟瘴气。孩子们的脸上、鼻孔黑黑的，第二天洗脸不用肥皂根本洗不净。

到了四年级的时候，供销社开始有了煤油灯的换代产品罩子灯。我们班有个同学首先买了新灯。上晚自习时，小伙伴们像看稀奇一般，围着罩子灯，你看看这，他摸摸那。学习怎样卸下罩子，点好灯，又如何把灯罩按上。灯捻大小咋调。灯点着了，啊，真亮。一张课桌放一盏罩子灯即可，可以两人合用。更重要的是空气好，不熏人。我也缠着母亲要买罩子灯，我知道，妈妈会答应的。母亲生长在旧社会，是文盲，吃了很多没有文化的苦头，寄希望自己的孩子文化翻身，干出一番事业来。对孩子们的学习抓得很紧。我把想法给母亲一说，母亲倒是答应了，但又提出一个苛刻的条件:马上进行的考试，必须进前五名，否则，不买。母亲的想法是考好了就买，这是督促我要努力学习。给儿一个压力，要赶上去名列前茅。我心里明白，也有一定底气。因为班里的期中期末考试，我一般都在前五名，有时还和另一个小伙伴争一、二名。

我和母亲买灯成交后，不敢懈怠。每日学习抓得很紧，课外时间、星期天也不忘复习功课。考完出榜，名列第二。母亲也遵守诺言，在供销社给我买了罩子灯。

罩子灯真好。教室里的煤油灯逐渐淘汰，学生都用上了罩子灯。烟熏火燎的情况得到了改善。既保护了学生的眼睛，又提高了学习成绩。同时，学生还学会了点灯、加油、擦罩子的简单劳动本领。记得第一次用布擦罩子，一不小心玻璃划破了手，母亲心痛地说："憨娃，擦罩子要掌握两种方法，第一种是用湿布轻轻擦，先擦罩子的上下部，再擦中间。第二种方法是没有湿布，用嘴哈几下，哈湿后赶紧轻轻擦。不管用哪种方法，都要小心不能粗心。粗心了，手就会划破流血。"妈妈教的办法，果然奏效。还要注意的是，罩子灯的捻子不能调得太大，捻子大了罩子容易熏黑，适中为好。这样既省油灯还亮。免得油票跟不上用。

当时学校的条件较差，教室简陋，也没有操场，上操就在四合院里。但学校的政治气氛浓厚，班主任张老师时常给孩子们讲革命烈士为了中国的解放抛头颅、洒热血的牺牲精神，我们就要继承先烈们的遗志，学习好，建设好新中国。还不断开导学生，现在是国民经济恢复时期，百业待兴。只有艰苦努力，才能改变落后。今天你们学习用煤油灯、罩子灯，以后社会主义发达了，就会像第一个社会主义国家苏联那样，电灯电话，楼上楼下。社会主义社会是按劳分配，到了共产主义那更好按需分配。学生学习国家管，不用你父母出钱。谁家孩子结婚，国家分配新房。但现在你们必须努力学习，有了知识，才能建设好咱们的国家，希望就在你们身上。老师们的讲述，激励了同学们的学习热情。大家表示一定要好好学习，做共产主义事业的接班人。

如今，人民的生活发生了翻天覆地的巨变，过去的一些理想已成现实。农村城市没有多大差距。不要说电灯电话，高档品洗衣机、冰箱、空调、天然气等也走进了家家户户。人们过上了幸福的小康生活。

　　童年的罩子灯，是历史长河的一个缩影，社会前行的一步脚印。正是这一步步的前进、一程程的路程，创造了一个个的辉煌。回忆那段历史，依然让人心潮澎湃，难以忘怀。

安徽作家魏昌盛

【作者简介】

魏昌盛，安徽省合肥市人。笔名：魏华、山水之间。热爱诗、散文、小小说创作。《最后一招》《跳槽》《信任》《出名》《家人》《让开一条道》《无言的结局》等小小说散见于报纸和文学平台。《桂花树》获中国作家书画家代表作一等奖，《难忘的镜头》获中国作家书画家文库特等奖，以上两篇作品被编入书籍出版。《我与地铁报》获合肥市地铁报征文优秀奖。

我的故乡

大湖名城创新高地，这是一座城市的定位，也是一座城市的名片，这座城市就是生我养我的合肥。

作为合肥人，我无时无刻不在关注着合肥的变化，早在建国初期，合肥还是个街道狭小、房屋低矮破旧的小城市，甚至外地人根本不知道安徽还有个叫合肥的城市。

记得20世纪80年代初，我去北方的一座城市出差，身上揣着一张入驻介绍信，当我把介绍信递给总台服务员时，服务员竟然好奇地问："合肥是哪里的？"我说："安徽省的省会。"服务员还是不太相信地摇摇头。我着急了，如数家珍地将合肥古今名人一股脑儿地说了出来："北宋清官包公、台湾第一任巡抚刘铭传、晚清重臣李鸿章、渡江英雄马毛姐、现代科学家杨振林等名人都是出自合肥呀。"听我这么一说，服务员方才点点头，随后旁边的服务员补了一句："合肥还是三国故里。"哦——连我自己都不敢相信，合肥还真的名气不小。

进入改革开放年代，合肥在一步一个脚印地发展，就拿合肥的长江路而言，曾经的长江路是沙石路，后来变为水泥路，再后来变为宽广的柏油马路，现在的长江路可谓是宽敞明亮、花团紧簇，沿街门面更是窗明几净，处处展现着时代的风范，每到夜幕降临，灯火辉煌，霓虹灯璀璨夺目，好一个不夜城。

文明之花在合肥这座城市也竞相开放，假如你是第一次来合肥，问路是难免的，你会发现合肥人的热情无与伦比，你问的是一个人，在场的几个人同时会跟你说怎么走，甚至想把你送到目的地才罢休。

我的一位朋友还真做过这样的好事，有一天晚上，他下班途中，遇到一位外地人来合肥找亲戚，对方只知道亲戚的姓名和老住址，合肥经过多年的变迁，原有的大街小巷都有不小的变化。我的这位朋友硬是花了三个多小时才帮助陌生人找到了亲戚家，自己回到家已是深夜两点多了。合肥人热情大方、乐于助人的品质早已成为佳话。

合肥的发展离不开当地人的努力，更离不开成千上万成为新合肥人的奉献，现在几乎听不到合肥当地的"土话"，听到的都是新合肥人的"南腔北调"，合肥的巨变有目共睹，目前的GDP也一跃成为省会城市前十名，至于国家文明城市、国家园林城市等多项国家级殊荣早已收入囊中，几年前已被国家定为"科学城"。

科学强国，科学盛国，坐落在五大淡水湖之一的巢湖，合肥更是有着独特的秀丽和人杰地灵的历史渊源。

合肥过去在变，现在在变，将来也在变，只是变得越来越好，越变越美。合肥的变化是新中国成立七十年众多城市的缩影，如今喜逢盛世，作为巢湖之滨的合肥将以崭新的面貌迎接更加美好的未来。

河南作家林亚平

【作者简介】

林亚平，笔名林森，女，河南商丘人，爱好音体美、文学。1992 年始从事业余文学创作，2007 年始从事博客写作，曾在敏思博客、搜狐博客、博客中国撰写微小说、散文、诗歌等 600 余篇（首）。先后出版诗歌集、散文集各 2 本，微小说集 1 本，长篇小说 2 部。曾在北上广深文学刊物、《中外诗典》《中诗刊》《当代精英文学》《白河诗刊》《现代作家文学》等发表诗文多篇。曾多次在全国征文中获一等奖、金奖。曾荣获首届"中国文艺终身成就艺术家"称号。其个人资料录入《世界名人录》（中国卷）《中华文学人才名录》《21 世纪人才库》等典籍。

浅谈时间（外一篇）

几十年过去，弹指一挥间，猛回头才体会到：时间荏苒，光阴似箭，一事无成，岁月走远。

一、时间是公正的。记得俄罗斯有一句名言叫作"时间是最伟大、最公正的裁判"。世界上什么都存在不公正，唯有时间不存在不公正。因为不管你是高官、富翁，还是平民、乞丐，时间对谁都没有偏爱，都是一样的公正。时间是公正的、宝贵的，也是毫不留情的，过一分就会少一分。所以，时间就掌握在自己手中，就看你是怎样利用时间了。

二、时间就是生命。记得大文豪郭沫若曾经说过："时间就是生命，时间就是速度，时间就是力量。"时间和生命是同步的，过一年，你就会长一岁。每长大一岁，你就会离生命的终结近一步。人生有艰难、坎坷、曲折，也有天灾人祸、生老病死，这些东西都和生命有关，也是我们无法主宰的。但我们可以主宰时间，时间是属于我们自己的。我们可以在有生之年，充分利用时间，做一些有意义的事情。所以，我们珍惜时间，就是珍惜生命。

三、时间就是奋斗。记得颜真卿曾经说过："三更灯火五更鸡，正是男儿读书时。黑发不知勤学早，白首方悔读书迟。"天上不会掉馅饼，成功也不会自己向你走来，一切的一切都要靠自己去创造。人生一世不容易，其实也就是一个不断奋斗的过程：小时候，为了长大报效国家、报效社会，要好好学习，努力奋斗。长大了，为了国家、事业、家庭，还要继续努力奋斗。所以，人活着其实就是充分利用时间，为一个个目标而努力奋斗的过程。

最后让我们共勉：

少壮不努力，老大徒伤悲。

最严重的浪费就是时间的浪费。

时间是伟大的作者，她能写出未来的结局。

大自然的启示

如果我们仔细留意的话，神奇的大自然能带给我们很多人生的启示：

一、奶牛吃的是草，挤出的是牛奶：启示我们"要学会奉献，懂得感恩，要回报国家和社会"。国家和社会是由人组成的。国家和社会为人民提供工作、就业、物质保障和好的、安全的生活环境，让人民安居乐业，衣食无忧。同时，国家要发展、要前进，社会要进步、要和谐，人民就要加倍地回报国家和社会，只有这样，才能民富国强、社会和谐。

我认为：人生如果自私自利，只求索取不求回报，只求索取不懂感恩，是不会赢得人们尊重的，也是不会有好朋友的，更是不能成就大事的。人生要懂得感恩、知道回报，做人要投之以桃报之以李、滴水之恩涌泉相报，才不愧为懂感恩之人，才能赢得人们的尊敬。

二、大雁整齐划一地飞过长空：启示我们"要听从指挥，团结一心，目标一致，才能完成既定目标"。无论是一个国家、一个家庭还是一个单位，都需要有一个领头的大雁，都需要有一个有主心骨的人。不仅如此，还需要有全体成员的齐心协力、团结一致、同舟共济、共同努力，才能顺利达到目的，才能实现最终目标。

我认为：一个人，作为国家、家庭、单位的一分子，不能自私自利、离德离心，打自己的小算盘，要有一个整体观念，要成为其中的一个积极分子，并和大家一起为其目标而努力奋斗，只有这样人生才有意义。

三、一群蚂蚁能搬走一块骨头：启示我们"人多力量大，团结就是力量，步调一致，才能达到目的"。我们在国家的建设中，在完成工作的目标中，要齐心协力，重视集体的力量与合作的重要性。

我认为：在茫茫人海中，在社会这个大家庭中，一个人的力量是很有限的，但只要大家心往一处想，劲往一处使，就能力克万难，就没有办不成的事情。

四、老鹰在风雨中搏击长空：启示我们"面对暴风骤雨，面对艰难困苦，我们要有刚毅顽强的意志和百折不挠、坚忍不拔的精神，要敢于和恶劣的环境及困难做斗争"。在国家的发展中，在人生的征途上，只要我们不怕困难、顽强拼搏、坚持不懈、持之以恒，就能克服种种阻力和艰难困苦，胜利就一定属于我们。

　　我认为：面对人生的种种困难和不期的厄运及灾难，只要我们自己不把自己打倒，谁也打不倒我们自己。人生就是一个和各种艰难、困苦、灾难、厄运做斗争的过程，我们只要坚信自我、永不言败，人生的辉煌就一定属于我们自己。

福建作家王清英

【作者简介】

王清英，笔名飘香草。福建省泉州市南安市宝莲中学的一名历史老师，有作品发表于《诗刊》《汉魏诗潮》等刊物和网络媒体。

宅家的元旦

当 2019 年 12 月 31 日 12 点整的钟声敲响，2019 年宣告成为过去，2020 年已悄然到来。

我依然没有准备好。

我躺在床上睡哪个睡姿都不舒服，翻来覆去睡不着，虽然整晚整晚睡不着对我来说已不是什么稀罕事，那种有眠则整夜魂魄不知去向，无眠则长夜漫漫的日子已是常事。2020 年的第一天凌晨我还睡得着吗？我不知道，卧室的门窗紧闭着，外面的世界我感觉不到。

以前睡不着总能听到窗外栖息在龙眼树上的不知杂交了多少代的混血儿公鸡一遍一遍的撕声裂肺的破晓之啼叫，我不知道它的眼睛怎么了，只知道每当我彻夜难眠，除了聆听夜虫的低声吟唱鸣叫，就是闭着眼睛，静静地一动不动地仰躺在床上听着公鸡一遍一遍不厌其烦地喔喔啼叫声。为何今夜如此安静，听不到龙眼树上公鸡的鸣叫声，是公鸡也放新年假了吗？还是公鸡被婆婆杀光给她疼爱的孙子吃了呢？我不知道。

可我还是睡不着，我有点想起来吃甘蔗，可是懒得烧热水洗手，说到热水很让人心烦，不知地下机井的水机啊上了年纪还是身体素质下降，总之，二楼卫生间的水龙头经常放不出热水来，尽管我花了980元请师傅来安装了新的热水器也无济于事。

我静静地躺在床上，眼睛随意地闭着，想着2019年最后一晚，我用手机上网，搜索并稍做了解的开元寺，虽然开元寺离我近在咫尺，我也常常经过，但已经忘了有没有进去过。想着元旦白天自驾去游逛一天，散散心，尽管当时有此心，但此时我的心依然像平静的湖水荡不起一丝一毫的水波。

我不知道我还睡得着吗？

我不停地仰卧、左侧卧、右侧卧地翻来覆去地反复更换睡姿，我一会儿把手伸进被子里，一会儿拿出来。一会儿把头埋进被子里，一会儿掀开被子让头露在被子的外面。我已不记得在什么时候就没了知觉就睡了过去。

早上七点多我醒了过来。

2019年12月我养成了每天睡醒第一眼就是打开手机、点开微信查看零钱通的收益的习惯，2020年1月1日也不例外，当我打开零钱通一看，收益是0.71，我拔掉正在充电的手机，扔一边，用被子蒙着头，弓着继续闭着眼，希望能再次睡过去，睡着真好，不用想什么，无忧无虑，天真烂漫，有些时候我真想要是能睡着睡着就不用醒过来多好。但是，醒着就是醒着，我再也睡不着。

窗帘把整个窗户遮得严严实实，没有一点光亮照进来，房间里依然有点黑，我想开我的启辰去开元寺游览一番，赖床的习惯让我想起元旦是国家节假日，开元寺一定人山人海，车水马龙，朝拜上香之人络绎不绝。最担心的是我那心爱的启辰不知要放哪儿，虽然昨夜我也搜了开元寺停车场，但还是有些怕开车违反交规而被抓拍，想想我那工资卡里的可怜数字，我就想还是明天去吧：人不多，车不多，安全廉价。就继续赖被窝。

睡不着，躺着无聊，我再次拿起手机打开了微信，我想起千里之外的我大学恩师李老师和卢老师，便分别给他俩发了祝福新年平安、健康快乐的短信。已经毕业二十几年，我依然对他俩感念深深，常想着哪天去拜访他们。光阴似箭，日月如梭，晃二十几年悄悄过去，也许两位恩师已两鬓霜白、银丝飘飘，但他们当年的意气风发、神采飞扬、踌躇满志的样子依然深深地印在我的脑海里。如果能像小说影视里的有时空穿越的偶遇，我真想舍去身外的财富穿越到大学时代：那山下到山上的陡峭石阶，让第一次拎着沉重行旅的我攀爬得气喘吁吁，崭新的同学面孔、千年不开花的铁树、高大的烧水炉、洗澡时一眼尽览的公共浴室、操着方言的来自五湖四海的同学都让我新鲜无比，热情澎湃。

回忆甜蜜，现实残酷。

快十一点，我想我该吃点饭了，掀起被子一跃而起，穿上衣服，洗漱完毕，我到厨房找了点吃的。吃的虽然对我来说没有多大诱惑，我常常感觉不到饥饿，吃饭是应付的，尽管如此饭还是要吃的。神仙都要五谷杂粮，何况凡夫俗子？

吃完饭我拿起手机坐到靠窗户的沙发上，想着昨日与岳老师的交谈，我的心冰冷冰冷的，发一篇作品到某《教学参考》，版面费就要 15500 元，我的天哪，我每个月打进工资卡里的才 4698.81 元，扣去个人开支、家庭费用、孩子生活费、红白喜事、孝敬父母、养着我心爱的启辰，我一年能剩几个子儿呀，省吃俭用天天窝杏埔，一年下来也就剩个万儿八千的，交了版面费我一年的辛苦全部付之东流了，我心悠悠地疼。我一遍一遍地观阅与岳老师的对话信息，我一次又一次地动心，一次又一次地心疼。动心的是我的作品有机会上北核，心疼的是我那省吃俭用来之不易的钱就要被转出，进入他人卡里了。

我优柔不决，心开始有些不能平静。

为了疏散心中的负荷，我又搜索了《南安文学》《泉州文学》和《福建文学》的投稿邮箱，可是网页不稳跳来跳去。好不容易跳到南安文学页面，我查看了它开设的栏目，其中就有我喜欢的纪实文学、百味随笔散文和诗歌。也许有一天我会投稿也会被采收，也许会被退回，但最关键的还是收版面费或发放稿酬，很是让人期许。物价上涨，通货膨胀，我那少得可怜的工资应付不了生活的酸甜苦辣，只得在沉默中呐喊。那些文学期刊的网页总显示得跟客服交流沟通，可是每次他们都是要版面费的。我在想我真的很落伍了，金钱时代之光照进文化产业都还浑然不知。该醒醒了。

天阴沉沉的，也出现少许时候的日光，但太阳很快又被乌云遮住，天还是阴阴的。

我又开始觉得颈椎有些不舒服了。

背上背包，骑上我的雷霆王电动车我来到学校宿舍。

脱去外套，穿上睡衣，开始泡茶沉思，我该把元旦在家宅着记录下来写成文章，投稿也好、自赏也罢。我一边转着眼珠子陆陆续续回忆着之前的一举一动，不觉天色暗淡下来。突然有了微微的饥饿感，我泡了包嗨吃家酸辣粉一边吃一边欣赏汤潮的：思念如刀。吉雅的：草原风吹过。祁隆的：又见山里红。星月组合的：三生石上一滴泪。刘刚的：怀念青春。文希的：梅花泪。晨熙的：雪花心语。

优哉游哉与世隔绝。

嘴里轻轻哼唱：我像一只孤狼在仰天长啸，低下头谁给我解药。打马的少年郎走进我心窝，从此我的梦涂成了彩色。你把太阳的色彩，浓缩成故乡情。忘川河上端起一碗孟婆汤。怀念啊我们的青春啊。那日君一别，今又雪花飞，思念你的歌，醉了那枝梅。谁能明白我心中的牵挂，为了春来春去美丽诗画。

吃完酸辣粉，我换上我的老北京布鞋带上手机来到操场上，一边听歌，一边快走，一边回忆今天的种种。平静的塑胶跑道标准的 400 米，明亮的灯光陪着夜虫低低吟唱。我一个人拥有了整个操场，健步如飞的高强度运动让我一会儿就汗流浃背，额头微湿。

一个人的心是平静的，没有波澜壮阔，没有激动人心，有的只是默默地走回宿舍。

简单地拭擦去身上的汗水换了衣服，我想我该提笔记录了。

宅家的元旦，平淡无奇，但充满了希望。2020 年 1 月 1 日，充满了我的思索：新的一年，新的征程，生活会像我的笔那般随意挥洒、砥砺前行吗？

江苏作家杭曼曼

【作者简介】

杭曼曼，来自江苏省苏州市的一名文学爱好者。

醉心湖水

——沉醉青海湖之唯美

总觉得远远地看青海湖比近看要引人入胜。

坐在车上，路边大片的金黄的油菜花映衬着湖水益发湛蓝。并非没见过美景，可是远远见到青海湖的时候还是醉了，一眼就认定为此处是拍照的绝佳圣地。灿烂的油菜花给人的感觉很热烈，而湛蓝的湖水给人的感觉却有点沉静，如此不同的两种风格连绵在一起却没有画风迥异的错乱，远处依稀可见黛青色山脉的默然，头顶的蓝天白云的纯净，看似不同风格却同样美好的景色在一起总是让人目不转睛。

蔚蓝色的天空飘浮着大片连绵的云朵，本来就可以纯净得让人移不开目光，看到那片湖泊却觉得更让人沉醉于其中流连忘返，不同于大海的深邃广博，也不同于九寨沟的童话境界，不同于小桥流水的诗情画意，也不同于苍山洱海的清爽静谧，青海湖给人的感觉是浪漫唯美。

来到青海湖景区，刚下车，凉爽的风迎面扑来，坐着长途车的疲倦一扫而空。本来想着可以在青海湖看日落，结果湖畔厚厚的云层挡住了落日余晖，不免有点遗憾。

有一点点高原反应，有一点点凉意袭人，带着美好传说的格桑花烂漫丛生，落日调皮地给厚厚的云层镶嵌了一道金边，依稀听到篝火晚会的热闹，散场后远远可看到篝火的残烟若隐若现，近看湖水，波光粼粼，闪闪发亮，远山如黛，青草依依，微风拂过，心旷神怡。

此次旅行，还去了茶卡盐湖。茶卡盐湖的美，可以用纯净空灵来形容，湖水中蓝天白云的倒影是我见过的最美的倒影，没有之一。

余观青海湖，远看湛蓝，近看闪亮；配以黄花，灿烂夺目；蓝天白云，衬之以净；黛山远伴，青草近随；落日藏于云层之后，篝火隐在湖心岛中；如此美景远观引人入胜，身处其中顿觉心旷神怡，着实令人沉醉其中流连忘返。

江苏作家颜恺灵

【作者简介】

颜恺灵,江苏省苏州高新区实验小学六年级学生。喜欢文学,善于创作。

茶水

晨起。我的身体不知何时轻盈了许多。我轻轻一跃,便飞到了屋顶上。俯视街上,人来人往,热闹非凡。没一个人都穿着古装,梳着古髻。我这是……"穿越"了? 不管了,既然来了,那就逛逛这古代街巷吧! 也不枉此"穿"。

路过一个茶馆,几位茶客正聚在一起品茶。"这碧螺春茶又称'吓杀人香',产于太湖洞庭山,清香伴着花果香,沁人心脾。""是啊,据说最上等的碧螺春的香气可以传百里路呢!""没错,这碧螺春可是茶中的珍品呢! "……

我站在茶馆的屋顶上,静静地听着。碧螺春汤色碧绿清澈,香气袭人。它以形美、色艳、香浓、味醇"四绝"广受好评。可究竟是苏州的什么令这碧螺春闻名天下的呢? 是水,是苏州的水,是融入苏州温柔、美好的风情的水才造就这名扬四海、拥有"四绝"的洞庭碧螺春。这是苏州独有的风韵!

一道银光闪过。我来到了太湖边。四周青山环绕,连绵起伏。眼前,万顷太湖,烟波浩渺,银波荡漾,白帆飘扬,水鸟翱翔,芦苇青青,鱼虾肥美。好一个人间仙境!

　　"啾啾！"几声鸟鸣由近至远。我猛然从记忆海洋中回过神来，想起那座电影城和太湖，是啊，这就是苏州的水，我们的天堂。后赋诗一首：

　　　　云雾清新，朗空澈水太湖美。

　　　　洞庭山间，碧螺春香百里醉。

　　　　一片琼田，微风碧玉艳阳天。

　　　　几叶小舟，茶点诗书胜似仙。

黑龙江作家姜宝龙

【作者简介】

姜宝龙，笔名宝龙，黑龙江省拜泉县人，现住黑龙江省哈尔滨市。文学爱好者，作品散见于《书香门楣》《雁鸣诗话》《兰影文苑》《凤鸣诗刊》等刊物，并入编《我自爱桐乡》《吕留良诗词奖优秀作品集》等书籍。

诗观：我就是我，与世无争，快快乐乐，享受生活。让生活跳动的音符，变成一首动听的歌！

漫步夕阳

一天，吃过晚饭，和往常一样出去遛弯儿，徜徉在乡间的小路上，老伴儿挽着我。

仰望天空，北方的天空湛蓝湛蓝的，不时飘过几朵悠闲的白云，鸟儿归巢，一群喜鹊掠过头顶，正忙着将它一天的收获带回家中。

路边的小草在晚风中，跳着迪斯科，他们把丰收高高举过头顶，将喜悦和自豪都描在脸上。虽然长在乡下，可还是很赶时髦，将青春靓丽的飘柔染成了浅黄色的忧伤。

躲在草丛中的蟋蟀，在蘑菇伞下窃窃私语，说着悄悄话。由于我们的闯入，惊醒了它们相恋的梦。对不起，只好投去一丝微笑，深表歉意。

不经意间回眸，让我很是惊讶。不知什么时候，那可爱的小白杨，将它的得意之作在金色的秋天里洒落一地诗意。顺手拾起一片黄叶，清晰的叶脉，上面刻满了美好的青春时光，虽然还有一些风霜侵蚀的凄凉，像一幅美丽的画卷，真的好美。在这乡村的美景中，陪着老伴儿，一起漫步夕阳，非常爽，很是惬意。

一声感叹，还得继续。走着走着，老伴儿说："我有点累，是不是停下来，我不想再往前走了。"我半开玩笑地对老伴儿说："那就休息一会儿，休息可以，但不能停。"她轻轻地打了我一下说："你还和以前一样，真坏。"

我在树林边，小溪旁，找了一块相比之下还算平坦的地儿，扶她坐下。她用温柔而有些粗糙的手，弹弹我前额几根被岁月漂白的霜花，深情地说："老头子，你真的老了！"我对她只是笑了笑，什么也没说。可我心里明白，光阴荏苒，时光同样在老太婆的额头上雕刻了一生哺育、陪伴、操劳的年轮。我虽然不忍心说出口，但还是冒出一句安慰："老伴儿，你还是年轻时的你，漂亮！"她瞥了我一眼，说："忽悠，继续忽悠！"她笑了，笑得还是那么甜。

老伴儿像一只温顺的羔羊，依偎在我不算结实的肩膀上，谁也不说话。看着夕阳的余晖，给大地又一次披上了彩色的衣裳。粼色的波光在水中跳跃，伴着溪水的脚步，静静地、静静地流淌。

不知过了多久，调皮的月儿悄悄地爬上了树梢，快乐的星星手拉着手陪我们走在回家的路上……

河北作家王宏生

【作者简介】

王宏生，男，生于1960年6月，大专文化，中共党员，1977年参加工作。酷爱新闻写作和文学创作。参加工作以来在各级新闻媒体发表稿件千余篇。散文、诗歌、报告文学作品百余篇并有数十篇获奖，多次被评为市县"十佳新闻工作者"和"先进基层文化工作者"，受到宣传文化系统的表彰和嘉奖。现任河北省邯郸市磁县北贾璧乡文化站长，兼省市县多家媒体特约记者、编辑。邯郸市作家协会会员，当代实力派作家。

游南峧寺原始森林有感

辛亥年的盛夏，择良辰吉日邀友驱车，便来到地处磁县西部深山区的南峧寺原始森林旅游赏景。

当穿过南峧村的西岭隧洞时顿感别开洞天，满目青山让人耳目一新。这就是藏在深山绿林的千年古刹南峧寺景区。

该景区位于磁县北贾璧乡南峧村西二华里处，是一片原始松柏林。森林覆盖面积约1000亩，为国有林场资源。

这里森林茂密，树随山势丛密向上，别有气势。林场内多为侧柏，间有针叶松。四面青山环抱，松柏掩映。在青山绿林的掩映处，深藏着一座古刹名寺——都家井弥陀寺。据碑载考证该寺为唐代时所建，距今约1000年的历史。寺内有明代万历、嘉靖、清代乾隆、嘉庆、道光、同治、光绪等多年代的重修记碑，其中有道光十年大地震历史记载。古寺经多次修缮，保存尚好。这里不仅植被茂密，而且生物也颇有灵性，林中有松鼠、野兔、野猪、山鸡、黄鹂等野生动物和飞禽，还有远志、柴胡、桔梗、黄芪、地丁、蒲公英等十几种名贵中药材，真是深山密林有宝藏。

夏季蜂蝶在这里起舞，百鸟在这里歌唱，蟋蟀们也在这里弹琴，整个林海像一个交响的音乐世界。

当你置身山间密林，才可林海听涛、飞禽高鸣，还可享受这天然氧吧的新鲜空气和扑鼻而来的柏香。真是置身青山绿林乐在其中，你会有来到兴安岭之感。登顶眺望真让人目不暇接、心旷神怡。你会情不自禁地发出"踏遍太行青山，风景这边独好"的感叹！

这里风景秀丽，气候凉爽。到了炎热的夏季，这里的最高温度只有15℃～20℃，比外界低10℃～15℃，是宜居、宜业、宜游、避暑的好去处。这里不仅风景优美，还有美丽的人文故事。在古寺庙游玩时，一位当地看寺庙的老者给我讲起了寺上流传下来的民间故事。聚宝盆、凤凰落宝僧得地、神马刨泉、县太爷贴树帖等故事美丽动人，耐人寻味，也给这古寺景区平添了佛光灵气。

南岐寺千亩原始森林是磁县得天独厚的自然资源，加之这里千年古寺，更让圣地灵气凸显、林海增辉。

我认为政府如能因地制宜地充分发挥这一资源优势，加大对景区的投资力度，便是进一步开发利用，发展生态、文化旅游的当务之策。南岐寺景区开发潜力巨大，前景十分广阔。

我建议县、乡政府和国家林业、旅游部门要加强管护，合理开发利用，以文旅产业带动乡村振兴，造福子孙后代，将是功在当今、利在千秋的功德之举。

辽宁作家张明厚

【作者简介】

张明厚，本溪师范毕业（1977年高考生），从事中学教育。喜欢文学、音乐、篮球等。退休后，参与沈阳市群众艺术馆业余合唱活动，兼任辅导和歌曲创作。

怀念我的父亲张凤良

（一）农民的骄子

爷爷奶奶去世都早，父亲14岁被确立为家族当家人，撑起几十口人大家的脊梁。掌管财务和对外事务，适时安排田地里农活，生产劳动是打头的。

父亲19岁、母亲17岁生下我大姐。我们兄弟姐妹九个，大姐患妇女病，长期得不到医治，以至于后来发展成心脏病，年仅30岁去世，未留下子嗣。二姐幼年时不幸坐在冬天的木炭火盆里活活烧死了。大哥先天智障，完全不能自理。在自然灾害不断、缺医少药的年代，加重母亲的劳累和精神摧残，大哥16岁那年夭折。我们六个命大活下来了。

新中国成立后，父亲当选繁荣乡第一任乡长。父亲一生创造的第一个成就，就是建设远近闻名的繁荣乡。带领社员漫山遍野地植树、兴修水利。从腰岭子取水引水，把荒芜的旱地改造成旱涝保收的水田，改写了马家沟自古没有水稻的历史。春天稻田里的水很凉，父亲不吱声挽起裤腿第一个下到还有冰碴儿的水田里耙地插秧。父亲的表率作用带动了全村村民的勤劳，换来新中国成立初期的繁荣乡，大地富饶，田野美丽，白天风吹稻浪，夜晚蛙鸣一片的乡村繁荣景象。让山沟里的农民初尝幸福水乡的自豪。

富裕的繁荣乡建造了自己的文化剧场、演出礼堂。记忆中，紫红色幕布上面绣着猪八戒扛着耙子的金色图案。幕布徐徐拉开，村里人可以欣赏到本村自排自演的二人转。还可以时常看到文化下乡——城里专业剧团演出。大食堂，就是从那时兴办的。村里的小孩可以像城里一样在幼儿园里玩耍。春天来到，阿姨还带着我们到野外看蝴蝶飞舞，采摘紫色的猫骨朵花。

（二）辉煌的事业

由于父亲突出的成就，被调到清河城区政府主管工业。正当事业如火如荼，完整的工业体系形成后，又被派出筹建水洞沈联发电站。记得好像是 1960 年特大洪水的时候，整个清河城区都有了电灯，我清晰记得拉下拉线开关电灯亮起的那一刻。这是父亲的又一大功劳，父亲由此被称为清河城富楼地区的水电鼻祖。

沈联电站建成发电后，在 1970 年前后，父亲被调到富楼公社（乡）主管工业，以本溪县富家楼公社工业公司总经理的身份，开始了农村社办工业创业历程。经过短短几年，富楼工业就发展成为当时全县工业门类最齐全、规模最大的工业公司。先后创建了石灰石矿（为本溪钢铁公司炼钢提供碳酸钙石灰石）、格瓦斯饮料厂、雪糕冰棍厂、油漆化工厂（主要生产防锈红丹粉，各种品牌油漆）、电力变压器生产线（为农村电网提供电力变压器。从线圈绕制、硅钢片剪切、绝缘油过滤、散热外壳制造、高压实验等工序全部自己加工）、机电设备维修车间（为农村生产队修理烧毁的农用电动机，方便农村不用到很远的县城修理电动机）、刀闸开关生产线、老虎钳子制造车间、机械铸造厂、农机具修造厂（生产鼓风机、脱粒机、铡草机等农用生产机具），服装厂（给沈阳机床厂等单位定制工作服）等实体、车队等。时任化工厂厂长的白永成在接受记者采访时介绍：已挂牌"本溪县"的化工厂拥有厂房 1500 平方米，年产值 100 万元，年利税 25 万元。

庞大的工业体系给地方政府带来了巨大的经济利益的同时，还带来了几百人就业，这是历史上从没有过的。最直接的受益者，就是乡政府机关家属，她们出了家门就进工厂门，不再是整日守在家里的村妇，而是骄傲的工厂主人。对于有幸成为工业公司的员工，都实现了人生命运的巨变。马家沟的邢广海、张海军、郑卫路、李玉斌、孟宪武，都是在工业公司里发展成长起来的企业家和技术人才。那个时代能开上解放汽车的能有几人？水库动迁移民后，但凡有一点作为的，能立足于市场经济环境的，哪个不是靠在富楼工业这个技术摇篮里丰满了羽翼而创业养家的？工业是企业家的实习基地，是驾驭时代驰骋天涯的教练场，是农民转型的技术学校。蓬勃发展的富楼工业也造就一批公司高层年轻干部。一向又沉稳又有远见卓识的孟宪权，集技术能力与管理能力领导能力于一身的孟宪勇，都是农民出身，是工业造就了他们，让他们脱颖而出，成为公司年轻的管理干部。

父亲的人脉资源无人可替代，有许多知青先后投奔父亲的公司。好多知青都有显赫的家庭背景和社会背景，对工业公司的快速发展也起到了一定的作用。

父亲管理企业，注重精神文化建设，培养职工爱岗敬业、爱厂如家的主人翁精神，打造和谐的生产氛围，不断提高职工过硬的生产技术能力。工业篮球队也是很棒的，长期称霸富楼地区。教育篮球队是工业篮球队的强大对手，全是由专业体育教师组成的教育篮球队，曾经在全县取得甲级队第三的成绩，可是在地方比赛中每每都以一分二分之差败给工业篮球队。

（三）博大的胸怀

父亲长期在外公关，亲自奔波于省城和市县之间。父亲喜欢喝酒，这也与事业有一定的关系。计划经济时期，经常到物资局批钢材进设备，跑贷款搞车皮，都要靠关系找熟人，父亲一生结交了无数的社会朋友，有政府的，有工厂的；有计划部门的，有各类技术精英。记得家里经常有城里的客人光临。直到父亲去世的时候，家里还留有竹叶青、老白干。

为了事业，父亲经常一根钻头、一盒螺丝钉也要自己从市内带回来。偶尔回家就忙得不得了，凌晨天还没亮就叫醒我跟着去山上割羊草，修补漏雨的房屋。半夜两点钟走在去往老长背的路上，困得实在受不了，简直就是一边睡一边走。那时我真的"痛恨"父亲如此不心疼孩子。挖地抬石头垒墙，筐里装满奇形怪状的石头，父亲让我和他一样抬石头，将扁担压在我稚嫩的肩膀上，抬起来扭扭歪歪摇摇晃晃。我13岁跟着父亲上山砍柴，下山的时候父亲问我割多少捆柴，我说割了50捆，父亲微微一笑，却从不说"你还小，还没长成，干活别累着"。

父亲给公社留下了一座金山，对家里的照顾却是很少。那个年代，农村的孩子走出农村是很难的。我们兄弟姐妹没有一个被选送为工农兵大学生。老大于"文革"前读完小学，成绩优秀，考上县七中，15岁参军提干。老二1972年农村五七中学毕业，1977年恢复高考考进师范学校。老三由农村信用社代办员，一步一步走上领导岗位。老四凭借身高打篮球的优势，成为县篮球队主力队员，有幸进入国家机关。两个妹妹，一个于20世纪80年代初，高考离开了农村。另一个妹妹凭借唱歌特长，从事民间庆典礼仪活动。我们兄弟姐妹的工作似乎都没有让父亲操心，但是从另一个角度看，没有父亲的严格管教和高贵的品格的影响，我们是不会有各自的前途的。我们兄弟在中小学时都是班长或团支部书记。老大在部队多次立功受奖，荣获沈阳军区学雷锋标兵。转业到地方，政绩突出，是辽宁省雷锋奖章获得者，被国家民政部收录于《中国转业军官风采录》。老三从基层业务员逐级提拔，26岁担任县行副行长，41岁担任市行行长。老大、老三都是法定人大代表，每年在市人代会上都能相遇。老二在动乱之年读完中小学，恢复高考第一年从农村考出来，改写了人生，在同届毕业生中也是微乎其微的。社会上很多人羡慕我们的家庭，这也是上天对我父亲一生朴实地为党工作、舍己为群众谋利益的无私奉献精神和崇高品格的一种同情和补偿。

父亲的孙子孙女都是一本大学毕业的，有吉大的有辽大的，有东财的有警官学院的，有建筑学院的有沈工大的，四个硕士研究生学历。

（四）深情的怀念

父亲的一生是舍己为公的一生，是舍弃小家为大家的一生。在背后，有谁能理解他的儿女们感受了什么？牺牲了什么？父亲长年不在家，而我们全家都要靠吃生产队的口粮活着，要看社员的脸色和怜悯。母亲领着我们娇嫩的身板，年年上山砍柴，母亲累得大流血后又增添了糖尿病。全年的吃水用水就靠我们幼小的身躯从很远的水井往回担。

　　父亲一生给清河城富楼留下巨大的物质财富和精神财富，一生没拿政府一分薪水，没吃国家一粒供应粮食。亲自培养起来的年轻干部都转为国家在编干部，而自己到老年却未得到政府和工业公司一分钱的养老回报。一生的过度操劳，加之晚年生活郁闷至极，还没来得及欣赏人间的美景，就急匆匆地离开人世。父亲被称赞是水电鼻祖，是工业公司创始人。父亲是用内心的光明磊落给两个乡的百姓送来光明，几百人拿着工资，体验和城市一样自豪的人生。

　　父亲的脚步走遍富楼的山山水水，一个农民出身的儿子能创建如此灿烂的工业体系不能不说是一个伟大的壮举。父亲的一生是完美无憾的一生，是值得我们永远缅怀的一生。父亲走到哪里，就把爱奉献给哪里。青山会感激父亲一生的无私奉献，大地会记得父亲不朽的恩德。

湖北作家张家慧

【作者简介】

张家慧，女，湖北省枝江市人民医院医生，现已退休。宜昌作家协会会员，枝江作家协会会员，枝江市关庙山文学社会员。退休后喜欢用生活碎片拼凑文字，先后在枝江热线网、枝江作家网、《枝江文史》《关庙山文学社》《云上枝江》《荆州晚报》《新民晚报》《新民周刊》《上海民盟》等发文多篇。著有散文集《流金岁月》。

古镇老街寄乡愁

梦魂牵绕是故乡，千年古镇董市老街不大，只有一平方公里左右，有河街、正街、后街、大横街，以及十五条狭窄的小巷组合而成。《珍藏董市》里记载："董市在明清时代，曾经是粮食和棉花的商贸聚散地，那时市场繁荣，江边有三四百艘货运木船，岸上有近两百匹骡马，商贾云集，南来北往的人流如织。"

目睹眼前的老街，历尽沧桑，破败不堪，断瓦残砖，在一片废墟中向过往的人们述说它的凄凉。走出横街漫步向东，恍惚看见各家门前用三叉子架着竹篙，晾着五颜六色的被单和衣服。木板屋的躲水楼上挂着香肠在阳光下冒着油光，让人垂涎欲滴。行走在老街上，仿佛繁华的老街历史再现。

日杂公司旁边有家小百货店，营业员是同学蔡正东的母亲，在我心目中她是董市最漂亮的妈妈，适合穿旗袍的苗条身材，梳着乌黑发亮的齐耳短发，文静和善的瓜子脸，白里透红，眉目如画，是清艳脱俗的美。

途经染坊依稀看见胡三姐在接待前来染衣服的顾客，染一件衣服收两角钱。制绳社的职工在街边尽全力摇着把手使麻线拧成一根根绳。老食品的柜台边上围满了买肉的人，大家迫切地呼叫着："胡家二爹，这块肉称给我。"对面曾家的发糕香甜，还有炸油条的香味弥漫在空气中让人直咽口水。

茶馆里传来闫宏均拍着惊堂木有声有色地讲着《林海雪原》中"杨子荣智取威虎山"片段。茶客们听着书、品着茶、吸着粗劣的叶子烟，满屋烟雾缭绕。隔壁理发店生意兴隆，理发师傅一边和顾客聊天，一边把剃头刀唰唰地在荡刀布上来回蹭着。铁匠铺叮叮当当成天响个不停，一块铁在火炉里烧得红红的，在铁匠的铁锤敲打下，会打出铁钉、斧头、柴刀、镰刀、锄头，真是能工巧匠。移步到豆腐巷子，有提膏子水烫衣服的，有端豆腐买豆腐干的，有买布做新衣服的，路经"曹大把"（这是她的外号，我妈要我叫她曹姨妈）的小小茶馆，生意还是那么红火。

下街的百货商店人来人往，那时物资匮乏许多商品都要凭票供应。隔壁麻纺厂的机器轰鸣,缝麻袋的情景闪现在脑海之中，缝好一个麻袋三分半钱，缝一个麻袋大约二十五分钟，不停手地缝一天可以挣到七八角钱。一切过往犹如梦境,永远不可逆转。

人民会场旧址是早期的关帝庙，那里好像正在演出《芦荡火种》，场外的孩子们没有钱买票，围在那里只等中途放行看尾子戏。如今已经没有了以前的痕迹。

董市是董和的故乡，这里人才济济，张家老屋的张盛藻、张承樾、张子高、张鸿渐，还有时象晋等名人，他们都是国家的栋梁之材，是董市古镇的骄傲。

站在董市老街上，看着已经残破的老屋及衰败的老街，如鲠在喉，心底呼唤，父母双亲在哪里？儿时的伙伴各奔东西。隔壁左右的大妈、姨妈在哪里？你们的身影永远离开了我的视线。我曾经居住的时昭涵老屋，现在已经被红砖封锁了大门，隔断了经年的印记，多想看一眼石门后的大天井、有木地板的厢房，还有做饭的泥巴灶。每到中午和傍晚，每家都会生火做饭，锅碗瓢盆奏出民以食为天的交响曲，缕缕炊烟从天井飘向天空。邻居之间和睦相处，张家找李家借一碗饭，李家找王家借一点盐，谁家做了好吃的相互赠送一点尝鲜，还有家长喊熊孩子回家吃饭的情景，仿佛就在昨天。

从毛家巷走上大堤，放眼望去，董市的江中沙坝上如同海市蜃楼，岸边停靠着许多木船，一片人海中，有的挑石头，有的挑沙上船，那是人们曾经谋生的一道亮丽的风景。

新码头方向出现一红一白的两条龙船，船上的人敲着扣人心弦的鼓点，随着鼓点的节奏指挥，桨手们奋力向前划，龙船像离弦之箭驶向沙坝，鼓声和岸边的呐喊声响彻云霄，在决胜出第一名后，输家经常会出现不服输，紧接着上街和下街在一场口水之争中结束了一年一度的龙船比赛。

一辆轿车的喇叭声打乱了我的思绪，把我拉回现实，往事一去不复返，真正展现在眼前的只有两条挖沙船，孤零零地停泊在江中。

老街虽然不可修复，但我们对故乡的眷恋依然不变，不在乎她有多么令人神往的名胜，而是因为她以特有的乡音乡情勾起了我们儿时的缕缕情思，因为那条老街的青石板上留下了我们无数的脚印。如今我们虽然定居在天涯海角，但只有这里才是我们永远的牵挂，才是我们的根。

江苏作家袁嘉蔚

【作者简介】

袁嘉蔚，江苏省盐城市人，在读学生，酷爱文学。有多篇作品散见于报刊、网络。现为《中国诗》杂志 2020 年签约诗人。

那张照片

不知不觉，小学六年的欢乐生活像雾一样一飘而散。在那充满回忆的六月，我们毕业了，告别了过去的欢声笑语，留下了记载永恒思念的那张孤独的毕业照。

瞧，四十六张微笑的脸庞在明媚的阳光下显得神采奕奕。那时，我们还是一个快乐的大家庭，太多的少儿童趣和同学之间的亲情历历在目。

咦！照片上怎么还有扎着绷带的男生？

原来，在拍毕业照的几天前，这个男生课间在操场上与另一个男生练习踢足球。你来我往，正踢得起劲时，只见足球向路边一个低头看书的女生飞去。这个男生见状，三步并作两步冲上前去，接住足球，不料脚底一滑，摔倒在地，膀子被一碎玻璃片划破，并伴有轻微骨折。那个被避让的女孩惊得不知所措，站在一旁。坚强的他没有流泪，艰难地从地上爬了起来。我们见状，急忙走上前去，扶着他来到校医务室。医生问明情况，一边给他清理创面，一边用绷带包扎伤口。只见他咬紧牙关，强忍疼痛，配合医生顺利完成了创面处理。

事发后，曾经与他有隔阂的同学都纷纷来到他的身旁，主动帮他整理书包，擦桌子，搬凳子，给予无限的关爱，同学之间的亲情温暖了他的心灵，化解了他与很多同学之间的矛盾。

见到这样感人的情景，我还是第一次，真有种要流泪的感觉。

几天后，在全班师生的帮助下，他站在五星红旗前，手拿一簇像花一样的红领巾，用尽全身的力气跳跃起来抛向天空，随风飘落在五星红旗的四周。

"我毕业了！"他激动地大喊一声。

喊声伴随着他拍完了毕业照。同学们纷纷欢呼着、跳跃着、拥抱着！一片低沉的哭泣声敲击着我的心灵。我还没有这样激动过，从来没有过的感觉。那天，我终于忍不住了，噙住将要掉落的泪水，仰望着蓝天、白云，看着朝夕相伴的同学们，放飞自己手中理想的气球，晶莹的泪花随着慢慢升高的气球流过我的面颊，跌落在青青的草地上。

这时，同学们迈开坚实的步伐走向毕业门。我无法挽回，也无须挽回。

当我踏出毕业门的第一步，依依不舍地回首望了望亲爱的母校，看了又看含泪目送我们的校长和恩师们，手捧承载小学六年岁月的那张照片，心中竟有一种前所未有的苍凉。

"再见了——母校，再见了——校长和恩师们，我不会辜负你们的期望，我会常来看你们的！"这种心灵的声音，终于在耳旁呼之欲出。

一瞬间，我长大了。啊！多么令人留恋的毕业照，它将成为我永远的回忆。

河南作家陈艳民

【作者简介】

陈艳民，女，河南省滑县作家协会会员。自幼喜爱文学，多年以来，闲暇时也偶有自娱自乐，笔墨圈点。自从退休以后，有了大把的时间，更是与文学有了解不开的缘。现斗胆拿起笔，拙手在纸上耕耘一番，也有小文在《滑州纵横》可见。文字的精神食粮，撑起了生活的一片蓝天！

娘家的那盏煤油灯

小时候居住的老屋，自母亲去世以后，渐渐地堆满了杂物，只因拆迁在即，故前去老屋打理。

搬动杂物遮挡的窗棂，突然发现了那盏布满灰尘的煤油灯，不知母亲啥时又把它放在窗台上，刹那间心潮起伏，难以平静。

自从我们姊妹几个都成家以后，各有各的家庭，各忙各的事情，除了每年的春节大家在一起聚聚，平时没有特殊情况，很少去娘家走动。母亲嘴上不说，可思念儿女的心情，煤油灯就是最好的见证。如今我们已经读懂，因为这盏煤油灯下，聚集着我们每一个儿女的身影。老母亲用心良苦啊，这是在用"心灯"为我们照明回娘家的路！

心绪随着煤油灯不断地搅动，翻出了我置在心底几十年的印封。岁月的烟火，储存在灯下的记忆，一幅幅画面似春潮在心中涌动。父亲探亲回来，一家人围在煤油灯下，父亲用切菜刀给弟弟妹妹削着铅笔头，母亲手摇纺车，嗡嗡的纺棉声，有时还有那织布机"咣当咣当"有节奏地响动，我和姐姐在灯下玩着撑绞的游戏，那时不觉清淡，倒也其乐融融。

记得那一次，第二天是升级考试，我和妹妹在灯下复习功课，都在为自己争夺那盏黄豆粒大的煤油灯，母亲看到，二话没说，抽身站起，用正在纳鞋底的针锥奢侈地挑大了煤油灯的亮光，安抚着我们那急躁的心灵。

最使我难忘的是上初一那年立冬前，为让学生德智体全面发展，学校组织同学们到户外野练，目的地是 20 里开外的一座小荒山。当大家都气喘吁吁地爬上山顶，已经过了中午时分，有点西斜的太阳，偶尔探出脑袋偷窥着一张张疲惫的脸庞，我大口大口地吸着山顶上新鲜的空气，咀嚼着母亲给我准备的干粮（红薯干面蒸的窝头），欣赏着和我们村里不一样的风光。

立冬前的太阳总是那么爱偷懒，返回的途中，刚走了一半路，太阳就早早地躲到了山的那一边。

只因好朋友脚疱磨烂，我们几个同学只有陪着她放慢脚步，走到村口和同学分手时，天色已经很晚。好歹村口离我家只有一里来地，不算太远，只是黑咕隆咚不见一点人烟。路两旁的杂草丛中时而发出窸窸窣窣的响动，还有老鼠斗架吱吱的叫声，一只黄鼠狼噌的一下从我身边穿过，吓得我一愣一愣，树梢上未脱落的枯树叶，换着腔调呻吟着被风的利爪撕扯的疼痛，突然从路右边破庙倒塌的方向传来了猫头鹰瘆人的叫声。抑或是经常听大人们讲鬼怪故事的缘故，我顿觉毛骨悚然，打了个冷战，心不归位，六神崩溃，恐惧使我腿肚抽筋，肘腋紧绷，跑也跑不快的我，三步一走两步一回头，总幻觉身后有黑影跟踪，我真后悔当时太逞能，不让同学相送，跌跌撞撞拐进了通往我家的胡同。

天哪！我看到了！我看到了！

我看到了救星！

看到了我家窗台上还亮着的那盏煤油灯！

不由得一阵惊喜，身心放松，但心中又疑虑丛生，这么晚了还亮着明，不符合母亲平时节俭的作风。肯定是母亲睡着了，忘记了吹灯。后来姐姐骂我是猪脑子："那是母亲知道你胆小，特意留着给你回家的路照明。"那时的我对感恩二字懵懵懂懂，如今又看到了这盏盛满故事的煤油灯，再也按捺不住思念老母亲的心情。

追寻母亲在灯下操劳的身影，心里总觉隐隐作痛。母亲当年那柔顺飘逸的头发，随着岁月的奔忙像秋后的草，如此凌乱地映在灯光中的墙面上，哪还有啥发型？月亮似的额头，慢慢地被纹路侵占，年轻时俊秀白皙、阳光的脸庞，也被皱纹欺负得渐渐泛黄着不再灿烂。粗糙皲裂的双手，冬天里总是血渍斑斑。母亲手里总有忙不完的活计，但很少听过母亲的抱怨。少不更事的我们，不是刮破衣服，就是打碎了碗，她也从来没有大声吼过我们。母亲却说："碗碎儿安，千万别把手扎烂，衣服刮个口子我能给你们缝上，要是把你们身上的肉挂这么大个窟窿，再流好多血我可没法办。"母亲总是用这风趣的话语，给我们讲些浅显的道理。母亲白天去生产队干农活挣工分，晚上只得在灯下再给我们缝补一番。

母亲啊，母亲！我们姊妹众多，父亲长年不在家，您到底吃了多少苦？遭了多少罪？才把我们兄妹七个养大成人，只有这盏煤油灯，承载着您的酸甜苦辣。

我那飞出去的灵魂，再次把老母亲呼唤！这辈子能做您的女儿是我的福分，母亲啊！母亲！您是不是怪我懂事太晚？不知感恩？总是给您添乱。

多少年来您一直留着这盏煤油灯，是照明，是陪伴，是思念，是盼望我们常回家看看……无论是哪种情愫，都揪得我心痛鼻酸，咽也咽不下，擦也擦不干，那五味杂陈的泪水似涌泉肆意流淌腮边。

双手掬捧诚问上天，逝去的灵魂在世间有没有灵感？若真有灵感，在冥冥之中，期盼我生命中的思念，能与母亲的灵感相牵相逢，哪怕是在梦中……

守心，守念，守住娘家的那盏煤油灯。

我祈祷！我祈祷！

祈祷老母亲在天之灵，放心安宁！

无论是狂风暴雨，还是电闪雷鸣，都吹不灭我心中娘家窗台上那盏亮着的煤油灯！